**BEST**SELLER

**Toni Hill** (Barcelona, 1966) es licenciado en psicología. Lleva más de diez años dedicado a la traducción literaria y a la colaboración editorial en distintos ámbitos. Entre los autores traducidos por él se encuentran David Sedaris, Jonathan Safran Foer, Glenway Wescott, Rosie Alison, Peter May, Rabih Alameddine y A. L. Kennedy. Es autor de la trilogía protagonizada por el inspector Héctor Salgado —compuesta por *El verano de los juguetes muertos* (2011), *Los buenos suicidas* (2012) y *Los amantes de Hiroshima* (2014)— y la novela *Los ángeles de hielo* (2016). Su obra ha sido publicada en una veintena de países y se ha convertido en un fenómeno de crítica y público.

Para más información, visita la página web del autor: www.tonihill.es

Biblioteca
# TONI HILL

## Los ángeles de hielo

DEBOLS!LLO

Primera edición en Debolsillo: marzo de 2017

Printed in Spain – Impreso en España

ISBN: 978-84-663-3873-8 (vol. 910/8)
Depósito legal: B-459-2017

Compuesto en La Nueva Edimac, S. L.
Impreso en Liberdúplex, S. L.
Sant Llorenç d'Hortons (Barcelona)

P 338738

Penguin
Random House
Grupo Editorial

La luz del día empezó a desaparecer de la habitación roja. Eran más de las cuatro y las nubes de la tarde habían dado paso a un oscuro crepúsculo. Oía el ruido incesante de la lluvia contra los cristales y los aullidos del viento procedentes del salón. El frío fue penetrando en mi cuerpo, y con él se mitigó el valor. Volví a caer en mi talante habitual: humilde, inseguro y triste, mientras se apagaba en mí todo signo de enojo. Si todos decían que era mala, tal vez tuvieran razón.

CHARLOTTE BRONTË, *Jane Eyre*

*Por allá van y gimen,*
*muertos en pie, vidas tras de la piedra,*
*golpeando la impotencia,*
*arañando la sombra*
*con inútil ternura.*

*No, no es el amor quien muere.*

LUIS CERNUDA

# Prólogo

*Barcelona, 1914*

Nadie debería saber la fecha de su propia muerte, le había dicho el cura de la cárcel, como si la injusticia de la ejecución no radicara en el hecho en sí sino en conocer de antemano los detalles concretos que la definían. El día, la hora, el lugar. El garrote. Ésas son cosas que sólo atañen a Dios, había añadido; ni a ti, ni a mí, ni al verdugo ni al juez. Luego, cuando el padre Robí se dio cuenta de que sus palabras podían ser malinterpretadas en unos años donde por todas partes se suscitaban sospechas de anarquismo, se corrigió apuntando en tono resignado que algunos actos, por su especial carácter aberrante, merecían que los hombres usurparan esa prerrogativa divina y aplicaran la penitencia con todo su rigor. En ningún momento había prestado atención a sus protestas de inocencia, a su insistencia en que no había cometido aberración alguna más allá de gozar de un cuerpo vivo que se le ofrecía con el pudor que cabía esperar en una mujer joven y de buena familia. De hecho, para ser sinceros, cuando le había llegado la hora de confesarse al capellán, esas reivindicaciones ya habían perdido fuerza, como si incluso él hubiera dejado de creerlas y fueran simples palabras sin sentido de una letanía memorizada. Como los rezos de la iglesia. Y es que, en realidad, desde que encontró el cadáver de

Clarisa, él comprendió que nadie iba a creer su versión y adivinó que la muerte que deformaba los rasgos de su joven amante era una peste contagiosa que pronto se apoderaría de los suyos. Despertó al anochecer, después de una tarde de goce y un rato de sueño profundo y satisfecho; sintió el roce de un cuerpo que había amado hasta la extenuación y se incorporó un poco para observar cómo dormía, buscando la paz que nos embarga al contemplar el reposo de nuestros seres queridos. Decidió que una mujer como aquélla, que se había entregado a él por primera vez unas horas atrás, merecía un regalo que alegrara su despertar exactamente igual que la visión de su rostro dormido animaba el suyo. Había visto un huerto con flores de camino a la pensión y decidió salir sin hacer ruido para coger unas cuantas y depositarlas en el lecho.

Regresó un rato después, con las flores en la mano, y rodeó la cama para dejarlas sobre las sábanas aún calientes. No llegó a hacerlo, pues en la parte que antes ocupaba él se había formado una mancha roja y espesa; entonces lo vio, descubrió el tajo que arañaba el cuello de Clarisa, la sangre que formaba una mancha impúdica sobre la sábana. Los ojos abiertos, yermos, inmortalizados en una expresión de horror y sorpresa, y aquel pajarillo obsceno y ajado que le salía de la boca. Soltó las flores en el suelo y ahí quedaron, un regalo de amor convertido en desordenada corona fúnebre.

Huyó, claro; no pudo evitar que la repugnancia venciera al cariño. Deseó alejarse del roce de aquel cuerpo muerto que parecía invocar su propio final de una manera inminente. Durante muchos días y noches corrió y se escondió, hasta que lo atraparon los guardias civiles. La primera bofetada le convenció de que su historia, por alto que la gritara, nunca sería escuchada, y se resignó a los golpes, las patadas y los insultos. Lo que no pensó hasta que el juez dictó la sentencia y se vio solo, en la celda, esperando que llegara el día de la ejecución, fue el terror que le acompañaría en esas noches solitarias, las sombras que revoloteaban por las paredes como pájaros negros, susurrándole amenazas o riéndose de él; los murmullos que se colaban en sus sueños febriles, aquellos en los que se veía caminando con paso firme y enfrentándose a un verdugo. A veces ese hombre tenía una cara que le resultaba vagamente familiar; otras era un completo desconocido o un ser deforme, de esos que sólo se ven en las ferias de los pueblos. En todos los casos, él se sentaba y sentía cómo el collar de hierro le amordazaba el cuello. Siempre despertaba en ese momento, un segundo antes de que el verdugo girara el tornillo con todas sus fuerzas. Tumbado en el camastro, aterido de un frío que nacía en su interior, se esforzaba por disipar los miedos siguiendo los consejos del cura. «Cuando te asalte la inquietud —le había dicho una tarde—, evoca los mejores momentos de tu corta existencia.» Y eso hacía, o cuando menos lo intentaba.

Buscaba en su mente imágenes de su infancia en el pueblo, las guerras a pedradas, el sol de la huerta de Murcia, tan distinto al de la calle estrecha de Cornellà donde Padre los había trasladado doce años atrás, cuando él tenía sólo siete. Había tenido la impresión de que el mundo se había empequeñecido de repente, aunque nadie podía negar que comían mejor o al menos con más regularidad. A cambio, muchos días, se asomaba a la ventana pequeña, sacaba por ella medio cuerpo y contemplaba los campos, tan distintos y al mismo tiempo tan parecidos a los que había dejado atrás. Permanecía así, casi suspendido sobre el alféizar, hasta que Madre lo agarraba del cuello y lo arrastraba para dentro sin contemplaciones. Luego, arrepentida, le daba pan con aceite y azúcar y le contaba historias de ese pueblo que su memoria infantil empezaba a olvidar. Él nunca había vuelto allí; su hermano menor sí lo hizo, porque cayó enfermo y Madre había ido a dejarlo con los abuelos. Ya en esos días había pensado que, de los dos, y a pesar de que la salud débil del pequeño indicara lo contrario, era él quien cargaba con la mala suerte. Habría dado cuanto fuera por irse de aquel piso, tan distinto de la casa con patio y corral donde había vivido durante sus primeros años. No se le había pasado por alto que Madre había tardado bastante en regresar y que, cuando por fin apareció, su rostro parecía haberse ensombrecido, como si la luz hubiera quedado definitivamente atrás, prendida de los ojos de aquel niño que había quedado lejos, al cuidado de los abuelos. A partir de entonces fue ella la que se asomaba a la ventana y su mirada vagaba perdida, oteando el horizonte, como quien aguarda con obsesiva insistencia la llegada de alguien.

Los murcianos, los llamaban, y era verdad que con el tiempo habían ido llegando otros, del mismo pueblo o de otros cercanos, parientes y amigos, expulsados por la dureza del campo, animados por la perspectiva de un futuro mejor. La Siemens, la fábrica, necesitaba gente, y allí trabajaba su padre desde su apertura, hacía cuatro años, y allí había trabajado también él en los últimos tiempos hasta que pasó lo de Clarisa. No, no eran los momentos en la fábrica los que quería recordar en esas noches pavorosas en la celda. Ni tampoco a Clarisa. Ya no. Porque pensar en ella era verla muerta. Como a Madre, a la que encontraron un día caída en la calle, justo debajo de la ventana abierta. «Se habrá mareado», dijeron. Le ha dado un vahído mientras tendía la ropa. Pero él sabía bien que había que sacar medio cuerpo para caer al vacío y que su madre tenía que haberse encaramado voluntariamente a la ventana para terminar en el asfalto, maltrecha como un tiesto roto.

Lo único que le quedaba para eludir la imagen del garrote que surgía cual fantasma en los rincones de la celda era la playa. El mar. Lo había visto por primera vez a los once años, y se había quedado en la orilla, temeroso ante un oleaje furioso. Nunca había aprendido a nadar. A sus padres les daba miedo y no lo dejaron pasar más allá de donde las olas se fundían con la arena.

Sí, aquel día de verano, el momento en que descubrió que el cielo y la tierra se enlazaban en un horizonte lejano, era el recuerdo al que aferrarse en aquella celda oscura. Intentó cerrar los ojos para verlo, oír su arrullo, aspirar su olor, pero sólo lo consiguió a medias. Veía un manto azul, sí, pero por alguna razón se le aparecía Clarisa flotando en él, dejando una estela de sangre sobre la espuma blanca. Veía peces boqueando en un cubo grande, como el que usaban los pescadores, y los conejos que su madre mataba de un machetazo en la cocina, y flores que se pudrían en cuanto las cortaba. La muerte corrompía incluso los buenos recuerdos. Le acechaba, le rondaba durante el sueño y durante la vigilia, le asediaba en las charlas con el cura, que insistía todas las tardes en que se arrepintiera de corazón para así asegurarse un espacio en el cielo. «¿Estará allí Clarisa?», preguntó él, y el hombre había vacilado un segundo antes de afirmar que esa pobre muchacha había muerto de una manera tan horrenda, sin tener tiempo a poner en paz su alma, que tal vez debiera pasar por el purgatorio para expiar sus pecados.

Nadie debería saber la fecha de su propia muerte, se repitió él, a pesar de que en su caso no podía olvidarla. Y por fin el día llegó. El sacerdote insistió en acompañarlo esa última noche y él lo agradeció. Había pedido ver a su padre, en vano, y tampoco lo echaba de menos. El cura, quizá para entretenerle, quizá simplemente porque el tema le interesaba, le habló de Francisco Fernando, el heredero del trono austríaco que había sido asesinado «cobardemente» junto con su esposa, embarazada, unos días antes. Al parecer los periódicos no se hacían eco de otra cosa. Del crimen y de la Mano Negra, el grupo serbio que había organizado la matanza fatal. «¡Dios sabe qué pasará ahora!», se lamentaba el padre Robí, y él pensaba en Austria, en Serbia, en todos los lugares de los que no había oído hablar y a los que ya nunca iría porque en cuanto amaneciera irían a buscarlo para llevarlo al patio. Y el verdugo lo sentaría y le colocaría aquella argolla de hierro al cuello y luego giraría el tornillo, y el punzón le atravesaría las vértebras y esa vez ya no conseguiría despertar. «¿Moriré mañana?», preguntaba sin cesar, buscando una respuesta que tampoco deseaba oír.

La realidad siempre es mucho menos digna que los sueños. Cuando se abrió la puerta de la celda, él llevaba horas acurrucado en el camastro, hecho un ovillo, sollozando en silencio como un crío. El cura, agotado a pesar de su buena voluntad, había echado una cabezada y se sobresaltó al oírlos entrar. «¿Ya?», preguntó. La respuesta era tan obvia que nadie se molestó en dársela. Él sabía que debía levantarse, aunque las piernas se negaban a obedecerle. Necesitaron cuatro guardias para incorporarlo, y luego retenerlo, porque esos miembros inertes parecían haber cobrado vida de repente y actuar por su cuenta, repartiendo puñetazos y patadas al aire, mientras alguien dentro de él gritaba con una voz ronca que partía el alma que no, que no era culpable, que no quería morir. Que él la amaba y que nunca le habría hecho daño. Que no tenía ni veinte años.

Las lágrimas se le mezclaban con los mocos y con la saliva, y más que nunca el padre Robí pensó que algo estaba mal en este mundo y tuvo que recordarse que el propio Dios hablaba del ojo por ojo, aunque la frase sonara absurda ante aquel chico rubio que casi sacaba espuma por la boca y que sorprendentemente consiguió zafarse de sus captores, se echó a sus pies, se agarró a sus piernas y hundió el rostro en su sotana, manchándola de lágrimas calientes y sudor frío. Fueron sus ojos los que vio el sacerdote entonces, y por primera vez se fijó en que los tenía de un azul grisáceo. No había forma humana de separarse de aquel cuerpo joven que lo usaba de tabla salvavidas, con la desesperación del náufrago, mientras los guardias, impacientes, dudaban. Podían golpearlo en la nuca y sacarlo inconsciente, pero el protocolo de las ejecuciones no contemplaba esa posibilidad. Esperaron, por tanto, a que el cura se agachara y le susurrara algo al oído, que no llegaron a oír. El chico siguió sollozando, cada vez con menos fuerza, y sus manos fueron cayendo a los costados, como si ya estuviera muerto. Los guardias aprovecharon el momento de flojera para llevárselo, a rastras, un guiñapo débil y sin voluntad.

El padre Robí caminó tras ellos a distancia y se obligó a mantener los ojos abiertos mientras aquel cuerpo desmadejado quedaba por fin fijo en la silla, erguido por el collar de hierro. Sin querer, se llevó una mano al alzacuellos para aflojarlo un poco, un gesto que no pasó desapercibido por uno de los guardias, que sonrió con sorna. Echó un vistazo alrededor. Un hombre y una mujer, vestidos de negro riguroso, contemplaban la escena desde un rincón del patio. El caballero se mantenía firme, en pose casi militar, mientras ella, a todas luces su esposa, se apoyaba en su brazo para no caer. Tenían que ser los padres de Clarisa Miravé. El sacerdote intentó cruzar la mirada con la del hombre, algo imposible ya que la del señor Miravé estaba fija en el garrote. Centró de nuevo su atención en el reo y, tras lanzarle un último mensaje con los labios, respiró hondo, preparándose para el instante final. Fue entonces cuando tuvo la molesta sensación de que alguien le observaba y volvió la cabeza hasta identificar de quién se trataba. Distinguió a una mujer, vestida igualmente de negro, aunque no llegó a ver sus rasgos ya que tenía la cabeza baja, como si estuviera entregada a sus pensamientos. Lo más extraño era que se encontraba sola, alejada del pequeño grupo formado por el alcaide de la prisión, los padres de la víctima, el abogado que defendió al reo y un par de caballeros más. No quiso seguir observándola: sentía que, por respeto al muchacho que iba a ser ejecutado, estaba obligado a presenciar su muerte. Sin embargo, el pecado venial de la curiosidad le hizo lanzar una última mirada de soslayo, fugaz, tan breve que luego no habría sabido decir si lo que vio fue real o un efecto extraño de la tensión del lugar.

Por un instante, la dama levantó la cabeza y sus labios se abrieron en una carcajada que debería haber paralizado a todos los presentes y que el sacerdote notó en sus oídos, como si miles de agujas se clavaran en ellos. Cerró los ojos, casi mareado por aquellos pinchazos agudos y lacerantes. Y en ese momento el dolor fue sustituido por el chasquido metálico que todos esperaban, y el boqueo estrangulado de aquel hombre que poco antes lloraba a sus pies. Fueron los ojos del sacerdote entonces los que se llenaron de lágrimas, algo que no le sucedía desde la muerte de su propia madre, muchos años atrás. Parpadeó para deshacerlas, algo avergonzado, intuyendo que aquella tristeza permanecería dentro de él durante mucho tiempo. Por primera vez después de una ejecución no consiguió rezar: se limitó a mover los labios, en una parodia de oración por la que sabía que debería confesarse cuando llegara el momento, y así siguió hasta que el verdugo deshizo el proceso y la cabeza del joven cayó de lado, doblada en un ángulo imposible.

Cuando volvió a mirar a su alrededor, con los ojos enturbiados; la mujer de negro había desaparecido. No había ni rastro de ella. Los asistentes se dispersaron deprisa, porque incluso aquellos que anhelaban ver la muerte del asesino preferían ahora dejarla atrás y regresar al mundo de los vivos. El sacerdote se dirigió a uno de los guardias; le preguntó, alterado, por la presencia de aquella mujer, por esa risa que todavía, si cerraba los ojos, retumbaba dentro de su cabeza.

El guardia le miró como si estuviera loco. Y lo mismo sucedió con el alcaide de la prisión, con el verdugo y con el abogado del desgraciado reo, que aún seguía por allí. Nadie había visto a ninguna mujer, nadie había oído más gemido que el del asesino Mario Guerrero, que había muerto a las ocho y cinco de la mañana del 1 de julio de 1914. Que Dios, en su misericordia, le diera la paz eterna.

Desazonado, absolutamente perplejo ante unos recuerdos que no podía fingir no haber vivido, el cura se santiguó y, entonces sí, se quedó a solas con el cuerpo del difunto y se entregó al único consuelo que conocía. Rezó por aquella alma atormentada y, sin poder evitarlo, rezó también por la suya propia. Intentó limpiar su conciencia de la visión, achacarla a la edad o al nerviosismo. Buscó, como hacía siempre, el consejo de Dios que, en su sabiduría infinita, traduciría sus aprensiones en una explicación razonable. Pero esta vez el Altísimo se negó a ayudarle, y durante ese día y los muchos que le siguieron, no consiguió borrar de su mente que, por un instante, le había visto la cara a la muerte y había oído su espantoso aullido de bienvenida.

# PRIMERA PARTE

# Introducción

*Barcelona, 1931*

Siempre he pensado que hay historias que merecen ser contadas, dramas humanos que no pueden perderse en el olvido o la ignorancia. A lo largo de mi vida he oído muchos; mis pacientes, o a veces mis amigos, me los han relatado con la confianza de que mi boca estará sellada y, hasta el momento presente, siempre he cumplido ese acuerdo tácito. Sin embargo, algo en mí me impulsa ahora a sentarme a escribir. Quizá sea la edad, o tal vez la cercanía silenciosa del final, lo que me empuja a poner por escrito los sucesos que, en un tiempo de mi vida no tan lejano, me conmovieron y desasosegaron más que cualquier otro hecho que haya llegado a mi conocimiento en mis años de consulta, más incluso que cualquier relato de ficción fantasmal ideado con el firme propósito de provocar inquietud. Éstos suelen causarme una sonrisa leve y admito que los escucho con un aire de condescendencia no exento de ironía. Son pasatiempos banales que apuntan a nuestros miedos más básicos: la muerte, la oscuridad, el más allá... Excitan nuestro Thánatos, como dicen ahora, y en el fondo nos sirven para confinar esos temores a un terreno acotado

y ficticio, delimitado por el principio y el final del propio
cuento. Nuestra realidad no se ve afectada por ellos porque tienden a suceder en lugares ancestrales, caserones
remotos o páramos desolados donde los fantasmas, seres caprichosos y al parecer bastante tontos, eligen mo-
rar cuando nada les impediría hacerlo en cualquier otro
lugar de clima más cálido y compasivo. A su vez, dichos
seres son avistados siempre por transeúntes igual de
necios e imprudentes, que se empeñan en desoír las
advertencias de quienes conocen la zona, o por doncellas ricas y lánguidas que se aburren demasiado en sus
aposentos. Es posible que tales relatos logren colarse en
los sueños de algunas personas impresionables. En mi
caso, sólo me cabe admitir un placer malsano al leerlos
u oírlos contados de viva voz; en cuanto cierro las páginas del libro o en el mismo momento en que el narrador
marca con un tono contundente que ha llegado al espeluznante final, la historia se funde con otras parecidas
en un magma difuso y olvidable. Nunca he pasado una
mala noche, ni he sentido miedo alguno, después de
una sesión de lecturas o narraciones oscuras. La cena,
un cigarro, una copa de brandy, mis preocupaciones
profesionales... todo conspira luego para sofocar cualquier atisbo de temor. Y en cambio, ya desde hace unos
años, cuando apago la luz de mi alcoba y me dispongo
a dormir, debo esforzarme por no recordar las palabras
de Frederic Mayol: su historia tensa, narrada en el tono
crispado de quien ha visto y sabe demasiado, su inexac-
titud y, ¿cómo decirlo?, su visión subjetiva y angustiosa
de los hechos que acaecieron en Barcelona hace ahora
quince años, mientras esa guerra inmensa y cruel asolaba Europa entera. Un conflicto impensable, inevitable
para algunos porque siempre hay quien aboga por la
fuerza de las armas para resolver cualquier clase de

afrenta, aunque igualmente deprimente por lo que tuvo de cruento y de inútil. No es que sea yo quien deba juzgarlo: los viejos hemos vivido demasiado para creer en conceptos como honor, orgullo o patria, y apenas si nos queda fe en la justicia o, peor aún, en la humanidad. Lo único que esperamos, y a la vez tememos, es una vejez tranquila coronada por una muerte dulce. No, la guerra es para los jóvenes, en cuya sangre arden a partes iguales el valor, la estupidez y el frenesí por cambiar el mundo. Lo veo ahora, a mis sesenta y seis años, cuando a mi alrededor la gente se emociona por esta República que pretende modernizar el país, un empeño que he apoyado desde un punto de vista intelectual pero para el que ya no me quedan fuerzas físicas. Mientras en mi entorno se habla de laicidad o de sufragio, y se modifica con muchos aspavientos el color de la bandera o se discute hasta llegar a las manos sobre el posible himno, mi mente se distrae, se zambulle en el pasado, más interesada en dar coherencia a lo que ya sucedió que en seguir los vaivenes de un presente demasiado variable, demasiado azaroso. La sensatez nunca ha generado revoluciones, y a mi edad lo ridículo sería no ser sensato. Es por ello que, estoy convencido, los viejos debemos escuchar y callar, escudarnos en nuestros recuerdos y dejar las decisiones trascendentales a los jóvenes, que tienen facilidad para obviar los yerros y celebrar sólo los aciertos. ¿Quién desea escuchar los consejos razonados de alguien a quien el futuro ya no va a afectarle? ¿Por qué atender a argumentos precavidos que se basan en un pasado que está a punto de perecer? No, es mejor retirarse, permanecer en una discreta retaguardia y dedicarse a lo que de verdad le importa a uno sin molestar a nadie. Y debo decir que, de todo lo que me ha acaecido en mi ya larga vida, ninguna historia ha conseguido alterarme tanto como la que les voy a referir. Ya cuando la escuché de boca de su narrador me intranquilizó durante noches enteras, y a día de hoy, al evocarla, percibo que su efecto no se ha disipado con el tiempo. Al contrario: la maldad que transpiraba ese relato, la absoluta inmoralidad y el deseo perverso de hacer daño que la caracterizaban me inquieta ahora más todavía que antes, quizá porque la edad, además de prudentes, nos torna frágiles y timoratos. Más sensibles a las emociones más oscuras del corazón humano y a lo que nos aguarda después de la muerte.

Permítanme ahora que me presente. No hace falta que me extienda mucho en ello, pero creo que es justo que sepan quién soy. Será una introducción breve, porque rápidamente desapareceré y dejaré la historia en manos de sus auténticos protagonistas. Mi nombre es Sebastián Freixas, y soy doctor en medicina y psiquiatría. Sí, como ven, no les mentía cuando les he dicho que mi vida ha estado repleta de muchos relatos, ya que la he dedicado a la curación del cuerpo y de la mente, con relativo éxito. Las enfermedades mentales han absorbido mi interés durante casi toda mi carrera, y he invertido mi existencia en intentar comprender eso que ha dado en llamarse «locura». No seré tan arrogante como para afirmar que he conseguido grandes logros, ni tampoco tan falsamente modesto para sostener lo contrario. A día de hoy, la mente humana sigue siendo un misterio pese a que se han dado grandes pasos a la hora de desentrañar los mecanismos que la configuran. Puedo decir sin vergüenza alguna que siempre he mostrado un talante ecléctico, alejado de dogmatismos y que, en la medida de lo posible, me he esforzado por tratar con dignidad a esos alienados que, cuando me inicié en la profesión a finales del pasado siglo, eran básicamente presos. Hubo que erradicar muchos prejuicios y me temo que no lo hemos conseguido del todo. No obstante, los últimos avances nos han permitido dar grandes pasos en esa dirección y puedo afirmar, sin ruborizarme, haber contribuido en gran medida no tanto a la curación de esos desgraciados sino a su bienestar mientras se hallaban confinados en las instituciones donde he trabajado y sobre todo, en los últimos años de mi carrera, en aquella que dirigí hasta hace pocos meses, cuando decidí retirarme.

Fue en el marco de este sanatorio donde conocí a Frederic Mayol. O Friedrich, como le llamaban algunos. Y recuerdo haber hablado precisamente de esto cuando le entrevisté para que se incorporara al equipo de psiquiatras que trabajaba a mis órdenes. Casi no puedo creer que haga ya quince años de aquella mañana, cuando le recibí en el despacho y me encontré con un hombre joven, excepcionalmente moreno. Quizá porque sabía algo de sus orígenes, de su madre austríaca sobre todo, esperaba toparme con un individuo de rasgos teutónicos, incluso rubio. Pero nada de eso: Mayol había salido a su padre, o al menos a la rama española de la familia, porque sus cabellos eran negros; sus cejas, pobladas, y sus ojos más oscuros de lo habitual. Sin duda era un caballero apuesto, alto, de porte digno y movimientos firmes. Más adelante, ya entrada la conversación, descubrí que sus rasgos, un poco duros a primera vista, cambiaban mucho cuando tomaba la palabra. Tenía un tono de voz profundo, serio y amable a la vez, que de algún modo suavizaba aquel rostro de líneas rectas y mandíbula poderosa, y se expresaba de un modo pausado y reflexivo, sin la precipitación que suele asociarse a los veintitantos años de edad. Veintisiete cumplidos, si mal no recuerdo. En esa primera charla me hice una idea somera sobre su carácter y ya entonces pensé que esa moderación en las formas enmascaraba a alguien que podía mostrarse apasionado en la discusión si el tema suscitaba su interés. Un par de días atrás se había publicado un reportaje en uno de los principales periódicos donde se denunciaba el horror existente en algunos manicomios. El artículo de un tal Gonzalo R. Lafora, ilustrado por fotografías espeluznantes, recogía con todo lujo de detalles escabrosos las prácticas que seguían llevándose a cabo en nuestro país. Las imágenes de hombres metidos en camisas de fuerza, a veces desnudos y encadenados de pies y manos a un cinturón de hierro, de cuartos lóbregos y sobrepoblados, se combinaban con un texto en el que se hablaba de la escasa formación de los cuidadores, a quienes describía como meros celadores tendentes a usar la fuerza contra unos pacientes que más bien eran tratados como bestias salvajes a las que había que domar a palos. Por supuesto, la información, aunque levemente distorsionada y con puntos del todo sensacionalistas, había causado una indignación en la opinión pública que, por experiencias anteriores, no duraría mucho. Pero también había provocado que algunos psiquiatras, encabezados por los doctores Pérez Valdés o Tomás Busquet, respondieran en defensa de la profesión, alegando que no todos los manicomios eran iguales. En Cataluña nos enorgullecíamos del trato que dábamos a los alienados. Cuando saqué a colación el tema, el doctor Frederic Mayol se mostró elocuente, despreciando esos lugares ancestrales a los que llamó «cárceles para locos».

—Esos antros deberían cerrarse —afirmó con vehemencia—. Es monstruoso que en pleno siglo veinte sigan cometiéndose estos atropellos contra seres humanos cuyo único delito es estar enfermos.

Me apresuré a mostrarme de acuerdo con él y a asegurarle que, como podría ver enseguida, nuestras instalaciones, si bien no todo lo modernas que habríamos deseado, sí eran luminosas y hasta cierto punto acogedoras. Hacíamos lo que podíamos con las donaciones que nos llegaban e intentábamos que nuestros pacientes vivieran su encierro con relativa comodidad. No le dije que, en contadas ocasiones, seguíamos usando camisas de fuerza para lidiar con pacientes violentos: a nadie le gusta admitir que algunos métodos coercitivos resultan útiles en determinados momentos. Proseguimos hablando de su formación, en Viena, donde había estudiado a fondo la teoría psicoanalítica que, en esos momentos, en las primeras décadas del siglo xx, continuaba en boga por toda Europa. Contra lo que me esperaba, Mayol se mostró cauto a la hora de valorarla: reconoció sus avances, lo innovador de sus tesis, pero no la defendió a capa y espada como suelen hacer los seguidores devotos de cualquier corriente de pensamiento. Debo admitir que eso me gustó: ya les he dicho antes que he huido por sistema de cualquier dogmatismo, y esto se hacía extensible a una teoría que, en algunos puntos, parecía obsesionarse en modo extremo con elementos de la infancia y la sexualidad. Yo había leído las obras de Freud, por supuesto, y reconocía en él la insigne figura del pensador ilustre y radical, pero al mismo tiempo tenía la impresión de que sus célebres casos estaban pensados para afianzar su propia teoría en lugar de lo contrario. De todos modos, yo mismo había experimentado con la hipnosis y luego con la asociación libre, con resultados tan desiguales como esperanzadores.

Seguimos hablando durante un buen rato, revisando algunos casos célebres del maestro vienés. En una institución como la nuestra los recursos son escasos, y yo quería estar seguro de no equivocarme a la hora de contratarlo. Conversamos pues sobre su impecable expediente académico y sobre su vida en la capital austríaca.

—Me temo que Barcelona se le quedará pequeña después de haber vivido en la suntuosa Viena —apunté, sin especificar que hablaba absolutamente de oídas: nunca me ha gustado viajar y he evitado siempre cualquier alejamiento prolongado de mi ciudad natal—. A pesar de que ahora mismo, con esta guerra terrible, sus habitantes se están enfrentando a toda clase de privaciones.

—Peores son las que se viven en combate —replicó él—. Nadie se imagina lo que es aquello. De hecho, tanto el káiser como el emperador ponen mucho empeño en que nadie hable de ello.

Y fue entonces cuando noté el apasionamiento que mencionaba antes. Como si hubiera abierto las compuertas de una presa cuyas aguas pugnaban por reventar, su voz amable y ponderada adoptó un tono más irritado y apareció en sus ojos oscuros un brillo furioso.

—Lo que está sucediendo en las trincheras es una aberración mayor aún que la de esos pobres desgraciados de los que hablábamos antes. Hombres jóvenes arrojados a fosos de donde nadie puede salir vivo, y siempre bajo la batuta de unos generales que juegan con ellos como si fueran soldados de plomo, extendiéndolos en un mapa y borrándolos de un manotazo cuando se equivocan. Tropas dirigidas por oficiales ineptos y pagados de sí mismos, y todo, por supuesto, a mayor gloria de unos gobernantes a quienes sólo les mueve salvaguardar el orgullo herido, niños malcriados por siglos de tradición que proclaman sin cesar su amor a la patria, el honor y el sacrificio mientras otros mueren por ellos.

Hizo una pausa y luego se tocó el brazo izquierdo que, como yo había percibido antes, presentaba una rigidez anormal.

—¿Ve esto, doctor Freixas? Es lo mejor que me ha ocurrido en los últimos dieciocho meses. La bala podría haberme matado pero no lo hizo y la lesión me impide seguir siendo útil al ejército, con lo que, en realidad, me ha salvado la vida. Otros no tuvieron tanta suerte. El dolor, que aún siento, no es nada comparado con lo que sufren otros allí.

Comprendí la ironía. Lo que no te mata te hace más fuerte, dice el saber popular, y el brazo herido de Mayol era una buena muestra de ello.

—Algún día tiene que contarme sus experiencias en el campo de batalla, doctor Mayol —le dije—. Estoy seguro de que deben resultar apasionantes.

Esbozó una media sonrisa antes de responder:

—Lo haré. Pero me temo que confundirá mis opiniones con las de grupos poco apreciados por las mentes bien pensantes de la sociedad.

—Las mentes bien pensantes nunca aprecian la verdad cruda de las cosas. Prefieren contarla con eufemismos que la adornan, la embellecen y, en realidad, la desfiguran.

—Es decir, ¿mienten?

Me reí.

—Bueno, ésa sería una manera directa de describirlo, sí. Creo que tantos años de trato con las mentes bien pensantes han terminado contaminando mi discurso en la forma, aunque espero que no en el fondo.

Sonrió, y en ese momento supe que nos llevaríamos bien y que el joven doctor Mayol supondría una valiosa aportación para el centro que yo dirigía. Su rostro no mostraba arrogancia, algo que detesto en los profesionales jóvenes, sino confianza en sí mismo y también ilusión. Cuando le enseñé las salas y las diversas instalaciones de nuestra clínica, formuló preguntas atinadas y coherentes, y escuchó mis respuestas con verdadera atención. Le conté la historia del lugar, que había sido primero el proyecto de un hotel de lujo que nunca llegó a inaugurarse para convertirse luego en un internado para señoritas de buena familia. Recuerdo que durante la visita fuimos testigos de un incidente desagradable, que de algún modo echaba por tierra todo lo que yo había dicho. Uno de los pacientes, el joven Biel Estrada, sufrió un ataque justo cuando yo mostraba la sala común a quien sería el nuevo médico. Fue un momento embarazoso, de inusitada violencia, y debo admitir que me avergoncé un poco. No es que deseara causar buena impresión, pero tampoco me agradó que el joven tuviera que ser reducido por la fuerza, ante la mirada circunspecta de su médico, el doctor Bescós, a quien había herido en una mano, y conducido a una de las salas de aislamiento del piso superior. Sus gritos se oyeron durante un buen rato, hasta que el calmante debió de surtir efecto.

La reacción del doctor Mayol terminó de convencerme. No sólo se mantuvo al margen, dejando que los cuidadores realizaran su labor, sino que admitió que ciertos pacientes pueden ser violentos y que, dada la situación, reducirlos es la única opción posible. Sus frases ponderadas nada tenían que ver con el hombre que vino a verme años después, absolutamente preso por un estado que podría calificarse de delirio. Esa noche, sus ojos habían perdido el brillo y sus pupilas parecían haberse impregnado del horror que pasó a relatarme. Oscuras ojeras delataban su estado insomne y nervioso, su mano derecha se movía, agitada, golpeando el aire con un cuaderno donde constaba una parte importante de la verdad, y en sus cabellos negros brillaba alguna cana rebelde, que yo no había percibido antes. Ésa fue la última vez que lo vi, y la historia que me contó es la que he decidido relatarles. Hallarán también el contenido del cuaderno que me entregó ese día, el diario de una mujer llamada Águeda Sanmartín, que yo me limito a transcribir. Como en todo, les corresponde a ustedes decidir si lo creen o no; si desean saber mi opinión, les diré que estoy convencido de que todo lo que me contó Frederic Mayol es cierto, aunque también debo admitir que, años ha, cuando oí el relato completo por primera vez, pensé que el pobre hombre había caído víctima de esa clase de obsesión que convierte en lógicos argumentos inverosímiles. Yo les contaré todo lo que sé, juzguen ustedes mismos. Me temo que me libraré de sus reproches, ya que si alguien llega alguna vez a leer esta historia significará que yo ya he abandonado el mundo de los vivos, y que su principal protagonista se ha enfrentado a sus propios demonios y ha decidido hacerla pública. Así lo dejaré dispuesto: sólo espero tener tiempo suficiente para llevar a cabo mi tarea. No se inquieten: debo admitir que en líneas generales me encuentro bien de salud, pero la vejez es traicionera y el final es una sombra que planea ya sobre todos mis días, algunas veces como algo lejano y otras, en cambio, como una presencia dolorosamente próxima.

Una última advertencia: hace pocas líneas he tenido la desconsideración de burlarme de los cuentos de fantasmas clásicos, tachándolos de banales constructos ficticios. Quiero dejar constancia desde este momento de que algunas partes de lo que voy a narrarles no tienen justificación empírica alguna y pueden ser descartadas, atribuidas a la mente enferma de un demente o a la senectud de mi propia persona. Lo admito sin el menor rubor. Pero al mismo tiempo existen otras partes que fueron debidamente probadas: muertes atroces que ocuparon las primeras páginas de los periódicos y fueron juzgadas ante la opinión pública. Ésas pueden verificarlas, aunque descubrirán que la explicación oficial difiere bastante de la que les ofreceré ahora. El mundo no siempre está preparado para asumir el mal.

No me demoraré más. Pido disculpas de antemano por cualquier error de facto que pueda cometer en las siguientes páginas; no las pido, en cambio, por añadir ciertos pasajes a aquello que me contó Frederic Mayol, ya que lo hago por el bien de la narración en sí misma. Tendrán que fiarse de mí más de lo que confié yo en él, debo admitirlo. Por otro lado, nunca he creído en la observación imparcial por lo que se refiere a la conducta humana: mi misión, por tanto, no es sólo transmitir con fidelidad lo que sé sino también interpretarlo; intentar, en la medida de lo humanamente posible, dar un punto de coherencia al horror. Para ello, volveré a mi segundo plano: ocuparé en la narración el lugar de ese Dios que quizá no existe, y que si en verdad mora en algún lugar ha escogido mantenerse ajeno a la perversión que reina en el mundo que Él mismo creó. Porque les aseguro que en esta historia penetraremos en los más oscuros recovecos del alma humana, en las atrocidades que pueden cometer los seres atormentados por la venganza y el odio.

Tanto los vivos como los muertos.

# 1

*Barcelona, 16 de abril de 1916*

Si había algo que de niño le indicaba sin ninguna duda el lugar en el que se encontraba era el desayuno, a pesar de que en ambas residencias —la casa paterna de la calle Alí-Bey de Barcelona y el apartamento de su madre, situado muy cerca de la Votivkirche de Viena— lo tomaba siempre solo, acompañado únicamente por la presencia vigilante de una persona del servicio que tenía órdenes estrictas de no permitirle abandonar su sitio hasta que hubiera dado cuenta de toda la comida. Los motivos por los que ni su padre ni su madre desayunaban con él eran tan opuestos que reflejaban en sí mismos toda una filosofía de vida y costumbres. Horaci Mayol se levantaba al alba, y para cuando Frederic se sentaba a la mesa ya estaba dando un largo paseo matutino que siempre trazaba el mismo recorrido. En cambio, Claudine, su madre, dormía hasta media mañana, pues la casa donde vivían solía llenarse de gente por las noches, en su mayor parte artistas que conversaban, se reían y a veces peleaban, casi siempre sin gritar, porque la anfitriona no permitía escándalos que perturbaran el sueño de su Friedrich. Por curioso que parezca, sus padres, tan opuestos en todo, compartían una misma teoría en lo que se refería a su educación —a las normas, los modales, los resultados académicos y la conducta en general—

aunque tenían diferentes maneras de conseguir los mismos objetivos, y él no habría sabido decir si prefería la severidad física de su padre, nunca desproporcionada pero a veces dolorosa, a las lágrimas y los comentarios intencionados de Claudine, experta en hacerle sentir una vergüenza extrema en las raras ocasiones en que su conducta infantil no fue, como ella solía decir, «la que corresponde». Por lo tanto, lo que le ubicaba al instante a la hora del desayuno no eran el comedor ni la compañía, sino los alimentos en sí mismos. Y así, aquel domingo de abril, mientras ingería el pan con tomate y el embutido, su memoria se llenó de las delicadas tostadas con mantequilla y miel que se servían en la residencia materna los días de fiesta, siempre precedidas de huevos revueltos y acompañadas por una taza de café aromático, un desayuno absolutamente distinto a las gachas que aparecían ante él de lunes a sábado y que jamás había conseguido comer a gusto.

Mientras pensaba en las evocaciones que podía despertar una simple loncha de jamón, la vieja Enriqueta surgió a su lado, provista de una bandeja donde llevaba un tazón de leche y una jarrita con algo que tenía el color del café. Al verla, Frederic se dijo que el epíteto «vieja» se lo había aplicado desde la infancia, siguiendo el ejemplo de su madre que, cuando él regresaba a Viena, le sometía a un interrogatorio sobre todo lo acaecido en Barcelona. Claudine se interesaba por la casa, por su lejano marido, por la ciudad, por detalles sin importancia como quiénes visitaban el piso o qué comían los domingos. «¿Y cómo está la vieja Enriqueta?», le preguntaba invariablemente al final, como si de repente acabara de acordarse de esa mujer baja y más bien gruesa, de rasgos toscos y labios muy finos que nunca habían sido vistos dibujando una sonrisa. A lo que él, todavía un niño, respondía con un «bien, como siempre». En este momento, sin embargo, la vio envejecida por primera vez y se preguntó cuál sería su edad real. Definitivamente no habría sido tan vieja dieciséis o diecisiete años atrás, pero no podía negar la sensación de que esa mujer había nacido así, en la mediana edad, como si asociar infancia o juventud a ese semblante adusto fuera inconcebible. Nunca había sido una mujer simpática, ni por supuesto lo era ahora. Esa mañana se limitó a dejar la bandeja desportillada sobre la mesa, y cuando iba a verter el contenido de la jarrita en el café la mano derecha sufrió un temblor repentino que le hizo derramar parte de la leche sobre el mantel. Lo limpió rápidamente, con un trapo azulado que solía llevar prendido del cinturón del vestido negro.

—Ahora traigo más leche —murmuró a modo de disculpa.

—No hace falta, de verdad. Con ésta es suficiente.

Frederic intentó sonreír, pero su gesto se estampó contra los ojillos de roedor de la mujer, que dio media vuelta con la bandeja en la mano y caminó despacio, como si ésta le pesara, hacia la puerta del salón. Regresó minutos después, con otra jarra llena de leche, y la plantó en la mesa haciendo gala de una firmeza exagerada y desafiante.

—Ya le he dicho que no hacía falta. Pero gracias —se apresuró a añadir, al tiempo que echaba unas gotas más de leche al café; sonrió al darse cuenta de que seguía hablándole de usted, exactamente igual que cuando era un mocoso.

Frederic buscó algo que decirle. Llevaba menos de un mes en Barcelona, después de una larga convalecencia en el hospital y un viaje que se le hizo eterno a través de media Europa. En estos días había charlado con su padre, por supuesto, y había mantenido una entrevista con el doctor Freixas relativa a su entrada como psiquiatra en el sanatorio que éste dirigía. Pero aparte de esas dos conversaciones, no había cruzado apenas palabra con nadie más. Su padre le habló sin tapujos de su situación económica y le aclaró que, aunque sus rentas aún garantizaban su propio bienestar en la vejez, los restos que quedarían tras su eventual fallecimiento no permitirían a su hijo subsistir sin una fuente de ingresos. Es decir, hablando de manera simple y llana: debía buscarse un empleo.

Tal como le había sucedido en el hospital, echaba de menos

la camaradería, las bromas soeces, la convivencia con sus compañeros de armas. La sensación constante de que nunca estabas solo, ni siquiera de noche. Para un hijo único criado con afecto pero sin excesivas muestras de cariño (otra de las cosas que compartían sus separados progenitores), el contacto diario con otros hombres, absolutamente distintos entre sí en edad o educación, había resultado estimulante. Mucho más que sus días en la escuela, donde su timidez y sus viajes frecuentes le habían relegado a ese espacio etéreo pero real de los «raros» del aula. En la trinchera no había lugar para la timidez, ni para la excentricidad; sólo la necesidad de empujar las horas hasta que llegara el siguiente combate, ya fuera a base de zambullirse en la nostalgia o de discutir con los otros por cualquier banalidad. Fuera como fuese, esa mañana de domingo no le apetecía desayunar solo y lo único que se le ocurrió para retener a Enriqueta fue añadir, mirándola de reojo:

—Mi madre me dio recuerdos para usted.

Era mentira, obviamente, y los ojos pequeños de Enriqueta se convirtieron en dos líneas despectivas, que demostraban que, aunque no se creía ni una palabra de esa frase, sí tenía la posibilidad de aprovecharla para indagar sobre quien había sido su más encarnizada enemiga en la tierra.

—¿Cómo está la señora Claudia? —preguntó, en un tono de cortés formalidad, enfatizando la castellanización del nombre, algo que su madre, ambos lo sabían, habría detestado profundamente.

Frederic recordó de repente que su madre, en venganza, solía llamar Henriette a la vieja criada, sólo para corregirse segundos después y añadir, con aquella vocecilla traviesa que todos conocían bien: «No, *chérie*, por mucho que me gustaría llamarte así, Henriette no te pega en absoluto. Demasiado… sofisticado para ti». Claudine había estudiado en París —de hecho fue allí donde conoció a Horaci cuando éste regresó de ultramar— y había adoptado el francés casi como primera lengua, aunque hablaba español y por supuesto alemán. Se había trasladado a la capital francesa siendo muy joven, huyendo de una ciudad que entonces le traía malos recuerdos. En diciembre de 1881, la familia de Claudine, judíos adinerados originalmente procedentes de Moravia, asistieron a la función de *Los Cuentos de Hoffmann* que se representaba en el Ringtheater. Claudine se quedó en casa, enferma de gripe, seguramente disgustada por perderse lo que era la representación más popular de esos días en la capital. Fue esa gripe lo que, sin embargo, le salvó la vida. Un incendio fortuito estalló en el teatro en plena función, y, según se dijo luego, las medidas de seguridad no funcionaron. El caos cundió en los palcos y en la platea, sobre todo cuando alguien cortó las luces. Tanto los padres como la hermana mayor de Claudine perecieron en ese fuego, junto con casi ochocientas personas más, y ella, una joven relativamente rica y de repente sola en Viena, optó por marcharse a París en cuanto se repuso del trauma de la pérdida.

—Bien. Bueno, muy alterada por la guerra. Viena ya no es lo que era… —Se detuvo ante la dificultad de explicarle a aquella mujer, que salía poco de casa, apenas abandonaba el barrio y nunca había cruzado los márgenes de la Ciudad Condal, el cambio experimentado en un lugar tan lejano para ella como la capital del Imperio austro-húngaro. Desistió—. En realidad, se encuentra bien. Como siempre, más o menos. Algo más mayor.

Enriqueta permaneció inmóvil, esperando al parecer que él elaborara algo más su explicación.

—Los años pasan para todos —apostilló con un deje de satisfacción bastante evidente.

—En efecto. —Frederic hizo otro intento por sonreír—. Yo acabo de cumplir veintisiete, ya no soy el niño al que había que vigilar para que se terminara la comida.

Si creía que el recurso de la nostalgia iba a servirle de algo con Enriqueta, tardó poco en ver que ella no se dejaba conmover con facilidad. Al contrario, se tomó la frase como una crítica y repuso, sin el menor atisbo de emoción:

—Yo cumplía órdenes. No crea que no tenía otras cosas

mejores que hacer, además de vigilarlo. —Lo dijo como si se hubiera tratado de una carga injusta añadida a sus quehaceres domésticos, una tarea que se había visto obligada a desempeñar a la fuerza y que, para colmo, ahora le ocasionaba reproches.

—Ya lo supongo —dijo él, levemente ofendido—. Pues ahora ya no es necesario. Puede ir a la cocina, o a donde quiera. No hace falta que se quede conmigo.

Ella asintió y dio media vuelta, con el mismo paso cansado de antes. Desapareció dejando el rastro incómodo que suele desprenderse de las conversaciones desagradables, un regusto un tanto agrio que le llevó a endulzar un poco más el café con leche. En los últimos meses, había mantenido suficientes encuentros dolorosos con personas que le importaban más que la vieja Enriqueta y su amargura existencial. Resultaba curioso que los quince meses en el frente, desde que se alistó voluntario a finales del verano de 1914 hasta que sufrió la herida que le devolvió a casa definitivamente, le hubieran descubierto todo un mundo de amistad y compañerismo con los hombres de su unidad, una amistad recia y sin florituras, auténtica en un sentido esencial de la palabra, y al mismo tiempo hubieran significado su alejamiento de las dos mujeres que habían tenido algún peso significativo en su vida, su madre y Gretta. Por motivos distintos, en realidad opuestos, ambas terminaron enojadas y ofendidas por sus decisiones, incapaces de comprender las razones que le empujaron primero a unirse a la contienda y luego a despotricar contra ella. Las oficinas de reclutamiento, instaladas en el parque del Prater, reclamaban el alistamiento voluntario de los jóvenes austríacos, tiñendo el acto de un aire de inconsciencia, de patriotismo franco y sin dobleces. «¡Eres joven, eres valiente y fuerte, y por tanto debes luchar por tu país!» La música del carrusel, el alegre girar de la noria, los efluvios de los dulces, todo se combinaba para hacer ver a los jóvenes de la ciudad en aquel 18 de agosto, día del aniversario del glorioso emperador Francisco José, que la guerra sería un paso más en esa aventura, una atracción de verdad de la que regresarían con la sonrisa madura del deber cumplido. Incluso él intuyó entonces que en aquella melodía pegadiza, en la voz entusiasta que alentaba a los futuros soldados, en las recompensas implícitas que aguardaban a los heroicos y gallardos hombres de uniforme, se escondía un poso falaz. Aun así no pudo sustraerse a la corriente de excitación que le unió esa tarde con sus dos mejores amigos. Como si un hilo eléctrico les encendiera los ojos y guiara sus pasos, los tres se alistaron a la vez, prometiéndose permanecer juntos, luchar juntos, volver juntos en unos pocos meses, porque la guerra, según se decía, no duraría mucho más. Les había invadido una prisa inaudita por embarcarse en aquella empresa, porque en el fondo temían no llegar a tiempo, que la contienda terminase antes de que el invierno cubriera de blanco la ciudad sin que ellos hubieran llegado a degustar el sabor poderoso de su gloria. Era algo, repetían, que debían vivir los tres juntos. En ningún momento se habló de la posibilidad de morir juntos, claro está. Aunque la guerra estaba en boca de todos, la muerte era algo que no se mencionaba, como si ambos conceptos no guardaran relación alguna o, aún peor, como si admitir esa posibilidad fuera un pecado de traición al Imperio. «Hay que luchar para contarlo», había dicho Matthias, con las mejillas encendidas, sin pararse a pensar, ni él ni Anton ni el propio Friedrich, que precisamente para poder contarlo lo mejor era verlo a distancia. Esa alegría generalizada se contagió a Gretta, la joven con la que él mantenía un noviazgo discreto, construido más sobre silencios cargados de significado que sobre palabras de compromiso explícito. Gretta era hermosa, una belleza lánguida de rizos rubios y ojos de un azul tenue, adormilado, que despertaron de repente cuando él se presentó ante ella vestido con el uniforme del ejército austro-húngaro, apenas dos semanas después de su alistamiento. El recato y la timidez que habían caracterizado sus fugaces contactos íntimos se derrumbaron al instante, y esa misma tarde de septiembre, en una pensión más otoñal que el cielo de Viena, Gretta se le entregó con el fervor devoto de una mártir por la causa. Primero dejó que acariciara sus pechos pequeños y turgentes por encima de la ropa, que admirara el cuerpo inocente que ella iba descubriéndole poco a poco, prenda a prenda; dejó que deslizara las manos por sus caderas incitantes y por sus nalgas firmes. Al final, completamente desnuda, a excepción de una medallita de oro que siempre llevaba colgada al cuello, se tumbó en la cama y cerró los ojos, dispuesta al sacrificio. De manera automática se llevó la medalla a los labios en un beso rápido, y ese gesto estuvo a punto de echar a perder la culminación del acto porque él comprendió, a pesar de las ganas que le nublaban el cerebro, que Gretta no se le estaba entregando a él sino al Imperio, al ejército, a la victoria, al orgullo patriótico. Pero la fuerza arrolladora de la juventud se impuso; al igual que en el Prater había desoído la vocecilla impertinente que le advertía de la falsa bienvenida a la guerra, en aquel cuarto barato alejó cualquier objeción y se lanzó sobre el lecho, sobre el cuerpo dulce y tembloroso que se le ofrecía sin mirarlo. «Abre los ojos», susurró él mientras la penetraba, pero ella no le hizo caso. Ni un gemido escapó tampoco de sus labios por mucho que Friedrich redobló sus esfuerzos mientras acariciaba los pezones oscuros y besaba aquel semblante que parecía haber caído en trance. Y sin embargo, después de que él llegara al orgasmo, Gretta pareció revivir y, ya perdida la virginidad traumática, puso sus cinco sentidos, y algún otro más, en hacerlo sentir el soldado más poderoso, el amante más salvaje, el hombre más deseado de todo el Imperio.

Una sensación vigorizante que se estrelló contra la ira desdeñosa de su madre en cuanto lo vio con el mismo uniforme. Sus argumentos, aunque razonables, ya no tenían ningún sentido, y eso la indignaba más que cualquier otra cosa. Por tanto, sólo podía arruinar el momento aduciendo el absurdo de un conflicto y burlándose del concepto de hombría asociado a las tareas militares, algo que casi consiguió enervarlo. «Una guerra

nunca se los imponía a los demás; avanzaba en la vida dividiendo la jornada en actividades regulares, con la precisión de un reloj. Frederic no tuvo que mirar el suyo para saber que eran las diez de la mañana: el ruido del llavín en la puerta le indicó que su padre acababa de terminar su paseo habitual y las campanadas que resonaron en el salón fueron sólo la confirmación de una hora que él ya sabía. Luego, como todos los sábados, Horaci se sentaría en su butaca a leer los periódicos, tomaría un aperitivo antes de almorzar y echaría una siesta de cuarenta y cinco minutos después de la comida. Frederic sonrió para sus adentros al pensar en lo desesperante que eso debía de haber sido para su madre, maestra en el arte de improvisar y para quien no había mayor condena que la rutina. Nunca se había preguntado realmente por qué ella se había marchado a París y luego a Viena; más bien la única duda que se había planteado alguna vez era cómo dos personas tan absolutamente opuestas se habían enamorado, casado y permanecido juntas durante casi una década. Sus padres no habían vuelto a verse desde que Claudine se marchó, aunque por algún comentario materno sabía que se escribían de vez en cuando. Esa peculiar situación familiar, atípica entre sus compañeros, no le había resultado difícil de asumir. Había estudiado en Barcelona hasta los doce años y luego en Viena; había pasado los veranos en Austria hasta esa misma edad y los siguientes, hasta la guerra, con su padre. Y, a pesar de todo, y aunque siempre echó de menos a un hermano con quien compartir la infancia, podía decirse que sus primeros años no habían sido infelices.

Tal como preveía, su padre asomó la cabeza y le dedicó un saludo casual; había entrado más por coger los periódicos, que se encontraban sobre la mesa, que por resultar sociable. Aprovechó para dejarle una carta que al parecer había llegado con el correo del día anterior. Acto seguido fue a refugiarse a su estudio, una de aquellas habitaciones que de pequeño ejercía sobre Frederic una fascinación enorme, sobre todo porque no le estaba permitido entrar en ella. En su imaginación infantil, desbocada por el hecho de pasar tantas horas solo, aquella estancia estaba llena de secretos inimaginables. A veces fantaseaba con la posibilidad de que su padre ocultara en aquellos estantes mapas de tesoros, objetos sorprendentes traídos de su pasado en islas remotas. Porque Horaci Mayol no siempre había sido el caballero previsible y flemático que era en su madurez. Al contrario, en su juventud había abandonado el pueblo pesquero de Sant Pol para embarcarse hacia las colonias, concretamente a Cuba, y allí se había enriquecido: eso era todo cuanto se sabía, todo cuanto él quería contar. Su hijo no podía dejar de elucubrar sobre esa vida anterior, creando a un padre absolutamente distinto del que tenía delante. En una ocasión, devorado por la curiosidad, se adentró en el espacio prohibido, aprovechando que alguien había dejado la puerta sin cerrar. Apenas tuvo tiempo de ver nada, sólo una gran biblioteca y un viejo butacón, porque la vieja Enriqueta apareció en el umbral casi al instante y le ordenó, con mal disimulada satisfacción, que saliera de allí. No contenta con eso, el mismo día refirió el incidente a su padre, quien le castigó con una de esas bofetadas que dolían más por la humillación que por la fuerza empleada.

Sonrió al recordar esos momentos y casi al mismo tiempo una punzada aguda le deformó el gesto. Odiaba esos pinchazos que le asaltaban a traición, en cualquier momento. Se originaban en la parte trasera de su hombro izquierdo y recorrían su brazo inútil, que sólo parecía servir ya para transmitir el dolor. El médico le había advertido que debía acostumbrarse a ellos, y sin embargo no podía sustraerse al temor que le inspiraba aquella descarga lacerante que, en ocasiones, le cortaba la respiración. Por suerte, no solían durar mucho, aunque su efecto le dejaba en un estado que mezclaba el mareo con la fatiga. Se levantó de la silla y se dirigió hacia la puerta ventana que daba al patio. Hacía una preciosa mañana ahí afuera, pero no se sintió con ánimos para salir a disfrutar de ella. Su padre se ocupaba de aquel espacio verde con la misma precisión que regía el resto de sus actividades, aunque por supuesto la idea y los primeros cuidados habían venido de su madre. Claudine adoraba las flores, el aire libre, y él siempre había pensado que su padre dedicaba horas a ese espacio con la esperanza de que ella regresara algún día y encontrara sus plantas en el mismo estado radiante y colorido en que las había dejado al marcharse. Por supuesto, en esos años las plantas habían crecido o se habían secado, siendo cambiadas por otras, y la mentalidad cartesiana de su padre se había aplicado a la distribución del lugar. En cualquier caso, el resultado era armónico y pulcro, y desde donde Frederic lo observaba ahora, francamente acogedor; mucho más que el salón o que las demás estancias de la casa, donde el polvo cubría los muebles nobles con una pátina de triste dejadez. El espíritu alegre de Claudine seguía brillando en el jardín, aunque pasado por el tamiz ordenado de Horaci, el mismo que, era de suponer, había intentado con mucho menos éxito domeñar los impulsos de su joven esposa demostrando una vez más que la naturaleza vegetal era mucho más controlable que la humana. Un segundo brote de dolor le nubló la vista y le obligó a apoyar la mano derecha en la cristalera. Sintió crecer el deseo de aquello que le aliviaba al instante y que, día tras día, se prometía dejar atrás. Llevaba ya semanas luchando contra ese anhelo, y perdiendo siempre. Primero había sido sólo una ayuda para dormir, un antídoto contra la alternancia de insomnio y pesadillas que le acechaban cada noche; poco a poco había ido tornándose en algo más: la solución única y temporal a un dolor que no tenía explicación y que por tanto no podía ser tratado. Frederic era consciente de que la medicina se estaba convirtiendo en enfermedad, en una adicción que cada día le atacaba más temprano. El dolor se transformaba en sudor frío, el corazón se le aceleraba levemente; respiró hondo para contrarrestar el impulso y decidió salir al patio.

El tibio sol de inicios de primavera le alivió un poco. Pensó que le quedaban dos semanas para disfrutar de no hacer nada antes de incorporarse a su nuevo trabajo. Ansiaba y en parte temía un poco esa soledad autoimpuesta. Había algo que deseaba hacer, un proyecto que se le ocurrió primero durante su convalecencia en el hospital y que fue tomando forma a medida que pasaba el tiempo. No se había atrevido a comentarlo con nadie, ni siquiera con su padre, ya que la idea le inspiraba un sentimiento muy parecido al pudor. A solas en el jardín, estuvo a punto de decirlo en voz alta, como si así pudiera convencerse a sí mismo de que no se trataba de un capricho o una idea absurda. «Quiero escribir un libro —murmuró con los labios—. Quiero contar la guerra desde mi participación en ella. Quiero que el mundo sepa el horror que conlleva.»

Había decidido qué pasos seguir con ese propósito en mente. Soledad, un trabajo que le permitiera no depender de su padre, tiempo libre en un lugar donde no hubiera más distracciones. La posibilidad de incorporarse al sanatorio del doctor Freixas parecía ajustarse como un guante a sus necesidades. Horaci se había sorprendido al saber que pensaba ocupar la vieja casa de pescadores de Sant Pol, aunque fiel a su costumbre, se había limitado a comentar que «harían falta algunos arreglos para hacerla habitable». Frederic en persona la había visitado aprovechando la entrevista con el doctor Freixas. La clínica se encontraba en mitad del bosque que separaba Sant Pol de Sant Cebrià de Vallalta, un entorno cargado de paz y cerca del mar para enfermos que llevaban el conflicto en sus mentes.

La casa estaba vieja, de eso no cabía duda, pero estaba en mejores condiciones de lo que Frederic o su padre habían supuesto. Había pasado la noche allí, y a pesar del frío que se colaba por las ventanas de madera, había logrado dormir. Por supuesto que hacían falta algunas reformas básicas y, sobre todo, una limpieza a fondo. De lo segundo ya se había ocupado: el propio doctor Freixas le había recomendado a un par de limpiadoras de la clínica que residían en el pueblo. Frederic, que no recordaba haber estado nunca en él, deambuló por sus cuatro calles admirando las nuevas casas construidas por aquellos que, como su padre, habían logrado fortuna en las colonias o por barceloneses que empezaban a poblar el pueblo para sus estancias de veraneo.

Se sorprendió admirando una de las casas, una flamante construcción que hacía esquina en la riera, provista de un bello torreón con vistas al mar. Anduvo luego en dirección contraria y ascendió hasta la ermita. Apenas se había cruzado con nadie en el camino; respiró aquel aire marino, salado y fuerte, sintió el aire húmedo en el rostro y se dijo que no existía un lugar mejor para llevar a cabo su propósito de escribir esa novela.

Desde aquella privilegiada atalaya observó la playa, donde unas mujeres vestidas de negro reparaban las redes de pesca. El conjunto componía algo parecido a un cuadro clásico, que su madre y sus amigos habrían desdeñado por poco original, pero que en vivo cobraba una belleza serena y envolvente. El azul grisáceo del mar que enlazaba con un cielo turbio, ensombrecido por nubes oscuras, la espuma blanca de las olas acariciando la orilla donde unas gaviotas paseaban como si fueran las auténticas señoras del lugar, impasibles ante la presencia humana que, a pocos metros de distancia, cosía las redes extendidas sobre la arena. Era curioso observar que las costureras apenas se movían, al contrario que las aves y las olas: parecían estatuas de piedra negra, tótems silenciosos diseminados por la playa.

Frederic decidió descender, incorporarse a aquella escena de la que hasta ese momento había sido un mero observador. Volvió al camino y bajó, pero, como suele suceder, cuando sus pies pisaron la arena el cuadro había cambiado. Las mujeres ya no estaban quietas, sino ocupadas doblando las redes. La escena, vista de más cerca, había perdido su encanto hipnótico. Las gaviotas lanzaban chillidos poco acogedores, molestas por la actividad súbita, y el viento levantaba la arena. Frederic se sintió súbitamente incómodo ante las miradas de curiosidad de todas aquellas mujeres, que cuchicheaban sobre su ropa y sus zapatos, poco acordes con el entorno, y optó por una retirada a tiempo. Sí, se dijo Frederic, sonriente: había pocas distracciones en aquel pueblo, y eso lo convertía en el lugar ideal para llevar a cabo su proyecto.

Ahora, sentado en aquel jardín silencioso, entreviendo la silueta de su padre a través de la puerta ventana que daba al despacho, seguía estando seguro de ello. De repente recordó la carta que Horaci había dejado para él en la mesa y entró a buscarla. Le alegró ver quién era el remitente y sonrió al pensar en lo que diría el doctor Freixas si supiera que quien les escribía era Anna, la hija menor del maestro Freud, la que estaba decidida a seguir los pasos de su progenitor. A su regreso a Viena, en un arrebato de nostalgia por los buenos ratos vividos escuchando al doctor Freud, había pasado por la puerta de su casa, en la calle Berggasse, aunque no se había atrevido a llamar. El azar quiso que se topara con Anna, la hija menor de la familia, a quien conocía de vista. La joven, que regresaba del colegio donde trabajaba como maestra, también lo reconoció y juntos fueron a tomar un café no muy lejos de allí. Anna le contó que sus hermanos también se encontraban en el frente, y que su padre seguía con indisimulada preocupación los avatares del conflicto. Cuando se despidieron, él le dio la dirección de la casa de Barcelona, y ella prometió escribirle. Al parecer, Anna era una mujer de palabra.

Rasgó el sobre allí mismo:

*Querido Friedrich:*

*Espero que esta carta le encuentre bien de salud, más recuperado de esa herida en el hombro y esos dolores de los que se quejaba cuando nos vimos. Deseo asimismo que su padre se halle bien de salud.*

*Nosotros seguimos bien. Nos inquieta no recibir noticias de Martin ni de Ernst, aunque supongo que en este caso la falta de noticias es una buena señal. Le comenté a mi padre nuestro paseo y casi se enfadó cuando supo que usted había estado en la puerta de casa y no se había* atrevido a llamar. Conste que se lo dije: papá habría estado encantado de recibirle y de conversar con usted sobre su experiencia sirviendo en nuestro ejército.

Por otro lado, quería darle las gracias por el rato agradable que pasamos en la cafetería y por la porción de Apfelstrudel que casi devoré yo sola. Apenas pude cenar esa noche. Creo que ha sido una de las tardes más divertidas de los últimos tiempos. La verdad es que el ambiente en Viena es tan gris como el tiempo, y aunque en casa tratamos de aparentar normalidad, la preocupación por mis hermanos y por la situación en general no nos permite estar muy alegres.

Sé que usted hizo lo posible por apaciguar mis miedos y que me ocultó lo terrible que debe de ser el frente. Le agradezco su esfuerzo, pero he de decir que habría preferido que me contara la verdad sin ambages. Lo habría soportado. Ser la hija menor después de otros cinco hermanos te hace resistente. O quizá sea algo de nacimiento: mi madre siempre ha dicho que yo era la hija más díscola, la más desobediente de la familia. Sé que me metí en bastantes líos de niña, sobre todo en comparación con mi hermana Sophie, que siempre ha sido la más guapa de las hermanas, pero, en confianza, le confieso que con los años quien ha dado más motivos de preocupación a mis padres no he sido yo, sino mi hermano mayor, Martin. Claro que sus peleas son siempre «cosas de chicos», mientras que mi desobediencia infantil me valió el apodo materno de «diablo negro».

De todos modos debo decirle que no consiguió su objetivo. Desde nuestro encuentro no he dejado de pensar en Martin y en Ernst, de recordar anécdotas de cuando yo era muy niña. ¿Sabe que una vez estuvieron a punto de ahogarme? Fue en el lago de Garda y yo debía de tener diez u once años. Estábamos allí de vacaciones sólo con mamá —otro día le contaré cómo eran, porque le aseguro que dudo que otros niños hayan disfrutado tanto como nosotros durante aquellos larguísimos veranos—, y un día Martin y Ernst me propusieron salir en barca. Se daban aires de grandes marinos, y acepté encantada porque raras veces me dejaban jugar con ellos. Montamos en la barca y tardé poco en darme cuenta de que algo iba mal, aunque, llevada por mi pasión por la aventura, me negaba a quejarme. ¡Cualquier cosa antes que admitir que tenía miedo! Me ordenaron que me acostara en el suelo de la embarcación y obedecí, pero veía en sus caras que no controlaban para nada la barca, y que ésta se estaba llenando de agua al tiempo que se acercaba peligrosamente a las rocas empujada por la corriente. Estoy segura de que lo que les dio más vergüenza a mis hermanos fue que mamá viniera a nuestro rescate. Al parecer nos estaba vigilando desde la orilla; se dirigió rápidamente a unos hombres que alquilaban un bote en el muelle y les ordenó que salieran a buscarnos. ¡Con ella a bordo, por supuesto! Al final no pasó nada, claro, pero recuerdo las caras compungidas de Martin y Ernst, siendo remolcados por una barca «capitaneada» por mamá.

No deseo entretenerle más. Me gustaría, y eso se hace extensible también a papá, recibir noticias suyas de vez en cuando. La vida parece haberse roto en pedazos con esta guerra tan larga y resulta agradable recomponer lo que antes teníamos, aunque sea a distancia.

Atentamente,

ANNA F.

Frederic dobló la carta con cuidado, sin poder evitar que aquel pasado, sepultado por la guerra, regresara a su mente con fuerza. Las tertulias que Freud organizaba en el Café Central a las que él había asistido, las discusiones a veces acaloradas entre los asistentes sobre conceptos que años antes habrían sido escandalosos para la moral de la época. La Viena de principios del siglo xx se dejaba arrastrar por nuevas corrientes de pensamiento, desafiaba convenciones y se atrevía a explorar temas que hasta entonces habían sido un tabú mientras seguía disfrutando de la música, el arte o el buen café. Nada hacía sospechar a los habitantes de esa ciudad, convertida en capital del mundo, que una realidad tan bárbara como la guerra iba a truncar en poco tiempo ese aire elitista y cosmopolita, enviando a los jóvenes a las trincheras, condenando a muchos a una muerte segura.

## 2

Hoy empiezan a llegar las niñas después de las vacaciones de verano. El tren traerá a la mayoría esta tarde y las demás irán apareciendo durante el fin de semana, acompañadas de sus padres. Saldré a recibirlas, bajo la atenta mirada de los ángeles de piedra, esas hermosas gárgolas que decoran las esquinas superiores de esta casa y que en su día le valieron un apodo que yo no vi razón alguna para cambiar, a pesar de que éste no es, en ningún sentido, un colegio religioso. A diferencia de otras figuras, de santos y mártires, los ángeles tienen un componente benévolo y amable; a ratos travieso, exactamente igual que nuestras niñas. Más de ochenta ángeles de carne y hueso.

Me parece increíble que, después de tantos años, éste siga siendo mi momento favorito del curso. Todo está por hacer, las esperanzas no pueden situarse en un punto más elevado. No digo que no sienta alivio también cuando las veo marchar, a finales de junio, después de diez meses de lidiar con ellas, pero nada es comparable a la alegría que me embarga al verlas de regreso. En verano, la escuela se convierte en un caserón vacío y hueco, el vientre de un animal gigantesco que nos ha engullido y no nos deja salir. Hay tantas cosas desagradables que hacer cuando ellas no están: limpiezas a fondo, reparaciones mayores, todo se deja para esos meses, de manera que las primeras semanas de vacaciones se convierten en un constante deambular por las arterias de una casa que se niega a tomarse un descanso. Mis pasos crean ecos que retumban en las paredes. Los pasillos se alargan, las escaleras se vuelven interminables e incluso a veces, en noches de absoluto silencio, creo oír ese fantasma que, según las niñas, se pasea por los corredores: una historia ridícula que de algún modo ha conseguido convertirse en una leyenda entre las alumnas más crédulas.

Lo único que me salva de la desesperación en los meses de calor son unas merecidas vacaciones fuera de aquí. Durante años las pasé con mi mamá, aunque me reservaba unos días para mí sola. Este verano, sin embargo, tuve que regresar a Begues para atender a mi anciana madre en sus últimos días y luego permanecer en el hogar a solas para vaciar unos armarios llenos de recuerdos. El cuerpo de mi madre sepultado en la tierra para siempre, el pasado convertido en objetos polvorientos; el cierre definitivo de una parte de mi vida… La verdad es que necesité hacer acopio de fuerzas para soportarlo todo. Por suerte, mi apreciada Irene vino a ayudarme, un gesto que agradezco mucho más de lo que he conseguido expresar con palabras. Cuando la vi llegar, sin previo aviso, para tomar las riendas de una tarea que yo no lograba ni siquiera iniciar, rompí en llanto. Y no se trataba de lágrimas de dolor reprimido, sino de alivio al saber que, a partir de ese momento, una persona más capaz que yo se encargaría de todo. Le di carta blanca, y la pobre tuvo la paciencia de seleccionar unos cuantos objetos que, supuso, yo querría conservar. Los puso en un baúl pequeño y no vi de qué se trataba hasta que llegué a casa (es curioso, acabo de escribirlo y me sorprende releerlo: mi única casa es ahora ésta, el colegio): una muñeca antigua, de rizos rubios, que de repente recordé como una de las favoritas de mi niñez; algunos libros y dos o tres objetos más que guardé en el armario.

A cambio le prometí que el próximo verano nos iremos de vacaciones juntas, a mi cargo, al lugar donde desee. Irene siempre se marcha en julio a Valladolid, a visitar a su familia, mientras yo me ocupo de mantener vivo este lugar. Su partida forma parte del acuerdo tácito que sellamos al fundarlo. Desde ese día, hace ya ocho años, ha permitido que sea yo quien dé la cara delante del mundo, aunque todas las decisiones respectivas a la escuela las hemos tomado entre las dos. Ella prefiere mantenerse en la sombra, y sólo yo sé lo mucho que esta institución le debe. Irene ha conseguido que materias arduas y tradicionalmente poco «femeninas», como las ciencias o las matemáticas, entren en las cabezas tozudas de las niñas. Posee una paciencia infinita, que combina sabiamente con momentos de elevada severidad. Las niñas la temen y al mismo tiempo la aprecian, ¿cómo no iban a hacerlo?, aunque sospecho que tampoco ellas se dan cuenta de lo mucho que vale. Cuando llega el final de curso, se despiden de todas nosotras entre ríos de lágrimas (nunca entenderé por qué estas niñas tienden a romper en llanto con tanta facilidad) y con pequeños regalos. Nada de valor, aparte del sentimental. Pues bien, la profesora que menos detalles de esa clase recibe es siempre Irene. Y me consta que eso le duele un poco en el fondo. El curso pasado llegué a sugerirles, a las mayores por supuesto, que no se olvidaran de ella. Su respuesta fue ilustrativa: no se les ocurría qué regalarle, como si las clases que impartía, su amor por los números y las ciencias exactas, la situaran en otra dimensión, incapaz de valorar un pañuelito bordado o un ramo de flores. Les ofrecí un par de ideas y las pobrecitas las llevaron a término, pero el resultado fue sumamente decepcionante para ellas. Irene está tan poco acostumbrada a recibir presentes que el hecho en sí fue una sorpresa enorme y reaccionó con la misma calma con que recoge las tareas en clase. Y sé que en su fuero interno se sentía agradecida, emocionada incluso... Lo cierto es que Irene ha sido educada para ocultar cualquier clase de debilidad; la rodea una coraza rígida, es práctica y enormemente sensata, jamás titubea y, aunque parca en palabras, siempre tiene la respuesta precisa en el momento oportuno... virtudes todas ellas que la convierten en una profesora excelente, en una compañera en quien confiar a ciegas, pero no en la persona más querida del colegio.

Ayer mismo, mientras manteníamos la reunión de profesores previa al inicio de curso, apenas abrió la boca, y eso que me esforcé por incluirla en el debate que siempre se produce. ¡Dios, no hay nada más rebelde e ingobernable que una reunión de maestros, cada uno empeñado en la importancia de su propia materia por encima de la de los demás! Debo decir, en descargo general, que éste es un curso especial para todos: en junio del año próximo finalizarán las primeras niñas que iniciaron su educación con nosotros. Son, por así decirlo, el primer fruto académico y personal de este colegio, y está claro que todos, yo en especial como directora del mismo, deseamos que sean un ejemplo, un estandarte reconocible y valorado. En definitiva, serán la carta de presentación en el mundo de nuestro trabajo. Jóvenes de dieciséis o diecisiete años, responsables, estudiosas, cultas e independientes. Ése ha sido nuestro objetivo y, en lo más profundo de mí, sé que estamos a punto de alcanzarlo. Debo reconocer que, quizá porque las he visto crecer, siempre han sido mis ángeles favoritos. De las catorce que empezaron quedan sólo doce: no todos los padres están de acuerdo con nuestro enfoque pedagógico y dos fueron trasladadas el segundo año a escuelas más convencionales. Pero a las doce que quedan las quiero, sí, como si fueran hijas mías. Soy consciente de que no todas son iguales, desde luego. Ningún colegio puede enorgullecerse de una clase con una docena de alumnas brillantes. Aun así, hay entre ellas cuatro, tal vez cinco, jóvenes que representan para mí una fuente inagotable de orgullo. La dulce Clarisa Miravé, la decidida Blanca Raventós, la capaz Maria Mercè Vilanova, Angélica Mendizábal y Concepción Hernando forman un grupito de niñas escogidas, especiales. Y por eso la reunión de ayer era más trascendente que otras. Introducir entre ellas a una alumna nueva era algo que, en mi opinión, merecía ser debatido por todos.

A principios del verano pasado recibí la carta de un caballero, de nombre Desiderio Palacios, en la que se me pedía que aceptara en el centro a su sobrina Griselda, de quince años de edad. La verdad es que mi primera respuesta, enviada al instante, fue negativa y tajante. Nuestro programa de estudios no es el común, y resultaría poco práctico, por no decir imposible, integrar a una estudiante directamente en el último curso. Para mi sorpresa, el caballero insistió, alegando haber oído maravillas de nuestro centro, y acompañó su segunda misiva de una carta de recomendación firmada por la directora de una escuela religiosa emplazada en León. La leí, y no pude evitar sonreírme ante una argumentación tan descarada: la mujer afirmaba en ella que «Griselda es una estudiante inteligente, curiosa, aplicada y de modales perfectos», entre toda una retahíla de alabanzas que convertían a la joven en un dechado de virtudes tan idealizado como la Beatriz de Dante. La carta, larguísima, glosaba tanto la devoción religiosa de la señorita Palacios como su hermosura, como si el hecho de que fuera agraciada respondiera a algún mérito propio. El conjunto era tan exagerado que, si bien volví a negarme a admitirla, sí despertó en mí una pizca de interés por conocer a esa muchacha, ni que fuera para comprobar qué parte de cierto había en aquella «oda a Griselda». Di el tema por zanjado con esta segunda negativa, cortés pero igual de firme que la anterior, y me olvidé del tema hasta hace apenas tres días cuando, de repente, a última hora de la tarde, la gobernanta, la señora Miró, me dijo que alguien me esperaba en la puerta principal.

Sin saber de quién podía tratarse, bajé a recibirla, y me quedé profundamente azorada cuando la desconocida, en tono resuelto, me informó de su nombre y de lo ilusionada que se sentía ante la perspectiva de estudiar aquí. Venía sola, acompañada de un montón de baúles. Mi primera reacción, allí en la puerta, fue de absoluta indignación. No me gusta que desafíen mis decisiones y no estoy acostumbrada a ello. Informé a la señorita Palacios de que en ningún momento había sido aceptada en el colegio y de que todo esto debía de tratarse, forzosamente, de un error lamentable. La jovencita, Griselda Palacios, me observaba con expresión atónita, aparentando estar tan sorprendida como yo misma: volvió el rostro hacia el sendero por el que, al parecer, la había traído un automóvil; luego bajó la cabeza, tocada con un sombrerito de color rosado, y rebuscó en su bolso de mano un paquete, que me entregó sin pronunciar palabra. Oscurecía, y al percibir que el sol se ocultaba en el horizonte me percaté de que seguíamos en la puerta. De ninguna manera podía dejar a aquella criatura en la calle, con todo el equipaje, aunque Dios sabe que deseaba hacerlo. No por ella, que probablemente no tenía la menor responsabilidad en aquel embrollo, sino por los modos en que se me estaba forzando a admitirla en la escuela, aunque sólo fuera por una noche. El automóvil, y, por descontado, las ropas que vestía aquella niña, indicaban dinero a espuertas, por no hablar de los preciosos y pesados baúles que la rodeaban. Aun así, lo que me impulsó a acomodar a Griselda, temporalmente, en uno de los cuartos vacíos fue la expresión entre asustada y desvalida que inundaba su semblante. Luego, después de tomarme un café con leche bien cargado, me senté en mi despacho y me decidí a abrir el paquete que la recién llegada me había dado. Por supuesto en él había una carta, ¡otra!, y un sobre cerrado que dejé encima de la mesa. El inicio de la misiva tuvo la virtud de indignarme de nuevo. Estoy habituada a los modos de las familias adineradas, no en vano este colegio se nutre de sus queridísimas hijas, pero nunca nadie me había tratado con una desfachatez tan exagerada… ¡Y escudándose en la palabra escrita, sin tan siquiera tener el valor de dar la cara!

El señor Desiderio Palacios volvía a presentarse y afirmaba que, dado que no había recibido respuesta a su segunda carta, había supuesto que yo había cambiado de opinión en lo que se refería a la admisión de su sobrina. Proseguía diciendo que lamentaba mucho no poder acompañarla, pero que su puesto en la embajada le obligaba a salir de viaje prematuramente. Dicho trabajo y sus planes de matrimonio en fecha próxima le mantendrían muy ocupado durante los meses siguientes. Esperaba, no obstante, encontrar tiempo para visitar a Griselda en algún momento «del año entrante».

Paré de leer, porque de haber seguido habría arrugado la hoja de papel y la habría roto en pedazos. Habría sido más dramático arrojarla al fuego de la chimenea, pero aún no hacía frío y habría caído sobre un lecho de cenizas. Al levantar la vista comprobé que había oscurecido del todo y caí en la cuenta de que estaba leyendo sin luz; encendí el quinqué, y el gesto, mecánico y cotidiano, me sosegó lo bastante para finalizar la lectura.

En la siguiente página, el señor Desiderio Palacios tenía la delicadeza de apuntar la posibilidad de que mi segunda respuesta, al parecer nunca recibida, reiterara mi negativa en la admisión de Griselda. Por ello, decía, en el sobre que acompañaba a estas letras se encontraban dos talones bancarios: uno de ellos cubriría los gastos de devolver a Griselda a Barcelona, a la dirección que ella misma nos indicaría; el otro, creía, costearía sin problemas la escolaridad de su sobrina a lo largo de todo el año. En el caso de que éste no fuera suficiente, me instaba a dirigirme por escrito a él, a la dirección que hacía constar; y, cito textualmente, «si es más de lo que ustedes requieren, le ruego acepte el resto como donación voluntaria a su prestigioso colegio».

Abrí el sobre adjunto y, efectivamente, en él hallé ambos documentos firmados. Lo que apenas pude creer fue la cantidad consignada en uno de ellos: lo que el señor Palacios ponía en mis manos era más del triple de lo que le habría costado la escolarización de su sobrina. Admito que la palabra «dinero» tiene a veces cierto poder mágico: abre puertas y derriba barreras. No porque busque yo el lucro personal, sino porque una institución como ésta se mantiene siempre en la fina línea que separa la supervivencia de la bancarrota. Las niñas serán de buena familia, pero comen como potros, y el edificio, aunque hermoso, requiere constantes reparaciones. Y hay algo más, una idea que hemos acariciado siempre con Irene y que poco a poco vamos llevando a cabo. Ambas supimos desde el principio que una escuela como la que queríamos fundar se orientaría principalmente a niñas de buenas familias. Nuestro sueño, sin embargo, era convencer a algunos de estos ricos padres de que sufragaran los gastos de otras chiquillas menos pudientes. La cantidad que el señor Palacios colocaba encima de la mesa nos permitiría acoger al menos a dos de estas criaturas.

Sola en mi despacho, dejé que mi mente reposara la sorpresa y la indignación. Refrescaba; pronto habría que encender aquel fuego que seguía apagado. Un hilo de aire se colaba por la ventana, lo único que entraba desde aquel exterior negro. Releí la carta y revisé los cheques. El reloj anunció las nueve y media, la hora de la cena, pero había algo que necesitaba hacer antes de sentarme a la mesa aquella noche.

Subí la escalera que separaba la planta baja de las habitaciones, dejando atrás el ruido de conversaciones en el comedor pequeño, el que usamos los profesores cuando las alumnas no están. Anduve por el pasillo y empujé la puerta de la estancia donde había alojado a Griselda: la madera chocó contra algo, que supuse sería uno de los baúles de la niña. Oí un «lo siento», y el jadeo de quien arrastra un objeto pesado. Entré, extrañada de que el cuarto estuviera a oscuras, y encendí la luz. Griselda estaba de pie, empujando el baúl; sin el sombrero, sus rizos rubios le caían sobre los hombros, desordenados y rebeldes. Suspiró y fue a sentarse en la cama. Por la marca hundida en la colcha intuí que había pasado todo ese rato allí, en la oscuridad, con las manos cruzadas en el regazo como las tenía entonces. Por un momento me asaltó un sentimiento de compasión desolador… Aquella criatura no era ya una niña, desde luego, pero había sido enviada a un lugar desconocido sin un adulto responsable que la acompañara. Más aún, la habían mandado a un lugar donde no se la había aceptado, porque yo estaba segura de que su tío había recibido todas mis cartas. De eso no me cabía la menor duda.

Me acerqué a ella y tomé asiento en la otra cama. Griselda no levantaba la vista del suelo y permanecí en silencio durante unos segundos, meditando sobre qué iba a decirle. De repente, la muchacha irguió la cabeza; sus iris castaños se clavaron en los míos mientras decía: «Ustedes tampoco me quieren, ¿verdad?», con una seguridad que dolía al oírla. Busqué un rastro de lágrimas en aquellos ojos, y no lo encontré: sólo vi en ellos la tristeza asumida de quien se sabe desdichada con motivo. Aquella frase, aquel «tampoco», dejaba claro que, a pesar de los elogios y de su belleza, aquella jovencita no había tenido una infancia fácil.

Y era hermosa, ciertamente, aunque su belleza no procedía de unos rasgos armónicos sino de una combinación afortunada de elementos que, por separado, no habrían despertado admiración alguna. Sí tenía un cabello bonito, aunque indómito (yo podía adivinarlo, ya que era muy parecido al mío cuando era más joven); sus ojos, como ya he dicho, eran de ese color castaño que resulta común, y sin embargo brillaban con una intensidad especial, quizá por la marea de tristeza que los inundaba. La nariz era recta, casi masculina, y tenía una boca de labios grandes que habrían sido tachados de ordinarios en otro rostro. El conjunto, no obstante, poseía un encanto especial, ya que esos rasgos quedaban matizados por un cutis blanquísimo, una piel deslumbrante y absolutamente perfecta que suavizaba los detalles más groseros. Nunca sería la Beatriz de Dante, pensé al recordar la carta recibida de la directora del colegio anterior; más bien la veía como a una Judith, desesperada y decidida a matar y sacrificarse por el bien de su pueblo.

No pude evitarlo: la miré fijamente e intenté tranquilizarla, sin mentir en ningún momento. Le dije que se había producido una confusión, un extravío de cartas que sin duda había generado esta situación incómoda para todos. Al ver que su rostro se ensombrecía, me apresuré a añadir que ahora debía cenar algo y descansar; al día siguiente, yo hablaría con el resto de los profesores y veríamos si podía hacerse algo con relación a su admisión en el centro. Griselda asintió. Noté que su postura se relajaba un tanto, aunque no del todo. Descruzó las manos, que hasta entonces habían estado en su regazo, y cuando lo hizo algo cayó al suelo. Me agaché a cogerlo. Era un objeto dorado, muy bonito, una especie de caja decorada con motivos orientales. «Era de mi madre —me dijo—. Es lo único que conservo de ella. Murió hace años, ¿sabe?»

Admito que tuve que contenerme para no abrazarla mientras ella jugueteaba con aquel recuerdo. Se trataba de lo que se conoce por «caja china», una especie de joyero con diminutos compartimentos secretos, cajoncitos minúsculos que se abrían mediante un resorte. Lo apretó, creo que sin querer, y la tapa superior se abrió: una alondra giraba en círculos, como haría una bailarina, al compás de una canción infantil francesa. Era el típico objeto que fascinaría a una niña pequeña y que, para Griselda, a pesar de sus quince años, seguía siendo mágico. Yo recordaba haber tenido una parecida, cuando era una cría, y me pregunté qué habría sido de ella.

Me ocupé personalmente de añadir una manta a su cama, pensando que no hay nada peor para un alma desgraciada que un lecho frío. Yo misma le subí la cena. Ella apenas dijo nada más: aceptó con resignación esperanzada el veredicto que le llegaría al día siguiente; sin darme cuenta, mientras la veía moverse por la habitación, sacar del baúl su ropa de cama y un bonito cepillo nacarado para el cabello, iba preparando mi discurso porque, de alguna manera, ya había decidido que Griselda se quedara aquí.

Debo decir que el resto de los profesores reaccionaron bien. Algo sorprendidos al principio, porque saben lo mucho que significa para mí ese grupo y mi interés en que nada perturbe su último año de formación. Mencioné sin ambages la jugada del señor Palacios, sin olvidar la parte económica, así como la sensación de lástima que había despertado en mí aquella jovencita. Les advertí que desconocía sus capacidades académicas y les pedí a todos un poco de paciencia a la hora de tratar con ella, si finalmente optábamos por admitirla. Mi sugerencia, tal como les expliqué, consistía en escribir al señor Palacios aceptando a Griselda a prueba durante el primer trimestre del año. Eso cubría la ausencia del señor en cuestión y al mismo tiempo nos dejaba una puerta abierta si aquella muchacha no se adaptaba a nuestra vida escolar. En las caras del cuadro docente vi que no tenían nada que oponer a ello y respiré, satisfecha, no porque no pudiera imponer mi criterio como directora del centro sino porque creo mucho más en el consenso que en el ejercicio de la autoridad.

En la reunión, pasamos luego a ocuparnos de otros asuntos, ya no relacionados con el curso de las mayores, aunque al final volvimos a él. Había un proyecto que las afectaba que debía empezar a prepararse ya desde septiembre: la función teatral de final de curso, que en esta ocasión tenía que ser más esplendorosa que nunca. Anuncié que este año representaríamos una versión adaptada de *Jane Eyre*, la maravillosa novela de Charlotte Brontë, y que esperaba la mayor colaboración por parte de la señorita Sofía, la profesora de música y costura, y de don Pablo, el profesor de dibujo. Son los más jóvenes de entre mis docentes, y ya el año pasado, cuando se incorporó la señorita Sofía, noté que se establecía una corriente de simpatía entre ellos. Algo que por desgracia no puedo consentir y que comenté con Irene. Ya tuve mis dudas a la hora de contratar al profesor: un hombre joven, aún en la veintena, moderadamente apuesto y con temperamento artístico, suponía un peligro en aquella casa llena de jovencitas y le advertí seriamente sobre eso. Su aspecto tenía poco que ver con el del venerable señor Tarrida, el profesor de historia, el único varón del cuadro de profesores hasta el momento. Dos años después, Pablo March ha resultado ser un valioso docente, capaz y entregado. La mayoría de las alumnas andan enamoriscadas de él, pero no les hace el menor caso. O, como bien me dijo Irene cuando le expuse mis dudas, se deja admirar, como si fuera uno de sus cuadros.

Fue él quien apuntó, al terminar la reunión, algo que a mí se me había pasado por alto. «Ahora con esta niña nueva, serán trece las alumnas del último curso. Eso trae mala suerte, ¿no es verdad?» Irene soltó un bufido desdeñoso; odia las supersticiones y más todavía las asociadas a sus queridos números, y creo que tampoco le resulta muy simpático el profesor March.

Sin embargo, luego, cuando informé de nuestra decisión a una expectante Griselda y recibí a cambio una sonrisa amplia, generosa y con un punto de autosuficiencia, como si ya hubiera previsto este resultado, me dije que aquella niña era precisamente la alumna número trece.

La que descuadraba las parejas.

La que no debería estar aquí.

# 3

Le quedaban dos semanas para incorporarse en el sanatorio, y los días transcurrían despacio, mecidos por los ligeros nervios que acompañan cualquier cambio inminente. Frederic dedicaba las mañanas a la lectura: había decidido que debía empaparse de lo que otros habían escrito sobre guerras anteriores para tomar ideas. Rebuscó en la biblioteca de su padre y de ella sacó algunos volúmenes, y acudió también a la biblioteca Arús, en el paseo de San Juan, un espacio imponente donde pasó largas tardes enfrascado en relatos bélicos que, por otro lado, se parecían muy poco a la guerra que había sentido en sus carnes. No lograba sacudirse de encima la sensación de que aquellos héroes de ficción poseían unas cualidades que a él, por su experiencia, se le antojaban absolutamente falsas. Ni él ni sus amigos, en el punto álgido de su fervor guerrero, habían pronunciado frases como las que veía escritas en esas novelas. Quizá porque lo primero que tuvieron que soportar fueron dos meses de entrenamiento tan duro, tan doloroso y extenuante, que cuando terminaba el día apenas tenían fuerzas para pensar.

Quería creer que aquellos meses estaban ideados para convertir a jóvenes en soldados, pero la verdad era que, al recordarlos, se convencía cada día más de que su única función era transformar a hombres en autómatas. Eliminar el individualismo, la noción de ti mismo como ente único y fundirte en la identidad de un grupo que existía única y exclusivamente con el fin de resistir. Resistencia era lo único que se inculcaba en aquel campamento: resistencia al dolor, con jornadas interminables llenas de pruebas físicas que martirizaban el cuerpo; pero también resistencia al absurdo, con órdenes delirantes y humillantes castigos, que a las dos semanas se aceptaban ya con plena normalidad. Y, por supuesto, resistencia al desánimo, el enemigo más desalmado que puede tener un soldado. Los peores castigos, los más brutales, se asignaban a aquellos en quienes se observaba una tendencia a la melancolía o al hastío. Matthias sufrió más de uno por esa causa, y se acostumbró a fingir: a mostrar ante los demás una alegría casi demencial, a moverse con una brusquedad que era contraria a la que le había sido otorgada por naturaleza. Veinte días después, con varias palizas en su haber, tras haber limpiado letrinas hasta caer agotado, incluso los rasgos físicos de Matthias se habían transformado: el joven lánguido, con aficiones musicales, se había convertido en alguien que hablaba con otra voz, levantaba la barbilla con gesto altanero y obedecía cualquier orden, por peregrina que fuese, con el fervor de los conversos. Nunca desfallecía, nunca se quejaba. Nunca parecía descansar del todo, como si una corriente eléctrica lo mantuviera alerta inundándole los ojos de un brillo perenne, casi inhumano, y dotando todo su cuerpo de una agitación nerviosa que le provocaba espasmos súbitos. Él se lo dijo, cuando los trasladaron a las cercanías de Belgrado, en noviembre de 1914. Fumaban ambos el último cigarrillo del día, que Matthias sostenía con dedos temblorosos, quizá por culpa del frío. Frederic se atrevió a comentarle entonces que debía calmarse. Matthias sonrió, si es que el verbo puede usarse para describir la mueca que distorsionó su semblante, desplazando los labios como si una fuerza externa tirara de ellos y los dejara tensos, incapaces de volver a su sitio. Luego, despacio, apoyó la punta encendida en el dorso de la mano y la frotó contra la carne al tiempo que exhalaba el aire en un suspiro que era más de alivio que de padecimiento. «Ya está», dijo. «He descubierto que el dolor me tranquiliza.» Su boca había vuelto a su estado normal y en su mirada no había la menor extrañeza por lo que acababa de hacer.

No, los héroes de las novelas que leía no hacían esas cosas.

A pesar de estar entretenido con los libros, a ratos tanto la biblioteca como la casa de su padre se le caían encima, una sensación que ya había tenido en el hospital donde le atendieron y en Viena, las semanas que pasó con su madre antes de partir. Entre las secuelas invisibles de la guerra se encontraba esa desazón que le asaltaba en los espacios cerrados, la necesidad de moverse, de caminar, de perderse en grandes avenidas como el paseo de Gracia o en los callejones lóbregos que rodeaban las Ramblas, a pesar de que el tiempo en los últimos días no acompañaba. Observaba cuanto veía a su paso, sorprendido ante las enrevesadas y vistosas casas modernistas que habían proliferado en los últimos años, tan distintas a la solidez sobria y elegante de los palacios vieneses, y también ante la pobreza que, pocas calles más abajo, se traducía en suciedad, recovecos oscuros y olores infames. Le gustaba recorrer las manzanas cartesianas del Ensanche y comparaba mentalmente la ciudad con la capital austríaca, que había crecido en círculos, como una telaraña rica en la que sus habitantes vivían atrapados y felices.

Fue también a visitar al médico, con quien debía abordar el espinoso tema de la morfina. Estaba decidido a dejarla, intentaba reducir la dosis a la única que necesitaba de verdad: la de la noche, la que le sumía en un sueño profundo y sin dolor. El doctor lo observó y le entregó lo que le pedía, con la advertencia de que ésta sería la última, a lo que él asintió. Era consciente de que debía acostumbrarse a los dolores, que permanecerían con él probablemente durante toda su vida. Salió de la consulta, sintiéndose aliviado por un lado y avergonzado por otro, consciente de que, dijera lo que dijese, se estaba engañando a sí mismo. Esa tarde, incapaz de permanecer en casa, descendió andando por la vía Layetana, intentando entretenerse con los objetos que se vendían en los soportales. Por un momento, mientras paseaba, tuvo la sensación de que alguien le observaba. Miró a su alrededor, molesto, sin conseguir verificar si se trataba de eso, una impresión, o de un hecho fehaciente. Dado que la incomodidad persistía, optó por internarse en las laberínticas callejas que rodeaban la catedral; en aquellas calles solitarias, la ansiedad aumentaba. Terminó acelerando el paso, huyendo de algo que ni siquiera sabía si existía, y en ese empeño se encontró metido en una callejuela especialmente estrecha, invadida por un asqueroso hedor a orines. Un par de tipos se encontraban a un lado, fumando. Apenas llegaba la luz a aquel rincón, y los distinguió sólo por las columnas de humo. Estuvo tentado de dar media vuelta, pero el orgullo le empujó a seguir adelante y pasar frente a ellos. Notó que sus músculos se ponían en tensión al tiempo que sentía la mirada de envidia que le lanzaron los otros: odio hacia su traje, su chaleco, hacia la pulcra raya que cruzaba su pantalón. Uno de los tipos dio un paso hacia él y Frederic se le encaró, olvidando por un momento su brazo tullido. El otro se situó rápidamente a su espalda, impidiéndole la huida. Era evidente que buscaban dinero, y quizá algo más: agredirle, golpear a un representante de la burguesía que osaba cruzar sus dominios. La escena podría haber terminado bastante mal para él de no haber sido porque alguien a su espalda lanzó un grito de advertencia, llamando a los guardias. Frederic aprovechó el segundo de confusión para empujar con fuerza al que tenía delante, que resultó ser mucho más enclenque de lo que parecía, y salir corriendo. No se detuvo hasta hallarse de nuevo en las Ramblas, aquel paseo que cruzaba la pobreza con descaro, elegantemente inmune a la miseria de las calles adyacentes. Esa noche no había función en el Liceo, aunque costaba poco imaginar el aspecto del teatro en una velada de estreno: la entrada asediada por multitud de carruajes y coches de punto, de los que descendían, en bulliciosa camarilla, damas y caballeros ataviados con sus mejores galas. Frederic casi los vio: eran las dos caras de

Barcelona y, para él, ambas se hallaban demasiado cerca. La que veía ahora en su mente sonreía, inconsciente; la que había dejado atrás aguardaría a otra víctima, ya no tanto por la codicia de robar sino por el placer de borrar ese gesto satisfecho, insultante para quienes tenían poco de lo que presumir. Regresó a casa agotado, y sólo cuando estuvo encerrado en su cuarto, preparando la morfina, se percató de que, tal vez, el hombre que había gritado en el callejón era el mismo que lo había estado siguiendo.

En realidad, ése había sido el único incidente memorable en la primera mitad de la semana, y la velada que le esperaba esa tarde en casa de su padre estaba llamada a ser el segundo gran evento. Desde que Frederic recordaba, en jueves alternos, su progenitor celebraba en su domicilio una especie de tertulia a la que asistían hombres de la política, las letras y los negocios. Era una especie de merienda cena, servida en el salón, y su padre le había pedido expresamente que se uniera a ellos ese día, que era, además, Jueves Santo. Así que, sobre las ocho, Frederic se sentó en una de las butacas y fue observando cómo los invitados, varios caballeros de edad más bien avanzada, se saludaban con la familiaridad de quien ha hecho eso mismo muchas veces antes. Horaci le presentó a los invitados, aunque ya recordaba a alguno: don Amadeo Torrent, por ejemplo, un distinguido miembro del partido conservador, un caballero de avanzada edad famoso por sus exabruptos. Le sorprendió la llegada de alguien mucho más joven, más o menos de su edad, que quizá por simple unión generacional acabó sentándose a su lado. Era un hombre de vistoso cabello rojo y rostro pecoso, lo cual le confería un aire casi infantil. Tras él apareció otro caballero algo mayor, a quien su padre introdujo como Agustí Llopis, un arquitecto que, al parecer, trabajaba en las obras del nuevo hospital de la Santa Creu, que se estaban eternizando. Lo que no esperaba, y al parecer los demás tampoco, fue la llegada de una mujer. Vestida de oscuro, como si estuviera de luto, con un sombrero coquetón que desmentía los serios ropajes, su padre la presentó como Montserrat Iñíguez, y Frederic creyó ver algún gesto de desaprobación entre alguno de los asistentes. La dama ocupó una silla de respaldo recto, a la izquierda del dueño de la casa, y agradeció con bastante elocuencia el haber sido invitada. Sus ojos, de mirada sagaz, recorrieron la estancia y se detuvieron un instante en Frederic, a quien dedicó con una sonrisa afectuosa. Éste le correspondió, algo sorprendido, y se fijó en que tenía un rostro amable en el que unas incipientes arrugas mostraban ya la inevitable pérdida de la juventud, aunque no de la belleza.

—Es una de las cabecillas de las mujeres sufragistas —le susurró el joven pelirrojo que tenía a su lado—. Por cierto, yo soy Juanjo Alcázar.

Esbozó una sonrisa torcida antes de añadir, en un tono entre irónico y solemne:

—El cronista del crimen. —Sonrió—. Estos sesudos caballeros fingen distraerse hablando de política, del rey o de negocios. Pero al final de la velada les fascina lo mismo que al vulgo: la sangre. Espesa, roja y a poder ser en abundancia. ¿Quién mató a la prostituta de la calle Robadors? ¿Le dieron diez o veinte puñaladas? ¿Es verdad que su asesino intentó comerse sus vísceras?

—¿Y es verdad eso? —preguntó Frederic, siguiéndole el juego.

El otro hizo un gesto despectivo.

—¡Qué va! Lo que pasa es que hay que adornar la historia un poco. Echarle unas gotas de fantasía. Aquel pobre diablo no se habría comido ni al gato. Subió a casa de ella, borracho, y se pelearon, como habían hecho otras mil veces. Pero en esa ocasión el alcohol les jugó una mala pasada y él tiró de navaja, a lo bandolero de la sierra. Luego estaba tan arrepentido que esperó a que llegaran los guardias y se entregó, aunque mientras aguardaba se zampó un guiso de garbanzos que ella le había preparado. Dijo que no estaban los tiempos para tirar comida y que, al fin y al cabo, era el mejor homenaje que podía hacerle a la difunta.

—Pues casi me parece más interesante la verdad que esa historia alternativa con vísceras sangrientas.

Juanjo Alcázar meneó la cabeza.

—Ya. La verdad siempre es más interesante, pero también mucho menos morbosa.

Una mirada de Horaci puso fin a la breve charla, y ambos se sintieron como dos mozalbetes pillados en falta por el profesor. Mientras se lanzaba a un corto discurso de bienvenida, Enriqueta y una chiquilla que acudía ese día especialmente para ayudarla depositaron varias bandejas con emparedados fríos sobre la mesa y fueron sirviendo vino a los invitados. Frederic observaba a su padre, descubriendo en él una faceta de maestro de ceremonias que desconocía, o al menos no recordaba. De pequeño, cuando vivía en la casa, esas reuniones aún no se celebraban, y ya de más mayor, durante la primera juventud, nunca había sido invitado a ellas. Sin embargo, las vidas de sus conocidos parecían girar en torno a esas tertulias: su madre organizaba algunos sábados lo que ella llamaba «desayunos artísticos», donde aparecía la flor y nata de los pintores que en ese momento estuvieran en Viena; los miércoles, antes de la guerra, él asistía a las tumultuosas reuniones que Sigmund Freud celebraba, primero en su casa y luego, cuando los asistentes resultaron ser ya demasiado numerosos para el salón de la calle Berggasse, en el conocido Café Central. Y ahora su padre, a quien siempre había tenido por un personaje más bien solitario, se revelaba como un atento anfitrión. Le asaltó la idea súbita de que el mundo se dividía en dos bandos inmensos: los que se reunían para hablar de la vida y los que la sufrían. Pensó que él había vivido en ambos, y no estaba seguro de poder soportar un regreso a uno solo de esos lados. Estaba tan absorto en sus pensamientos que no se dio cuenta de que todas las miradas, de repente, se habían vuelto hacia él; intuyó que debía decir algo, aunque no sabía muy bien qué. Amadeo Torrent se dirigió a él en tono de franca curiosidad.

—¿Cree que la guerra durará mucho, señor Mayol? —le preguntó.

Era una de esas cuestiones para las que no tenía respuesta, pero al menos le ayudó a averiguar por qué se había convertido en el centro de atención.

—Sinceramente lo ignoro. —Hizo una pausa, y no pudo evitar que su siguiente frase fuera más displicente, más amarga—. Quedan aún muchos hombres que pueden morir.

—Pero Alemania vencerá, ¿no cree? —prosiguió el anciano—. La introducción de gases ha sido demoledora para las tropas de la Entente.

—No sólo Alemania los utiliza, y debo decir que eso es una aberración —objetó otro, de largas patillas y gafas de cristales muy gruesos—. La lucha debe ser limpia. Hombre contra hombre.

Frederic iba a decir que ninguna guerra podía ser limpia, pero otro de los invitados se le adelantó.

—¿Han oído los rumores sobre Valencia? —preguntó—. Se cuenta que han acogido submarinos alemanes en el puerto. Y eso a pesar de la reiterada neutralidad de nuestro rey.

—Una neutralidad absurda —repuso Torrent—. Todos sabemos que las simpatías de nuestro monarca se hallan con las filas alemanas.

—No así las de su esposa. Y todos sabemos que no hay que contrariar a las esposas, aunque seas el rey… —dijo el caballero de las patillas.

—Las esposas quizá somos más juiciosas de lo que muchos quieren creer.

Fue la primera intervención de la dama presente en la sala y fue acogida con una especie de silencio desdeñoso. Ella, sin embargo, no se arredró; se irguió en el asiento y se dispuso a iniciar una intervención relativa al buen juicio de las mujeres, pero don Amadeo Torrent retomó la palabra sin darle oportunidad de hacerlo.

—Todos ustedes conocen mis simpatías por Alemania. Y aunque la postura de España es comprensible, dada su situación geográfica, me temo que peca de un exceso de prudencia. Al fin y al cabo, como dijo el gran Jacinto Benavente, refiriéndose a Francia e Inglaterra: «¿Cuándo han sido amigas nuestras leales esas dos señoras naciones? ¿Qué pruebas de amistad hemos recibido de ellas?».

—¡Posicionarse a favor de Alemania sería una locura! —exclamó el caballero de las patillas, y un murmullo de asentimiento coreó sus palabras—. Lo mejor que ha hecho el rey Alfonso es mantenerse neutral, y aún más, su labor humanitaria está siendo ampliamente reconocida y valorada por ambos bandos. Se cuenta que en el palacio de Oriente, en la Oficina Pro Cautivos, no paran de recibir peticiones de ayuda. Gente que quiere averiguar el paradero de sus seres queridos, de cualquier país, de cualquiera de los dos bandos de este conflicto, tienen un lugar adonde dirigirse, y esto ha sido posible gracias a nuestro rey.

—Sí, eso nadie lo niega —admitió el otro a regañadientes—. Ni siquiera nuestro buen amigo Llopis —dijo, dirigiéndose al arquitecto—, y eso que él y los suyos sueñan con la República catalana…

El aludido iba a decir algo, pero de nuevo el anciano prosiguió, levantando un poco la voz para acallar a su interlocutor.

—Ya, ya. Si nos lo ha contado muchas veces, señor Llopis. Cuando llegue el día en que todos vivamos en esa Arcadia libre y subamos todos en *espardenyes* al Canigó, podrá afirmar que nos lo anunció. Pero mientras tanto déjenos hablar de las cosas que suceden, no de utopías quiméricas. Y lo que sucede, les guste a los liberales o no, es que es conocida y apreciada la intervención personal del rey Alfonso en algunos casos, sobre todo ante el káiser Guillermo, con quien, por mucho que ustedes se empeñen en obviarlo, le une una gran amistad. Pero no me diga que su apreciado conde de Romanones, el insigne presidente del partido que apoyan ustedes, no oculta sus simpatías hacia la

Entente. ¡Si a eso le llaman ustedes neutralidad, que baje Dios y lo vea!

Frederic se fijó entonces en un invitado que, desde un rincón de la sala, observaba el debate con aparente desinterés. Era el más elegante de todos, y el brillo de sus zapatos, recién lustrados, hacía juego con el del cabello y el bigote, de un negro casi azulado. En ese momento, sacó un cigarrillo de una pitillera y, tras preguntar a la dama si le molestaba el humo, procedió a encenderlo. Quizá fue ésa la señal que otros aguardaban para hacer lo mismo, y pronto la atmósfera del salón se cargó. Frederic sonrió para sus adentros: sabía que, aunque su padre no despreciaba los placeres ocasionales de un buen cigarro, detestaba profundamente el olor a tabaco. Sólo fumaba en su estudio, con las ventanas que daban al jardín abiertas. Aun así, como buen anfitrión, no dijo nada. Se levantó y sirvió un poco más de vino a la dama, que se lo agradeció con una sonrisa. Se había tratado de un gesto formal, y sin embargo Frederic tuvo la impresión de que la mirada y la sonrisa se prolongaban un poco más de lo necesario. Durante unos minutos, se desentendió del debate entre los caballeros, que prosiguió en un ambiente más caldeado todavía, y se concentró en su padre. ¡Él era, sin duda, un ejemplo de neutralidad! No se posicionaba en un lado u otro, actuaba más bien como lo haría un árbitro, pendiente de la conversación. Y, a su lado, aquella invitada le observaba con la misma admiración que su hijo. En un momento, Montserrat Iñíguez se inclinó hacia Horaci y le susurró algo al oído: otro gesto inocente, claro, sobre todo cuando ya la tertulia se había disgregado en varias conversaciones a dos, aprovechando que Enriqueta había depositado sobre la mesa unas bandejas con pastas dulces y copas para el moscatel. Pero Frederic captó la mirada de su progenitor, el asentimiento cómplice de Montserrat, y tuvo pocas dudas de que entre ambos existía, al menos, una corriente de simpatía más que manifiesta. Se encontraba tan sorprendido por el descubrimiento que no se percató de que el dandi de zapatos brillantes se había acercado a él y ocupaba ahora el asiento de Juanjo Alcázar, que se había desplazado a la mesa y daba buena cuenta de un tocinillo de cielo.

—Señor Mayol. Mi nombre es Raimundo Gasset.

—Un placer, señor Gasset —le correspondió Frederic, a pesar de que había algo en aquel individuo atildado, en los efluvios de un perfume imposibles de eludir, y sobre todo en su semblante inexpresivo, que hacía que la experiencia de tenerlo al lado no fuera exactamente placentera.

—Quería felicitarlo por su intervención en el conflicto que antes nos ocupaba.

—No hay nada que felicitar. Como tantos otros, me uní al ejército sin saber adónde iba. —Señaló su brazo izquierdo—. Creo que no haría lo mismo si hubiera pensado en esto.

—Por supuesto. La guerra es cruel y absurda: unos caen en nombre de su país, otros sobreviven habiendo perdido todas sus facultades... Pero, dentro de ese mismo absurdo, existe la posibilidad de ser compensado.

Frederic no pudo evitar que la perplejidad asomara a sus facciones.

—Éste no es el lugar —prosiguió Gasset, mientras sacaba una tarjeta de una cajita plateada, bruñida hasta la extenuación—. Mañana daré una fiestecita en casa. Algo muy informal. Se lo he comentado también al periodista. ¿Por qué no viene con él?

Cogió la tarjeta, en la que sólo figuraba un nombre y una dirección, en la ronda de San Pedro.

—La guerra le ha provocado heridas muy serias —murmuró Gasset antes de irse—. Eso nadie puede remediarlo. Pero quizá es hora de que esa misma guerra le devuelva algo de lo que usted ha invertido. Ni que sea —añadió, bajando aún más la voz— para paliar ese dolor.

Frederic no tuvo oportunidad de responder. Gasset dio media vuelta, se dirigió al dueño de la casa y se despidió, alegando que tenía un compromiso ineludible.

—¿Quién era ese hombre? —preguntó Frederic a Juanjo Alcázar, que se había servido ya unas cuantas copas de vino dulce y entonces regresaba a su lado.

—¿Gasset? Es un tipo raro. Ladino, diría yo. Nadie sabe muy bien a qué se dedica, pero las cosas no le van mal. Vive en una bonita casa y...

—Señor Alcázar —les interrumpió Horaci Mayol—, ¿cómo va el mundo del crimen en la ciudad?

—Tan poco imaginativo como siempre... Cada día tengo más trabajo, y no porque falte violencia, ¡sino por lo aburridamente vulgares que son nuestros criminales!

Todos rieron, y Alcázar, animado, se lanzó a relatar uno de los últimos casos que había tratado en el periódico. Lo que había dicho antes se reveló como cierto: aquellos caballeros, sin olvidar a la dama, que antes debatían sobre grandes temas como la guerra, las alianzas o el papel del rey, ahora caían rendidos ante una historia de muertes sórdidas, un ajuste de cuentas entre ladronzuelos de baja estofa con cuernos incluidos. Freud habría tenido mucho que decir sobre esa fascinación que ejerce la violencia más básica en los seres cultivados, pensó Frederic. Sin embargo, él no pudo concentrarse demasiado en el culebrón que narraba el hábil Alcázar: la tarjeta de Raimundo Gasset le quemaba en la mano, porque en ella parecían ir impresas aquellas palabras que habían constituido una insinuación muy poco velada. Aquel hombre, repelente y satisfecho de sí mismo, sabía de él algo que no había contado a nadie. Y la única explicación posible era que el doctor que le había vendido la morfina se lo hubiera dicho. De todos modos, la situación era incómoda y durante el resto de la velada Frederic revivió la sensación de que alguien le había seguido a ratos en sus paseos por la ciudad. Quizá no hubiera sido una simple impresión. De repente, sintió ganas de abandonar Barcelona, refugiarse en aquel pueblo de pescadores y dejar, para siempre, el vicio de la morfina. Le faltaban pocos días para marcharse, pensó, reconfortado. Oyó la última frase de Alcázar, que parecía abrir un tema nuevo.

—Ah, y les aviso que la policía ha visitado las dependencias de madame Nevetska. Ya saben, la espiritista...

—¡Ya era hora! —exclamó el señor de las patillas—. Menuda vividora.

—Desde luego se gana bien la vida —confirmó Alcázar—. Pero es difícil acusarla de nada. Los clientes la visitan por voluntad propia y le hacen regalos carísimos... ¡No se puede enchironar a nadie por aceptar obsequios!

—Es una timadora profesional —insistió el otro—. ¿No recuerdan lo que le sacó a la pobre señora Miravé? Encima de lo que habían pasado con la muerte de su hija, llega esa fulana y los deja casi sin un céntimo.

—Las mujeres, siempre tan crédulas —apostilló Torrent, que había participado muy poco en el debate anterior.

—¡Las mujeres no somos más crédulas que los hombres! —protestó Montserrat Iñíguez, ofendida.

—Oh, vamos, querida... —El señor de mayor edad abrió los brazos como si fuera a decir una obviedad—. No se lo tome como algo personal, es sólo una cuestión natural. Dios las hizo así. Más crédulas, más impresionables. Más débiles, en definitiva. Por supuesto, existen excepciones, pero no son más que eso: el caso especial que confirma la regla general.

—Permítame que muestre mi desacuerdo. Las mujeres no nacemos distintas en capacidades intelectuales. Es esta sociedad la que se empeña en condenarnos a un lugar secundario. Somos obreras eternas, sin posibilidad de ascenso ni de redención.

—¡Oh, no exagere! Es un lugar que la mayoría de ustedes aceptan encantadas, especialmente las de su clase —repuso el hombre, con una sonrisa—. Y claro que algunas son listas. Estoy seguro de que madame Nevetska no tiene un pelo de tonta. Por eso a lo mejor acaba en la cárcel.

—¡Por supuesto! A la que una mujer demuestra sus capacidades, debe ser encerrada. ¡Qué mundo tan justo!

—Bueno —intervino Horaci, con prudencia—, el caso de madame Nevetska es realmente singular. Me atrevería a decir que es una delincuente de salón.

—Pero en Cuba creían en esas cosas, ¿no es así, papá? ¿En reencarnaciones o en la comunicación con los muertos?

Hubo un instante de silencio después de la pregunta de Frederic. Un momento tenso que todos percibieron.

—Sí, claro que sí —admitió Horaci—. Pero no quieras poner esas religiones ancestrales a nuestro nivel, hijo. Estamos en Barcelona y en el siglo veinte. Los muertos, muertos están.

—El caso es que, como les decía, la policía estuvo en la casa de la madame. Que, por cierto, no es rusa, ni francesa, sino de Salamanca. Se llama Dolores García, en realidad. —Juanjo sonrió—. Y cuentan en los mentideros de la comisaría que, después de esa visita, en la que más bien se le advirtió que se anduviera con cuidado, el mismo comisario regresó al día siguiente para ver si la médium podía comunicarle con su difunta madre. ¡Pagando por ello, por supuesto!

La carcajada fue general, y a ella se unió Montserrat Iñíguez, que se había mantenido un poco seria desde que Horaci la interrumpió.

—¿Y lo logró? —indagó alguien.

—Nadie se atrevió a preguntarle. Pero de momento hay órdenes de dejar en paz a madame Nevetska.

—¡El espíritu de la madre del comisario debió de tirarle de las orejas! —soltó el de las patillas, para regocijo general—. ¡Deja en paz a madame Nevetska! —añadió, en un tono cómicamente sepulcral.

—Creo que madame Nevetska está pensando en emigrar —comentó el señor Torrent—. Europa está llena de madres, novias y hermanas de soldados muertos a las que embaucar.

Todos callaron de repente, y Amadeo Torrent se percató de

que la broma, que en otras circunstancias podría haber sido graciosa, no era en absoluto apropiada ante un hombre que había sobrevivido por los pelos a esa guerra. Intentó disculparse, entre carraspeos, y Frederic lo dejó balbucear hasta que desistió y el silencio, pesado como una lápida, enterró cualquier murmullo.

—Papá, antes has dicho que los muertos, muertos están —dijo en voz alta, ignorando deliberadamente al anciano Torrent—. Y es cierto, pero eso no significa que desaparezcan de tu memoria. No es fácil ver a tus amigos con el pecho reventado por una bala. No es fácil arrastrarse entre cadáveres y pensar que quizá seas pronto uno de ellos. No es fácil preguntarse por qué esa bala le ha tocado a él y no a ti, ni cuándo se disparará aquella que lleva tu nombre.

Calló durante unos segundos, y estuvo tentado de dejarlo ahí. La tentación fue barrida por el gesto del individuo de las patillas, acompañado de un chasquido con la lengua, como si considerara de mala educación que alguien le agriara el pastelillo que acababa de engullir.

—Dejen que les cuente algo —prosiguió en tono más tranquilo, sintiendo que, esta vez de manera voluntaria, era de nuevo el centro de atención; incluso de aquellos que parecían contemplar la alfombra algo raída que cubría el suelo de dibujos geométricos del salón o se llevaban despacio a la boca la copa de moscatel, fingiendo una indiferencia educada—. Sucedió hace apenas unos meses, poco antes de que me hirieran, en noviembre del año pasado. Llevábamos seis meses en las cercanías del río Isonzo, seis eternos meses de guerra salpicados de treguas aún más eternas. Los italianos deseaban tomar las montañas que lo circundan para llegar al ducado de Estiria. En verano, habían intentado tomar el monte San Michele y casi lo consiguieron. Su número era en mucho superior al nuestro, pero resultaba evidente que nosotros íbamos mejor equipados. El terreno también nos favorecía: antes de la entrada de Italia en la guerra ya se habían fortificado las montañas. ¿Han oído hablar de las ametralladoras Schwarzlose? Pues nosotros las teníamos y ellos no. Defendimos las posiciones y al final de la batalla seguíamos más o menos como al principio.

»En otoño se reinició el ataque italiano, a finales de octubre. ¿Saben el frío que hace en aquella zona? Sopla la bora, un viento que en el Carso alcanza cotas extremas. Stendhal la describió diciendo que cuando sopla la bora, uno teme perder el brazo con el que se sujeta el sombrero. En las montañas, las ráfagas, acompañadas de nieve, eran una tortura. Creí, en más de una ocasión, que moriría de frío. Una noche llegué a soñar que me habían enterrado vivo, porque el uniforme, mojado, parecía un ataúd de madera, recio y gélido. Anton estaba conmigo ahí, cuando desperté.

»Era un amigo del colegio, siempre fue el más guapo de la escuela. Tanto que algunos maestros lo castigaban porque veían en sus rasgos perfectos un signo de arrogancia. A él no le importaba: sabía que el mundo se rendiría ante su encanto cuando abandonara la escuela, y así fue. No conocí a nadie con tanto éxito con las mujeres: Anton era un seductor sin saberlo, aunque por supuesto aprovechaba las oportunidades sin darles demasiada importancia, como si ya de muy joven intuyera que merecía la pena degustar lo bueno sin pensárselo dos veces. Todos le envidiábamos, pero era imposible sentir hacia él nada peor que esa envidia alegre que despiertan en los seres normales y corrientes algunos individuos excepcionales.

»Esa noche, cuando desperté aterido de frío, vi que Anton estaba a mi lado. Sabíamos que el siguiente combate no tardaría mucho en producirse, los italianos habían logrado escasos avances y estaban decididos a seguir atacando. Nosotros empezábamos a temer que no seríamos suficientes, y nuestra única esperanza era una ayuda alemana que ni tan siquiera se había pedido oficialmente. Por extraño que parezca, el frío era un enemigo y al mismo tiempo un aliado, ya que debilitaba a los otros por igual, o incluso más. Anton estaba tumbado a mi lado y me preguntó, en susurros, si estaba despierto. Al ver que sí, rebuscó en el bolsillo y me dio su reloj. No comprendí por qué lo hacía, y entonces acercó la boca a mi oído y murmuró: "Ya no voy a necesitarlo. Quiero que tú lo tengas. Mañana moriré".

»No quise coger el reloj y él lo metió en mi bolsillo. Supongo que volví a dormirme. Al día siguiente, las tropas italianas retomaron su ofensiva contra nosotros, en el monte San Michele. Iban mejor preparados, ya lo habíamos notado antes: sus cañones disparaban sin cesar. Tuve a Anton cerca durante el combate, en el que conseguimos mantener nuestra posición, una vez más. Era 11 de noviembre…

Se interrumpió, consciente de que todos esperaban el final. De que lo intuían pero deseaban oírlo. Y él no se sentía con fuerzas para contarlo. No con detalle: la explosión que llenó de humo su visión durante unos segundos, el cuerpo que cayó sobre él, la cara de Anton, aquel rostro hermoso, muerta y sonriente.

—¿Y tu amigo? —preguntó su padre, en voz baja.

—No sobrevivió —dijo él—. Ignoro cómo lo sabía, o si fue tan sólo una maldita coincidencia. Éste es su reloj —añadió, sacando del bolsillo un objeto redondo del que colgaba una cadena—. A veces cierro los ojos e intento recordar su cara, y no lo consigo. Es extraño, ¿no creen? En cambio, no puedo olvidar su voz, esas últimas palabras que me dijo: «Mañana moriré». Mañana moriré… Desde luego no hace falta ninguna médium para comunicarte con ellos porque no se van del todo. Si cierras los ojos, sobre todo de noche, puedes verlos. Oírlos. Escuchar esa última frase que dijeron antes de que la granada les hiciera estallar la garganta, su última respiración. —Se volvió hacia el anciano Torrent—. Antes me ha preguntado si la guerra duraría mucho. Sigo sin tener la respuesta. Lo que sé es que ya ha durado demasiado.

El silencio se apoderó de la sala y se mezcló con el humo del tabaco conformando una atmósfera densa, inmovilizada. Durante unos segundos sólo se oyó un carraspeo leve y la vista de los presentes permaneció gacha. Daba la impresión de que temían mirar el reloj, que Frederic seguía sosteniendo en la mano, por miedo a ser hipnotizados por aquel movimiento pendular, rítmico como el de un metrónomo que oscilaba de la culpa a la tragedia. Por fin, su propietario lo guardó en el bolsillo y ésa pareció ser la señal que todos esperaban. Alguien se levantó y anunció que se había hecho tarde, gesto que aprovecharon buena parte de los reunidos para imitarle. Se dispersan como una bandada de pájaros, cada uno a su nido feliz, se dijo Frederic. Nidos donde la guerra es algo que sucede fuera, lejos, y no les mancha ni les perturba el sueño.

—Creo que necesitas un poco de diversión.

La frase le habría sonado casi ofensiva si no hubiera ido acompañada del semblante travieso de Juanjo Alcázar.

—Iré mañana a casa de Gasset. No es mi plan ideal para un viernes por la noche, pero dado que estamos en Semana Santa, es lo mejor que se me ocurre. Anímate —insistió—. Pasaré a buscarte sobre las diez.

Frederic asintió, en parte porque no supo cómo negarse. Alcázar se marchó tras un rápido apretón de manos y él decidió retirarse para no quedarse a solas con Horaci. Esa noche no le apetecía hablar más, ya había dicho bastante: prefería refugiarse, mitigar el dolor. Dormir. Se fijó, no obstante, en que su padre estaba entretenido despidiéndose de la única dama de la reunión, y también en que no era sólo él quien los observaba. Desde un rincón del salón, Enriqueta había dejado de recoger la mesa: tenía la vista fija en la pareja y el rictus de su boca era más agrio de lo habitual.

# 4

*Colegio de los Ángeles, octubre de 1908*

Llevamos tres semanas de curso y ya parece que las vacaciones nunca existieron. Los primeros días se hacen eternos, inacabables, y de repente, sin previo aviso, una se da cuenta de que ya ha entrado en esa rutina aplastante, invasora, como si nunca hubiera salido de ella. El verano se ha convertido en un mero recuerdo y los hechos que acontecieron en él —el fallecimiento de mamá, mi sentimiento de soledad en la casita de Begues, los armarios imposibles de vaciar— se mezclan con los de otros veranos, formando un único tiempo: uno hecho de retazos, casi fantasmal, alejado de la verdadera realidad, que es ésta. Horarios, carreras por los pasillos, pequeños problemas cotidianos, tareas, exigencias, preguntas, lecciones… Muchas veces me han dicho que, como directora, debía dejar de dar clases propiamente dichas. Siempre me he negado. No podría vivir sin enseñar esa literatura que tanto adoro, aunque eso signifique que mi jornada laboral no tiene fin. Irene me ayuda en las tareas de supervisión (en realidad, ella se ocupa de revisar los cuartos, y controla al personal de limpieza y cocina), pero a lo largo del día mi presencia y mi intervención son requeridas un sinfín de veces. La frase «Que lo decida la señorita Águeda» en sus múltiples variantes debe de ser la más oída en los muros de este colegio. Y la señorita Águeda, a diferencia de otras directoras que gobiernan su pequeño mundo desde el despacho, va de la enfermería al jardín, de éste al pabellón de deportes y luego a la cocina o a los dormitorios, además de preparar sus lecciones y corregir los ejercicios como el resto de los profesores. Cuando llega la noche, la señorita Águeda está agotada y cae en un sueño tan profundo que ni la peor de las tormentas logra despertarla. A todos los que se quejan de insomnio, yo les recomendaría ponerse en la piel de la señorita Águeda durante una semana entera. No me cabe duda de que dormirían todas las noches de un tirón.

Sin ir más lejos, hoy he tenido que acudir a toda prisa al pabellón donde las niñas hacen gimnasia porque una de las alumnas de segundo se ha caído y se ha torcido un tobillo. Nada grave, por suerte. Detesto que sucedan estas cosas porque para la mayoría de los padres, y de las niñas, las clases de gimnasia son una pérdida de tiempo. Me cuesta mucho explicarles que nuestra filosofía educativa las incluye como una materia más, no tanto por los conocimientos que en ellas se imparten sino por las ideas de superación personal, de esfuerzo y de cooperación que dichas clases fomentan. Nuestro ideal de alumna no es en absoluto una jovencita débil y pálida que sólo sabe bordar y tocar el piano. ¡Estamos ya en el siglo xx! Queremos muchachitas fuertes, capaces, hábiles y listas. Las caídas y las distensiones son un precio a pagar por eso, aunque muchos padres no lo entiendan así. De manera que fui del pabellón a la enfermería, con la niña cojeando llorosa a mi lado, y luego, tras comprobar que era una simple torcedura de tobillo, la llevé en dirección a la cocina. Un trozo de bizcocho de chocolate es mano de santo para la mayoría de los males, y a la pequeña se le olvidó la cojera en cuanto le sugerí la idea. Allí la dejé, engullendo el pastel, encantada por ser el centro de atención, porque me tocó atender el primer ataque de nervios de mademoiselle Leblanc, la profesora de francés. Sus arrebatos son cíclicos, y en realidad una parte de mí ya los estaba esperando.

Mademoiselle es una mujer algo excéntrica, bastante mayor aunque ella lo niegue, e incapaz de mantener el orden en las clases. Parece mentira cómo las niñas perciben esas cosas. Pueden ser muy crueles, incluso las más jóvenes: se ríen de ella, se niegan a obedecerla, organizan guerras de bolas de papel en cuanto se da la vuelta hacia el encerado. El resultado es que mademoiselle rompe en llanto y amenaza con irse si no se expulsa a una de las alumnas que le ha faltado al respeto, lo cual resulta imposible porque habría que echarlas a todas. Así que acabo escogiendo a una o dos como cabezas de turco, y entregándome a un doble papel: castigar a las niñas y consolar a la maestra, aunque a veces me contengo para no perder la paciencia con todas a la vez. Eso hice en esta ocasión, aunque me sentí un poco injusta al elegir a la primera y la última de la lista, ya que el barullo que había en el aula habría justificado castigarlas a todas. Una hora de estudio en mi despacho después de las clases durante una semana servirá de lección a las elegidas y de paso apaciguará al resto durante algunos días, pero en el fondo soy consciente de que es una guerra perdida. En cuanto se le pasa el disgusto, mademoiselle Leblanc vuelve a mostrarse condescendiente, a divagar en las clases sobre su pasado aristocrático (una historia delirante que va ganando en detalles año tras año), y en menos de un mes vuelve a ser el objeto de burla de las más descaradas. He intentado hablar con ella varias veces, dándole pautas para que no le suceda lo mismo, sin resultado alguno. Lamento decir que quizá Irene tenga razón y debamos prescindir de ella el curso que viene. Me he resistido, porque intuyo que la pobre mademoiselle, a pesar de presumir a todas horas de un pasado glorioso, no tiene ante sí un futuro muy desahogado. Se niega a decirnos su edad y va siempre arreglada de forma exquisita, peripuesta incluso para los años que tiene. Hoy, en clase, además de enojada la he percibido patética, completamente fuera de sí. Esto me ha convencido de encontrar una solución: tal vez pueda quedarse aquí, dando clases particulares a cambio de techo y comida. No me siento capaz de echarla a la calle, a su edad, y al mismo tiempo sé que no puedo permitir ese desorden... No tengo ánimos ya para calmarla. Este año, ya no. Este año me siento cansada, y no sólo físicamente. A ratos me invade una fatiga que no sé explicar a estas alturas del curso, un desánimo desconocido en mí. Es como si estuviéramos ya en primavera, en lugar de en octubre.

Quizá sea debido a que, por alguna razón, el otoño no termina de llegar este año. El calor me vuelve irascible, lo sé. Muchas veces me sorprendo añorando vivir en un país brumoso y frío en lugar de aquí, donde el sol flagela el paisaje sin piedad. Estoy segura de que estas altas temperaturas, poco habituales en esta época, son también la causa de que las niñas anden más inquietas que de costumbre. Y no hablo sólo de las pequeñas, que siempre tardan más en habituarse a la disciplina del colegio después de las vacaciones, sino también de las mayores. Puedo disculpar a las más jóvenes, sobre todo a las de primer y segundo año, crías de ocho o nueve años en su mayoría para las que la simple experiencia de convivir veinticuatro horas con otras criaturas de su edad ya es muy emocionante. Por ello, para habituarlas al orden y la disciplina, hace ya un par de años que asignamos una pequeña a cada una de las chicas de último curso para que le haga las veces de hermana mayor. Comenzamos a llevarlo a cabo dos años atrás y debo decir que estoy muy satisfecha del resultado: a cambio de ayudar un poco en el orden del cuarto de las mayores, las pequeñas reciben una atención individualizada dada por alguien que ha estado en su misma situación. Aunque este año no sabría decir cuál de los dos grupos de alumnas necesita más consejo y supervisión.

¡Dios, parece mentira que unas jovencitas ya adultas se comporten como chiquillas revoltosas de primer curso! Las noto alteradas, con la atención perdida, ruidosas y desorientadas como abejas que no encuentran su panal. Se lo comenté a Irene, temiendo que ella, imperturbable como de costumbre, achacara el hecho a imaginaciones mías. Por suerte, me dio la razón, lo cual me tranquilizó un poco… ¡Qué maravilloso es poder contar con ella! Además de coincidir conmigo, ha aportado una explicación de lo más razonable. «Llevan muchos años con nosotras», ha dicho. «Y se dan cuenta de que éste es el último curso que van a pasar aquí. El año que viene sus vidas cambiarán; eso las intranquiliza: por un lado quieren agarrarse a la seguridad que les damos aquí y por otro se sienten impacientes por emprender el vuelo a otras cumbres. Lo hemos visto anteriormente en otros grupos, aunque tal vez de forma no tan acusada, te lo reconozco.»

Supongo que está en lo cierto. Pero eso sigue sin justificar mi fatiga, mi malhumor incluso. Por primera vez desde que lo recuerdo el año se me antoja un camino empinado, tortuoso y sembrado de maleza, y a ratos dudo de poseer la fuerza suficiente para coronar la cima. Sé que debo sobreponerme, y espero que se trate de algo pasajero que terminará cuando el frío arrecie de una vez y se acabe este calor extraño y enervante.


Hoy hemos mantenido la primera reunión de profesores del curso de las mayores, y debo decir que todos, incluso mademoiselle, nos hemos quejado con más o menos aspereza de su falta de atención. Alumnas que hasta el curso pasado habían sido intachables, como Concepción Hernando o Clarisa Miravé, son las únicas que consiguen mantener su actitud. Yo misma tuve que reprender a Angélica Mendizábal y a Blanca Raventós, compañeras de cuarto y de pupitre, por estar en las nubes durante mi última clase de literatura, ¡algo que no sucedía desde que tenían tres años menos! El grupo vive sumido en una apatía educada, sutil pero existente: su comportamiento impecable es lo único que enmascara su falta de interés. Hacen lo que se les pide sin incorporar nada de ellas, apenas formulan preguntas; sus cabecitas parecen estar ya fuera de aquí. Y luego, por supuesto, está el tema de Griselda. A lo largo de esa semana, algún profesor me ha comentado que no había asistido a su clase, algo que no podía, en modo alguno, permitir.

Por lo que se refiere a esa jovencita debo admitir mi error, al menos en lo que concierne a su preparación académica, y agradezco que los demás profesores se hayan abstenido de mencionarlo. Bastante lo padezco yo ya en mis clases. Era de esperar que su formación fuera más limitada que la de nuestras chicas. A veces me pregunto qué enseñan en determinados colegios y la única respuesta que se me ocurre es que sus lecciones deben de versar sobre aspectos domésticos o religiosos, como si lo que se entiende por cultura no fuera necesario para las niñas. Griselda es un claro exponente de esta educación, que condena a las féminas a la ignorancia más absoluta; en su descargo cabe destacar la buena voluntad que parece dedicarle a todo, aunque es evidente, para ella y para la escuela, que es imposible que logre alcanzar el nivel de las demás, ni siquiera de las alumnas más retrasadas de la clase. Dudo que pudiera llegar al nivel de las alumnas del curso inferior, excepto en materias tradicionalmente femeninas como el dibujo o la música.

Por otro lado, Griselda se ha adaptado a la perfección, al menos en apariencia. Comparte cuarto con Concepción Hernando, y con discreción he hablado con ella un par de veces para interesarme por Griselda. Concepción, una niña seria, muy adulta para su edad, se ha mostrado desconcertada. Supongo que entre las chicas se establece de manera inmediata una alianza que nos aleja, así que apenas pude sacarle dos palabras sobre su nueva compañera. De todos modos, la verdad es que tampoco necesitaba muchos más detalles: intuyo que Griselda es consciente de las lagunas de su formación y eso la frustra algunas veces porque teme ser expulsada pasado el primer trimestre. Sobre su personalidad también tengo ya una opinión formada, basándome en años de experiencia: una niña desgraciada que se ha pasado la vida interna en escuelas, incluso durante las vacaciones, porque su tío y tutor estaba siempre demasiado ocupado para recibirla en su casa. Estoy segura de que Griselda apenas recuerda unos padres, una familia, una Navidad al calor del hogar. Puede que su pasado esconda cosas peores, ya que Concepción acabó casi llorando ante mi insistencia. He percibido en nuestra antigua alumna una lealtad férrea hacia su nueva compañera de cuarto, lo cual me tranquiliza. Ellas son a veces las mejores juezas del carácter de sus iguales.

Por todo ello, y porque el dinero que nos hizo llegar su tío ya ha sido invertido en la educación de dos niñas que han entrado en primer curso, he decidido seguir adelante. Es obvio que no podemos situarla al nivel de sus compañeras de curso, de manera que he resuelto sacarla de las clases de los demás profesores y dedicar unas horas al día a darle lecciones particulares. Intentaré, al menos, paliar su ignorancia poco a poco, con paciencia y una exigencia académica especial, a pesar de que esto comportará más trabajo para mis ya sobrecargados hombros. Tampoco creo que tenga ningún sentido mantener a la chica en la incertidumbre, siempre cruel, y, sin decírselo de una manera clara, he decidido personalmente darle una prueba de que contamos con ella hasta el final del curso.

Para ello voy a usar la siguiente clase, la primera en la que abordaremos el texto de la representación que tendrá lugar el próximo mes de junio. Espero que las niñas hayan leído ya al menos parte de la novela; en cuanto la hayan terminado, escribiremos una adaptación teatral, con mi ayuda, diseñaremos los decorados con el señor March y compondrán un par de piezas de música con la señorita Sofía. Y repartiré los papeles y darán inicio los ensayos. Por experiencia sé que deberíamos tener un libreto listo antes de Navidad para que puedan estudiarse sus respectivos textos. Los decorados y la música pueden esperar un poco más.

No he escogido *Jane Eyre* al azar. La historia de esa jovencita poco agraciada, pero de fuerte voluntad y principios inquebrantables, es toda una filosofía que deseo inculcar en las niñas mayores. A pesar del amor que siente por Edward Rochester, la institutriz Jane rechaza un matrimonio con él al enterarse de que está casado con una loca que vive encerrada en la buhardilla. También rechaza una segunda relación con un hombre de Dios, que le ofrece amor y seguridad, pero a quien no ama. El final, con Edward ciego debido al incendio que provoca su desequilibrada esposa, evidencia para mí el triunfo del amor de verdad. No la pasión pasajera y deslumbrante, sino el compromiso, no exento de sacrificio, que supone permanecer al lado de la persona amada pase lo que pase. Cueste lo que cueste. Aunque signifique renunciar a otras cosas que, en el punto álgido e inconsciente de la juventud, parecen importantes. Edward Rochester, ciego y tullido, es en esencia el mismo hombre del que se enamoró Jane. Y de la misma forma que ella, por principios, no podía unirse a él mientras estuviera casado, al final se queda a su lado por amor. No es un amor romántico y esplendoroso, sino más reposado, casi inevitable... Ojalá pudiéramos escoger de quién nos enamoramos y ojalá el mundo admirara todas las clases de amor.

No sé si las niñas llegarán a entender todo esto. Estoy segura, sin embargo, de que disfrutarán con la parte fantasmagórica de la historia. Parece mentira lo mucho que les gustan los cuentos de aparecidos, aunque en realidad el único fantasma de la novela sea una mujer de carne y hueso. Bertha Mason, la esposa de Edward, que vive encerrada a cal y canto en la buhardilla de Thornfield Hall. Sólo tengo que recordar nuestra propia casa, y las tonterías que cuentan las niñas sobre ella, para saber que esto es cierto. Alguien se inventó, Dios sabrá por qué, que en el edificio donde se encuentra el colegio hubo antes un orfanato, de esos crueles, como la institución que aparece en la novela de Brontë. A partir de aquí la historia varía: en una versión, una de las niñas fue encerrada en la buhardilla y murió de hambre; en otra, son las niñas las que encerraron a una cuidadora especialmente malvada. Incluso existe una tercera, mucho más retorcida, en la que una de las cuidadoras se encontraba en ese lugar aislado con un amante secreto y se quedaron encerrados, por descuido. O alguien los encerró a propósito, tanto da. El resultado final es siempre el mismo, muertos que aúllan y sollozan en ese cuarto donde apenas cabe una de pie, y resulta imposible explicar a las niñas que nunca existió ese orfanato, porque la historia de la casa, la verdad sobre sus ocupantes, es aún más desoladora.

Lo que hoy es nuestra escuela fue proyectada como un hotel, una especie de inversión del patriarca de una rica familia de Barcelona. La idea era fundar un establecimiento señorial y tranquilo en un entorno idílico al lado del mar, y para ello el señor Josep Montoliu contrató a un arquitecto joven y prometedor, cuyo nombre no recuerdo, a quien dio carta blanca. Ignoro si quedó muy satisfecho del resultado, ya que el edificio final tenía, y tiene, un aire de castillo. Se trata de una residencia inmensa, de tres plantas, cuyos extremos se encuentran rematados por torreones, lo cual otorga una esbeltez a todo el conjunto. Los ángeles debían de ser una obsesión para el arquitecto ya que los diseminó por toda la construcción: están las cabezas de piedra, querubines blancos con los ojos abiertos y una sonrisa perpetua en sus labios helados, y también, en el frontal de la casa, por encima de la puerta principal, un plafón decorativo, de cerámica, que representa un jardín del Edén poblado por esas figuras, que vuelan entre flores o se encuentran paradas degustando los sabrosos frutos otorgados por árboles frondosos. Es una composición alegre y rebosante de color, pensada, supongo, para dar una bienvenida calurosa a quienes se acercaran a la casa.

Una bienvenida que, al menos para el señor Montoliu, nunca fue tal. El hotel terminó de construirse en 1898, poco antes de que se perdieran las últimas colonias, que eran el mayor sustento económico de la familia. A dicho perjuicio se añadió otro revés, el naufragio de dos de los navíos cargados de mercancías para el comercio y la muerte de su esposa durante el parto de su cuarto hijo, que también falleció. Todo ello llevó al pobre señor Montoliu a tomar una decisión desesperada. Acosado por los acreedores, hundido por el fallecimiento de su mujer, abandonó la casa de Barcelona y a sus otros tres hijos, unos niños en la época, y viajó hasta aquí. Creo que la contemplación de este palacete vacío debió de antojársele un monumento a la ostentación y una burla ante todo lo que había perdido. O quizá ya tenía la mente perturbada por el dolor de tantas desgracias. El hecho es que se sentó en la escalera principal, apoyó una pistola en su sien y se disparó un tiro que acabó con su vida en el acto.

Sí, como puede entenderse, ésta no es una historia bonita y lo último que deseo es que se extienda entre mis alumnas. El hotel, absolutamente vacío, fue a parar a manos de uno de los acreedores, un caballero de avanzada edad que era amigo de mi padre. Nunca le agradeceré la bondad de que me lo arrendara, a un precio muy inferior al que habría pagado por un edificio de estas dimensiones. Debo admitir que la primera vez que lo vi quedé sobrecogida por su enormidad, que era, por otra parte, ideal para establecer el colegio que Irene y yo teníamos en mente. Hacían falta reformas, por supuesto, que consistieron sobre todo en unir las habitaciones para hacer cuatro grandes dormitorios con capacidad para una decena de niñas cada uno. Ahí duermen las más pequeñas, las de los primeros cursos, que tienen entre ocho y doce años, y el resto se reparte en otros cuartos de menores dimensiones, de seis, tres y dos camas cada uno, aunque estos últimos se reservan sólo para las mayores. Existe una habitación individual para la delegada del último curso, pero la pobre Concepción Hernando ha tenido que compartirla debido a la súbita llegada de Griselda. Aunque mantuvimos el gran comedor, los salones de la planta baja se convirtieron en aulas, y todo el espacio de recepción pasó a ser una alegre salita común que usan sobre todo las niñas de cursos inferiores. Las mayores tienen otras salas, en la planta superior, y prefieren huir del barullo de las chiquillas sin recordar que hace poco ellas metían el mismo ruido, si no peor. En realidad lo único que queda de la distribución original del hotel es la gran escalinata que asciende desde el recibidor hasta los pisos superiores, aunque estoy segura de que quien la proyectó nunca se imaginó a un montón de señoritas trotando por ella a todas horas.

Los ángeles de la fachada nos dieron el nombre, aunque éste no ha sido nunca un colegio religioso. Por supuesto que usamos la capilla, situada en un pequeño edificio anexo, para celebrar servicios religiosos todos los domingos y fiestas de guardar, y las alumnas están obligadas a asistir. Pero ésta es nuestra única concesión: si alguna quiere ir a la capilla a rezar en sus ratos libres, es libre de hacerlo. Como suele decirse, las puertas de la casa del Señor están siempre abiertas. No seré yo quien las cierre, ni tampoco quien empuje a esas crías a cruzarlas. Siempre me ha sorprendido encontrarme en la capilla a alguna de las niñas, e incluso a Irene, quien suele visitarla, a solas, de vez en cuando. Supongo que el silencio las reconforta, o quizá sea la atmósfera. O, por qué no, la fe en algo superior capaz de guiarlas en este mundo. Por mi parte, el servicio dominical me basta y me sobra para calmar mis necesidades espirituales, y no dispongo de tiempo, ni de ganas, para consultarle a Dios cada paso que doy.

¡La primera reunión con las chicas para preparar la obra de final de curso ha sido todo un éxito! Estoy tan emocionada que incluso me he desvelado. En menos de una hora han conseguido disipar los temores que albergaba antes y devolverme las fuerzas que suponía perdidas. Y creo que Irene estaba completamente en lo cierto: está claro que sus cabezas ya están fuera de aquí, pensando en su futuro, y que se sienten más motivadas con la idea de llevar a cabo un proyecto como la función teatral que con el aprendizaje tradicional. También tienen un poco de miedo, lo he notado. Miedo al futuro, al mundo exterior (del que viven protegidas aquí dentro durante muchos meses del año); en definitiva, miedo a crecer. ¡Pero han demostrado un entusiasmo enorme con la novela! Algunas ya han terminado de leerla, otras no, pero a todas les encanta el personaje central. E intuyo que, a su manera, comprenden a Jane. Entienden que el amor no es siempre un camino de rosas, y que la vida no es como en los cuentos de hadas. El príncipe azul puede presentarse en diferentes formas y lo importante es reconocerlo, saber que precisamente ése es el príncipe que tienes asignado. Hemos debatido sobre el argumento y hemos comenzado a esbozar los actos de la obra de teatro. Como es obvio, debemos reducirla mucho ya que el texto tiene más de seiscientas páginas. Y se me ha ocurrido algo. Les he pedido que, en votación secreta, anotaran en un trozo de papel los nombres de las dos niñas que creían más adecuadas para los papeles protagonistas, Jane y el señor Rochester. ¡Y estoy tan orgullosa del resultado! Si yo las hubiera elegido, habría dicho esos mismos nombres. Blanca Raventós tiene la fuerza necesaria para interpretar un personaje masculino como Rochester, y, sin duda, Clarisa Miravé, menuda y resuelta, es la mejor Jane Eyre que podríamos tener. Como nota curiosa, debo señalar que Griselda Palacios no ha obtenido ningún voto, lo cual no es de extrañar: las alumnas suelen ser desconfiadas ante las recién llegadas.

Cuando terminamos la clase le pedí a Griselda que se quedara unos minutos. Advertí entonces su desazón, lo cual me convenció de que debía tranquilizarla definitivamente. Nunca he creído en sostener espadas de Damocles sobre las niñas, y en los ojos de ésa pude ver que se encontraba francamente nerviosa, asustada por la posibilidad de oír una sentencia que, me reproché, llevaba demasiado tiempo en el aire. Me dispuse a tranquilizarla, aunque antes le pregunté por sus sentimientos. La respuesta no pudo ser más alentadora. Afirmó estar encantada en el colegio, y reiteró su pesar por no estar a la altura académica de sus condiscípulas. «Eso es cierto», le dije. «Y no te negaré que supone un problema y que debes esforzarte por alcanzarlas. Por ello he tomado la decisión de sacarte de la clase de las mayores y dedicarte mi tiempo. A partir de mañana tomarás lecciones particulares conmigo en lugar de seguir estudiando con las demás. Pero ahora quería proponerte algo: un papel en la obra que tal vez no sea el protagonista, y sin embargo es un personaje destacado.» Lo había decidido ya días antes: Bertha Mason, la mujer fantasmagórica que vive encerrada en el ático de la mansión Rochester, la loca esposa de Edward, se ajustaba como anillo al dedo al físico hermoso y extravagante de Griselda. Además, y ése era un detalle que había hablado con la señorita Sofía, dado que el papel en cuestión no tenía demasiado diálogo, habíamos decidido darle una música especial, una composición al piano que interpretaría la propia Griselda.

Su cara resplandeció al oír mi propuesta, porque comprendió que en realidad lo que le ofrecía era la certeza de su permanencia en nuestro colegio hasta el final del curso. Se le iluminaron los ojos y soltó una carcajada teatral, excéntrica, que reprimió al instante con las palabras: «Así debía de reírse Bertha, ¿verdad?».

Sonreí, porque ciertamente aquella risa demencial era la que retumbaba por los pasillos de la casa en la novela, y me disponía a dar por terminada la conversación cuando ella se dirigió a mí en un tono mucho más grave. Al parecer, según me dijo, estaba preocupada por su compañera de cuarto, Concepción Hernando. «No se encuentra bien», me confesó. «Ella no quiere decir nada por miedo a perderse clases, pero yo creo que usted debe saberlo. Anoche vomitó, y la noche anterior también. Y en general pasa las noches dando vueltas en la cama, con fuertes molestias en el estómago.» Intenté recordar si algo en esa niña me había llamado la atención, sin lograrlo. Recordé que había hablado con ella pocos días atrás, sobre Griselda precisamente, sin que nada me alertara de que su estado de salud no era el habitual. Agradecí a Griselda que me lo contara, la tranquilicé diciendo que me ocuparía de ello y la despedí.

Desde el interior del aula volví a oír aquella risa, tan estridente y tan fuera de lugar que casi me sobresaltó. ¡Espero que ahora no le dé por ensayarla a todas horas!, me dije, pensando que, a pesar de que esas niñas querían ser adultas, en el fondo seguían siendo unas ingenuas.

«¿Qué son esas risas?», me preguntó Irene, que al parecer se había cruzado con ella en el pasillo.

Sonreí y le expliqué lo relativo a la obra con todo lujo de detalles, aunque obvié el papel que había asignado a Griselda. Irene no dijo nada, no suele inmiscuirse en estas cosas, pero noté que me observaba detenidamente.

«Me alegro de que estés tan ilusionada», comentó al final, y advertí en sus ojos lo que no había visto hasta entonces: su preocupación por mi desánimo, que debía de ser más evidente para ella de lo que yo pensaba.

«Lo estoy», le aseguré. «De verdad.»

«¿Estás segura? Te he notado muy fatigada estos días. Y un poco… no sé cómo decirlo… Un poco rara.»

Es un placer que alguien se preocupe tanto por ti, y me sentí obligada a tranquilizarla entonces, achacándolo todo al terrible verano que había pasado. Ella me miró, sonrió y supe que no hacía falta añadir nada más. Con Irene nunca hace falta: a veces me olvido de que lee mi interior como si fuera un libro abierto; nunca olvido, sin embargo, lo mucho que me ayuda tenerla cerca. Me gustaría ser ese mismo apoyo para ella, y me consta que confió en mí cuando juntas nos comprometimos a abrir esta escuela. Las dos sabemos que hay secretos que sólo necesitan decirse una vez y que compartirlos te unen a la otra persona mucho más que los lazos de sangre.

# 5

El Viernes Santo había sido un día mustio de primavera, marcado por una lluvia tenaz que empapó las calles desde primera hora de la mañana. Frederic se dejó arrastrar por la melancólica estampa del agua tras los cristales y se quedó en casa, leyendo o fingiendo hacerlo. Una buena excusa que le permitió encerrarse en su habitación y eludir la figura de su padre hasta la hora del almuerzo, en la que ambos tuvieron que sentarse frente a frente en un comedor tan silencioso que el roce de los cubiertos en la loza se convertía casi en una detonación. Su padre no dijo nada hasta haber dado cuenta de la verdura, el alimento que Enriqueta consideraba adecuado en un día como aquél.

—Con relación a lo de anoche… —empezó Horaci.

—Lo siento —se apresuró a decir él—. No quería amargaros la velada.

—En absoluto. Lo cierto es que deseaba disculparme. No creo que desde aquí podamos comprender lo que está significando esta guerra para hombres jóvenes como tú. Y, en un aspecto más personal, me temo que tampoco yo me he esforzado por saber lo que has pasado, por ponerme en tu lugar.

Era un discurso largo para Horaci Mayol y Frederic lo agradeció.

—No hay nada que puedas hacer —dijo, en tono conciliador—. Ya no soy un chico, tendré que vivir con esto. Puedo vivir con esto. Es sólo que, como dije anoche, no es fácil dejarlo atrás.

—Pero debes hacerlo. —La voz de Horaci adoptó una urgencia tensa—. Debes hacerlo. Tienes toda una vida por delante. No la malgastes en mirar atrás. La muerte es el final del camino, no la conviertas en tu compañera de viaje.

Frederic asintió, consciente de que las palabras de su padre estaban cargadas de razón. Y de repente sonrió, al recordar una de sus largas discusiones con los psicoanalistas en Viena: no, él no deseaba vencer a su padre, ni siquiera de una forma simbólica. Jamás había sido un rival. Tal vez la separación de él y Claudine le había dejado fuera de ese juego edípico.

—No voy a convertirla en compañera de viaje —confesó de repente—. Voy a escribir sobre ella. Sobre la muerte y sobre la guerra.

Su padre se mostró sorprendido.

—Eso está bien —admitió—. Suéltala. Vuélcala en el papel y luego olvídate de ella. Ya la recordarás en la vejez, cuando llegue el momento de prepararte para ese viaje.

El reloj del comedor enfatizó con su sinfonía el final de la frase; fue una rúbrica fantasmal, un eco en el que las palabras de su padre quedaron flotando. Frederic hizo un esfuerzo por ahuyentar ese espectro grave y cambió de tema.

—La señora Iñíguez es una dama muy interesante —comentó, y al hacerlo observó tanto a su padre como a Enriqueta, que en ese momento servía el bacalao.

No supo sin eran imaginaciones suyas, pero la mujer se paró un instante al oír el nombre; luego siguió sirviendo los trozos de pescado, arrojándolos sobre el plato sin consideración. Su padre, en cualquier caso, esperó a que terminara con su cometido antes de decir nada.

—Lo es —aseveró en cuanto ambos se quedaron solos—. Montserrat es una mujer excepcional, inteligente y vehemente.

—Y hermosa —apuntó Frederic.

Su padre enrojeció levemente y no contestó. Comía con la parsimonia de quienes dedican al alimento la cantidad de energía justa: ni demasiada, como los glotones, ni demasiado poca, como aquellos que nunca han pasado hambre y no saben apreciarla.

—¿No te parece hermosa? —insistió.

Hubo una pausa breve antes de que Horaci respondiera un «sí» casi inaudible.

—Creo que sería una excelente compañera de viaje, si ella lo desea —añadió.

—También yo lo pienso, hijo. La soledad es una buena amante ocasional, pero una mala esposa. Nadie debería entregarse a ella por completo. Yo lo he hecho y ahora me arrepiento, porque es una mujer celosa, que te aísla y te vuelve huraño. Por eso… por eso te repito lo que he dicho antes. Diviértete, disfruta de la vida. No te encierres con recuerdos aciagos; abre las ventanas y deja que entre el aire.

—Estábamos hablando de la señora Iñíguez ahora mismo, no de mí. Y permíteme que te diga que a ella se la veía muy interesada.

—Querido hijo —respondió su padre, suavizando la réplica con una media sonrisa—, este tema no te incumbe. Al menos de momento. Y otra cosa: anoche te vi charlando con Gasset y debo advertirte de que ese hombre no es trigo limpio.

Frederic iba a preguntar por qué lo invitaba a su casa si lo tenía en tan poca estima, pero su padre se le adelantó:

—Es un individuo influyente y por eso estaba ayer aquí. Eso no significa que tengas que trabar con él más relación de la indispensable.

Frederic asintió, al tiempo que dejaba los cubiertos en el plato; no podía tragar un bocado más.

—Enriqueta se ha propuesto que hoy pequemos de gula.

—Y al decirlo imaginó a la criada acusándolos de dicha falta ante alguna imagen de Cristo, y rió al recordar la mala cara de la mujer la noche anterior.

Estaba seguro de que la señora Iñíguez iba a encontrar una oposición muy poco sutil en la vieja Enriqueta y casi lamentó no quedarse más tiempo en Barcelona para ver cómo se desarrollaba esa lucha doméstica.

Fiel a su palabra, Juanjo Alcázar se presentó en la puerta de la casa de los Mayol a las diez en punto, y aceptó tomar una copa, que acabaron siendo tres, antes de salir. Frederic comprobó que el alcohol causaba un efecto colateral en Alcázar, y que lo dotaba de una verborrea recargada y poco comprensible, porque a veces las frases quedaban a medias. En el camino hasta la casa de Gasset, que hicieron a pie, el pelirrojo le estuvo relatando los avatares de la redacción del periódico, adornando su parrafada con expresiones tan pintorescas como «nido de caimanes» para referirse a sus compañeros o «lechuguino jibarizado» al describir a su jefe. Las calles mojadas tampoco ayudaban a la incipiente borrachera: un par de veces, un resbalón estuvo a punto de derribar a Alcázar y de paso a Frederic, arrastrado por el otro, que se agarró a él. Las calles estaban desiertas, ya que incluso las damas de la noche descansaban en un día como aquél, y sólo se cruzaron con varios tipos, de aspecto patibulario, que rondaban las calles como lobos sedientos. Cuando por fin llegaron a la dirección buscada, Frederic llamó al timbre y un portero asomó por la reja negra de metal para abrirles la puerta.

—Somos invitados del señor Gasset —le dijo, y el hombre, al que debían de haber despertado, los miró de arriba abajo y no preguntó más. Les indicó con desgana que subieran al ático y se volvió al cuarto de donde había salido.

Subieron en un ascensor flamante, cuyos botones dorados brillaban bajo la luz amarillenta, y llegaron a un descansillo enmoquetado que conducía a una única puerta, ya entreabierta. Sonaba música en el interior, algo que Frederic reconoció como un vals vienés y que le hizo esbozar una sonrisa irónica. A su lado, Juanjo trastabillaba pero, al menos, parecía lo bastante emocionado para callar un rato. Ciertamente, la decoración del salón era impresionante: un inmenso espejo enmarcado por una irregular cenefa dorada de hojas de palmera y decorado en su base por dragones alados igualmente brillantes era lo primero que saltaba a la vista en el recibidor; en el estrecho corredor se distinguía un escritorio de madera oscura, que era más bien un objeto decorativo, ya que resultaba imposible sentarse delante. El salón estaba provisto de muebles oscuros, casi negros, de estilo sobrio, combinados con cortinas de un rojo apagado y un tresillo de igual color. A un lado, subido a una tarima, había un sobrio piano y un joven que, cada vez con más énfasis, atacaba los compases del vals. Justo cuando Frederic y su acompañante llegaron al salón, la música cesó, entre aplausos, y Raimundo Gasset se acercó a ellos para darles la bienvenida.

Lo mejor que podía decirse de él era que encajaba perfectamente en aquel hogar un poco demasiado ostentoso para ser calificado de elegante, pensó Frederic. Con un vaso de whisky en la mano, se ocupó de acercarlos al mueblecito de madera de ébano con mesa de espejo donde reposaban las bebidas y los presentó en voz alta al resto del grupo. No era muy numeroso: dos caballeros de más edad, además del joven del piano y una dama rubia y de rasgos exóticos que fumaba, impasible, con la boquilla entre los dedos, como si fuera una estatua a la que un dios juguetón hubiera dotado de la capacidad de mover un solo brazo o una autómata de las que asombraban al público en el Tibidabo. De repente, Frederic descubrió a un invitado más, que se hallaba en ese momento junto al pianista y le acariciaba el cabello con naturalidad, mientras éste pasaba las páginas de un libro de partituras. De espaldas a él, formaban una pareja turbadora y atractiva, a la que nadie parecía prestar atención. Fue entonces cuando Gasset dijo en voz alta:

—Blanca, no seas asocial. Venid a saludar a los recién llegados.

Pianista y acompañante se volvieron, y Frederic comprobó, sorprendido, que la persona que estaba de pie, vestida de esmoquin como los demás invitados varones, era una mujer. Una joven de rasgos angulosos y cabello muy corto, de tez marcadamente pálida y labios pintados con un furioso carmín rojo.

—Hola —dijo el pianista, agitando la mano como si despidiera un barco.

—Son los hermanos Raventós. Gerard, y nuestra querida y preciosa Blanca.

No podía decirse que se parecieran, aunque había algo en ellos decididamente familiar: el mismo aire de distinción en unos pómulos afilados y una barbilla redondeada, casi infantil.

—Toca algo, Gerard —le instó Gasset—. Es nuestro músico predilecto. Espero que le haya gustado el vals que ha interpretado en su honor.

—Ha sido un buen detalle —dijo Frederic—. Aunque si le digo la verdad, no sé bailarlos.

—¡Eso no puede ser! —exclamó Gasset—. Gerard, por favor, tócalo otra vez. Blanca, querida, ven y enseña a bailar a nuestro invitado de honor de esta noche.

Frederic protestó, sintiéndose súbitamente consciente de su brazo izquierdo, pero era tarde. Las primeras notas sonaban ya y Blanca se acercaba, mirándolo a los ojos.

—No puedo. De verdad —consiguió decir Frederic por encima de la música—. Mi brazo…

En ese momento, ella ya había llegado hasta él. Percibió su perfume, un aroma delicioso y embriagador, levemente amaderado, penetrante sin llegar a ser empalagoso. Gasset, dándose cuenta de que había metido la pata, se interpuso entre ambos y se dispuso a ocupar el puesto de pareja de baile. Durante los minutos que duró el vals, ambos giraron al ritmo de las olas por todo el salón, acelerando el paso a medida que lo pedía la música, y terminaron cayendo sobre el tresillo granate, entre los aplausos de la concurrencia. Frederic había oído que Alcázar le decía algo, pero no logró entenderlo. Estaba demasiado absorto en aquella joven vestida de hombre que ahora se reía, agotada, y llevaba a sus labios el vaso de Gasset, en un gesto de complicidad que, sin saber por qué, le escoció un poco. Él nunca podría bailar con aquella mujer.

—Ahora te alegras de haber venido, ¿verdad? —le susurró Juanjo mientras se servía otro whisky.

—Bueno, digamos que la velada se me antoja más interesante.

—Ya se nota —repuso el periodista, al que al parecer el whisky había reducido la curda—. Pero deja de mirarla tan fijamente. No hay nada que incomode más a una mujer que los tipos que babean por ella.

—¡No estoy babeando!

—¡Qué va! —reafirmó, dándole un codazo suave.

—¡Eh, el pianista está seco! No hay derecho. Me tenéis esclavizado como a un feriante y sin nada que beber.

Gerard Raventós agitaba su vaso vacío, y su hermana se levantó del sofá de un salto y casi corrió hacia él. Cuando llegó le dio un beso rápido en los labios y cogió el vaso, con el que regresó al mueble de las bebidas. Juanjo se alejó un poco, dejando que su compañero hiciera las funciones de camarero.

—El vals es absurdo —dijo ella, jadeante—. No pienso bailarlo nunca más. Sólo sirve para que los seductores mareen a las doncellas con el fin de aprovecharse luego de ellas.

Él sonrió.

—Si alguien intenta aprovecharse de usted, avíseme. Mi brazo derecho sigue estando en plena forma y puede partir la nariz de cualquier seductor indeseado.

—No suelo necesitar defensores, señor…

—Mayol. Frederic, para usted.

—Frederic. Ese nombre suena tan serio, tan formal… Hace pensar en un notario o un abogado.

—Nada más lejos de mi profesión, se lo aseguro. Ahora da lo mismo, no hablábamos de eso. Me decía que no suele necesitar defensores.

—Exactamente. —Blanca dio media vuelta y empezó a caminar hacia su hermano, que seguía esperando con el brazo extendido, sentado al taburete del piano. A medio camino, sin embargo, se volvió—. Pero siempre es agradable saber que se puede contar con uno, en casos extremos.

Dado que se había acomodado junto a Gerard mientras éste empezaba a tocar otra pieza, mucho más melancólica, Frederic se unió al resto de los varones, que departían en la zona del sofá. Descubrió entonces que Juanjo Alcázar parecía haber recuperado del todo la sobriedad y que algo había despertado su instinto periodístico. Atendía a la conversación como si le fuera la vida en ello, aunque de entrada Frederic no comprendió cuál era el tema de fondo: hablaban de una huelga que se había producido un par de meses atrás, en una de las fábricas de la ciudad, y Gasset afirmaba, enfáticamente, que debía endurecerse la mano contra los instigadores de la movilización obrera.

—Los trabajadores normales no están para jugarse las habichuelas si no los arrastra algún líder con discursos llenos de palabras tan huecas como «igualdad» o «derechos». El único derecho que tienen es a cobrar la semanada, y en cuanto a la igualdad… Por favor, su simple mención me provoca arcadas. ¿Cómo va a ser igual a nosotros un tipo que apenas sabe leer ni escribir?

—Quizá deberíamos preocuparnos de que aprendieran, entonces —intervino Frederic.

—¡Mejor que no, Mayol! Mejor que no. Dejemos a cada uno en su lugar. ¡Y golpeemos con fuerza la cabeza de los que quieren salirse del sitio que tienen asignado! Mire, hay un orden natural en el mundo y pervertirlo sólo conduce al caos.

Los demás asentían, la música sonaba y Frederic no se vio con ganas de seguir discutiendo sobre las ventajas que ese orden «natural» tenía sobre algunos. Miró a Alcázar y luego su reloj, no porque tuviera sueño, sino porque deseaba abandonar la reunión. El hombro empezaba a dolerle y notaba la insidiosa necesidad de amortiguar esa molestia, algo que sólo podía hacer en casa. Además, tenía la impresión de que, entre melodía y melodía, los dos hermanos cuchicheaban sobre él. Poco después, Gasset se levantó y fue a reunirse con los pianistas, y, sin él, la conversación se apagó. Frederic observó con disimulo al trío del piano: Gerard seguía sentado, tocando entonces algo muy lento, definitivamente triste; a su lado, su hermana tenía los ojos cerrados, como si quisiera absorber la música sin ningún otro estímulo que la distrajera. Y detrás de ambos, Gasset, con una mano apoyada en el hombro de cada uno. A Frederic no le pasó por alto el estremecimiento leve de Blanca, al notar ese roce. No habría sabido decir si era de incomodidad o una simple reacción ante algo inesperado, pero de alguna manera había interrumpido su concentración en la música. Cuando Gerard terminó la pieza, Gasset le susurró algo al oído y el joven Raventós enrojeció un poco. Blanca se levantó y regresó al mueble bar, aunque no se sirvió bebida alguna. Parecía estar esperando algo, o huir de alguien… Frederic no pudo evitar unirse a ella, con la excusa de ir a rellenar su vaso. Fue un gesto ridículo, propio de un mozalbete que desea, a toda costa, acercarse a la chiquilla que admira y luego se encuentra ante ella sin nada que decirle.

—Su hermano es muy bueno al piano —comentó.

Blanca asintió.

—Lo es. —Había un cariño inmenso concentrado en aquellas dos palabras y en la mirada de afecto que dirigió entonces a Gerard, que seguía charlando en voz baja con el anfitrión—. Es el mejor hermano que podría tener, aunque a veces me saca de quicio —confesó.

—Yo siempre quise tener uno. Un hermano, quiero decir.

—¿Es hijo único? —Blanca meneó la cabeza—. No puedo

imaginarlo. Dudo que hubiera podido soportar mi infancia sin Gerard.

Hablaba casi para sí misma y Frederic se sintió algo violento ante la intensidad de la afirmación. Ella sonrió.

—Oh, creo que le estoy haciendo pensar en infancias tremebundas y crueles. Nada más lejos de la verdad. Soy yo quien no encaja allí, no ellos.

Y con esa frase, aún más enigmática que la anterior, Blanca le dejó con el vaso en la mano y sin ganas de beber, para regresar al piano. Sintiéndose desairado, Frederic miró a Juanjo y señaló con un movimiento de cejas la puerta. Por suerte, el periodista entendió el gesto y anunció que se marchaban.

—No me digan que ya se van a dormir —dijo Gasset, con una sonrisa más torcida que nunca—. Dos jóvenes como ustedes.

—La juventud también duerme, señores —afirmó Juanjo—. Y no puede decirse que haya mucho más que hacer esta noche.

Un individuo al que no habían visto hasta entonces les llevó los abrigos. Actuaba como un mayordomo, pero tenía aspecto de guardaespaldas. Incluso Frederic, que no era precisamente bajo, debía levantar un tanto la vista para verle los ojos, y su espalda recordaba a la de un gimnasta o un luchador profesional. Su cara, inexpresiva, sí parecía evocar las funciones de un fiel servidor, de esos que ven, oyen y callan.

Frederic y Juanjo se despidieron de todos, excepto de la mujer que seguía sentada a un lado y que, al parecer, se había quedado sin ganas de fumar, lo que la había convertido de forma definitiva en figura de cera. Pianista y acompañante no se movieron, se limitaron a esbozar un adiós con la mano, como si estuvieran tan absortos en su propia compañía que no necesitaran nada más y soportaran al resto por pura cortesía. Frederic habría deseado una despedida más efusiva; se consoló pensando que, aunque ésta se hubiera producido, a él le esperaban varios meses fuera de la ciudad y un proyecto para el que precisaba soledad y sosiego espiritual.

Ya estaban en la calle cuando Juanjo, subiéndose el cuello del abrigo porque la lluvia había dejado una noche fresca, dijo:

—Me ha gustado el numerito.

Frederic lo miró sin saber a qué se refería.

—¿Hablas de la pareja del piano?

—¿De quiénes? Ah, no. Hablaba de Gasset. Todo ese discurso de las huelgas y la mano dura.

—Bueno, no es que esté de acuerdo con él, pero los demás parecían pensar lo mismo.

—¡Claro! Y la Barcelona que vive en pisos como éste también comparte esa opinión. Sobre todo después de los estropicios que han montado algunos últimamente. Por ejemplo, estoy seguro de que a Onofre Raventós, el papá de esa nena vestida de hombre que tanto te gusta y del pianista, no le haría ninguna gracia algo parecido a una huelga en su fábrica. Aceros Raventós —aclaró—. Se dice que su dueño no podría haber tenido un negocio de otra cosa. Es duro como hierro frío. Me pregunto qué pensaría al ver a su hija disfrazada así.

También Frederic se preguntaba si el atuendo de Blanca Raventós era una excentricidad de niña rica o escondía algo más. Juanjo sonrió y despejó parte de sus dudas.

—Va con su hermano a todas partes, y en algunos lugares sólo pueden entrar caballeros… Ya me entiendes.

Lo entendía, y no le extrañaba particularmente. Había algo en la reunión, en la única mujer vestida como tal abandonada como un jarrón en un rincón, que hacía pensar en cierta ambigüedad sexual. El mismo Gasset tenía unos modales untuosos, a un paso del amaneramiento.

—Hablando de caballeros, ¿te has fijado en el mayordomo? —preguntó Frederic.

Su acompañante rió entre dientes.

—Si ese gorila es sólo un mayordomo, yo soy la fallera mayor.

Frederic se dio cuenta entonces de que iban caminando por la Ronda de San Pedro, acelerando el paso porque hacía verdadero frío. No había nadie en la calle y sus pasos resonaban sobre la acera.

—La única forma de terminar con dignidad una noche como ésta sería irse de putas —dijo Juanjo—. ¡Maldito Viernes Santo!

—Pues me temo que hoy no va a ser posible —repuso Frederic—. Aunque admito que hace mucho que no he estado con una mujer. Desde...

Lo pensó y no logró recordarlo. Se había acostado con una prostituta antes del asedio de Belgrado, en sus primeros meses como soldado. Luego la guerra lo había invadido todo de una forma absoluta. Sí, hubo otra, poco después, en el frente italiano, aunque de eso hacía ya casi un año. Y, por supuesto, había estado Gretta, cargada de reproches, con la que se sintió incapaz de hacer el amor.

—Bueno —resumió—, desde hace mucho tiempo.

—¿Qué significa mucho? ¿Una semana, dos?

Frederic se echó a reír.

—Me temo que más.

—¿Tú sabes que eso es malo para la salud? —preguntó Alcázar, mirándolo con perplejidad—. El semen se acumula y se pudre, y acaba ocasionando todo tipo de enfermedades.

—¿De dónde has sacado semejante idea?

—Es la verdad. Me lo dijo un médico. Y desde luego, digas lo que digas, bueno no puede ser. Antes de que te marches a ese pueblo tenemos que ir a un sitio que conozco. Si hay algo de lo que podemos enorgullecernos en Barcelona es de nuestros burdeles. ¡Canela fina! Está decidido, una de estas noches tengo que llevarte a *ca la Mercè*. ¡Tienes que liberar tu esencia viril! Eso sí, te advierto que, si está libre, Lolita es mía. —Lo miró con seriedad, súbitamente serio—. Sólo mía.

—¡Por supuesto! —dijo Frederic, sonriendo.

A decir verdad, en ese momento le apetecía más regresar a casa, inyectarse aquella dosis de placer que poco tenía que ver con el sexo y luego dormir. Sin embargo se percató de que, absorto en la conversación, había seguido andando en dirección contraria a la casa de su padre y se encontraba ahora al principio de las Ramblas.

—Buenas noches —dijo, a modo de despedida, pero Juanjo lo hizo callar.

—¿Oyes lo mismo que yo? —preguntó en voz baja.

—No...

—¡Chist! Calla y escucha.

Los gemidos salían de la calle Tallers, a su derecha, y quedaban ahogados por insultos y el inconfundible ruido de los golpes secos. Ambos corrieron en esa dirección y tardaron poco en encontrarse con el origen del tumulto: tres tipos se ensañaban con otro, que, tumbado en el suelo, había renunciado ya a presentar batalla. Juanjo gritó con fuerza, y eso fue suficiente para que los tres salieran disparados calle abajo, dejando atrás a un pobre desgraciado, que seguía protegiéndose la cara cuando llegaron hasta él.

—¿Tú no eres médico? —le preguntó Alcázar.

Frederic intentó examinar al hombre, que, a pesar de haber recibido una paliza, no parecía tener nada roto.

—¡Cabrones! —dijo cuando se convenció de que los recién llegados acudían a ayudarlo—. Cobardes, hijos de puta.

Frederic reparó entonces en que el individuo golpeado era bastante joven y tenía a su lado una especie de cartera grande, de piel marrón, llena de papeles desparramados ahora sobre el suelo mojado. Cogió uno, y antes de que se empapara logró leerlo: era una octavilla que llamaba a la unión de los trabajadores. El tipo se levantó del suelo y se la quitó de la mano, afanándose después en recoger el resto y ponerlas todas a buen recaudo en la cartera. Y en ese momento, como salidos de la nada, aparecieron los guardias. Un silbido procedente del inicio de la calle los alertó a todos, y el joven intentó salir corriendo aunque los efectos de los golpes no le permitieron llegar muy lejos.

—Éste va a volver a cobrar esta noche —dijo Alcázar—. Joder, en esta ciudad las únicas que respetan el Viernes Santo son las putas.

# 6

Son más de las cinco de la madrugada y ya no merece la pena acostarse. Dentro de una hora tendré que estar de pie y sé que me aguarda una larga jornada... Podría tumbarme en la cama, pero prefiero pasar este rato sentada ante el secreter que traje hace años del despacho de mi difunto padre, serenar la cabeza y poner por escrito los últimos acontecimientos. Este curso tengo el diario abandonado; miro la última entrada y veo que hace semanas que no le dedico el tiempo que merece, apenas consta algún apunte suelto, más un recordatorio que una reflexión seria.

Faltan diez días para que den comienzo las vacaciones de Navidad, y por una vez la perspectiva de la soledad relativa que siempre me rodea durante estas fiestas no me resulta del todo desagradable. En realidad, tampoco se trata de una soledad absoluta: algunas alumnas, pocas, la pasan aquí, y lo mismo parte del profesorado. Irene se va este año, me lo dijo el otro día, y creo que ella también necesita un descanso este curso. Respirar otro aire, huir de esta casa que parece rebelarse contra nosotras. El cansancio y la preocupación me ponen melodramática, lo sé, pero es la sensación que tengo y deseo expresarme con libertad. ¿De qué sirve un diario si una no puede volcar en él sus impresiones más subjetivas, por descabelladas que éstas sean?

Sí, por orgullosa que esté de esta escuela, de todo lo que significa para mí y para quienes vivimos en ella, cada día resulta más obvio que quienes construyeron el edificio para su propietario original eran unos chapuceros y el lugar requiere ahora reparaciones serias. No está preparado para eventos excepcionales, como la tormenta súbita que cayó en la zona hace ahora siete días. Apenas duró unos minutos, por suerte, y sin embargo, su intensidad fue tal que inundó los dormitorios de las más pequeñas, a quienes tuvimos que trasladar en camisón a altas horas de la noche. Mientras duraban las obras de reparación han dormido apretujadas con las niñas del curso superior, y aunque para ellas todo ha sido una experiencia nueva y divertida, a mí me desespera que no podamos asegurar a las alumnas unas condiciones de vida óptimas aquí. Tengo la impresión de que les estamos mintiendo a los padres, prometiéndoles un colegio de élite que luego se resquebraja ante un vendaval.

Pero no es la lluvia, esta noche, ni este viejo caserón que últimamente se empeña en irritarme lo que me tiene despierta a estas horas. Ah, releo la última frase y sé que debería tacharla, eliminarla del diario y de mis pensamientos. En el futuro, cuando ojee estas páginas estoy segura de que me regañaré a mí misma; aunque creo que al menos hoy el tono está justificado, por los sucesos acontecidos y por la hora en que lo escribo. Los antiguos llamaban *diluculum* a esta última parte de la noche, cuando ya el mundo empieza a despertar de su sueño: las sombras se desvanecerán dentro de poco pero de momento siguen aquí, y los humanos no estamos protegidos de ellas por la inconsciencia del sueño. Las vemos, pues, sin saber muy bien si pertenecen a la vigilia o son restos de nuestra actividad onírica. En mi caso sé bien que son reales, acechantes y amenazadoras, no hacia mí sino a lo que más quiero: el futuro de la escuela y la salud de una de mis niñas.

El doctor se ha ido hace una hora, siendo ésta su segunda visita de madrugada en una semana, y ha sido su semblante taciturno y perplejo lo que más me ha angustiado. Eso, y el rostro pálido, ojeroso y convulso de la pobrecita Concepción. Acurrucada en la cama, sudorosa, haciendo esfuerzos para no vomitar una vez más porque su estómago ha expulsado ya todo lo que tenía en él y la bilis arquea su cuerpo débil. Dios, ¿qué le sucede a esta niña? Por primera vez en años me he detenido en la capilla y he rezado con el fervor de los desesperados. El silencio y las imágenes religiosas no me proporcionan el menor consuelo y eso hace que me sienta culpable, como si mis oraciones no tuvieran valor alguno. Como si no fueran lo bastante buenas para interceder por el estado de salud de esa muchacha.

Cuando Griselda se refirió a ello, semanas atrás, no le concedí demasiada importancia. Hablé con la niña y me aseguró que no era nada grave, y durante un tiempo la vi conducirse con normalidad. Me acostumbré a llevarle una tisana por las noches, y eso pareció ayudarla. Hasta hace unos días en que su compañera de cuarto vino a buscarme en mitad de la noche, aterrorizada porque Concepción estaba enferma. Me alarmé lo justo y necesario, porque también me consta que las niñas tienen una innata tendencia al drama. He vivido muchas indigestiones, cólicos y dolencias súbitas que siempre desaparecen cuando sus cuerpos jóvenes batallan contra ellas. Mi padre era médico, sé de lo que hablo. Por eso sé también que el doctor estaba preocupado hoy, seriamente afectado; reconozco esa mirada concentrada, ese rictus hosco que tuerce la boca de los hombres de ciencia cuando sus remedios se estrellan contra la evidencia. Y la evidencia es que Concepción Hernando está muy enferma, sin que nadie sepa con exactitud qué dolencia la aqueja. Su estómago se niega a retener ningún alimento, su cuerpo está debilitado y a sus ojos ha asomado una mezcla de miedo y resignación, como quien teme lo que ha de venir y ya no posee fuerzas para enfrentarse a ello. Es su cara lo que más me asusta, ese aire desmayado, no del todo inconsciente pero tampoco despierto por completo. Una cara que he visto en enfermos ya ancianos que empiezan a ver esa luz cegadora que les repele y atrae a la vez... ¡Basta! Compartir techo con las niñas me ha contagiado sus histerias. Concepción Hernando tiene dieciséis años y se recuperará. Tiene que hacerlo. Lo escribiré mil veces si hace falta, hasta que la pluma rasgue el papel. Se recuperará. Se recuperará. Se recuperará. Se recuperará. Se recuperará... Aunque el semblante del médico esté plagado de dudas, aunque me duela su incertidumbre. Tiene que ponerse bien. Y debe irse a casa. Estoy convencida de que la presencia de su madre, de su familia, será decisiva para que recobre la salud. Les escribiré esta misma mañana para que vengan a recogerla en cuanto el médico autorice el traslado. Hoy se le veía escéptico, como si temiera que el viaje a Zaragoza fuera demasiado largo para la niña, pero pienso insistir en ello. La familia, el hogar, puede ser la medicina más eficaz para un enfermo, y más en el caso de una chica tan joven. Se recuperará.

¡Por fin han venido los padres de Concepción a buscar a su hija! A pesar de sus palabras de agradecimiento, he percibido en sus caras ese reproche mudo tan comprensible entre quienes han depositado en tus manos a su bien más preciado y ahora se lo encuentran maltrecho y quebrado. En los últimos días, la salud de la niña mejoró algo y eso me animó a llevar a cabo lo que ya tenía pensado. No es que desee quitarme de encima la responsabilidad de cuidar de ella, nada más lejos de mis intenciones. Y la mirada de Concepción al ver a su madre me ha confirmado que estaba en lo cierto. Debe estar con ella, con los suyos, todo el tiempo que sea necesario.

Griselda me ha ayudado a preparar las cosas de su compañera de cuarto, y ha sido, durante todo este tiempo, una gran ayuda, pues se ha quedado a su lado todos sus momentos libres. Incluso me pidió que la dispensáramos de alguna hora de estudio para no dejarla sola, petición que fue amablemente denegada por mí. Si hay algo que Griselda no necesita es perder más tiempo.

La enferma ha permanecido adormilada durante gran parte de esa espera y la he observado en silencio, para no perturbar su sueño. «El reposo es un gran remedio», decía siempre mi padre. Le he acariciado los cabellos, con suavidad, mientras le susurraba esas cosas que dicen las madres a los niños enfermos, hasta que he caído en la cuenta de que lloraba en silencio.

«¿Qué te pasa, querida?», le he preguntado. «No llores… Tu madre está a punto de llegar y te irás a casa.»

Ha seguido dándome la espalda, sin decir nada. Sus sollozos se han hecho más fuertes y me he quedado sin palabras. He creído que lloraba por su partida, porque no quería dejarnos, y he intentado tranquilizarla en ese sentido. «Las vacaciones están cerca», le he dicho. «Después de Navidad, podrás volver. ¡Todas te echaremos de menos!»

De repente se ha incorporado y se ha echado a mis brazos. Dios, he notado sus costillas a través del fino camisón. Sus manos me agarraban con una fuerza que parecía insólita en aquel cuerpecillo. Sollozaba con desesperación silenciosa, mientras balbuceaba algo que yo no lograba entender.

«Basta, basta…», le he dicho, en tono cariñoso pero firme. «No consigo oírte.»

Ha intentado calmarse, lo he percibido. Se esforzaba por respirar hondo y contener los jadeos entrecortados. Movía la cabeza, negando algo que yo seguía sin comprender.

«No, no voy a volver», ha dicho por fin. O al menos eso he creído entender.

«Concepción, por favor. ¡Tu madre se va a preocupar más aún si te ve así y dices estas cosas!»

«No… no lo entiende, señorita Águeda… ¡No puedo!»

Se me ha abrazado de nuevo y ha estado llorando un rato más, hasta que las fuerzas la han abandonado y han agotado sus lágrimas. De repente he sentido que su cuerpo se tensaba y por un momento me he asustado. Entonces he oído la voz de Griselda, que hablaba desde la puerta. Al parecer, los padres de Concepción habían llegado; venía a decírnoslo y, de paso, a despedirse de su compañera de habitación, algo que ha hecho con moderación y una sonrisa afectuosa. Pero la enferma apenas ha reaccionado; se ha levantado de la cama y la he ayudado a vestirse. Enseguida han aparecidos los señores Hernando y he decidido dejarlos solos. La he despedido abajo, en la puerta. El breve rato con sus padres parecía haberla calmado un poco y se la veía algo mejor, más entera. Se ha acercado a mí y me ha susurrado al oído algo que aún no he conseguido descifrar del todo.

«Vigile a las niñas, a las pequeñas. Cuide de Eloísa por mí. No la deje… No la deje sola.»

Enseguida he caído en la cuenta: Eloísa debía de ser la pequeña alumna que Concepción tenía asignada, su «hermana menor», como las llamamos aquí. La he tranquilizado, asegurándole que me ocuparía personalmente de esa chiquilla. No he podido evitar conmoverme ante la preocupación de Concepción por esa niña a quien apenas conoce, la prueba de que de alguna manera se establecen en este colegio lazos familiares que van más allá del simple compañerismo. He abrazado a Concepción ante la mirada inquisitiva de sus padres. Se notaba que tenían ganas de partir, y de hecho les esperaba un viaje relativamente largo.

«Recuerde», me ha dicho Concepción antes de subirse al coche que la llevaría con su familia a la estación. «Cuide de Eloísa. No la deje sola… No la deje con…»

No estoy segura, pero habría jurado que ha dicho: «No la deje con Griselda».


La Navidad es una fiesta triste para aquellos que perdimos a la familia o para quienes están lejos de ella. Por eso me esfuerzo en fingir alegría de cara a las niñas que tienen que pasarla aquí; es imposible no percibir su tristeza, esa melancolía que las vuelve calladas y quietas como ratoncitos asustados. También yo la llevo dentro, a pesar de que son ya muchas las Navidades que paso sin la presencia de mis seres queridos. Este año ni siquiera está Irene conmigo, haciéndome compañía. Afortunadamente, son pocas las niñas que tengo que atender: la gran mayoría se marchó hace un par de días. Quedan algunas de los cursos intermedios, alguna pequeña… De las mayores sólo una: Griselda. Le pregunté si había recibido noticias de su tío y su cara fue la mejor respuesta. ¡Pobre Griselda!

He estado pensando en lo que dijo Concepción antes de marcharse. Las palabras de una criatura enferma no pueden ser tenidas en demasiada consideración. Sin embargo, he cumplido mi palabra: hablé personalmente con Eloísa, una niña un poco brusca, de modales toscos, a la que reconocí como una de las dos alumnas a las que había castigado a principios de curso, tras uno de los escándalos en las clases de mademoiselle Leblanc, y le prometí buscarle otra «hermana mayor» pasada la Navidad. La chiquilla no abrió la boca (¡algunas son verdaderas cotorras mientras otras son realmente como pajarillos!); me dio las gracias con desgana y se volvió con las demás. Sin querer dejarme llevar por los prejuicios, es evidente que esa niña, una de las que aceptamos gracias al dinero del tío de Griselda, pertenece a otra clase. Hay que hacer un gran esfuerzo para refinarla y convertirla en una señorita, aunque para eso estamos aquí.

Debo vestirme para la cena de Nochebuena y para la misa que se celebrará después en la capilla. Sé que la cocinera se esforzará en preparar un menú suculento y venzo mi pereza con esa perspectiva. Siempre he sido de buen comer, por eso no soporto escatimar en alimentos para las niñas. ¡No concibo nada más triste que una criatura desnutrida! Me consta que gastamos un dineral en comida, a veces más de lo que podemos permitirnos. Irene, que es un lince con las cuentas, lleva tiempo advirtiéndome de ello. Hoy he revisado sus números, las anotaciones minuciosas que dejó en mi mesa antes de irse. Las reparaciones debido a la tormenta han supuesto un imprevisto muy desalentador… Está claro que Irene tiene razón: debemos reducir gastos. Sobre todo porque los albañiles ya nos avisaron que los techos no aguantarían otra tormenta como la última…

¡Es la víspera de Navidad y no pienso pasarla encerrada en el despacho mirando cuentas descorazonadoras! Prefiero dar un paseo, aunque esté lloviznando.

Tengo que pararme a escribir esto. Debo volcar aquí las impresiones extrañas que he tenido esta tarde antes de que la noche se las lleve, o queden solapadas por la cena o los villancicos navideños. Se dice, y no puedo negarlo, que consultar los problemas con la almohada ayuda a verlos más claros o cuando menos ayuda a la reflexión. Cierto es, ya lo sé; otros sentimientos, sin embargo, deben ser plasmados al instante porque despiertan en nosotros esa vocecilla inconsciente, porque apelan a sensaciones que poco tienen que ver con la razón. Es más, ahora que estoy sentada ante el papel, el solo hecho de comenzar a darle forma escrita me hace empezar a dudar. Prefiero, pues, contarlo tal como lo viví. Al fin y al cabo, nadie más va a leer esto. Puedo mostrarme honesta sin disimulos. O eso creo.

Regresé del paseo sobre las cinco y media, dispuesta a descansar un rato y luego asearme, cambiarme de ropa y bajar a cenar. El comedor grande está cerrado, porque apenas somos una docena los que nos sentaremos a la mesa. Del personal docente sólo se ha quedado Pablo March, el profesor de dibujo, y mademoiselle, que nunca se marcha. Iba hacia mi habitación, feliz tras la caminata por el bosque. No suelo pasear sola, y no me gusta que se me haga de noche, pero hoy me apetecía sentir la caricia de la lluvia fina en el rostro, aspirar el olor de los árboles mojados. Hay un sendero que va desde la puerta del colegio hasta el pueblo de Sant Pol. Tenemos tan cerca el mar que muchas veces nos olvidamos de él aquí arriba; contemplar las aguas es el mejor bálsamo para paliar esos sentimientos de añoranza que nos acechan en estos días de fiestas familiares.

Y eso que el mar hoy no presentaba un aspecto plácido; al contrario, sus olas parecían tensas, de un azul opaco, casi gris. Rompían con un chasquido blanco contra las rocas, el único sonido que se oía en la playa desierta: los pescadores no faenan esta noche, por supuesto. He paseado frente a la taberna y me ha llegado la algarabía de voces del interior. La dueña echaba a los parroquianos a media tarde. ¡También ella tiene familia!

No es lugar para una dama, lo sé, pero no he podido evitar una punzada de envidia y me he quedado en la esquina, contemplando cómo los clientes, unos más bebidos que otros, se dispersaban hacia su casa. El pueblo quedó en silencio y me percaté de que debía volver si no deseaba que la noche me pillara en medio del bosque. Anduve, pues, a paso rápido, huyendo del anochecer, acompañada sólo por los cantos dispersos de los pájaros. Me gusta oírlos cantar en libertad, nunca he soportado el triste espectáculo de verlos enjaulados como prisioneros. La oscuridad cayó sobre mí cuando ya me encontraba en el último tramo del sendero y a lo lejos tenía la tranquilizadora visión del colegio. Mi casa, pensé con orgullo. Y en esos momentos supe que saldríamos adelante, que aquel caserón viejo no nos defraudaría y aguantaría una y cien tormentas. ¿Cómo no iba a hacerlo con todo el amor y la dedicación que habíamos metido entre sus muros?

Crucé la puerta mucho más animada que a la salida y subí la escalera tarareando un villancico que había oído en el pueblo. Un aroma maravilloso, a caldo navideño, me acompañó hasta llegar a la primera planta. Me detuve un momento para disfrutar de él antes de perderlo: el paseo me había abierto el apetito y a punto estuve de bajar a la cocina a probar algo… Fue entonces cuando lo oí. Esa risa, esa carcajada histérica que amputó de pronto la sensación de bienestar, de calidez. De repente me percaté de que llevaba el vestido húmedo y sentí frío. La carcajada se repitió, seguida en esta ocasión de un grito que no parecía proceder de la misma voz.

Sin pensarlo dos veces me dirigí a la habitación de Griselda, segura de que era ella quien estaba montando semejante escándalo con la excusa de su papel en la obra. Abrí la puerta de su dormitorio de forma bastante desabrida, y me encontré frente a una escena que no pudo describir sino como extraña. No tanto por lo que vi, aunque no me gustó, sino por esa sensación insidiosa de la que hablaba antes. La de haberme convertido en testigo de algo que no debía presenciar.

Dentro del cuarto estaba Griselda, por supuesto, sentada en su cama. Y no estaba sola, sino acompañada de una de las niñas, que se encontraba en el suelo, con la espalda apoyada en el lateral de la cama. La reconocí porque se trataba precisamente de Eloísa, con la que había hablado hacía pocos días. La pequeña me miró, azorada, y vi que estaba disfrazada. Griselda, supongo, la había vestido con un traje azulado, como de muñeca antigua. No sólo eso: la había maquillado, tiñéndole los labios de un carmín estridente y poniéndole colorete en las mejillas. El resultado era casi obsceno. A su lado, Griselda se levantó enseguida y murmuró unas palabras de disculpa, que acallé en seco, con un gesto de la mano.

«¿Qué estáis haciendo?», pregunté, en un tono que distaba mucho de ser cordial. «¿Qué hace esta niña aquí, vestida así?»

«Estábamos jugando, señorita Águeda. Eloísa estaba triste hoy porque no ha podido ir con su familia estos días y busqué un traje de cuando era pequeña. Ahora la estaba peinando.»

Me enseñó el cepillo del pelo, como si quisiera probar sus palabras.

«Haz el favor de lavarte la cara», dije a Eloísa, pensando que me estaba convirtiendo en la bruja del cuento. La mala que interrumpe un juego inocente.

La puerta del armario estaba abierta y eché un vistazo al

interior, tal vez para apartarla de Griselda, que me observaba en absoluto silencio, dominada por una calma tan exagerada que casi podía tomarse por descaro. Reparé en que la parte de ropero que antes acogía la ropa de Concepción no estaba vacía, sino llena de unos trajes que sólo podían ser de su compañera de cuarto.

«¡Has ocupado todo el armario!», le dije, entre sorprendida y enfadada.

Ella tardó en contestar. Lo hizo con la misma serenidad que había demostrado antes.

«Sólo mientras Concepción está fuera, señorita Águeda. Cuando regrese lo volveré a meter todo en el baúl. Al buscar el traje para Eloísa me di cuenta de que lo tenía todo muy arrugado y me puse a colgarlo.»

No había nada que decir. Nada que reprochar. Y sin embargo yo notaba que mi enfado no menguaba, sino al contrario. Me aferré a lo único por lo que podía reprenderla.

«He oído vuestros gritos desde la escalera. Y ya sabes que no me gustan esas pinturas. Están prohibidas en el colegio.»

«Perdón, señorita Águeda. Las tenía en el baúl y la niña se empeñó en probarlas.»

«La niña», que, aun entonces, seguía sentada en el suelo. No se había movido ni un centímetro a pesar de lo que yo le había mandado. Antes de que pudiera repetirle la orden de ir a lavarse, Griselda se dirigió a ella:

«¿No te ha dicho la directora que vayas a lavarte la cara? ¿A qué esperas? ¿Quieres que te dé unos azotes?».

Entonces sí. Eloísa se levantó y salió del cuarto sin tan siquiera mirarme. Nos quedamos a solas, Griselda y yo, observándonos. Presentí que no se fiaba de mí, al igual que yo no confiaba en absoluto en ella. Pero no había nada más que añadir. No era cuestión de regañarlas más seriamente la víspera de Navidad, y menos por algo que en realidad no tenía la menor importancia.

«¿Qué es esto?», pregunté, y me agaché hacia el lugar donde antes estaba Eloísa. En el suelo había una gota de un líquido rojo. Espesa como…

«Había un alfiler prendido en el traje y Eloísa se ha pinchado con él», dijo Griselda con rapidez.

Asentí, sintiéndome de repente como una intrusa. Me asaltaron unas enormes ganas de salir de aquella habitación y refugiarme aquí. Dejar de ver la mirada de Griselda, aquellos ojos que no eran del todo desafiantes, pero tampoco educados.

Ahora, después de escribir todo esto, persiste en mí la sensación de la que hablaba antes. Las imágenes se mezclan en mi cabeza y me inquietan. El armario lleno, el espacio insultantemente ocupado. Las palabras de Concepción antes de irse. La niña, disfrazada de forma absurda. Y el semblante de Griselda, demasiado inocente para ser sincero.

# 7

La mañana del sábado transcurrió despacio, asediada por la resaca y una sed de agua que no tenía fin. Frederic ignoró la hora del desayuno y apareció en el salón pasadas ya las once. Supuso que su padre estaría leyendo en su despacho, como siempre, y no se preocupó de él. Se aposentó en el jardín, que olía a la lluvia reciente, y entrecerró los ojos. Las imágenes de la noche anterior bailaron en su cabeza desordenadas, aunque había una que se empeñaba en sobreponerse a las demás. Blanca al piano. Blanca sosteniendo el vaso, bebiendo whisky. Blanca lanzándole un saludo distraído de despedida.

Había conseguido adormecerse apenas unos minutos cuando oyó el ruido del timbre de la puerta principal. No le prestó más atención, pero poco después apareció en el jardín Enriqueta, con el recado de que un caballero preguntaba por él. Caballero que no esperaba en el recibidor, ni mucho menos, sino que seguía a la criada y se plantó ante él con una sonrisa. Era Gerard Raventós. Iba tan bien vestido que incluso Enriqueta le lanzó una mirada de soslayo. Un traje de color crema, con chaleco y camisa a juego; sombrero y un pañuelo de un vistoso color azul anudado al cuello, a medio camino entre el lazo y la corbata.

—Espero que no te moleste que haya venido. Gasset me dio tu dirección.

Gerard miraba a su alrededor, ya fuera por curiosidad o por evitar verle la cara.

—No, claro que no —dijo Frederic, aunque no pudo ocultar del todo su perplejidad ante la visita.

—Gasset también me dijo que te marchabas pronto, de lo contrario no me habría presentado así, de improviso. La urgencia y las buenas maneras nunca se llevan bien.

—Gasset es una mina de información.

—¿Verdad que sí? Es maravilloso. Lo sabe todo. Incluso lo que no debería.

Gerard sonrió con afectación y Frederic se percató entonces de que seguía de pie. Era él, ahora, quien olvidaba las reglas de cortesía.

—Coge una silla, por favor.

—Gracias. Aunque me voy enseguida y espero que vengas conmigo.

—¿Adónde? —preguntó Frederic, abiertamente sorprendido.

—Primero a buscar a mi hermana. Luego a dar una vuelta. He traído el coche.

Era lo último que le apetecía en ese momento, así que la negativa salió de su boca antes de que pudiera pensarlo dos veces.

—Lo siento. Estoy muy cansado, y debería empezar a preparar las cosas…

—¡Va, no seas aburrido! —Se inclinó hacia delante y bajó la voz—. Prométeme que lo que voy a contarte será un secreto.

Hablaba en el tono solemne que usan los niños para sus historias.

—Prométemelo —insistió.

—Prometido.

—Mi hermana quiere verte. Pero Blanca es así, fría y distante como un lirio. O quizá una rosa. Por las espinas, sobre todo.

Frederic no salía de su asombro, pero no tuvo tiempo de expresarlo.

—Ya, ya sé que no debería decírtelo. Y tal vez esté cometiendo un error garrafal. Si es así, me iré y podrás seguir durmiendo tranquilo. —Se llevó una mano al pecho, con aire marcial—. Palabra de caballero.

—No, claro… Estaré encantado de ver a tu hermana.

Gerard se levantó de un salto.

—¡Eso es maravilloso! Entonces cámbiate de ropa y vámonos.

El automóvil de Gerard era un Hispano-Suiza, y, según dijo, un modelo idéntico al que la compañía de automóviles había regalado al rey Alfonso XIII ocho años antes. De color beis y con remates en tonos marrón oscuro, avanzaba con elegancia por las calles, sabiéndose si no único, al menos especial. Por suerte, y a pesar de su aire alocado, Gerard demostró ser un experto conductor y poco después hacía sonar la bocina frente a una de las casas de Sarrià. La verja de hierro, formada por barras rectas, le confería un aire carcelario y era tan tupida que apenas dejaba ver el interior. A lo lejos, sin embargo, se alzaba una mansión de amplias proporciones y ventanas estrechas, que permanecían cerradas a cal y canto a pesar del sol de la mañana.

—No bajes del coche. Si te ve papá te someterá a un interrogatorio deleznable. Y si te encuentras con mamá no podrás quitarte su perfume de encima en todo el día.

Apretó la ruidosa bocina de nuevo y saludó con la mano desde el vehículo a una joven que se acercaba por el jardín. Frederic levantó la cabeza y se sorprendió al ver que no se trataba de Blanca.

—Gerard, ¿quieres dejar de hacer ruido? —le riñó la recién llegada—. Tu madre tiene jaqueca.

—Mi madre siempre tiene jaqueca. Si fuera por ella viviríamos en un mausoleo silencioso. Como los muertos.

La chica rió y Frederic admiró sus dientes, diminutos y perfectamente alineados. Era menuda y llevaba una chaqueta fina que realzaba un talle esbelto. Un mechón de cabello, muy rizado, le caía sobre la frente y se lo apartó con decisión; luego se ajustó la chaquetilla, como si no quisiera que se adivinaran por el escote las prendas de debajo. Obviamente había salido con la ropa que llevaba en casa, y a Frederic le pareció que se avergonzaba un poco de ello.

—Ay, Mariona, Mariona… Deberías dejar a los viejos y venir con nosotros.

Ella seguía sonriendo y Frederic dedujo que era una conversación que habían mantenido ya cientos de veces.

—Ya sabes que no puedo. Y en realidad prefiero quedarme.

—¡No te creo! Mira el día que hace. Frederic, tienes que decirle que no es bueno para la cabeza pasarse el día encerrada leyendo. Acabará ciega como un topo.

—Ya sales tú por mí, primito. ¿Qué dirías si intentara convencerte para que te quedaras?

—Sería como pedirle a la Tierra que deje de girar —respondió Gerard, en tono enfático—. Me acurrucaría en un rincón y me iría apagando, como un halcón enjaulado.

—Pues entonces deja que los demás hagamos lo que nos place. Por cierto, ya que mi primo no se digna presentarme lo haré yo. Soy Mariona —dijo a Frederic—, prima de este desvergonzado y de mi querida Blanca. Mira, ya viene.

Era cierto. Y no iba vestida de hombre esta vez, sino todo lo contrario: lucía un vestido largo azul celeste muy femenino, ajustado al cuerpo y de mangas abullonadas; portaba en la mano una pamela plegada y, como su hermano, también llevaba al cuello un pañuelo de color azul intenso, cuyos extremos caían justo sobre la curva de sus senos.

Blanca se detuvo junto a Mariona y se despidió de ella con dos besos antes de subir al automóvil. Frederic vio que llevaba una cesta cuadrada, de la que asomaban dos botellas de vino, y que acomodó a sus pies, antes de entrar. Ella le saludó con timidez, como si se sintiera un poco avergonzada de verlo allí, y él intentó apartar la mirada de las puntas del pañuelo, que seguían haciendo caricias prohibidas.

—Pasadlo bien —saludó Mariona, haciéndose a un lado

para que el automóvil pudiera maniobrar, pero Frederic ya no se fijó en ella. El roce de Blanca, sentada junto a él, ocupaba toda su atención.

—¿Adónde vamos? —preguntó Blanca.

—¿Qué más da? —respondió su hermano—. Lejos de aquí, que es lo único que importa.

Y un par de minutos después, añadió:

—Pobre Mariona.

Frederic ignoraba si esperaba o no respuesta, pero su hermana sacó un cigarrillo de la pitillera, volvió la cabeza y no dijo nada.

—Pobre Mariona —repitió Gerard, con la intención evidente de que Blanca dijera algo al respecto—. Todas las familias ricas deberían tener una prima pobre como ella. Hace que nuestras vidas sean mucho más fáciles, ¿no crees, hermanita?

—¿Tan seguro estás de que tu vida es fácil? —repuso ella, en un tono tan cortante que Gerard optó por callar y concentrarse en la conducción.

Fue uno de esos días que se prenden de la memoria y regresan, con los años, para provocar una sonrisa nostálgica. Uno de esos días en los que no sucede nada especial y a la vez todo es distinto, mágico en su simplicidad. Los elementos se combinaron de forma natural: el pantano de Vallvidrera, rodeado de bosques; risas, vino, conversaciones banales. Nubes caprichosas que a ratos se cruzaban frente a un sol que las desafiaba y buscaba un hueco para seguir lanzando su calor, como si ese día fuera el aliado de los tres humanos que permanecían tumbados sobre una manta, envueltos por el aroma de la tierra húmeda, y no quisiera dejarlos abandonados por mucho tiempo.

Aunque no era domingo, el día preferido de los barceloneses para salir de merienda campestre, el buen tiempo y el hecho de que fuera Sábado de Gloria parecía haber animado a algunos a perderse por aquel bosque situado muy cerca de la ciudad. El trío había dejado atrás una zona más concurrida y, siguiendo a Gerard, se habían internado un poco en el bosque, pasada la Mina Grott.

—¿Recuerdas cuando subimos al tren? —preguntó Gerard a su hermana—. ¿Hace cuánto? ¿Siete, ocho años?

—Fue el verano antes de mi último curso en los Ángeles —aclaró Blanca—. Así que ya hace casi ocho años.

—Tendrías que haberla visto cuando era una colegiala aplicada y estudiosa —se burló Gerard.

Ella le dio una palmada en el brazo y dijo:

—Es una pena que cerraran el trenecito. El viaje hasta Sarrià, por el túnel, era casi mágico. Parecía una atracción de feria.

—Por eso lo cerraron —repuso Gerard, antes de proseguir el camino.

Por fin hallaron un espacio sombreado y relativamente solitario, aunque a lo lejos se oían risas y voces de niños y adultos. Allí se instalaron, tras extender en el suelo una manta enorme que los protegía de la humedad. Solos, los tres, después del corto paseo y rodeados de aquella paz natural, se estableció entre ellos una atmósfera de sinceridad que en otras condiciones habrían tardado más en alcanzar.

Hacía mucho tiempo que Frederic no disfrutaba de una jornada como ésa y su mente viajó hasta el último verano antes de la guerra, en uno de aquellos días de julio en que toda Viena parecía estremecerse bajo el sol. Contra la opinión general, y a pesar de sus fríos inviernos, Viena tenía unos veranos cálidos y húmedos. Ya se hablaba del conflicto, por supuesto, era el tema de conversación predilecto en todas partes, pero aquella tarde ellos se habían olvidado de él y disfrutaron de una apacible fiesta campestre junto con otros amigos, entre los que por supuesto se encontraba Gretta.

Gerard descorchó una botella de vino tinto, que aseguró haber sustraído de ese rincón especial de la bodega donde su padre guardaba sus mejores caldos. Frederic habría jurado que no sería capaz de beber ni una gota; de hecho, el primer trago de vino le agitó el estómago, pero el siguiente ya entró mucho mejor. Era suave, de un rojo intenso. A su lado, tumbada de espaldas al sol, Blanca bebía despacio, casi sin decir nada, porque era Gerard quien llevaba el peso de la conversación. Era un tipo ocurrente, sus comentarios poseían el punto justo de cinismo para resultar ingeniosos sin zaherir a nadie, salvo a sí mismo. Frederic observó que tenía la costumbre de criticar su propia conducta, en tono jocoso, pero más ácido del que usaba para enjuiciar la de los otros. Habló sin parar sobre la fábrica familiar a la que su padre le obligaba a ir todos los días, remedó la voz paterna en lo que parecía un sermón inacabable, ridículo en su severidad. Relató también sus aventuras por la Barcelona nocturna, por garitos y burdeles de baja estofa, sin que su hermana mostrara la menor señal de sentirse escandalizada u ofendida. De hecho parecía absorta en sus pensamientos, y Frederic habría dado lo que fuera por averiguar qué ocupaba su mente. Tenerla al lado, con los ojos cerrados, aparentemente ajena a las bromas y los cuentos de Gerard, que debía de haber oído ya muchas otras veces, le concedía una oportunidad única para observarla. Y lo cierto era que no podía dejar de hacerlo.

Sin el excesivo maquillaje de la noche anterior, su rostro había quedado invadido por una máscara de pureza pálida, y, sin embargo, seguía siendo hermoso. No bonito, nunca podría decirse que aquellas facciones angulosas fueran dulces, sino bello en un sentido clásico del término. Así podría haber sido Helena de Troya, o una diosa con el poder suficiente para desencadenar una tormenta épica. Por fin se incorporó para llenar la copa y se percató de que Frederic la miraba con mal disimulado interés. Los dos enrojecieron un poco, y Gerard aprovechó el momento para soltar un comentario no del todo inocente.

—Me temo que vais a tener que seguir aguantándome un rato más, parejita silenciosa.

—Y yo me temo que hoy tampoco irás a ver a Maria Mercè —repuso Blanca, con intención.

—¡Oh, no! Otra vez no. —Gerard apoyó la espalda en un tronco cercano y empezó a arrancar las hierbas que crecían a su sombra—. A partir de septiembre la veré todos los días de mi vida. ¿No basta con eso?

—No, no basta. —Blanca miró a Frederic, en busca de complicidad—. Mi hermanito va a casarse dentro de cinco meses con una mujer estupenda, pero parece empeñado en olvidar que existe.

—Estupenda y… aburrida —rebatió Gerard.

Ella se incorporó y lo agarró cariñosamente de una oreja.

—No digas eso. No es cierto, además.

—Ay… Lo es, digas lo que digas. Ya sé que fue contigo al colegio y que sois amigas. Y eso no quita que tenga la misma conversación que un perro de escayola.

—¡Eres un imbécil!

—¿Y por qué te casas con ella, si puede saberse? —intervino Frederic.

Gerard sonrió. Seguía arrancando hierbas y le arrojó unas cuantas a su hermana antes de responder.

—Porque sí. Porque el señor Raventós, es decir, mi adorado y respetado padre, mantuvo una larga conversación con el señor Vilanova, su principal competidor, y llegaron a la sabia y original conclusión de que la unión hace la fuerza. Y como el señor Vilanova ha sido bendecido con una hija sensata y falta de atractivo, y con dos gemelos que aún son unos críos, el señor Raventós ofreció a su indómito retoño para sellar el pacto.

—Tú aceptaste —puntualizó Blanca—. Papá no te ha obligado a…

—¡No digas tonterías! Papá no obliga nunca. Simplemente te demuestra que no existe otra opción. Y, además… —Extendió las piernas, de manera que las suelas casi rozaban la botella de vino, y luego las cruzó—. Tengo que casarme, y me da igual con quién pasar por el altar. Maria Mercè es tan válida como cualquier otra. Tú deberías hacer lo mismo, hermanita.

—Eso no te da derecho a despreciarla como lo haces —dijo ella, obviando la insinuación de su propio matrimonio.

—No la desprecio, querida Blanca. Me limito a ignorarla. Será dueña de mí a partir de septiembre. Deja que disfrute de mis últimos meses de libertad.

—Maria Mercè es una buena chica. La conozco desde hace años y es mucho más encantadora de lo que crees.

—Ya, y yo no. Ya sabes que soy malo. Vicioso, perverso, haragán, soplagaitas, vanidoso, mentecato, irresponsable… Algunos días unas cosas más que otras; pero bueno, lo que se dice bueno, no he sido nunca.

Había un poso de amargura en sus palabras que resultaba difícil pasar por alto. Era conmovedor y, a la vez, un poco irritante, pensó Frederic, quien no pudo evitar añadir:

—La bondad es poco interesante. La valentía lo es mucho más.

—¡Cobarde! —exclamó Gerard, levantando el dedo índice—. Eso también lo he oído varias veces. Los hombres de verdad demuestran su valor todos los días —añadió, imitando una voz recia y ronca.

—No pretendía decir eso —se corrigió Frederic.

—No pasa nada. Sí, ya sé que podría mandarlo todo a la mierda. A papá, la fábrica, a Maria Mercè. Incluso a vosotros dos ahora mismo. Pero no me apetece. Soy demasiado cómodo para jugármela. Ésa es la triste y pura verdad. Prefiero aguantar los reproches que correr el riesgo de perderlo todo.

Se hizo un silencio, subrayado por un repentino apagón del sol.

—¿Por qué no vais a dar una vuelta? —sugirió Gerard—. Yo seguiré bebiendo por vosotros y meditando sobre mi asumida apatía vital. Hay una fuente por ahí, entre los árboles. Se supone que es bonita… y romántica.

Cerró los ojos, como si quisiera echar una cabezada, y Frederic se puso de pie. No iba a tener muchas oportunidades más y no pensaba desaprovechar ésta. Extendió la mano hacia Blanca y ella la aceptó, después de dudarlo durante apenas un par de segundos. Siguieron un sendero que cruzaba el bosque, en un silencio sólo turbado por el crujir de las ramas a sus pies y el zumbido de los insectos.

—No quería llamar cobarde a tu hermano —dijo Frederic—. Si algo me ha enseñado la guerra es que el valor es muy relativo.

Ella se paró.

—¿Cómo es? La guerra, quiero decir.

En otro momento habría considerado la pregunta como algo frívolo. En ése, sin embargo, se vio empujado a contestar.

—En un día como hoy, aquí y ahora, resulta casi imposible imaginar que existe. —Tomó aire antes de proseguir, como si quisiera llenarse los pulmones de una bocanada fresca y limpia—. Toda esa suciedad, el miedo, el dolor, el ruido. Vives rodeado de todo eso y una parte de ti sólo piensa en sobrevivir. Cada hora cuenta, cada minuto es único... hasta el punto de que cualquier acto, por irrelevante que sea, cobra un significado especial. Y eso acaba siendo agotador. Lo peor es que, al final, incluso allí, consigues un equilibrio: disfrutas de los ratos de calma, te ríes o te enfadas por estupideces, intentas mantener la normalidad, como si importara que alguien te haya robado los cigarrillos. Como si importara más eso que la granada que ha hecho estallar en pedazos a tu compañero o la bala que le ha perforado la frente.

Blanca se mantuvo en silencio, a la espera, pero por una vez él no sentía ganas de mirar hacia ese pasado. Levantó la vista y frente a ambos se extendía un bosque suave, plácido. Sereno. Ella le cogió de la mano y siguieron andando, sin decir nada, intentando fundirse en un paisaje que parecía acogerlos como si fueran los primeros humanos en pisar sus tierras. Llegaron hasta la zona arbolada donde estaba la fuente natural: un hilo de agua que nacía de la roca y caía con un tintineo débil. Blanca se acercó y se mojó la frente. Era un espacio especialmente sombreado, casi oscuro. Ahí, en esa repentina intimidad que daban los árboles y el murmullo quedo del agua, Frederic la observó en silencio. Había algo triste en su mirada, una especie de velo transparente que nublaba sus ojos confiriéndoles un aire serio. Esa misma melancolía despertaba en él unas ganas urgentes de abrazarla, de hacerla reír. Se ha escrito mucho sobre qué es lo que despierta el amor y nadie se ha puesto nunca de acuerdo en ello. Por qué una persona en concreto hace nacer en otra un deseo que va más allá de la mera atracción física, aunque ésta también desempeña su papel. Quizá sea éste el mayor misterio de todos, pero aquella tarde, en aquel bosquecillo, rodeado del verdor frondoso y sin más testigos que los pájaros, Frederic tuvo durante sólo unos instantes la sensación de que todo su camino, la infancia, los estudios, incluso la guerra, habían desembocado en este momento, como si fuera en sí mismo un punto sin retorno. Y aunque Blanca parecía inmune al encanto de la situación, aunque seguía con la mirada perdida y en silencio, quiso pensar que también ella sentía lo mismo, de manera que cuando habló, esperaba oír otra cosa, no las palabras que pronunció a continuación.

—Antes has dicho que sólo pensabas en sobrevivir —susurró sin mirarlo—. Cuando pienses en Gerard hazlo así, como en un superviviente.

No era precisamente de su hermano de quien él quería seguir hablando, pero se resignó a ello:

—Ya te he dicho que no pretendía ofenderle. No soy quién para hablar de valor o cobardía.

—Lo peor es que no le has ofendido. Lleva toda la vida oyéndolo. Yo misma no puedo evitar decírselo a veces. Y al mismo tiempo sé que la suya es la mejor salida.

Frederic movió la cabeza, algo en él se rebelaba ante aquella obediencia asumida y desesperada a la vez.

—Siempre existen otras posibilidades.

—Supongo que en teoría tienes razón. Pero para ello deberíamos ser personas distintas, no las que somos. Cada uno nace con sus propias opciones, ¿no crees?

Él no respondió y ella pareció enojarse un poco ante su silencio.

—Por favor, no nos juzgues. O al menos no le juzgues a él. Gerard es distinto. Especial… Demasiado diferente para tener una vida fácil y demasiado cómodo para querer complicársela.

Suspiró y desvió la mirada hacia el sendero.

—Sufro por él, más de lo que se imagina. Y también por ella. No hagas caso de lo que ha dicho Gerard: Maria Mercè es una buena chica, más inteligente de lo que él quiere ver. Y es buena, de una bondad sólida, sin fisuras. Ya era así cuando estábamos en el colegio. —Se llevó una mano a la frente—. ¿Quién me habría dicho que acabaríamos siendo cuñadas? Es una palabra horrible, por cierto. Suena a rencillas entre mujeres amargadas.

—¿Por qué se casa con él? —preguntó Frederic con suavidad.

—Le quiere. Le quiere tanto que no le importa que él no sienta lo mismo. —Sonrió, y el gesto no disipó ni un ápice de su tristeza—. Algunas mujeres son así. Aman por encima de todo y esto les basta. Yo no. Yo necesito sentir que me aman.

Lo miraba fijamente y él leyó en aquellos ojos oscuros la invitación a todos los besos que deseaba darle. La atrajo hacia sí y acercó los labios a los de ella. Blanca no opuso resistencia alguna. Al revés, se refugió en su abrazo y permaneció allí, arropada, sujeta por aquella mano que la atrapaba por la cintura.

Permanecieron juntos sin volver a besarse durante unos minutos en los que no hicieron falta palabras ni gestos. Por fin ella se soltó, aunque siguió a su lado, peligrosamente cerca.

—Te marcharás pronto —dijo.

—No me voy muy lejos.

—No estar aquí es estar lejos —murmuró ella, dando un pequeño paso atrás—. ¿Sabes una cosa? Gasset nos contó anoche adónde ibas. El sanatorio… Antaño había sido una escuela para niñas. Yo estudié allí.

—¿De verdad?

Ella asintió.

—Es raro pensar en lo que se ha convertido. Allí viví años muy felices, a pesar de que el final fue terrible.

—¿Qué pasó? ¿Cerraron el colegio?

Blanca se soltó de repente.

—Hubo un incendio durante mi último curso. Murieron una niña y una profesora. Después de esa tragedia, el colegio se clausuró.

—Lo lamento mucho. Tengo la impresión de que hoy no paro de decir cosas inoportunas.

Ella sonrió.

—Sucedió hace años. Pero la verdad es que prefiero no pensar en eso. No ahora. —Se volvió hacia el sendero—. Deberíamos volver. Gerard debe de estar esperándonos, y estoy segura de que le entrarán las prisas de repente y querrá irse —dijo, al tiempo que consultaba un diminuto reloj de pulsera.

Él intentó besarla de nuevo, pero ella le rechazó, con suavidad y firmeza.

—¿Puedo venir a Barcelona a verte de vez en cuando? —preguntó Frederic.

—¿Tú qué crees? —respondió Blanca.

Y, acelerando el paso, emprendió el camino de regreso sin mirarlo y no se detuvo hasta llegar a donde estaba su hermano, que se había dormido. Se agachó a su lado y lo zarandeó con suavidad.

—¿Ya os habéis jurado amor eterno? —murmuró él, con voz pastosa.

—Tú eres mi único amor eterno, imbécil —dijo ella, dándole un beso rápido en los labios.

Tal como Blanca había predicho, Gerard se percató de repente de la hora y propuso marcharse. Lo recogieron todo en un momento y volvieron al coche. El día parecía enturbiado y no sólo en el cielo; por suerte el conductor llenó el trayecto con una aventura con él y Gasset de protagonistas. Dejaron a Blanca en la verja de su casa y Gerard se ofreció a acompañar a Frederic a la suya, ya que, según él, «le iba de camino». Frederic esperaba alguna señal de Blanca, pero ella se bajó del coche y los saludó con la mano, antes de cruzar la puerta de hierro casi corriendo.

—¡Volveré tarde! —dijo Gerard.

Cuando Blanca hubo desaparecido y ya no podía oírlos, agarró a Frederic con una mano y le espetó, con voz muy seria:

—Mi hermana es más frágil de lo que parece. No le hagas daño.

—No tengo la menor intención de hacérselo.

Gerard sonrió:

—Lo sé. Pero tenía que decirlo, ¿no? Es una de esas frases que suelen pronunciar los hermanos mayores. Aunque sean tan desastrosos como yo.


Horas después, Frederic se encerró en su habitación y se tumbó en la cama. De repente su partida a Sant Pol se le antojaba una obligación, como si la resolución tomada una semana antes fuera ahora una cadena que tiraba de él en una dirección indeseada. Qué ridículo, pensó, que sólo un día al lado de una persona te haga replantear lo que tenías ya decidido de antemano. Las emociones fluían así, a borbotones, intentando derribar las barreras de una razón que no pensaba dejarse doblegar y las contenía con la fuerza dura de la lógica. Lo más probable era que, en unos días, los hermanos Raventós ni siquiera se acordaran de él. Se dejó invadir por una leve irritación al rememorar la despedida fría de Blanca: el enfado resultaba un estado cómodo en el que refugiarse. Aquella chica, acostumbrada a tener cuanto deseaba, no iba a perder ni un minuto de sueño por alguien que, como ella misma había dicho, pronto ya no estaría allí.

Debía concentrarse en su proyecto, en su nuevo trabajo. Además, ¿qué podía ofrecerle él a una joven como Blanca Raventós? Era un lisiado de guerra que debía trabajar para salir adelante. Y no sólo eso, murmuró casi en voz alta mientras sus pensamientos se dirigían hacia la morfina que reposaba encima de la cómoda. Algo mucho peor: era un adicto que necesitaba drogas para superar el dolor. Para sobreponerse a pesadillas que no quería tener, a recuerdos que no lograba borrar cuando cerraba los ojos. Un hipócrita que había acusado de cobardía a alguien después de ser el mayor de los cobardes.

Se levantó de un salto y fue hacia la cómoda. Al menos había algo que podía evitar. El pasado estaba ya escrito, y no podía reformularse, pero existía la posibilidad de redactar el futuro. Cogió la botellita de morfina, la arrojó al suelo y la pisoteó, a sabiendas de que se arrepentiría de ello en cuanto intentara dormir.

No se arrepintió. Sin embargo, pasó la noche en vela, leyendo, tratando de ignorar el dolor rabioso que le pedía a gritos una dosis que lo frenara.

Quizá por eso al día siguiente estaba de un humor de perros y se olvidó por completo de que le había prometido a Juanjo Alcázar encontrarse con él en la Monumental. Cuando el periodista le propuso el plan, el viernes por la noche, antes de despedirse, él había aceptado sin pensárselo dos veces, pero el domingo, a las dos y media de la tarde, lo último que le apetecía era salir corriendo para llegar al combate de boxeo que allí se celebraba. Lo había recordado de repente, al ojear el periódico, en el que se comentaba que el gobernador de Barcelona había expresado su disconformidad ante aquel supuesto deporte que consistía en que dos tipos fuertes se atizaran de lo lindo hasta caer rendidos. La noticia también hablaba de los dos contendientes, el negro Jack Johnson y el excéntrico poeta de origen suizo Arthur Cravan, sobrino del célebre Oscar Wilde.

Aun así, Frederic se sintió obligado a cumplir con su cita y llegó a la Monumental a la hora en punto. Alcázar lo esperaba ya, nervioso por la tardanza, aunque por suerte no era de aquellos que soltaban recriminaciones. Entraron justo cuando empezaba el combate, si es que a aquello podía calificárselo como tal.

Desde que Cravan apareció en el ring, las poco más de cinco mil personas que ocupaban los asientos comprendieron que sentía un miedo cerval ante su contrincante, aquel negro imponente que parecía capaz de derribarlo de un simple soplido. El temblor de piernas del poeta sólo podía ser debido al pavor o, como apuntó alguien del público, a los efectos de una borrachera que, según se decía, había pillado la noche anterior. En cualquier caso, la lucha fue una pantomima que, afortunadamente, acabó entre los abucheos del público cuando, en el sexto asalto, un golpe certero de Johnson mandó a Cravan de forma irremisible al suelo, de donde ya no se levantó. Las protestas del respetable fueron sonoras y duraderas, aunque Frederic se alegró de que aquello terminara pronto.

—¡Menuda estafa! —se quejó Alcázar—. Si lo llego a saber pido entradas para Las Arenas, aunque la verdad es que en los toros me aburro como una ostra.

Y, para quitarse el mal sabor de boca, Alcázar insistió en ir a merendar a una chocolatería del centro. En parte resultaba agradable estar acompañando a alguien que nunca andaba escaso de planes, así que Frederic accedió. Esa vez no se demoraron mucho y aún era de día cuando regresaba a casa. Para su sorpresa, se encontró nada más entrar con la cara seria de su padre, que parecía estar esperándole en la puerta.

—Tienes visita —le anunció—. Por cierto, te agradecería que le dijeras a tu amigo que la próxima vez que no sepa adónde ir a vomitar, no lo haga en esta casa. Eso sí, tendrás que hacerlo cuando se despierte. Creo que te aguarda dormido en el salón.

Frederic tuvo que verlo para no pensar que su padre había perdido la razón desde la hora del almuerzo. Efectivamente, Gerard Raventós roncaba como un ciervo en celo, tumbado en el viejo sofá, aunque despertó ante el zarandeo furioso al que le sometió Frederic. Éste ignoraba cuánto rato llevaba allí acostado, pero no sintió el menor escrúpulo en hacerlo volver a la vida consciente. El hijo de los Raventós aún iba vestido con la ropa del día anterior, lo que sugería que no había pasado por su casa, y miró a su alrededor, desorientado y todavía borracho a pesar de la siesta.

—Maldita sea, ¿cómo se te ha ocurrido venir aquí? —le gritó Frederic.

Era obvio que Gerard ignoraba cuál era la respuesta a esa pregunta. Tardó unos minutos en enfocar la vista y otros en decir, con una voz que parecía proceder de ultratumba:

—¿Me das un vaso de agua?

—No —le respondió Frederic, aunque un instante después fue a buscar lo que le pedía y se lo dio.

Gerard bebió el agua a sorbitos, como si fuera un caldo, y luego hizo amago de vomitar de nuevo. Se contuvo, por suerte, quizá debido a la mirada furibunda que le lanzó Frederic.

—La vida es un asco —empezó a decir.

—¡Basta! Admito que te hayas presentado en mi casa así, pero no voy a aguantarte discursos de borracho.

Se arrepintió un tanto de su exabrupto cuando el otro se encogió de hombros. En otro tono, ligeramente más amable, se sentó a su lado y le dijo:

—Vamos, te llevaré a casa. ¿Dónde tienes el coche?

—En el garaje de Rai… De Gasset. Me echó de allí después de comer. No sabía qué hacer y por eso vine. O eso creo. No me acuerdo bien.

Frederic no conseguía imaginar cómo un supuesto amigo dejaba en la calle a alguien en el estado de Gerard. Sin embargo, prefirió callar, porque una parte de él le advertía que había cosas que era mejor no saber.

—Venga, levanta. Tienes que volver a tu casa.

—A veces me gustaría ser como Rai. O como mi padre, o como tú…

—¿Por qué?

—Siempre sabéis lo que tengo que hacer —dijo Gerard, acompañando sus palabras con un suspiro profundo—. Lo sabéis mejor que yo mismo. Lo sabéis incluso cuando yo no tengo ni la menor idea.

—Bueno, no hace falta ser muy listo para darse cuenta de que necesitas un baño y dormir una noche entera. Incluso tú serías consciente de ello si no hubieras bebido tanto.

Gerard rió.

—Ya. ¿Qué sería de la vida sin el alcohol? ¿Lo has pensado alguna vez? Cómo coño podríamos vivir si no nos emborrachásemos. Se habla de lo importante que es la comida o el aire, pero te juro que yo me moriría sin el whisky.

—A lo mejor acabas muerto por el whisky —repuso Frederic, intentando echarle humor al asunto—. Y ahora muévete, porque nos vamos.

Le costó que obedeciera la orden y le costó más aún que no se cayera en cuanto se puso de pie. Desfilaron ambos bajo el semblante de Horaci Mayol, que los observaba con la severidad de un general.

—Tu padre es simpático —le dijo Gerard cuando ya estaban en la calle, esperando a que un coche de plaza pasara por allí—. Cuando vio que iba a vomitar, me condujo al cuarto de baño y luego salió. Son momentos que requieren intimidad, ¿no crees?

Frederic no sabía si abofetearlo o echarse a reír; por suerte, no tuvo que hacer ninguna de las dos cosas porque en ese momento se detuvo un coche y se montaron en él.

Gerard insistió en que le dejara en la puerta y volviera en el mismo vehículo, pero era evidente que no podía caminar sin ayuda y Frederic decidió hacer caso omiso a sus peticiones. De la tupida verja de hierro negro a la entrada de la casa había un largo sendero, que tuvieron que recorrer juntos. Ya anochecía, y desde fuera se veían algunas luces encendidas a través de los grandes ventanales.

Frederic decidió que en cuanto llegara a la puerta daría por terminada su misión de acompañante del hijo pródigo. Sin embargo, tan pronto como Gerard puso la llave en la cerradura, alguien acudió rápidamente a abrir. Era Blanca, y a su lado iba aquella joven a quien Gerard había calificado de pariente pobre.

—¿Ya estás contento? —le espetó Blanca—. ¿Os habéis divertido emborrachándolo?

Frederic tardó unos segundos en comprender que se dirigía a él, ya que en un principio había creído que el sermón iba a quien realmente se lo merecía.

—Disculpa. Yo sólo le he traído hasta aquí.

—Claro —le atajó ella, cortante, mientras ayudaba a entrar a su hermano, que permanecía en silencio—. Pues muchas gracias por ser tan amable. En otra ocasión, si no te importa, tráelo un poco antes en lugar de mirar cómo bebe.

Y con estas palabras cerró la puerta dejando a Frederic en la calle, enfadado y sorprendido a la vez. Por su cabeza pasaron un montón de insultos, casi todos los que sabía, y tuvo la tentación de aporrear la puerta para decirle cuatro verdades a aquella joven impertinente e injusta. Luego, aún colérico, decidió marcharse y olvidarse de aquellos burguesitos malcriados para siempre.

Mientras caminaba con paso rápido, notó que la ira se mezclaba con el deseo, seguramente porque ambas emociones tenían como objeto a la misma persona, y comprendió que esa noche probaría la calidad de ese burdel barcelonés del que le había hablado Juanjo Alcázar, con o sin su compañía.

Debo pedirles disculpas por reaparecer de nuevo, así, interrumpiendo la dinámica de la narración. Supongo que estoy contraviniendo alguna regla que desconozco, dada mi inexperiencia en estos asuntos, pero llegados a este punto de la historia no puedo evitarlo. O quizá no quiero hacerlo, lo cual convierte esta aportación mía en un capricho que, espero, no les entorpezca demasiado.

En mi opinión es imprescindible que conozcan un par de hechos que acontecieron esos días. Del primero no recuerdo la fecha exacta, la verdad; sé que sucedió entre la primera visita de Frederic Mayol al sanatorio y su llegada definitiva, el primero de mayo. Un día de la tercera semana del mes de abril, por tanto, recibí la visita de dos sacerdotes, uno de los cuales, según me dijeron, iba a pasar con nosotros una temporada. No es habitual que los hombres de la Iglesia acudan a lugares como el nuestro, siempre he pensado que tienen sus propios centros de reposo, y el hecho me sorprendió. Una sorpresa que intenté ocultar, por supuesto, para dar la bienvenida al padre Esteve Robí. El otro sacerdote me informó de que su compañero sólo necesitaba descanso después de una temporada de duro trabajo espiritual, aunque luego, cuando nos quedamos solos, comentó que el obispo estaba preocupado por algunas visiones poco cristianas que había sufrido el cura en cuestión. Asentí y le aseguré que velaríamos por su recuperación, como hacía con todos los acompañantes de mis huéspedes.

El otro hecho pasó ese fin de semana de 1916, precisamente esa tarde de domingo, día de Sant Jordi, mientras Frederic Mayol y su nuevo amigo, Juanjo Alcázar, se entretenían en ese espectáculo brutal que algunos quieren llamar deporte y que terminó con esa bronca monumental, lo cual, dada la ubicación del combate, no deja de ser una sana ironía. Más o menos cuando Arthur Cravan caía derrotado en el ring por el golpe del negro Johnson, un final cuando menos anunciado dada la superioridad técnica y física de dicho contrincante, cuatro mujeres jóvenes entraban en el pequeño cementerio de la vila de Sarrià.

No se trata, por cierto, de un camposanto especialmente lúgubre, o no más que cualquier otro. Es un espacio relativamente pequeño, recogido, y bajo el sol de media tarde resultaba casi acogedor. Por supuesto, el silencio es una constante en esos lugares, y estoy seguro, aunque no lo viera, de que las jóvenes conversaban en voz baja, si es que lo hacían, en su camino hacia la tumba que buscaban. Han oído hablar de ellas ya, así que no será ninguna sorpresa leer sus nombres. Blanca Raventós, Angélica Mendizábal, Maria Mercè Vilanova y Concepción Hernando, que había llegado desde Zaragoza esa misma mañana con el propósito de hacer esta visita, y pasaría la noche en casa de los Raventós.

Recordaban bien la ubicación precisa de la tumba porque habían llorado frente a ella dos años antes y su llanto había sido sincero, hondo, casi desesperado. Ni en su peor pesadilla habían imaginado nunca que una de las cinco acabaría así, degollada en plena juventud, acostada antes de cumplir los veintidós años en un ataúd de nogal que los enterradores iban hundiendo poco a poco en aquel lecho de tierra. Era imposible sustraerse al recuerdo de una Clarisa viva, sonriente y animada, decidida a aportar su granito de arena a un mundo que no terminaba de gustarle tal como era. Sus padres, presentes y ausentes a la vez en el entierro, debían de maldecir a todas horas el momento en que su hija les convenció de que enseñar a leer a los hijos de los trabajadores de Siemens era una tarea mejor y más elevada que dedicar las tardes a bordar pañuelos o a cotillear con otras muchachas de su clase. Si en aquel momento el señor Miravé se sintió incluso orgulloso de que su hija fuera distinta, ahora habría dado cuanto tenía por habérselo prohibido, por la fuerza si hubiera sido necesario. Porque en esa escuela improvisada, pensada para enseñar a niños y niñas a quienes sus padres ponían a trabajar demasiado pronto, había conocido a Mario Guerrero, quien, según todos los indicios, se había acercado a ella con el pretexto de querer aprender a leer a los diecinueve años y había terminado abusando de ella y abriéndole la garganta para que ya no pudiera contárselo a nadie.

Ésa era la versión oficial, y el criminal había huido, en una evidencia más de su culpabilidad. Sin embargo, en el momento de la sepultura, cuando los puñados de tierra seca golpearon la tapa del ataúd, las jóvenes amigas no pudieron evitar estremecerse. El choque de los guijarros contra la madera les hizo recordar aquellos golpes en la puerta cerrada, el calor insistente del fuego, el humo que las ahogaba y les nublaba la vista, los gritos cada vez más débiles; la visión, desde la ventana de la buhardilla donde ensayaban, de todas las niñas mirándolas desde el jardín, rostros vueltos hacia arriba, testigos inútiles del desastre; los intentos baldíos de romper el cristal de esa ventana para que al menos entrara el aire... La sensación opresiva de un final horrible en forma de humo negro que parecía querer atraparlas en aquel cuarto cerrado hasta que, de repente, la puerta se abrió con un chasquido que sonó como un cañonazo y todas salieron en estampida, huyendo de las llamas, dejando atrás el fuego y la muerte pero llevándose consigo el miedo. Y, después, cuando el terror empezó a ceder, llegó la culpa.

Sí, el día del entierro lloraron por Clarisa, por aquella Jane Eyre que nunca llegó a representar su papel, y también lo hicieron por ellas mismas. Porque el fallecimiento imprevisto de un ser querido las obligaba a pensar en su propio destino, en su propia esencia mortal. En su propio juramento y en sus propios temores. En esas cartas que recibían tres de ellas en el aniversario del incendio del Colegio de los Ángeles y que ahora, cuando llevan dos años sin recibirlas, tantos como los que los restos de Clarisa han pasado en ese cementerio, prefieren olvidar. Eso acabó, y aunque en el momento aquel final supuso un alivio, las palabras de esas misivas siguen presentes en sus cabezas. Por alguna razón han preferido no volver a hablar del tema y eso a veces es aún peor, porque la aprensión tiende a enrocarse en la mente, a hacerse sólida, grande; a convertirse en miedo.

En el día de hoy, 23 de abril de 1916, las jóvenes que se encuentran ante la tumba de Clarisa Miravé, decorada con un ángel menudo y pensativo, como había sido ella, ya no lloran. O quizá lloran por dentro, lo cual es más doloroso pero al mismo tiempo más adulto. Concepción es la primera en inclinarse y dejar sobre la tumba una rosa roja. Lo hace con aprensión, como si el color, apasionado y chillón, estuviera fuera de lugar y resultara casi una afrenta. Blanca es la siguiente, y suelta otra rosa idéntica con un movimiento brusco, como si temiera rozar la superficie fría de piedra. Angélica lo hace tras ella y Maria Mercè deposita la última, y dado su carácter no puede evitar colocar bien las tres anteriores. Es, quizá, la más afectada porque Clarisa fue durante años su compañera de cuarto y porque nada le haría más feliz que tenerla de dama de honor en la boda que se celebrará en septiembre, un día antes de su santo. Agachada junto a la lápida, Maria Mercè contempla los rostros de sus amigas. Son hermosos... Siempre ha admirado, sin envidia alguna, la belleza ajena. Le extraña que, de las cuatro, ella vaya a ser la primera en casarse y se dice que tal vez sea por eso, porque desde pequeña, cuando se miraba en el espejo, sabía que no habría príncipe azul para esa niña robusta, no especialmente fea pero tampoco bella. «Insulsa» sería la palabra que ella misma se dice ahora cuando se ve reflejada. Y sin embargo, aun siendo consciente de su falta de atractivo, también lo es de su determinación de hacer felices a los otros. Eso es algo que sabe hacer, lleva toda la vida practicando y no le cuesta ningún esfuerzo anteponer el bienestar ajeno al suyo propio. Tuvo que hacerlo al morir su madre, dejándola a cargo de dos gemelos recién nacidos cuando ella tenía sólo diecisiete años. Ya sabe que Gerard Raventós no la ama; espera, en cambio, poder regalarle una vida amable y que él la premie con su afecto. Dado que no cree que ella pueda inspirar amor apasionado, el cariño es el mejor sucedáneo al que concibe aspirar y está firmemente decidida a alcanzarlo. Si fuera como Angélica o Blanca, podría permitirse el lujo de despreciar pretendientes, de hacerlos sufrir incluso. Concepción es distinta, no parece sentir el menor interés por fundar una familia y se la ve feliz cuidando de sus padres, ya ancianos, sin darse cuenta de que la juventud se le está consumiendo por el roce constante con esa vejez que la rodea.

De repente, Maria Mercè siente la necesidad de permanecer unos minutos más allí, sin la presencia molesta de las otras, y les pide con amabilidad que se marchen, que la esperen en la puerta del camposanto, que sólo será un momento. No sabe muy bien a qué viene esa urgencia, ya que no suele ser proclive a llamar la atención. De hecho, cuando se queda sola, contemplando la figura de aquel ángel tranquilo, permanece quieta y pensativa, deja la mente en blanco y evoca la última vez que vio a su amiga viva. Viva y enamorada, aunque ése es un secreto que no tiene sentido ya desvelar. Piensa, con lucidez amarga, que Clarisa fue, en su corta vida, más amada y deseada de lo que ella lo será aunque viva cien años. Cierra los ojos y recuerda sus palabras, el discurso emocionado de alguien que durante unas semanas fue absolutamente feliz. «Pensaba entregarle su virginidad», le confesó ruborizada, como si temiera la reacción de su mejor amiga y a la vez se enorgulleciera de ello. Si estuviera allí, si aún viviera, ella le preguntaría cómo es, qué se siente, si hay o no dolor... Hay algo que a Maria Mercè la angustia del matrimonio y es la noche de bodas, con todo lo que conlleva. Intentó hablarlo con Blanca, pero de algún modo su amiga eludió la conversación; trató de explicarle lo que le había dicho Clarisa, su emoción ante aquel primer encuentro íntimo del que desgraciadamente no salió con vida, y de ahí pasar a sus propios miedos. Su futura cuñada no quiso escucharla y ella se quedó con las mismas dudas. Gerard sólo la ha besado una vez, y se trató de un beso tan rápido, tan distante, que no pudo sentir nada más que una ligera vergüenza.

Está pensando en eso, en ese contacto fugaz, cuando distingue una sombra que oscurece la lápida blanca y el rojo de las flores. Al volver la cabeza, sin embargo, no hay nadie allí. El silencio es absoluto. Cae en la cuenta de que se encuentra sola, rodeada de muertos, de cruces y epitafios, de flores que no tardarán en marchitarse y convertirse en pétalos mustios y arrugados. Por extraño que parezca, la sombra sigue allí, como si hubiera alguien justo detrás de ella y su cuerpo le ocultara el sol de la tarde. Se incorpora deprisa, intranquila, y camina con paso rápido hacia la salida. Hay muertos a ambos lados, filas de nichos, y antes de perder de vista la tumba de Clarisa se da la vuelta por última vez.

Entonces la ve: es una dama vestida de negro y se encuentra arrodillada, justo donde estaba ella unos segundos antes. La mujer vuelve la cabeza hacia ella y Maria Mercè entrevé un rostro de rasgos desdibujados, como si alguien se hubiera empeñado en borrarlos o en cubrirlos con un velo opaco que lo oculta todo menos unos ojos apagados que la miran con insistencia y que, por un instante, parecen reconocerla. Oye un sollozo que no puede salir de la boca de aquella mujer simplemente porque no tiene y un pavor súbito la obliga a correr. Avanza deprisa entre tumbas de muertos desconocidos intentando no desviarse del camino que conoce y que conduce a la salida, perseguida por aquel llanto extraño que parece extenderse por el cementerio como una ráfaga de viento frío. Corre tanto como le permite su falda, espoleada por un miedo que se ha adueñado de su razón.

Con un suspiro de alivio distingue la puerta, y la mera visión de sus amigas, que fieles a su palabra la aguardan allí, consigue tranquilizarla lo bastante para controlar el paso. Casi con lágrimas en los ojos ve a Blanca, a Angélica, a Concepción. Antes de unirse a ellas hace acopio de valor y se da la vuelta para mirar a su espalda.

El cementerio reposa en silencio, como un ave dormida: ya nada turba la triste paz de los difuntos.

# 8

*Colegio de los Ángeles, enero de 1909*

El curso prosigue con la cadencia habitual y, sin embargo, nada sucede como siempre. Ésta es la magia de la enseñanza, tal como he dicho muchas veces: explicas las mismas cosas, por supuesto, pero el auditorio es distinto y eso hace que toda la situación varíe. A quienes tachan esta profesión de aburrida me gustaría verlos aquí, estoy segura de que cambiarían de opinión.

Continúan también las lecturas de la obra, y debo admitir que la primera impresión del entusiasmo de las chicas no se ha alterado. Ya casi tenemos un texto definitivo que ellas estudian con fruición, sobre todo las protagonistas. Hemos decidido obviar la primera parte, la terrible infancia de Jane, que ella narra en un monólogo al principio cuando se dirige a casa de los Rochester. Es un texto largo, hermoso, que refleja la injusticia y la dureza de la vida de la protagonista en casa de su odiosa tía torturada por unos primos crueles, y luego en aquella terrible institución, y Clarisa lo lee de manera conmovedora. Espero que pueda aprendérselo todo de memoria, como corresponde. Resulta emocionante ver a esta jovencita entregada a un personaje cuyas circunstancias vitales poco tienen que ver con ella, gracias a Dios. Lo mismo sucede con Angélica Mendizábal, que será la vanidosa Blanche Ingram, la rival de Jane por el corazón de Rochester, aunque en su caso lo tiene mucho más fácil. Y no es que Angélica sea en modo alguno frívola: es una joven hermosa y de grandes valores, pero a su edad sigue demostrando una inconsciencia que muchos tomarían por superficialidad. Me preocupa un poco Blanca Raventós... No tanto por su papel masculino, que interpreta con solvencia, sino porque la veo triste. Es, de todas ellas, la que parece más resuelta y sin embargo me consta que ha sido tan feliz aquí que está sintiendo añoranza antes de tiempo. Sabe que dentro de unos meses debe irse y también que nos echará de menos, y eso la entristece. Es curioso que las niñas más decididas, las que a primera vista son menos sensibles, sean las que albergan esta clase de sentimientos con más fuerza. Ayer, después del ensayo, estuve hablando con ella y se mostró absolutamente sincera conmigo al respecto. Es reconfortante que una alumna te diga que no desea abandonarte, pero mi deber es convencerla de que disfrute cada minuto de este curso en lugar de dejarse arrastrar por una nostalgia que aún no tiene sentido. Creo que al final lo entendió, mas en el fondo todos sabemos que las emociones del corazón no atienden a la razón lógica. Ésta resbala sobre sentimientos como la tristeza o la alegría sin calar en ellos y se limita a cubrirlos de una pátina de remordimiento. ¿Por qué me siento feliz cuando reina tanta injusticia en el mundo? ¿Por qué lloro de melancolía si en mi vida existe tanto de bueno? ¿Por qué ando nerviosa, intuyendo que suceden cosas que escapan a mi control cuando nada me indica que eso sea cierto?

Eso mismo me dijo mi apreciada Irene hace poco y, como en mi conversación de anoche con Blanca, en la que mis argumentos consiguieron persuadirla, tuve que admitir que llevaba razón. Pero no puedo evitar la inquietud. Un malestar extraño que procede de detalles inconexos, arbitrarios quizá.

Al término de las vacaciones de Navidad, los padres de Concepción enviaron una carta, muy formal y cortés, en la que anunciaban que su hija se encontraba mucho mejor. Tal como yo había predicho, la presencia de la familia y el bálsamo del hogar fueron el mejor tratamiento. La alegría de leer dicha noticia se vio enturbiada pocas líneas más abajo. Al parecer, y sin que los señores Hernando pudieran explicárselo, Concepción se negaba a volver al colegio. Aducían que tal vez no deseara separarse de ellos tan pronto y en definitiva me anunciaban que su hija seguiría con sus estudios en una escuela cercana, donde podía regresar a dormir a su casa todas las noches. Lógicamente les contesté enseguida, diciéndoles que, dada la mala experiencia de los últimos días, comprendía a la perfección su resolución y deseé a la niña lo mejor en su nueva etapa, al tiempo que esperaba que nada en el colegio la hubiera molestado en modo alguno. Ha pasado casi un mes y no he obtenido respuesta.

Irene, tan sensata como siempre, planteó otra explicación que, debo reconocerlo, es más que coherente. ¿Y si eran los padres quienes, preocupados por la enfermedad súbita de su hija, preferían tenerla cerca? ¿Y si Concepción quería volver, pero había sido persuadida por sus atentos progenitores de lo contrario? Era una muchacha responsable y obediente, seguro que jamás habría discutido para convencer a nadie de lo que realmente deseaba, y menos aún con sus queridos padres.

Habría aplicado la misma lógica al incidente en la habitación de Griselda del día de Nochebuena, así que preferí no relatárselo. Sin duda, Griselda era una niña especial y no cabía duda de que no podíamos permitir las pinturas ni los chillidos (éstos, a decir verdad, no habían vuelto a oírse desde esa tarde). Sin embargo, ¿justificaba eso mi desazón? Ya sabíamos que no iba a ser una alumna como las demás, por tanto ahora no nos tocaba otro remedio que asumirlo. Y, en realidad, Griselda había empezado el año con una actitud distinta. Estaba resuelta a avanzar en sus estudios, y me había solicitado libros y ejercicios correspondientes a cursos anteriores. Como dije, yo ya había decidido que era mejor que siguiera un programa aparte, al menos hasta que se pusiera al día. Intuyo que el resto de los profesores suspiraron aliviados cuando supieron que Griselda estudiaría sola, al menos un par de meses, hasta que alcanzara a sus compañeras, aunque tuvieron el tacto de no comentarlo. He tenido que rendirme a la evidencia de que Griselda no sólo pretende mejorar, sino que lo está consiguiendo. Pasa horas estudiando, sola en una de las aulas, y el esfuerzo empieza a notarse poco a poco. Aún es pronto, y me consta que estos arrebatos de buena voluntad a veces se diluyen, pero de momento no puedo negarlo. Y, a pesar de ello, nada de esto me tranquiliza del todo.

Enero es tradicionalmente el mes más duro en lo que al frío se refiere, y ahora que se acerca a su fin debo dar las gracias porque este año nos ha tratado con benevolencia. No ha habido lluvias torrenciales y las temperaturas, aunque bajas, no han sido tan gélidas como acostumbra. Lo único destacable de estas primeras semanas del año ha sido el despido de mademoiselle Leblanc.

En mi favor debo decir que la situación con las más jóvenes empeoraba de manera alarmante. En la última semana antes del enfrentamiento final tuve que irrumpir en su clase varias veces porque el tumulto impedía que mis alumnas me oyeran, pero, si soy sincera, no fue ésa la razón que me llevó a despedirla. Fue su actitud posterior al hecho, que a día de hoy sigo sin comprender. En cuanto terminó la hora de francés vino a buscarme, atacada por algo que sólo puede calificarse de arrebato histérico. Apenas comprendí lo que me decía, balbuceaba palabras incoherentes mezclando su idioma natal con el español; distinguí claramente varios insultos, «*Folle, vous êtes folle*», repetía sin parar. Por fin debo admitir que terminó rebosando el vaso de mi paciencia. He defendido a mademoiselle Leblanc incluso delante de Irene, quien había sugerido ese despido explícitamente en varias ocasiones, y lo que recibía como pago por mi buena voluntad era una retahíla de imprecaciones regada con lágrimas de pura rabia. Lo siento, pero eso es algo que no voy a consentir. Que no ejerza la autoridad como otras directoras de colegio no significa que no la tenga y que no vaya a hacer uso de ella ante una insubordinación de ese calibre procedente, para colmo, de la profesora menos dotada de mi colegio. Le dije que hiciera las maletas y se marchara, de inmediato, sin esperar a la cena. Finalmente, una vez se me hubo pasado el arrebato, decidí que se quedara esa noche al menos y que partiera a la mañana siguiente. Con sinceridad pensé que tendría el buen gusto de no bajar a cenar, pero sí lo hizo. Afectada y llorosa, casi temblando, se plantó en el comedor de los profesores a la hora de la cena y ocupó su silla como siempre. ¡Cómo detesto a la gente que intenta suscitar la pena ajena! De repente yo me había convertido en la mala de la historia y ella, la inútil mademoiselle Leblanc, en un corderito viejo que caminaba hacia el matadero. Las miradas de los demás profesores dejaban bien claro al lado de quién estaban, y sentí una corriente de hostilidad que me aislaba de todos. Incluso de Irene.

Por extraño que parezca, también ella intentó disuadirme, aduciendo que no encontraríamos sustituta a estas alturas de curso. Insinuó, además, que yo llevaba una temporada nerviosa por mucho que me esforcé en hacerle entender que los insultos de mademoiselle habían sido la gota que había colmado el vaso. Me mantuve en mis trece, sintiéndome más sola que nunca, ofendida ante la incomprensión ajena. ¿Acaso no se daban cuenta de que la conducta de mademoiselle Leblanc era intolerable? Sin embargo, debo admitir que a la mañana siguiente, cuando vi desde la ventana a la anciana profesora de francés con las maletas en la puerta, bajo un frío glacial, esperando el coche que la llevaría a la estación, a punto estuve de bajar corriendo y obligarla a entrar. Tuve que agarrarme a los visillos para no hacerlo, para reafirmarme en mi postura que, a esas horas, pasada ya la furia, me convertía en una mujer despótica incluso ante mis propios ojos.

Irene tenía razón en una cosa y es en la dificultad de encontrar a una sustituta con experiencia en pleno mes de enero.

Mientras no llega, los demás maestros debemos sustituir a mademoiselle, sobre todo con las más pequeñas, que no pueden permanecer solas durante una hora completa sin que la clase se convierta en un barullo aún mayor que el que organizaban con la profesora de francés delante. Esta tarde las he vigilado yo durante ese rato. El silencio en el aula era sepulcral, por supuesto, y las niñas se afanaban en copiar el dictado que deberían entregarme en cuanto finalizara la clase. Tan aburrida como ellas, yo iba leyendo un fragmento del primer libro que he encontrado, uno de historia sobre la Reconquista, cuando he notado que una de ellas volvía la cabeza repetidas veces, como si alguien la molestara desde atrás. He avanzado entre las filas de niñas, sin parar de leer, hasta llegar hasta allí. Y, para mi sorpresa, he reconocido a la niña que encontré con Griselda en su cuarto, Eloísa, sentada justo detrás de la alumna que se había movido antes.

«¿Sucede algo?», he preguntado.

«Nada, señora directora», han dicho ambas a la vez, algo sospechoso porque yo sólo me había dirigido a una de ellas.

Me he inclinado hacia la mesa de Eloísa para echar una ojeada a su dictado y he descubierto que su hoja de papel estaba absolutamente en blanco. No había escrito ni una sola línea.

«Esto es el colmo», he dicho, enojada. «¿Se puede saber por qué no haces como las demás?»

«Lo siento, señora directora», ha empezado a decir.

«Ponte de pie en la pared», le he ordenado.

Su obediencia ha sido inmediata: sonrojada, se ha levantado y ha caminado hacia una de las esquinas de la sala.

«No. Sube a la tarima, junto a la mesa del profesor. Que te vean todas, a ver si aprendes la lección.»

Y al decirlo me he acordado de la pobre amiga del colegio de Jane Eyre, Helen Burns, y de la injusta maestra que la castiga. «Pero no, no estoy siendo cruel», me he repetido por enésima vez estos días mientras la niña caminaba en dirección a la mesa y subía a la pequeña tarima que separa el estrado del resto de la sala.

A todo esto, faltaban sólo cinco minutos para terminar la clase y he ordenado a una de las alumnas que recogiera los dictados. Y me dirigía a la tarima, para regañar en privado a Eloísa, cuando he oído la campanilla que anunciaba el recreo vespertino. Con un punto de maldad impropio de mí, he decidido abrir la puerta y reprender a la niña en voz alta, desde el umbral, de manera que todas las que iban pasando por delante del aula, situada junto a la escalera de entrada, podían oírme y entrever a quién se dirigía la reprimenda.

No suelo realizar esta clase de escarnios, la verdad, pero debo decir que Eloísa ha aguantado el chaparrón con un estoicismo rayano en la indiferencia. Al final, cuando le he dado permiso, ha bajado de la tarima y ha vuelto a su asiento con el mismo paso lento y tranquilo, como si nada hubiera ocurrido.


Este diario siempre me ha servido para desahogarme, para reflexionar, para recapitular mis sentimientos y emociones. Nunca, en todos los años que llevo escribiéndolo, había volcado en él lo que voy a hacer ahora. Nunca me había sentido tan nerviosa, tan escandalizada. Tan incómoda.

Y ya nadie puede convencerme de lo contrario. Ni siquiera Irene. Sé que sucede algo malo, lo he visto con mis propios ojos. He sentido algo que es nuevo para mí, al menos en lo que atañe a mi profesión de maestra y directora de este colegio. He sentido asco… y miedo. No ese miedo a lo desconocido, a los fantasmas del más allá, ni el temor infantil a la oscuridad. No, ha sido un resquemor distinto, más relacionado con el horror de la sorpresa, con la sensación de haber presenciado un acto malsano.

Ha sido después de cenar, cuando subía a acostarme. Durante la cena he referido al resto de los profesores, sentados a mi mesa, lo sucedido en el aula de las pequeñas. Yo no les doy clase de forma habitual, pero los que sí lo hacen, Irene entre ellos, parecen conocer bien a Eloísa y han aplaudido mi acto, del que yo seguía un poco arrepentida. La disciplina no se me da bien, siempre temo cruzar la línea que separa el castigo de la crueldad, y tengo la tendencia natural a ponerme en la piel de la niña y compadecerme de ella.

Terminada la cena, y después de charlar un rato en la sala de profesores, he subido a mi cuarto. Siempre soy de las primeras en retirarme, a veces por fatiga, a veces porque me gusta disfrutar de un rato de soledad antes de dormir. Esta noche lo he hecho enseguida y he caído rendida en la cama sin saber muy bien a qué venía tanto cansancio. Me he despertado sobresaltada por algo parecido a un gemido, que salía de una de las habitaciones del lado derecho. Podría haber hecho caso omiso, podría haberme encerrado en mi habitación. Podría haber hecho tantas cosas... Pero en realidad no es así, en realidad, tal como soy, sólo tenía una opción.

La escena me ha recordado a la vivida apenas un mes atrás, el día de Nochebuena. Yo caminando hacia el cuarto de Griselda, ese que ahora es definitivamente sólo suyo, ya que Concepción no va a volver. El ruido salía de allí: chasquidos rítmicos, acompañados de susurros y algún quejido. He abierto la puerta con cuidado, como si algo en mí deseara ver antes de ser vista. Y lo he conseguido.

Griselda estaba al lado de la cama, de pie y situada de espaldas a la puerta. Podría haberme descubierto, haber oído el rumor del picaporte al girar, de no haber estado tan absorta en lo que hacía. En lo que le estaba haciendo a una cría, que, arrodillada frente a ella, profería los gemidos de dolor. Lamentos puramente lógicos porque Griselda sostenía una vela encendida con una mano y con la otra sujetaba con firmeza la manita de Eloísa sobre la llama, hasta que ésta no podía soportar ya el dolor.

Me he reprimido para no intervenir al instante porque, de todos modos, Griselda ha detenido el castigo apenas un segundo después. Ha apagado la vela y la habitación ha quedado a oscuras. Mientras intentaba no descubrirme hasta que fuera necesario, he oído los susurros de la niña pidiendo perdón y los de Griselda, consolándola, como si no fuera ella quien la ha lastimado.

La vela se ha encendido de nuevo y entonces he visto su cara, el semblante de Griselda, impregnado de algo que no habría sabido describir. ¿Era alegría? ¿Satisfacción? Orgullo sin duda. Entonces Eloísa se ha incorporado y se ha arrojado a sus brazos. A ella sí que la he oído con claridad. Ha dicho: «Gracias. Tú eres la única que me quiere aquí». Griselda le ha dado un beso en la frente, como haría una madre o una hermana mayor. Y luego… No, ni siquiera puedo escribirlo… Ha… ha seguido besándola, en las mejillas y en los labios, con una furia que recordaba a los picotazos de un ave rapaz. Como si quisiera apropiarse de su alma. Como si su alma ya le perteneciera.

Tenía que intervenir, lo habría hecho antes de no haberme quedado paralizada, temblorosa e incapaz de coordinar mis movimientos. Y de repente he percibido que se despedían y me he alejado de la puerta, deprisa, en dirección a la escalera. He llegado al otro lado del corredor a tiempo de ver cómo Eloísa avanzaba, sonriente, y se volvía para descender los escalones. Sus pasos eran ligeros, alegres, y ella canturreaba una cancioncilla que, a mis oídos, ha sonado casi obscena: *«Alouette, gentille alouette; alouette, je te plumerai».*

Y ha sido esto lo que más me ha inquietado. Esa felicidad, esa sonrisa que revelaba su goce, unida a la expresión que había visto en Griselda apenas unos segundos antes, me han provocado una repugnancia cercana a la náusea. Apenas he tenido tiempo de llegar a mi cuarto de baño para vomitar la cena.

Lo peor es que, aunque ahora vomite las imágenes sobre el papel, éstas siguen dentro de mí. Sé que hay quienes castigan así a los pobres infantes, o los azotan, o les hacen pasar hambre. Muchos defienden esa clase de prácticas que para mí no son más que torturas. Me dirán que la propia niña se mostraba agradecida por haber sido castigada. Que quizá sea lo que necesite: disciplina aplicada con afecto por una especie de hermana mayor.

Pero yo sé lo que he visto y eso poco tiene que ver con el afecto fraternal.

# SEGUNDA PARTE

# 9

14 de mayo de 1916

Querida Anna:

Me alegró mucho recibir tu carta porque en sus palabras viajaban también imágenes de ese pasado magnífico que he dejado atrás. No sabes cuánto añoro los últimos años pasados en Viena, antes de que esta guerra quebrara un mundo ordenado que se movía a un ritmo perfecto y tranquilo, como si un metrónomo lo dirigiera. Las mañanas en la universidad, las tardes en la biblioteca; las tertulias semanales con tu padre y sus colegas, reuniones en las que apenas me atrevía a abrir la boca, pero en las que trataba de absorber sus palabras, sus intentos de descifrar los aún misteriosos mecanismos que rigen el funcionamiento de la mente humana.

Todavía recuerdo la última que se celebró en vuestra casa, en la calle Berggasse, antes de que el número de asistentes obligara a tu padre a cambiar el emplazamiento por uno de los rincones del Café Central. Fue la primera vez que él se dirigió a mí, seguramente porque alguien le había comentado mi origen español. Ya sé que para ti, siendo tu padre, esto no tiene ninguna importancia, pero en mi caso, un simple estudiante que casi se había colado entre los asistentes por consejo de uno de mis profesores, el momento fue especial. Sabes de su admiración por Cervantes y por la lengua española, así que estuvimos hablando unos minutos sobre el Quijote y sobre el genio manco de las letras hispanas. Lo recuerdo ahora mismo como si lo viera: el puro en la mano, casi apagado, su charla afable; la capacidad de hacerte sentir escuchado, de dar a su interlocutor la importancia de saberse atendido. Aunque poco después se enzarzó en una discusión acalorada con uno de los contertulios, y esa bonhomía se esfumó por completo...

Pero ya basta de recuerdos: enciendo la luz de la añoranza y ésta ilumina los rincones más recónditos de mi mente. Ese tiempo ha pasado ya, y mi presente poco tiene que ver con él. Como verás en el remite, he empezado a trabajar en un sanatorio situado en un pueblo pesquero, relativamente alejado de la ciudad de Barcelona. El entorno es ciertamente idílico y estoy seguro de que, en parte, predispone a la curación. No se trata de un hospital propiamente dicho, es más bien una casa de reposo, aunque he descubierto que algunos pacientes pasan aquí largas temporadas. En realidad el lugar había sido un internado para señoritas y, según me han contado, en él se produjo un incendio de consecuencias trágicas. Hace cinco años se reconstruyó la parte destruida gracias a una donación privada, que puso como condición que el lugar fuera dedicado a tratar con dignidad a los enfermos. El director, el doctor Freixas, es un psiquiatra con amplia experiencia en este campo y se muestra bastante abierto a las nuevas teorías. No puedo decir lo mismo del resto del cuadro médico: me temo que siguen confiando en los tradicionales baños fríos o en terapias agresivas que, como bien sabemos, distraen los síntomas sin llegar al fondo del problema. Algunos enfermos que residen aquí ahora las han sufrido y viven en la misma paz que los autómatas...

Aun así, debo admitir que el lugar está bastante alejado de lo que sería una clínica convencional. El antiguo salón de la planta baja, con vistas al jardín, se utiliza como una gran sala común, donde los pacientes, si su estado lo permite, pasan unas horas por las tardes. La segunda planta fue remodelada para habilitar veinticuatro habitaciones individuales francamente espaciosas y acogedoras. Al otro lado del pasillo, dividido por la escalera central, se encuentran los despachos del director y de los médicos, así como una pequeña salita para el personal: cuidadores, enfermeras, algún encargado de mantenimiento... Y en la planta superior se hallan las salas de terapia y los cuartos de aislamiento, que, según he podido comprobar, se usan muy pocas veces, además de la habitación donde pernoctamos cuando tenemos que dormir aquí. Toda la planta baja es una zona común: en ella se halla el comedor, un gran salón y otros saloncitos más pequeños y reservados. En todos se respira un ambiente agradable y tranquilo, a lo que contribuyen las amplias puertas acristaladas que dan al jardín.

Debo terminar ya la carta. Me espera una larga guardia nocturna y la escribo desde el despacho... ¡Cuánto daría por tener a alguien de la talla de tu padre para poder comentarle detalles sobre los pacientes que tengo asignados aquí! Pero nunca me atrevería a molestarle. Sí me tomo la libertad de que, en caso de que sea estrictamente necesario, hagas de intermediaria con él, si es que eso es posible.

Espero que esta correspondencia no se interrumpa. Tener noticias de Viena me lleva de vuelta a una época en

*la que aún creía en muchas cosas que ahora he perdido.*
*Te deseo mucha suerte. Estoy seguro de que eres una*
*maestra estupenda.*

   *Afectuosamente,*

   FREDERIC MAYOL

En cuanto hubo firmado la carta levantó la cabeza del escritorio y vio la hora en el pequeño reloj de la mesa del despacho. Eran las doce y media, lo que significaba que le quedaban aún muchas horas hasta que finalizara su guardia de noche. El despacho que empezaba a hacerse suyo después de dos semanas trabajando en él cobraba de noche un aspecto totalmente distinto.

El doctor Freixas ya le había advertido que una semana al mes debía dormir en el sanatorio. «Las noches suelen ser muy tranquilas», le comentó. «Pero exijo que siempre haya un miembro del cuadro médico en el lugar. Yo mismo hago una de las guardias, el doctor Bescós, a quien ya conoce, se ocupa de otra y el doctor Rubio, el médico de medicina general, de la tercera. Y en caso de apuro, podemos contar con la ayuda de la señora Miró, de quien le puedo asegurar que es perfectamente capaz de atender cualquier emergencia que se produzca. Tiene a su disposición un cuarto, ya que no es necesario que esté despierto toda la noche. Tan sólo aquí, por si existiera alguna urgencia. La noche suele atraer malas ideas a las cabezas sanas y más aún a las de los alienados.»

El cuarto del que le había hablado el director era una habitación perfectamente equipada, situada en el piso superior, y en realidad la cama resultaba más cómoda que la que tenía en la vieja casa de su padre. Además, aquí el aire no se colaba a través de las rendijas de las ventanas de madera, algo que en el mes de mayo era soportable pero que tendría que reparar cuando se acercara el invierno.

A pesar de los inconvenientes, el balance de esas semanas

que llevaba en el pueblo era positivo, y los días, que empezaban a alargarse, ayudaban a hacer más llevaderas las horas vespertinas.

Había descubierto que en Sant Pol, por las noches, la quietud cobraba un significado nuevo, un matiz más profundo del que hubiera imaginado nunca. Era una paz absoluta, casi litúrgica, que impresionaba, sólo perturbada por el susurro insistente del mar, un sonido arrullador que en noches de bonanza evocaba la respiración tranquila de un gran animal desconocido. Cuando uno se alejaba de él y se internaba en las callejuelas zigzagueantes del pueblo, aquellos jadeos suaves iban alejándose y uno intuía, no sin un escalofrío, lo que significaba aquella expresión, tantas veces oída, de silencio sepulcral.

Había salido a dar un paseo la noche anterior: le gustaba ver las luces de las barcas de pesca brillando a lo lejos, pero refrescó y tuvo que volver enseguida. A su regreso a casa, desde la playa, había tenido la sensación de soledad más abrumadora de su vida. Las calles parecían estar sólo para que él las pisara, sus pasos eran el único eco en un pueblo desierto, de ventanas y puertas cerradas a cal y canto, una especie de decorado teatral puesto para él. Había ascendido la cuesta empinada que llevaba a su casa, situada al otro lado de la calle mayor, no muy lejos de la riera, y se había encerrado en el interior, igual de austero pero menos sobrecogedor. Había resistido, ya con menos esfuerzo, la tentación de la morfina. Seguía en uno de los maletines, en un rincón de la pieza central de la casa que hacía las funciones de comedor, salón y estudio. Poca cosa más había: un par de habitaciones y una cocina que aún no había pisado, ya que, por suerte, comía en el sanatorio y la cocinera se había ofrecido a prepararle algo extra para que pudiera llevárselo.

Decidió realizar una ronda rápida antes de acostarse, como le había aconsejado el director. Tenía que dormir, aunque le costara, ya que después de esa noche le esperaba todo un día de trabajo. Así sería toda la semana, hasta que lo sustituyera el doctor Bescós. Había tratado poco con Adrián Bescós, aunque en las breves conversaciones mantenidas habían quedado claros tanto su desprecio por las teorías psicoanalíticas, que tachaba de cuentos chinos para ricas neuróticas, como su buena voluntad a la hora de ponerlo al día en los historiales de los pacientes y las costumbres generales del lugar. Era un individuo de aspecto robusto, práctico y sagaz, poco dado a teorizar sobre aspectos concretos. No era el interlocutor más estimulante, aunque sí parecía buena persona. Vivía muy cerca del sanatorio, con su esposa, y le había invitado a cenar en alguna noche que ambos tuvieran libre. Él había aceptado, por supuesto. Además, debía admitir que su devoción hacia las teorías que tanto había apreciado se tambaleaba en los últimos tiempos. Con la guerra por en medio, tras haber visto de cerca la muerte, la desesperación, la histeria, la depresión y, en algún caso, un brote decididamente psicótico en plenas trincheras, se mostraba menos proclive a centrar en el pasado de los pacientes las causas de todos sus trastornos psíquicos. El presente, la realidad circundante, podía desarrollar una enfermedad mental: de eso no le cabía ahora ninguna duda. Que algunos sujetos fueran más propensos a ello que otros en función de su pasado era otra cosa muy distinta.

Al salir del despacho se cruzó con la gobernanta, la señora Miró, una mujer de avanzada edad y de estatura mínima, pero a la vez locuaz y positiva. Residía en el centro y era, a decir de todos, el alma del lugar. Su dormitorio estaba más cerca de la zona de los pacientes, así que la mujer le aseguró que podía acostarse tranquilo. Si sucedía algo, cosa extraña, ella subiría a avisarle. Él insistió en dar una vuelta por el edificio, de todos modos, aunque era más que evidente que no hacía ninguna falta. Pero empezaba a notar el dolor en el hombro y sabía que cualquier cosa era mejor que encerrarse en una estancia. Pasó frente al área de las habitaciones de los pacientes y luego descendió por la escalera hasta la planta baja, más por no acostarse aún que porque esperara encontrar a nadie allí. Efectivamente estaba vacía, pero al pasar junto a una de las ventanas de la sala grande distinguió el brillo inconfundible de un cigarrillo, y al abrirla vio que éste pertenecía al hombre a quien le habían presentado como asistente y que al parecer también se encargaba del mantenimiento del edificio y dormía en el sanatorio. Era un tipo joven, cuyo nombre no recordaba, y que le saludó al verlo asomarse.

—¿Quiere uno? —le dijo.

—Gracias, no fumo.

—Es su primera noche, ¿verdad? —preguntó, acercándose a la ventana—. Casi nunca sucede nada.

Lanzó la colilla al aire, haciéndola describir un pequeño arco, y encendió otro pitillo casi al instante.

—Se hacen muy largas. Sobre todo en invierno. A la Miró no le gusta que fume dentro de la casa, así que salgo a la entrada.

—No hay problema —dijo Frederic—. Sólo asegúrate de cerrar bien cuando entres.

—Claro. ¿Duerme en la habitación de arriba? —preguntó, mirándolo de reojo.

—Sí. ¿Por qué?

—Nada. Tonterías. A mí no me gustaría dormir donde la palmó alguien.

—¿El doctor López-Arranz falleció aquí?

—¿No lo sabía? Vaya, lo siento —dijo, aunque no parecía lamentarlo en absoluto—. Sí. Dicen que tuvo un infarto. No se enteró nadie hasta la mañana siguiente, cuando la Miró fue a buscarlo.

—La señora Miró —le corrigió Frederic al oírlo por segunda vez.

—Perdón. La señora Miró. —El hombre sonrió, a modo de descargo, y la sonrisa suavizó mucho su semblante adusto—. No crea que es una falta de respeto, la quiero mucho. Todos la queremos mucho aquí.

—Lo supongo. Disculpa, no recuerdo tu nombre…

—Ismael.

—Pues buenas noches, Ismael.

El joven se llevó la mano a la sien en un gesto casi militar.

—Buenas noches.

Frederic subió a aquella habitación que de repente, y aunque ya había dormido en ella varias veces, se había convertido en un lugar poco acogedor. Encendió la luz al entrar y se dijo que no había nada de siniestro en ella. Aunque estaba amueblada con la parquedad clásica en ese tipo de habitaciones, disponía de una mesa pequeña y una cómoda de madera de roble, además de una cama, una mesilla de noche y un espejo. Había dejado antes su pequeño maletín allí, con la muda para el día siguiente, así que procedió a ponerse la ropa de cama. Descubrió que la única ventana del cuarto daba justamente al lugar donde Ismael seguía fumando; la cerró con firmeza, ajustando los postigos de madera.

La oscuridad en el cuarto, con la ventana cerrada y una vez apagada la luz, era absoluta. Pensó, orgulloso, que llevaba ya muchos días sin pincharse. Los dolores persistían, aunque amortiguados, y tan sólo notaba un leve malhumor en algunos momentos del atardecer. El problema seguían siendo las noches, que se desplegaban ante él como una tortura de la que únicamente se evadía cuando el cansancio le vencía, dando un respiro a su mente. Al menos no se llenaban de imágenes que deseaba olvidar.

Se abrazó a la almohada, buscando la postura adecuada sobre aquel mullido colchón de lana, e intentó pensar en Blanca. Había descubierto que, a pesar de su brusca despedida y de su enfado posterior, recordar su rostro le inmunizaba contra otras ideas más oscuras. Esa noche, sin embargo, no conseguía conjurarlo con facilidad; era como si su memoria se negara a dibujarlo con nitidez. Se dio la vuelta, incómodo, empezando a notar el dolor de manera más aguda que ninguno de los días anteriores. Recorría su brazo inútil como una serpiente y mordía, de repente, en cualquier punto del camino. Sabía que sería un dolor fugaz. Sabía, también, que la mente era capaz de anhelar la medicina que impediría el acceso del dolor, pero estaba decidido a resistir.

Agitado, incapaz de encontrar una postura cómoda en el lecho, se incorporó con la intención de leer un rato. Y entonces oyó la música: era ridículo, una tonada infantil sonando en aquel entorno adulto y silencioso: «*Alouette, gentille alouette; alouette, je te plumerai*». Lo extraño era que no parecía proceder de ningún sitio. Abrió de nuevo la ventana y el aire fresco de la noche entró en el cuarto. Abajo no había nadie, ni siquiera se veía el rastro del cigarrillo de Ismael. Cerró otra vez, y el sonsonete empezó de nuevo, con más fuerza, acelerando el ritmo de la cancioncilla.

Abrió la puerta de la habitación y, como antes, se hizo el silencio aunque en esta ocasión sólo duró unos segundos. Luego oyó unos pasos rápidos que se deslizaban por los escalones y el rumor sofocado de una incongruente risa de mujer. Provisto de una vela se asomó al descansillo y se acercó a la escalera deprisa, absurdamente convencido de que encontraría el origen de aquellos extraños ruidos. Estaba desierta, y descendió en busca de respuestas hasta la segunda planta, donde se encontraban las habitaciones de los pacientes. El pasillo estaba tranquilo y no se oía ruido alguno, ni canciones ni risas, pero la sensación de que había alguien más allí, rondando por el corredor, persistió durante unos instantes. Reticente a marcharse, Frederic recorrió el pasillo primero hacia un lado y luego hacia el otro. La única luz en aquel espacio era muy tenue, lo bastante para que dudara de lo que vieron sus ojos al regresar hacia la escalera. Por un momento creyó tener delante a una figura vestida de negro, una mujer cuyas facciones no alcanzaba a distinguir, a pesar de que se encontraba quieta frente a él, como si estuviera esperándolo. Frederic aceleró el paso, dispuesto a alcanzarla, pero antes de llegar hasta ella se temió que sus sentidos le habían jugado una mala pasada: no había nadie en el corredor, nadie en la escalinata, y su respiración agitada era lo único que arañaba el silencio. Miró a su alrededor, perplejo ante lo que acababa de experimentar, y finalmente optó por subir a su habitación, aunque en el ascenso no paró de volver la cabeza, deseando ver de nuevo a aquella extraña dama y a la vez convenciéndose de que la figura había sido fruto de sus nervios y del juego de luces y sombras. O de la falta de aquella sustancia que le había tranquilizado durante otras muchas noches de malos sueños.

Entró en su cuarto, persuadido de que su mente le estaba tendiendo una trampa y decidido a no sucumbir. Se repetía que tanto el dolor como la música no eran más que bromas malsanas de su conciencia enferma, y que lo mismo podía decirse de esa silueta de una mujer sin rostro. Respiró hondo, y antes de acostarse de nuevo sintió una corriente de aprensión al pensar en el pobre médico que había fallecido justo ahí, en aquella habitación, probablemente en aquella cama. Se sentó en la butaca y se tapó medio cuerpo con la manta fina que había en el lecho y allí permaneció durante un par de horas, desvelado, hasta que el sueño le venció por fin.

Por suerte, se había acostumbrado a dormir muy poco sin que eso afectara demasiado a su aspecto, así que a la mañana siguiente bajó a desayunar a las ocho, tal como estaba previsto. Encontró ya sentados a la mesa al médico general, el doctor Rubio, y a la señora Miró, quien le recibió con una sonrisa alentadora. Indudablemente, ambos habían descansado más que él. El doctor Rubio era un individuo tímido y educado, a quien apenas había oído la voz. Pero esa mañana, mientras desayunaban, le habló con matizado entusiasmo de las noticias que sobre la guerra traía el periódico y se interesó por su herida con curiosidad profesional pero no exenta de amabilidad. Estaban terminando ya cuando a Frederic se le ocurrió comentar algo sobre la extraña musiquita que creía haber oído la noche anterior.

—¿Música? —preguntó la señora Miró, sorprendida—. Los pacientes tienen prohibido hacer ruido. Y yo la habría oído desde mi cuarto. A pesar de mis años, mis sentidos funcionan perfectamente.

El doctor Rubio no dijo nada, la timidez natural volvió a apoderarse de él, y Frederic optó por no insistir, y aún menos mencionar a la mujer vestida de negro a la que, con sinceridad, no estaba en absoluto seguro de haber visto.

Sus obligaciones durante la mañana eran bastante laxas. Cualquier paciente podía reclamar su asistencia, y tenía asignadas unas visitas en el despacho, un control de seguimiento de los «huéspedes», como a veces los llamaban. Durante las dos primeras semanas, en las que había estado acompañando al doctor Bescós, se había percatado de que la mayoría de los residentes sufrían lo que se llamaba trastornos menores: manías obsesivas, depresión… Nada que el reposo no pudiera curar: los de trastornos mayores, pacientes alienados con alucinaciones, por ejemplo, eran rápidamente reconducidos a un manicomio más convencional. La paz era el reclamo del sanatorio, y ésta no podía verse turbada ni siquiera por la patología de los enfermos. Dijera el doctor Freixas lo que dijese, aquello era más bien una casa de reposo para señores acaudalados; una especie de hotel para caballeros que sufrían «de los nervios», o de otras adicciones, como el alcoholismo. Una dieta sana, ejercicio obligatorio, largos paseos y una atención personalizada constituían las claves del tratamiento.

Su primera visita del día era la del padre Robí, quien había ingresado en el sanatorio poco antes que él. Sentado a su mesa, Frederic observó al hombre que tenía delante y se dijo que había algo en él que le hacía pensar en una versión anciana de su propio padre. Un abuelo al que nunca había llegado a conocer. Notó que Esteve Robí, sentado ante él, lo miraba a su vez con algo parecido a la condescendencia: los ojos entornados expresaban una duda educada sobre la capacidad de ese desconocido notablemente joven; las manos cruzadas en el regazo, sin tensión alguna, indicaban una calma no exenta de reserva. Y al final la inclinación de la cabeza, un poco ladeada a la izquierda, confirmaba tanto la duda como la reserva, y dejaba claro que el paciente, aquel sacerdote de edad avanzada, era desconfiado, ya fuera por los años o por naturaleza.

Según el breve informe que tenía a la vista, el obispado había recomendado el ingreso del padre Robí aduciendo que necesitaba «reposo», un eufemismo que podía englobar cualquier cosa. Los informes del doctor Bescós, bastante parcos en detalles, hablaban de delirios obsesivos y alucinaciones leves e incluían toda una serie de medidas antropométricas: contorno del cráneo, amplitud de la frente... Al parecer el padre Robí había estado varios años ocupando el puesto de capellán de la cárcel, lo cual le había rodeado de las peores miserias humanas, y eso había acabado provocándole algunos ataques de algo que podía ser demencia senil.

Esa mañana de primavera, con la luz del sol apenas contenida por las persianas a medio cerrar, su aspecto recordaba más al del párroco bonachón, quizá algo distraído, que al de un hombre aquejado por una enfermedad seria.

Frederic se presentó, intentando recuperar el aplomo del que había hecho gala con los escasos pacientes a los que había tratado en Viena, siempre supervisado por un analista con experiencia. Para su sorpresa, se descubrió más competente tras dos años de inactividad; la juventud, y la inseguridad asociada a ella, había quedado atrás, lo cual no era exactamente una buena noticia.

El padre Robí siguió observándole en silencio. A la expectativa. Frederic prosiguió con algunas preguntas de rigor, una pura fórmula que fue respondida con paralela desgana, a base de monosílabos o frases cortas. Tratándose de una primera entrevista, tampoco pretendía ir mucho más lejos. Sin embargo, era evidente que el paciente no había perdido facultades básicas como la memoria y que se mostraba cuerdo y atinado en sus respuestas. Todo parecía moverse dentro de una normalidad aparente y Frederic decidió ir un poco más allá.

—¿Sabe por qué está aquí, padre?

Creyó ver una mirada maliciosa, un destello de alerta en aquellos ojos fatigados, hundidos bajo unas bolsas profundas. El sacerdote carraspeó antes de responder:

—Dicen que necesito descanso.

—Ya. ¿Y quién lo dice?

El padre Robí movió la mano derecha, despacio, como si pretendiera alejar la pregunta con aquel gesto de desdén fatigado.

—El obispo. —Sonrió—. Todos, en general…

—¿Usted lo cree? ¿Cree que necesita descansar?

—Bueno, la verdad es que a mi edad el cansancio es un mal crónico. Usted no puede entenderlo, ya le llegará…

—No es usted tan mayor, padre.

—No es sólo la edad cronológica, créame. —El sacerdote se inclinó hacia delante—. Estar día tras día en contacto con los pecados de los otros agota mucho más que los años. Se lo aseguro.

Frederic asintió. También él se sentía entonces mucho más viejo que un año atrás, como si los últimos dieciocho meses hubieran mellado su existencia.

—No sólo los pecados ajenos envejecen, padre. El horror también.

Ignoraba por qué había escogido precisamente esa palabra, «horror»; sin embargo, su interlocutor se aferró a ella.

—Tiene razón, doctor. El horror nos afecta más que cualquier otra enfermedad física, porque nos machaca el alma. La va erosionando, poco a poco, y eso termina debilitando el cuerpo. Al fin y al cabo, éste no es más que un envoltorio carnal, corruptible y mortal. El alma, en cambio, está destinada a sobrevivir, aunque esté maltrecha y agrietada.

Había sido el párrafo más largo pronunciado por el anciano

cura y, por primera vez, la reserva irónica que acompañaba todos sus mensajes había dado paso a algo que se parecía más a la franqueza.

—¿Y qué es capaz de horrorizar al alma, padre? ¿Qué puede afectarle tanto como para agrietarla?

—Muchas cosas —dijo el padre Robí, bajando la voz—. Incluso las almas curtidas, como la mía, son susceptibles a la erosión.

—No me ha respondido, padre.

—Yo creo que sí.

Frederic no deseaba volver a la postura desafiante anterior, a aquella condescendencia de zorro viejo que el anciano usaba como una coraza infranqueable.

—Veamos —continuó, en un intento por reformular la pregunta—, yo diría que una de las cosas que pueden machacar el alma, tal como usted decía antes, es ser testigo de la injusticia.

—¿Lo dice por mí o por usted?

—Era una afirmación en general. Pero sí —añadió, consciente de que sólo con una muestra de sinceridad conseguiría obtener lo mismo—, puedo afirmarlo en primera persona. Ser testigo de la injusticia me indigna.

El sacerdote meneó la cabeza.

—Indignarse ante la injusticia es una reacción lógica, doctor. Nos empuja a la lucha. Al sacrificio incluso. Eso quizá machaque nuestro cuerpo pero sin duda fortalece el alma.

—Entonces, dígame… ¿Qué clase de emoción o evento consigue el efecto del que usted hablaba antes?

El padre Robí bajó la cabeza, como si se avergonzara; apoyó las palmas de las manos en las rodillas y se quedó en silencio.

—¿Qué emoción le tiene agotado, padre? —insistió Frederic.

Oyó un murmullo indescifrable, una letanía en latín que, comprendió de repente, tenía que ser una oración. No quiso interrumpirla y permaneció en silencio mientras el cura seguía absorto en un monólogo con Dios o consigo mismo en un lenguaje que Frederic no podía entender. Cuando terminó, el padre Robí alzó la vista y sonrió de nuevo. Su aspecto era más amable aún que antes, la máscara de santidad benévola había cubierto de nuevo sus facciones. Por ello, Frederic no esperaba obtener ya nada más de aquella entrevista y casi se sorprendió cuando el padre formuló la siguiente pregunta:

—¿Ha oído hablar de los ángeles, doctor?

Tardó unos instantes en reaccionar, sin saber muy bien si debía tomarse la pregunta de manera literal.

—¿Se refiere a los ángeles del cielo? ¿Los que se sientan cerca de Dios padre?

—A ésos y a los otros.

—Me temo que no soy un experto. Tendrá que disculparme, aunque seguro que puede ilustrarme mucho sobre el tema.

—Seguro que sabe que son criaturas incorpóreas, superiores al hombre, a quien ayudan para lograr la salvación, o bien le tientan para conseguir su condenación eterna. Ignoro si usted cree en ellos; yo era bastante escéptico al respecto, debo confesárselo.

—¿Y ahora no lo es?

—Ahora me consta que existen, doctor. Por extraño que pueda parecerle.

—¿Los ha visto?

El sacerdote cerró los ojos y se llevó las manos cruzadas junto a la boca.

—Por eso creen que estoy loco —susurró luego—. ¿No le parece irónico? La fe nos habla de ellos, las escrituras nos los describen, el mismo santo Tomás dio por sentada su existencia… Pero cuando los ve un simple cura se convierten en una prueba de demencia.

Había pronunciado las últimas frases cubriéndose la boca con la mano y cuando la apartó, Frederic comprobó que estaba riendo. No era una risa sana y alegre, más bien rezumaba amargura, pero por alguna razón fue apoderándose del cuerpo del sacerdote, que acabó prorrumpiendo en carcajadas sonoras y con el cuerpo agitado.

—Lo… lo siento… —se disculpó—. Estaba… —Intentaba hablar por encima de la risa y eso hizo que se atragantara—. Perdone, perdone, de verdad. No he podido… no he podido evitar recordar la cara del obispo cuando se lo dije. Ese tipo gordo, ese insigne imbécil, diciéndome que desvariaba. Que tantos años de servicio a Dios se estaban cobrando su precio. ¡Servicio a Dios! Yo nunca he servido al Altísimo, sino a los hombres, le dije. Les hablo de Dios porque llevan una vida asquerosa, y sin Él, sin la esperanza, el temor o el consuelo que inspira, cometerían cualquier locura. —Hizo una pausa—. No le gustó nada.

Frederic no pudo evitar sonreír.

—Lo supongo.

El otro volvió a dejarse invadir por la risa. Todo su cuerpo temblaba mientras meneaba la cabeza con aire de incredulidad.

—Ay, disculpe de nuevo. Pensar en ese hombre a ratos me desespera y a ratos me divierte. Y de hecho no era de él de quien quería hablarle; o sea, que en algo debe de tener razón el maldito hijo de su madre: se me va un poco la cabeza. ¿Y a quién no?

—Si no era de él, ¿de qué o de quién quería hablarme? ¿De algún ángel? —preguntó Frederic.

—¿De un ángel? —le espetó, al tiempo que se daba una palmada en la pierna—. ¡Por el amor de Dios, claro que no! Los ángeles no existen. Al menos no existen tal como nos los describen. Forman parte de toda esa mitología tan… bonita. Querubines alados, arcángeles justicieros… Santo Tomás les dedicó páginas preciosas y estableció toda una clasificación, que ahora mismo no recuerdo. Tampoco parece que anduviera muy ocupado, el buen hombre, si podía dedicar su tiempo a elucubrar sobre metafísica angélica.

—Pero —comentó Frederic, desconcertado— usted ha dicho hace un momento que le constaba que existían.

—Ésos no, doctor. Los angelitos rubicundos de mofletes sonrosados y alitas, no. —Se calló y tardó unos segundos en terminar lo que quería decir—. Los seres incorpóreos y oscuros, sí.

—¿Me habla de espíritus?

—¿Me habla de espíritus? —remedó el padre Robí, que pareció enfadarse de repente.

—No quería ofenderle. Simplemente trataba de…

—Trataba de decidir si soy un loco del tipo que ve ángeles o del tipo que ve fantasmas, eso trataba. —Movió las manos en el aire y gritó—: ¡Uhhh! Un fantasma. ¿O le gusta más «espectro»? «Espectro» suena mucho mejor. Menos infantil, es verdad.

—Sólo intento aclararlo.

—¡Váyase al infierno! —soltó el padre Robí, al tiempo que se ponía de pie—. ¿Sabe por qué la religión ofrece consuelo y ustedes no? Porque siempre buscan aclararlo todo. Aclarar, aclarar. ¡Aclarar!

Frederic permanecía impasible, aguantando la súbita bronca de aquel anciano, que seguía gritándole con el rostro enrojecido y la papada temblorosa.

—Nosotros ofrecemos consuelo porque no aclaramos nada. Nos limitamos a escuchar y a comprender. Ustedes, en cambio, son una pandilla de presuntuosos que están por encima del bien y del mal. ¡Comprenda, doctor, comprenda y déjese de aclaraciones! Antes… —Tuvo que detenerse para recobrar el aliento—. Antes me ha preguntado qué es lo que afecta al alma hasta el punto de enfermarla. Pues es esto, doctor, exactamente esto. La incomprensión.

Y con esa frase dio media vuelta y salió del despacho con un portazo sonoro y firme, que debió de alterar durante unos segundos la armónica paz del sanatorio. Frederic siguió sentado, reflexionando sobre las últimas palabras del sacerdote. Él no estaba allí para ofrecer consuelo, sino curación, y sin embargo había algo en el sermón desesperado del padre Robí que tenía sentido. Los alienados necesitaban esa comprensión que el anciano pedía a gritos. ¿Acaso era posible ponerse en el lugar de un loco? ¿Ver lo que veían sus ojos, oír las voces que a veces percibían sus oídos? ¿Se podía, desde la razón, comprender en toda su extensión la demencia? La respuesta evidente era un no que le resultaba frustrante y a un tiempo le espoleaba a saber más. Por vez primera en meses se sorprendió deseando con todas sus fuerzas ahondar en ese misterio que seguía siendo la mente humana y sus procesos. No cabía duda de que se estaban produciendo avances trascendentales en ese campo, pero tampoco podía negarse que estaban a una inmensa distancia del final del camino. Quizá tuviera razón el pobre cura, pensó con amargura. Ya que no podían curar, al menos deberían acompañar en ese viaje oscuro a quienes lo padecían.

Aún pensativo, Frederic caminó hacia la persiana de madera y la abrió de par en par. El sol caldeó la estancia iluminando sus rincones más recónditos. Ojalá pudiera hacerse lo mismo con la mente humana, se dijo. Hacer que en ella entrara una luz potente y cálida, escudriñar con atención sus recovecos.

—¡Pobre hombre!

La voz del doctor Freixas le hizo volver la cabeza.

—Buenos días.

—Veo que ha visitado a uno de nuestros pacientes —dijo el médico, cerrando la puerta al entrar—. Me temo que en un hombre de su edad, el delirio es ya una forma de ver el mundo.

—Es un hombre interesante —dijo Frederic.

El doctor Freixas asintió.

—Así es. Aunque me parece que la vejez juega en su contra. Pero yo venía a pedirle su opinión sobre otro paciente, si tiene un momento.

—Por supuesto.

—Sepa usted que es un caso muy distinto al del sacerdote. Bastante más grave, me atrevería a afirmar.

—¿Quiere sentarse?

—No —dijo el director—. Al contrario, iba a pedirle que

me acompañara a ver una cosa. Aprovechemos que la mayoría de nuestros huéspedes están dando su paseo matutino.

Frederic siguió los pasos de su jefe, quien se dirigía con rapidez y decisión hacia las habitaciones de los pacientes. Las limpiadoras andaban por el pasillo, cargadas con sábanas y toallas sucias. El director se detuvo un momento ante la puerta que buscaba y miró a su alrededor. Era una de las últimas del pasillo y al parecer el trabajo de limpieza había acabado. La puerta estaba sólo ajustada, ya que ningún huésped podía encerrarse en sus aposentos bajo ningún pretexto. Una vez ambos hubieron entrado, cerró la puerta enseguida.

—No quiero que las mujeres se enteren de lo que hablamos —dijo—. Se preguntará por qué le he traído aquí. Ésta es la habitación de Biel Estrada. Creo que ya lo conoce, es uno de nuestros huéspedes más jóvenes.

Lo conocía, sí. Lo había visto el día que visitó el sanatorio por primera vez y los asistentes habían tenido que reducirlo, y lo había tenido delante de nuevo, mucho más tranquilo, casi apático, durante la semana anterior en que estuvo acompañando al doctor Bescós en su consulta. Esto fue lo que comentó a continuación: el joven, un caballero extremadamente alto y delgado, de nuez prominente y cabellos un poco más largos de lo habitual, parecía encontrarse mucho mejor, o cuando menos más sereno.

El doctor Freixas meneó la cabeza.

—No estoy de acuerdo. Sí, sin duda ha perdido esa furia que le hacía revolverse contra todo… Pero eso no quiere decir que su estado mejore. Mire, supongo que está al tanto de su historia. Es un joven pintor, muy dotado. Sus obras habían viajado a varios museos nacionales. No es que yo entienda nada de arte, lo reconozco, pero quienes sí saben de ello les dedicaron grandes elogios. Para mí son demasiado abstractas, si le digo la verdad. El caso es que estaba preparando una exposición, para lo cual se encerró en su estudio durante meses. Solía hacerlo: tenía una casita en el campo donde se retiraba a pintar. Ignoramos qué le pasó allí; cuando su novia le visitó, semanas después, se encontraba en un estado lamentable. Sucio, más flaco aún que ahora; daba la impresión de no haber probado bocado en todo aquel tiempo. Eso sí, había consumido grandes cantidades de alcohol porque la casa estaba llena de botellas vacías, y afirmaba, con absoluta seguridad, que había creado lo que sería su obra maestra. —El doctor hizo una pausa—. No había ningún cuadro en la casa. Sólo varios lienzos, preparados y completamente en blanco.

Frederic asintió, interesado. Lo que le había contado Bescós era básicamente lo mismo aunque con menos detalle. Una crisis de nervios, le había dicho.

—Lo ingresaron aquí hace cosa de tres meses, después de que pasara una temporada en el frenopático, donde pareció mejorar. El doctor Giné, su director, me pidió que lo admitiera, convencido de que el talante sensible del joven pintor se veía afectado por el contacto directo con los demás alienados. Yo estuve de acuerdo: me parecía obvio que había sufrido una crisis debida probablemente al exceso de soledad y a la presión que se había autoimpuesto, y que precisamente la paz que ofrecemos aquí podía ser mejor tratamiento que una celda del manicomio. El agotamiento nervioso puede generar muchos problemas, y el de Biel Estrada tenía todos los visos de ser uno de esos casos.

Seguían de pie en medio de la habitación que, recién ordenada, tenía un aspecto pulcro y cómodo. El doctor Freixas se dirigió a un escritorio que se encontraba en un rincón del cuarto, cerca de la ventana enrejada. La visión de esas rejas negras era el principal recordatorio de que ése no era un cuarto como los demás. Tampoco había vigas en el techo, ni objetos cortantes, ni nada que pudiera usarse como arma contra uno mismo o contra los otros. Incluso los cinturones estaban prohibidos y los cubiertos que se utilizaban en las comidas estaban tan poco afilados que resultaba imposible causar daño con ellos.

—Al principio acordamos que no debía volver a pintar, al menos hasta que se adaptara al lugar. Aproximadamente hace un mes, dados sus satisfactorios avances, Biel Estrada me pidió permiso para dibujar y se lo concedí.

Abrió el escritorio y de él sacó unas cuartillas, aunque las mantuvo en la mano, ocultándolas a su acompañante.

—Quizá cometí un error. Quizá fuera demasiado pronto… El hecho es que desde que empezó a dibujar de nuevo su estado empeoró. Comenzó a sufrir ataques de furia, como el que usted presenció, acompañados de otros estados en los que no salía de su ensimismamiento. De manera cíclica, pasaba de la actividad frenética al pavor, de éste a la ira, y luego caía en la más absoluta apatía. En vista de su empeoramiento, le prohibí que siguiera dibujando, pero ya era tarde. Veía las imágenes en su cerebro y debía plasmarlas o entraba en un cuadro de histeria.

Frederic empezaba a sentir curiosidad por ver los dibujos, que el director seguía sosteniendo en la mano y de los que sólo atisbaba unos trazos a lápiz. Freixas, notando su interés, los fue colocando sobre la mesa.

Eran, en efecto, dibujos a lápiz, realizados con una técnica detallada y precisa. Si en períodos anteriores, Estrada había seguido corrientes más modernas, era obvio que ahora las había sustituido por un detallismo casi fotográfico. No en todos los dibujos, por supuesto, ya que algunos apenas eran esbozos, abandonados sin terminar, y mostraban partes de un cuerpo masculino, siempre exento de cabeza. Al observarlos en su conjunto resultaba curioso ver aquellos troncos, con o sin ropa, entregados a diferentes actividades cotidianas: en uno de ellos, el individuo, correctamente vestido, estaba sentado a una mesa; su mano derecha se dirigía, con la correspondiente cuchara, hacia el lugar donde debía estar la boca, quedando suspendida en el aire ya que, como en todos los demás dibujos, se trataba de seres decapitados.

Frederic siguió observándolos, fascinado por la simplicidad y al mismo tiempo la angustia que proyectaban esos cuerpos perfectos que finalizaban en el cuello. Uno de los que más llamó su atención situaba al hombre sentado, frente a un espejo de tocador, como si deseara ver en él los rasgos faciales que le faltaban; el espejo, en cambio, era una superficie turbia, ennegrecida con el mismo lápiz, en la que podían distinguirse apenas unas líneas de fondo que, en ningún caso, conformaban un rostro humano.

—Son perturbadores, ¿verdad? —opinó Freixas—. Esas figuras descabezadas, siempre del mismo hombre. Fíjese: en éste son dos los que... charlan, por decirlo de algún modo.

Charlaban, sí, era evidente por la postura de sus cuerpos, cada uno sentado en un sillón, ligeramente vuelto hacia el otro. Las piernas cruzadas en un caso, la taza de café que sostenía el otro. Eran dos amigos sin cabeza que aparentaban estar enfrascados en una conversación.

—Y luego están estos otros. No se parecen en nada a los anteriores.

Frederic reparó entonces en que el doctor Freixas tenía aún unas cuartillas en la mano. No estaba, sin embargo, preparado para ver su contenido.

—Me dijo que eran alondras.

Y lo eran. El primer dibujo estaba lleno de alondras de pico abierto comiéndose a otras como ellas, que yacían en el suelo, desplumadas. El segundo era prácticamente idéntico, y lo mismo podía decirse del tercero y del cuarto. Apenas variaba la inclinación de la cabeza de alguna ave, como si se tratara de la reproducción de la misma escena o del instante posterior. Los pajarillos muertos eran, lentamente, dibujo tras dibujo, devorados por sus semejantes.

Estaban tan enfrascados comentando los detalles que cuando oyeron la puerta ya era tarde, y lo siguiente que percibieron fue una especie de aullido animal en cuanto Biel Estrada se lanzó contra ambos. Derribó al director de un empujón y se encaró luego con Frederic. Sus manos, de dedos largos, se aferraron al cuello del doctor, que sólo con su brazo derecho no era capaz de contener aquel ataque. La furia daba a Estrada un vigor inaudito, sus brazos eran como dos ramas de roble, tensos y duros, e hicieron falta dos cuidadores, además del doctor Freixas, para quitárselo de encima. Jadeante, con el rostro amoratado, Frederic vio cómo Biel se debatía con sus captores mientras éstos intentaban colocarle la camisa de fuerza. Lo lograron con mucho esfuerzo y tras haber recibido un par de buenos golpes cada uno; se lo llevaron, entre alaridos de protesta, en dirección a la bañera.

—¿Está bien? —le preguntó el director, apoyando una mano en su hombro.

—Sí... Creo que sí.

—Gracias a Dios.

—Este joven no debería quedarse aquí, doctor —apuntó la señora Miró desde la puerta.

—¿Desde cuándo le competen a usted estas decisiones, señora Miró? —rebatió Freixas, con brusquedad—. ¿Acaso la han ascendido sin que yo me enterara?

La mujer enrojeció y dio media vuelta, visiblemente ofendida. En el interior de la habitación quedaban ya sólo ellos dos, recuperándose del ataque. Por el suelo estaban los dibujos, que habían caído en la refriega.

—Lo peor es que tiene razón —rezongó el director, mientras se agachaba a recogerlos—. Otros pacientes han protestado ya. Estos ataques de cólera los asustan.

Frederic intentaba recuperar su respiración normal. Le dolía todo el cuerpo, por la tensión de contener el ataque. Apoyado en el escritorio, observó cómo el director iba recopilando de nuevo las cuartillas. Algo le llamó la atención: un objeto que se encontraba en otro de los compartimentos del mueble. Parecía un joyero, y quizá alguien podría haberlo usado para ese menester.

Lo cogió, y al hacerlo, presionó sin querer algún punto de la caja; se abrió una especie de cajoncito minúsculo, que estaba vacío. Siguió manipulándola con resultados parecidos. Aquella caja china, pues de eso se trataba, poseía varios compartimentos secretos que, en su mayor parte, estaban vacíos. Sólo en uno de ellos encontró un papelito, amarillento y doblado sobre sí mismo, donde alguien, obviamente de corta edad, había escrito varias veces la misma frase: «Soy mala y debo ser castigada». Tenía todo el aspecto de un castigo infantil, esas copias eternas que se imponían a los niños rebeldes.

Iba a devolverlo a su sitio cuando descubrió que la tapa superior también se abría. Un pájaro, muy parecido a los de los dibujos, se deslizaba en círculos como si patinase sobre un lago helado. La música que acompañaba a ese movimiento le hizo estremecer. ¡Era la misma que le había despertado la noche anterior. Iba a cerrar la caja, aquella melodía que insistía en repetirse le incomodaba, cuando el doctor Freixas, que estaba justo a su derecha, se lo impidió.

—Hay algo ahí.

Tenía razón, y Frederic lo habría visto también de no haberse alterado tanto por la cancioncilla infantil. La alondra que daba vueltas era a su vez una tapa para otro compartimento forrado de terciopelo granate. En él encontraron otra cuartilla, distinta a las otras.

Era un dibujo, aunque no se parecía, ni en calidad de trazo ni en detalle, a los anteriores de Estrada. Sí compartía, sin embargo, parte de su contenido. El dibujo mostraba una colección de pájaros muertos. Detrás de ellos había una niña de largas trenzas que parecía estar dándose un banquete con los pobres animales. Al menos se llevaba uno a la boca, que, abierta, mordía el cuerpecillo del animal. Unas gotas de algo que debía de ser sangre salpicaban el cuello y el vestido de la pequeña.

—¿Qué diantre es esto? —preguntó Freixas.

Frederic meneó la cabeza, fascinado por la ingenua crueldad que emanaba del dibujo. Cogió el otro papel, donde las líneas, torcidas y sin duda escritas con desgana, cobraban de repente otro sentido.

—¿Una niña mala? —preguntó.

# 10

*Colegio de los Ángeles, marzo de 1909*

Vuelvo otra vez a este diario, convertido en testigo único de lo que sucede aquí. En confidente leal de mis miedos y preocupaciones, en desahogo de mis angustias. Sé que no me dará ninguna respuesta; se limitará a recogerlas, a guardarlas en sus páginas, a mantenerlas en secreto. Eso es lo más importante. Intenté explicarle a Irene lo que había visto. En cuanto empecé me di cuenta de lo quebradizo que era mi relato; se doblaba ante su mirada incrédula y quedaba hecho trizas bajo el embate de su discurso lógico... ¿Cómo transmitir la impresión de maldad que envolvía la escena? ¿Cómo explicar no lo que sucedió sino lo que subyacía debajo de cada uno de los actos? Así que desistí y no he vuelto a mencionar el tema. Creo que es lo mejor: he percibido ya que cuando pronuncio el nombre de Griselda mi interlocutor me mira con algo parecido al hastío. Bien, que sigan pensando que es una alumna inofensiva. Yo me he ocupado ya de que no mantenga el menor contacto con Eloísa. Por suerte, la pequeña me teme lo suficiente para obedecer sin preguntar; yo le formularía mil preguntas, pero de momento prefiero no hacerlo. Con un poco de suerte, lo olvidará todo, si es que en verdad la mente es capaz de arrastrar hacia ese oscuro cajón de la desmemoria lo que le resulta nocivo. Lo único que puedo hacer ahora es evitar que se repita. Eso es lo único que está a mi alcance, y para ello debo mantener una vigilancia constante.

Desde la noche en que sucedió todo he tenido a Griselda bajo mi control. Aún no sé si es también una víctima, o sólo un verdugo sádico. Quizá sea las dos cosas… ¿Quién sabe por lo que habrá pasado esa niña en otros colegios, que creen en máximas como «la letra con sangre entra» y apoyan sus bárbaros castigos en citas bíblicas? Me niego a creer que nadie sea malo por naturaleza, pero al mismo tiempo me veo en la obligación de mantenerla alejada. Tal como me pidió Concepción, quien tal vez, como compañera de cuarto, fue testigo privilegiado y horrorizado de prácticas parecidas. «Cuide de Eloísa», me dijo antes de irse. Concepción… Si pudiera hablar con ella, si estuviera aquí, conseguiría aclarar muchas cosas, estoy segura. Pero no está. Enfermó y se marchó. Los hechos se colocan ante mí como bloques pétreos, impenetrables, formando un muro que me aleja de la verdad. Y no puedo evitar pensar en su súbita dolencia, en esos vómitos que cesaron en cuanto se marchó de aquí. No puedo ni quiero escribir lo que pienso… La ropa de Griselda en el armario, su certeza de que la habitación quedaría para ella sola. Para ella y para Eloísa.

Griselda ha seguido con las clases particulares, apartada del resto de su curso. Y admito que está realizando grandes progresos. Tampoco con ella me he atrevido a mencionar lo que sucedió aquella noche. Cuando la veo sentada ante el pupitre, absorta en el estudio, me parece imposible pensar que esta jovencita aplicada y tenaz sea la misma que vi torturando a la pobre Eloísa y disfrutando al hacerlo. Reconozco que, en mis muchos años como docente, nunca había tenido cerca a alguien tan peculiar: es como si su personalidad se desdoblara, como si existiera una Griselda buena y otra perversa que sale a la luz en momentos definidos. Quizá el único camino sea premiar a la buena, a la que tengo delante todos los días, hasta que la mala desaparezca. Sí, estoy segura de que el camino para erradicar el mal es ensalzar la bondad. Aun así, la informé de que, en adelante, se abstuviera de dejar entrar a Eloísa en su cuarto. Si yo esperaba alguna reacción, ya fuera de sorpresa o incluso de temor, mis expectativas se vieron defraudadas. Asintió, como si eso no tuviera mayor importancia, y desvió mi atención hacia la lección que estaba estudiando. Insistí, con la intención de hacerle ver que sabía algo más, pero su actitud se mantuvo inconmovible. «Claro, señorita Águeda —me dijo—. Eloísa solía recurrir a Concepción en busca de consuelo y luego se acostumbró a venir a verme. La verdad es que no sé muy bien cómo tratarla, siendo yo nueva también aquí. Es mejor que se ocupe otra alumna de ella, o usted misma.»

Poco había que añadir: el semblante de Griselda volvía a estar cubierto por aquella máscara de absoluta inocencia contra la que resultaba casi imposible luchar, a menos que desearas enfrentarla directamente con sus actos. Decidí dejarlo correr, en parte, lo confieso, porque era algo que también yo prefería olvidar.

Sin embargo, hay algo que está en mi mano. Hace unos días me decidí a escribir al colegio donde Griselda estuvo interna antes de venir aquí. Necesito información veraz, aunque ignoro si se avendrán a dármela. Releo los párrafos que escribieron, colmando a Griselda de todas las virtudes imaginables, y pierdo la confianza al instante. Aun así, es un disparo al aire. Quizá al leer mi carta noten entre líneas mi preocupación y se decidan a ser sinceros. Quizá prefieran seguir empecinados en esa imagen idílica de la joven. O quizá también a ellos logró engañarlos… Entretanto, he decidido guardarme para mí todos mis temores. No deseo que Irene vuelva a mirarme como si estuviera loca, o que los demás me acusen de haber cogido manía a una de las alumnas.

Hace un par de semanas que deberíamos haber iniciado los ensayos de *Jane Eyre*, pero admito que entre el despido de mademoiselle, la infructuosa búsqueda de nueva maestra y las horas que dedico a Griselda, he tenido la cabeza ocupada y ahora el tiempo se nos echa encima. Quedan tantas cosas por hacer... Las niñas encargadas de los decorados parecen avanzar más lentas que nunca, tendré que hablar con el profesor de dibujo para que las apremie un poco. Pablo March se comprometió a tenerlos para principios de abril y espero que cumpla su palabra. Las niñas se meten más en el papel si lo representan en el entorno adecuado, aunque también debo apremiarlas para que se lo aprendan. No resulta fácil, me consta: por mucho que hayamos facilitado la versión teatral, se trata de muchas escenas y de largos parlamentos. A pesar de todo, en ellas sí que siento que puedo confiar. De momento hemos realizado sólo lecturas, ya con el texto definitivo, y veo que poco a poco van haciéndose cada una a su personaje.

Clarisa está soberbia en el papel de Jane. Su timidez natural, esa fachada frágil que la recubre, está dejando traslucir ya a la mujer de carácter que será en unos pocos años. Sus réplicas a Blanca, que compone a un Rochester más libertino e irónico que el personaje original, demuestran una fuerza inusitada. Angélica es la perfecta Blanche: su belleza lánguida acentúa lo antipático del personaje. Y Maria Mercè es una buena señora Fairfax, el ama de llaves, sustituyendo en el papel a Concepción. Dado que Griselda sólo aparece en contadas escenas, he decidido que no ensaye con las otras hasta más adelante. Y he cambiado a la niña que debía hacer de Adèle, la pupila de Rochester. Deseo tener controlada a Eloísa el mayor tiempo posible, así que se lo dije. Lo aceptó sin la menor ilusión y creo que tendremos que reducir sus escasas líneas, ya que parece incapaz de aprendérselas. La pobre se aburre como una ostra en los ensayos, pero al menos la mantienen ocupada y lejos de Griselda.

La verdad es que es una niña bastante malcarada, aunque sigo convencida de que se debe más a la falta de modales aprendidos que a otros defectos peores. En realidad tiene un papel muy corto, apenas cuatro frases en un par de escenas, pero el otro día, durante la lectura, fue incapaz de leerlas de corrido, y tampoco prestó la menor atención a mis reconvenciones. Se diría que nada le interesa; ni el hecho de sentirse elegida, seleccionada entre las otras niñas de su edad, la conmueve en modo alguno. Contemplándola se despierta mi sentimiento maternal, ese que he reservado siempre para las alumnas rebeldes con resultados óptimos; al mismo tiempo no puedo negar que algo en su pose, en su desinterés manifiesto, me resulta muy irritante. Por fin, llegamos al momento de la lectura en que Jane oye por primera vez las risas de Bertha Mason, y yo asumí el papel. Creo que lo hice bastante bien porque la carcajada las sobresaltó a todas. Fue el único momento en que Eloísa despertó de su letargo: vi que me miraba con una especie de odio contenido, como si el acto de usurpar el papel de Griselda fuera una afrenta ante sus ojos.

«¡Estoy tan orgullosa de vosotras!», les dije al final. «Y no sólo por esta representación. Creo que a estas alturas ya puedo deciros, sin miedo a malcriaros, que sois mis alumnas favoritas. Sí, no os sonrojéis. Sois muy especiales. Me gustaría...»

Interrumpí la frase a medias y todas me miraron.

«Me gustaría que os dierais cuenta de lo especiales que sois. Ya sé que ahora tenéis un poco de miedo por lo que vendrá. Ojalá pudiera reteneros aquí, pero no estaría bien. Tenéis que crecer, ver otros lugares; tenéis que volar.»

Ellas me sonreían. Habíamos pasado tantos años juntas... Las recordé cuando entraron, siendo unas niñas no mayores que Eloísa, y ante mí tenía ahora mujeres. Jóvenes, inexpertas, inseguras, pero a la postre mujeres.

«Prometedme una cosa; no puedo pedírselo a todas las alumnas de vuestro curso, pero sí a vosotras. Prometedme que haréis algo en la vida, que no os conformaréis con casaros y tener hijos. El mundo necesita féminas como vosotras: fuertes, listas, buenas. Y hermosas. Sí, Maria Mercè, hermosas. La belleza no radica sólo en una figura grácil o unos ojos bonitos. La belleza real procede de la pureza, de la inteligencia, de la educación.»

Me callé, súbitamente emocionada. En ese momento supe que ellas comprendían lo que les decía.

«¿Lo prometéis?»

Asintieron todas, una tras otra; lo afirmaban con la misma seriedad con que debían jurar lealtad los caballeros de la mesa redonda ante su rey.


Tenía que pasar. No podíamos confiar eternamente en que el Ángel del tiempo estuviera de nuestro lado. Tras un invierno seco, las lluvias han hecho su temida aparición. Y, como siempre, no se ha tratado de esa caricia de agua que riega los campos sino de aguaceros incansables, desatados y rabiosos. El cielo se abrió a última hora de la tarde, asediado por cientos de relámpagos que iluminaban coléricos los campos que nos rodean. Los truenos reverberaban en las paredes del colegio. Corrimos todos a ajustar bien puertas y ventanas, y desde el ventanal de una de las clases vi, horrorizada, cómo un rayo decapitaba a uno de los ángeles de piedra. La cabeza cayó, desgajada, y el retumbar del trueno pareció reírse de ella. Al levantar la vista me percaté de que el señor March había salido a por ella. Vi cómo se agachaba, hundiendo los zapatos en el barro, y recogía con cuidado el busto partido. Siempre me sorprende la pasión que el arte despierta en ciertas personas. Acunó la figura rota contra su pecho y me vio; sonrió antes de salir corriendo de regreso a casa, empapado pero feliz de haber rescatado algo que para él es importante. Y en ese breve intercambio de miradas comprendí que la belleza radicaba en esos instantes de realización personal. El señor March, desafiando a la tormenta, con la camisa empapada y una sonrisa de orgullo en la cara, se me antojó de repente un hombre apuesto y viril, atractivo y magnético.

Las niñas estaban aterradas, incluso las mayores. La luz se cortó y tuvimos que alumbrarnos con velas a la hora de la cena. Por una noche, cenamos todos juntos, a la misma hora. La tormenta apagó también el bullicio que suele acompañarnos en esos ratos, y el ruido del agua era casi lo único que se percibía en el gran comedor que, a la luz de las velas, cobraba un aire novelesco, de palacio poblado por sombras tristes. Tuvimos que poner cubos de latón en la planta superior, y el repique de las gotas contra ellos resonaba como una maldición. Irene se ocupó luego de acomodar a las más pequeñas con las alumnas del curso superior ya que la humedad se filtraba por las paredes de su dormitorio, por suerte el único que presentaba esas manchas ominosas en las paredes. Eso implicaba que las niñas tenían que compartir cama por unas cuantas noches, pero era mejor que arriesgarse a que alguna pillara una pulmonía o algo peor.

Nos acostamos temprano, todos sin excepción. Yo sabía que no iba a poder conciliar el sueño con facilidad. Aunque no les tengo ningún miedo, las tormentas de esta magnitud me intranquilizan. Para dormir necesito silencio y calma, no ese sobresalto constante que conlleva la tempestad. Leí un rato, sin poder concentrarme en las líneas de la novela, y por fin apagué el quinqué, harta de releer el mismo párrafo una y otra vez. No llevaba ni diez minutos intentando conciliar el sueño cuando llamaron a la puerta. Era Eloísa, en camisón y con cara de haber sufrido una pesadilla aterradora.

«¿Qué haces aquí?», le pregunté. «Y descalza... ¡Te vas a enfriar!»

«Tengo miedo», murmuró, y estaba muy lejos de ser la niña desafiante y maleducada de siempre.

Me dije que, con toda probabilidad, en otro momento habría ido al cuarto de Griselda y que esta noche no se había atrevido a hacerlo debido a mi prohibición expresa, y eso me conmovió lo suficiente para dejarla entrar. La niña se detuvo un momento a coger mi antigua muñeca, que yacía olvidada sobre una silla;

luego se acostó en mi cama, sin decir una palabra, estrechándola contra su pecho, y yo me tumbé a su lado. ¡Cuánta inocencia destila la infancia cuando duerme! A pesar de que la tormenta arreció en algún momento, el sueño de Eloísa fue imperturbable. La observé durante parte de la noche, satisfecha de poder aportar tanto consuelo a una niña asustada, y recordé el fragmento de la noche anterior a la boda frustrada de Jane con Rochester. «Me pasé la noche abrazada a la pequeña Adèle, contemplando el brillo tranquilo, reposado e inocente que emana de la infancia, mientras esperaba que llegara el alba.» Jane no durmió esa noche, el temor ante su matrimonio inminente se lo impidió. Yo sí conseguí conciliar el sueño, aunque me costó. No estoy acostumbrada a compartir el lecho y me mantuve alejada de aquel cuerpecillo que descansaba abrazado a mi muñeca vieja.

Por ello me sentí indignada y, sí, incluso colérica, cuando Irene me advirtió con sumo tacto, la tarde siguiente, que no estaba bien que compartiera la cama con una de las niñas pequeñas. Al parecer, la tonta de Eloísa había estado alardeando de eso ante sus condiscípulas, dándose aires de grandeza como si fuera la escogida de la directora. Le expliqué a Irene lo sucedido, la pesadilla de la niña y su aparición en mi puerta, un relato que a mí me parecía absolutamente coherente y razonado.

«Lo entiendo», me dijo. «Pero aun así, no es buena idea, ¿no te parece? Las niñas luego cuentan la historia como más les conviene.»

Tenía razón, por supuesto, y eso me irritó todavía más. Irene sabe que puede darme su opinión con franqueza, y que yo la admito con agradecimiento aunque no siempre me complazca oírla. Tampoco quise contarle el porqué de mi preocupación por esa chiquilla en particular. Hay algo que siempre he considerado importante y es la discreción. Lo que yo había presenciado entre Griselda y la niña no debía hacerse público, y para ello yo debía guardar el secreto y, a la vez, impedir que se repitiera. Creo que aún me duraba el enfado cuando fui a ver a

Pablo March para preguntarle por los decorados. Estaba en el estudio de arte, un aula grande, provista de largas tablas donde las niñas pueden dibujar con comodidad. Es también la estancia con más luz natural de la casa. Se encontraba solo, aguardando al grupo de las mayores, cuando entré a verlo.

«Faltan aún dos semanas para la fecha en que me comprometí a tenerlos», me dijo, algo picado por lo que consideró una duda a destiempo.

«Lo sé», afirmé, «pero no he visto nada aún de su trabajo. Simplemente quería recordarle la fecha y la importancia de que los tengamos a tiempo.»

Él asintió. Llegaban las niñas y ninguno de los dos deseábamos proseguir esa conversación delante de ellas. Sobre su mesa descansaba la cabeza del ángel, y debo confesar que, por vez primera, observé la escultura de cerca. No puedo decir que me gustara: esos ojillos de piedra, esa boca seca y entreabierta, esas ondas rígidas decorando las sienes me recordaron a un bebé momificado y ciego, que llora sin que nadie pueda oírlo. Sin poder evitarlo, acaricié la cabeza que se truncaba abruptamente en el cuello roto.

«Es horrible», murmuré, casi para mis adentros.

La sonrisa de Pablo March me indicó claramente que no pensaba lo mismo. Abandoné la sala sin decir nada más y de repente se me ocurrió la idea de dirigirme al lugar donde, tal vez, encontraría los esbozos de los decorados. El señor March posee un armario, como todos los profesores, donde suele guardar las cosas que no necesita cotidianamente. Yo misma le había visto dejar carpetas grandes con dibujos, así que aproveché que todos estaban en clase para coger el juego de llaves de repuesto y abrir su armario, situado en la sala común de los profesores. Sonreí al ver las carpetas, aunque dicha sonrisa fue sólo el preludio de otra emoción mucho más desagradable.

No encontré esbozos de decorados ni nada que se le pareciera. Lo que contenía una de las carpetas eran retratos a carboncillo de una joven desnuda. Sus carnes se exhibían sin pudor desde aquellas láminas, en posturas que sólo podían calificarse de provocativas. Había algunas dedicadas sólo a sus senos, o a su espalda, pero la mayoría de ellas eran de cuerpo entero y en una se distinguía claramente el rostro de la modelo.

Sentí que me faltaba el aliento, que mis piernas flaqueaban, que mi corazón se oprimía como si un puño helado lo apretara con saña. Unos ojos lascivos, entrecerrados y una lengua de víbora acariciando sus propios labios. Tenía una de las manos en… ¡Oh, Dios! Cerré los ojos con fuerza para no verla, pero nada conseguía empañar aquella imagen que llenó mi cerebro al tiempo que me revolvía el estómago. Era la cara de Griselda, la misma expresión que había visto en ella noches atrás. Un semblante que nadie que no hubiera contemplado podría imaginar.

No lo dudé ni un momento. Creo que volé hacia el cuarto de estudio de Griselda con los dibujos en la mano. Digo que lo creo porque apenas recuerdo el camino hasta allí, sólo su cara, observándome con expresión de sorpresa y el ruido del portazo que di al entrar. Sus ojos descendieron luego hasta mis manos, que debían de temblar todavía sujetando esas láminas indecorosas. Traté de contenerme: existía aún la remota posibilidad de que fuera él sólo el degenerado, aunque no lo creía. Yo misma había visto aquella cara, aquella boca lasciva… No sé ni lo que le pregunté; quizá nada, quizá me limité a dejar los dibujos en la mesa, encima del libro que estaba leyendo. Lo que sé es lo que hizo ella a continuación: sonrió con orgullo, echó los hombros hacia atrás y se irguió en el asiento, como una cobra en alerta.

«Son bonitos, ¿no cree?», me preguntó, con una desfachatez que me dejó momentáneamente sin palabras.

«Son asquerosos», conseguí decir. «¿Cómo… cómo has podido…? Y él, oh, Dios, ¿cómo ha podido dibujarte así?»

«Porque me ama. ¿No lo nota? ¿Cree que un hombre podría dibujar algo así si no amara a su modelo?»

Seguía sonriendo, sus labios se curvaban en una mueca de satisfacción estúpida. Deseé abofetearla, borrarle de un golpe ese gesto de superioridad, agarrarla del cabello y zarandearla hasta que las lágrimas invadieran su cara. No hice nada de eso, por supuesto. Ni lo habría hecho aunque ella no me hubiera amenazado inmediatamente después.

«No se atreva a ponerme la mano encima», dijo, levantándose de la silla y mirándome directamente a los ojos. «Loca reprimida. Ni se le ocurra tocarme o contaré a todo el mundo que mete a las niñas pequeñas en su cama por las noches. O lo que hace con su querida señorita Irene a puerta cerrada. Cuando piensan que nadie las oye.»

Fue como si me hubiera golpeado ella a mí. La acusación, maligna y sin fundamento alguno, salida de la boca de aquella jovencita vestida con el uniforme de colegiala, resultaba tan incongruente que tuve que apoyar ambas manos en la mesa para no caerme.

«Eso… eso es una monstruosidad. ¡Una mentira!»

«Quizá sí. Quizá no. Admito que resulta difícil imaginarlas juntas, en su cama. Pero sólo es cuestión de tiempo que la gente llegue a dudar de ustedes. Incluso las mentiras, si se repiten lo bastante, acaban siendo verdad. Sobre todo cuando una de las dos desearía que esa calumnia no lo fuera, ¿no es verdad, señorita Águeda?»

«¿Qué estás insinuando?»

«Esto no lo insinúo. Lo afirmo, señorita Águeda. Usted y yo sabemos cómo la mira. Cómo la desea… Cómo le gustaría abrazarla por las noches cuando se acuesta sola en su lecho frío y tiene que contentarse con abrazar a una niña para no volverse loca. Así que, ¿por qué no nos hacemos un favor mutuo?»

«¿Qué?»

Ella soltó un leve bufido, como si fuera la maestra y yo la alumna tozuda que se empecina en no entender.

«Un favor. *Quid pro quo*, creo que se llama. Lo leí en un libro de historia.» Iba acercándose a mí y apoyó su mano sobre la mía. «Faltan tres meses para que termine el curso y luego nos iremos, Pablo y yo. Usted guarda nuestro secreto hasta entonces y yo hago lo mismo con el suyo.»

Retiré la mano, el mero tacto de su piel me provocaba escalofríos.

«Yo no tengo ningún secreto», afirmé con rotundidad.

«Todas los tenemos», repuso ella, cruzándose de brazos. «Las mujeres nos vemos obligadas a actuar en secreto en este mundo. Quizá algún día las cosas cambien, pero de momento así es. ¿No ha estado nunca con ningún hombre, señorita Águeda? No sé por qué, pero intuyo que sí. Aunque ahora no se sienta atraída por ellos, usted sabe lo que es yacer con un amante, estoy segura de ello. Usted reconoce el deseo cuando lo ve, no es ajena a los placeres de la carne. Sabe lo que es que la mano de un hombre acaricie su cuerpo y lo explore, a ratos con cariño y a ratos casi con violencia… ¡Ah, es eso! ¿Qué hombre le hizo daño, señorita Águeda?»

No podía seguir escuchándola, y al mismo tiempo tampoco era capaz de moverme, ni siquiera de apartar las manos del borde de la mesa. Pensé en el ángel decapitado: habría preferido que un rayo desgajara mi cabeza que soportar por un momento más aquel discurso insidioso.

«Definitivamente creo que me ha entendido, señorita Águeda. Y de verdad me gustaría que fuéramos amigas algún día. Creo que yo la entiendo mejor de lo que nadie la comprenderá jamás. Ni siquiera su apreciada señorita Irene… A ella nunca podría confiarle lo que yo ya sé sin que me lo haya dicho. Ayudémonos, señorita Águeda. Es lo único que las mujeres podemos hacer: aliarnos para no ser vencidas.»

Griselda cogió los dibujos y cerró el libro que había sobre la mesa. Con gesto decidido fue rompiéndolos en pedazos, uno tras otro, sin que yo hiciera nada por impedirlo. Los trozos de papel caían sobre la mesa como copos de nieve sucia. Luego se dirigió a su cama y de debajo de la almohada sacó un látigo de cuerdas; lo sacudió en la mano y se volvió hacia mí. «¿Quiere castigarme, señorita Águeda? Admito que lo merezco… Un castigo rápido y nos olvidamos de esto, ¿le parece?» Avanzaba hacia mí, ya no sonreía y su expresión había cambiado, así como su tono de voz. Hablaba despacio, masticando las palabras, ladeando la cabeza mientras daba pasitos cortos. La tenía ante mí, a apenas dos palmos de distancia. Me ofrecía aquel látigo inmundo con los brazos extendidos. Cerré los ojos para no verla, porque a pesar del monstruo que llevaba dentro seguía siendo hermosa. Nunca la había visto tan bella como en ese momento en que su verdadera y perversa naturaleza se exhibía sin pudor. Sentí que las rodillas se me doblaban y luego oí su risa, menos estridente que otras veces pero igualmente desagradable. No quería verla, ni oírla, y al mismo tiempo no podía dejar de mirar aquellos ojos grisáceos de largas pestañas. Abrí la boca porque me faltaba el aire y un escalofrío me recorrió la espalda, como si un muerto invisible me hubiera acariciado la nuca con su mano escarchada.

No recuerdo lo que pasó a continuación, pero creo que, por unos instantes, perdí el conocimiento. Lo siguiente que viene a mi mente es la cara de la señora Miró, dándome palmadas en las mejillas mientras se esforzaba por desabotonar la pechera de mi vestido, y voces que pedían llamar a un médico. Intenté decirles que no necesitaba a un doctor, pero mis protestas débiles fueron acalladas y, en cuanto conseguí ponerme de pie, aún mareada, me acompañaron a mi habitación donde casi me obligaron a acostarme de nuevo.

Quizá tenían razón, porque lo cierto es que he dormido durante horas… Un sueño febril, angustioso, en el que el rostro infantil de Eloísa dejaba paso a ratos a la risa estridente de Griselda, que, desnuda, se metía en mi cama, sudorosa y agitada.

# 11

La noche siguiente fue mucho más tranquila para Frederic, tal vez debido al agotamiento después de la tensión vivida. Durmió sin despertarse hasta casi el amanecer y aún entonces permaneció en el lecho, apurando ese último rato de reposo nocturno. Un reposo corporal, porque su cerebro ya estaba en marcha e intentaba, aprovechando la calma, dilucidar los extraños dibujos hallados en el escritorio de Biel Estrada.

Aquellos hombres sin cabeza podían significar, a primera vista, un rechazo de su autor hacia sí mismo: una negación de los fantasmas que poblaban su mente. Los hombres charlaban, comían o yacían tranquilos porque les faltaba lo que a él más le turbaba. La negación de ese yo podía expresar el deseo subconsciente de odio hacia su enfermedad mental y, por extensión, hacia sí mismo. Resultaban mucho más indescifrables los relativos a los pájaros… A menos que, como cabía pensar, aludieran a la canción infantil que sonaba en la caja de música.

Aun así, había algo truculento en aquellos dibujos. Aves devorando a sus congéneres: ninguna especie animal mataba a los suyos, sólo el hombre era capaz de organizar algo como una guerra. Las bestias podían pelear, por las hembras o por mera territorialidad, pero no se comían entre ellas. Y luego estaba el otro dibujo, aunque él seguía dudando que Biel Estrada fuera su autor: la niña que comía pájaros. La niña mala que merecía ser castigada.

Recordó de repente que el edificio había sido un colegio y se preguntó si esa caja y su contenido pertenecerían a Estrada o si ya estaban allí, olvidados en aquel escritorio antiguo durante años hasta que ese joven pintor lo usó para realizar sus dibujos. Sólo el propio artista podía satisfacer esa duda, y Frederic decidió preguntarle por ello en cuanto tuviera oportunidad.

Tomó el desayuno con las mismas personas que el día anterior, a las que se les había unido también Ismael y otro de los asistentes. La señora Miró tenía el semblante serio y apenas le dedicó un «buenos días», bien distinto de su efusivo saludo de la pasada mañana. Sin duda, a la mujer no le gustó nada ser reprendida delante del nuevo, pensó él. De alguna forma, el malhumor de la dama parecía haberse contagiado al resto, porque sólo Ismael le dio conversación. El doctor Rubio se retiró enseguida, alegando que tenía cosas que hacer, y ella le imitó poco después.

—Hay mucho silencio hoy aquí —comentó Frederic.

—Ya le digo. La Miró está torcida por lo que le dijo el director. La señora Miró —se corrigió Ismael de inmediato, sonriendo—. Y cuando ella está torcida, nada va al derecho —remató el asistente.

Frederic sonrió a su vez.

—Bueno, no es la primera vez que ese paciente agrede a alguien —dijo, con cautela.

—¡Qué va a ser la primera! Es una fiera cuando pierde el norte. Tendría que verlo luego, manso como un corderillo.

—Lo imagino. Pero en el fondo esto no es tan extraño. Los pacientes suelen sufrir ataques de ira.

—Ya, ¿me lo va a contar a mí? Estuve unos meses en el frenopático, y ésos sí que eran verdaderos energúmenos.

Frederic odiaba esa clase de definiciones pero hizo un esfuerzo por disimular. Aun así, algo debió de notársele porque Ismael se apresuró a rectificar.

—Están enfermos, lo sé. Para eso estamos nosotros también, ¿no? —añadió dirigiéndose a su compañero, que no había participado en la conversación—. Si se portaran siempre como angelitos no haríamos ni puñetera falta, digo yo. En el frenopático era mucho peor, se lo aseguro. No había día que no tuviéramos que agarrar a alguno. ¡Y la fuerza que tienen!

Extendió el brazo sobre la mesa y luego lo dobló, mostrando unos músculos fuertes.

—¿Ve esto? Pues más de una vez tuvieron que venir a ayudarme a la hora de reducir a un tipo que pesaba la mitad que yo y que tenía los brazos como juncos.

Lo afirmaba con una mezcla de extrañeza y orgullo herido. Y Frederic se dijo que no le habría gustado estar en la piel de aquel pobre enfermo un rato más tarde, a solas con el asistente. Descartó el pensamiento: el chico era agradable y no podía pedírsele que tuviera formación médica. Para él eran sólo locos, alienados a los que alguna vez tenía que detener por la fuerza.

Se retiró del pequeño comedor y decidió ir a ver a Biel Estrada, que estaba, tal como le habían informado el día anterior, en el cuarto de aislamiento. Subió la escalera mientras oía cómo el resto de los huéspedes se levantaban. Eran las nueve en punto, de manera que tenía una hora hasta el paseo. Ese día cambiaban las tornas: el doctor Bescós pasaba consulta y él se encargaba de las actividades con los enfermos.

Cuando entró en el oscuro cuarto creyó que el paciente estaba dormido. Inmovilizado sobre una cama de hierro, con las manos y los pies atados por correas, tenía la cabeza vuelta hacia un lado y los ojos cerrados. Algo en su delgadez extrema y en la postura recordaba la imagen de un Cristo crucificado. Apoyó con cuidado la mano en su frente: estaba sudorosa, pero no presentaba una temperatura más alta de lo normal. Estrada reaccionó al contacto y abrió los ojos; desorientado, como si no recordara dónde se encontraba, intentó mover las manos y los pies.

—Tranquilo. Tranquilo —susurró Frederic al ver que se alteraba—. Estás en una sala de aislamiento. Tuvimos que inmovilizarte. ¿Me entiendes?

Frederic encendió la luz, ya que aquella habitación no disponía de ventanas. La expresión del pintor era de absoluta perplejidad. Por primera vez, pudo observar sus facciones angulosas, anormalmente consumidas, como las de un enfermo de tifus o tuberculosis. La barba desigual aunque frondosa, dado que no se les permitía afeitarse, agudizaba la impresión de que el resto de sus rasgos —los ojos, la nariz afilada y la boca— resultaban demasiado grandes para el espacio de su rostro. Había dejado de intentar moverse, con la resignación de quien ya sabe que la normalidad es anormal en sí misma. Al contrario, pareció apenado y sus ojos se llenaron de lágrimas.

—¿Recuerdas lo que pasó ayer?

El joven meneó la cabeza. En el pómulo izquierdo podía verse un moratón, fruto sin duda de la refriega con los asistentes.

—Tengo… tengo sed —dijo.

Había agua en una jarra, a distancia de la camilla donde se encontraba el paciente, y Frederic llenó un vaso y la acercó a los labios resecos del pintor. Le incorporó un poco la cabeza para que pudiera beber. Estrada lo hizo con avidez, casi masticando el líquido.

—Escucha —le dijo en tono amable—, si te desato, ¿te estarás quieto?

El otro asintió. Frederic sabía que estaba a punto de correr el riesgo de ser atacado, que según todos los protocolos y el sentido común debía soltar a aquel hombre estando acompañado por uno de los cuidadores. A pesar de ello, la expresión de súplica de Estrada le convenció de que el riesgo era mínimo.

Le desató una muñeca y se la masajeó un poco, para que recuperara el tacto, y luego hizo lo mismo con la otra. Los pies estaban atados juntos, por una única correa gruesa. Vio los tobillos magullados, heridos por la fuerza con que se había ceñido el cuero, y sintió un profundo malestar. Era necesario inmovilizar a los pacientes, por su propia seguridad entre otras cosas; no lo era tensar de aquel modo las ligaduras hasta casi cortar la circulación sanguínea.

Aunque Estrada hubiera querido atacarle, cosa de la que no daba la menor muestra, tampoco habría podido hacerlo pues todas sus extremidades estaban entumecidas. Frederic lo ayudó a incorporarse hasta dejarlo sentado sobre la cama de hierro, con los pies colgado por uno de los lados.

—¿Te encuentras mejor? —le preguntó.

Biel asintió; su semblante seguía dando muestras de desorientación y sus ojos, muy abiertos, de animal atrapado, buscaban algo reconocible en las paredes desnudas.

—¿Volví a perder el control? —susurró, con voz apenas audible.

—Me temo que sí. ¿No lo recuerdas?

La negativa fue clara. Costaba ver en aquel muchacho macilento, cabizbajo y compungido, de huesos pequeños y largas extremidades, al violento agresor de la tarde anterior.

—Nos encontraste a mí y al doctor Freixas en tu habitación, contemplando tus dibujos —explicó Frederic, muy despacio—. Quizá no teníamos derecho a hacerlo, pero te aseguro que era en interés tuyo.

A juzgar por la perplejidad que inundó aquellos ojos grandes, resultaba obvio que el pintor seguía sin recordar.

—¿Hice…? ¿Le hice daño a alguien? —musitó, como si temiera la respuesta.

—Poca cosa —le tranquilizó Mayol—. ¿De verdad no te acuerdas de nada?

—No… Recuerdo que estuvimos dando un paseo… y que de repente me sentí fatigado y decidí volver. Luego… ya desperté aquí.

Frederic no tenía allí los dibujos, pero deseaba hablar de ellos. De aquellos hombres decapitados, de los pájaros muertos.

—En realidad —dijo—, estábamos admirando tu obra. Esas figuras humanas, los contornos dibujados con trazo grueso, el detalle de las articulaciones… Me hicieron pensar en los inicios de Schiele.

Estrada levantó la vista, sorprendido.

—¿Conoce la obra de Schiele?

—No puede decirse que sea un experto. Sin embargo, viví muchos años en Viena y tengo parientes que se mueven en el mundo del arte.

—¡Es el mejor! —exclamó el pintor, casi emocionado al poder hablar de arte con alguien en aquel entorno—. He visto su obra. También la de Klimt y de Kokotchka, pero ninguna tiene la fuerza que transmiten las de Schiele.

Frederic recordaba bien al pintor austríaco. Claudine, mecenas de casi todos los talentos jóvenes, lo había invitado a su casa en más de una ocasión. Luego, saturado de la mediocridad de la capital, había desaparecido de la escena vienesa para instalarse en un pueblo y se rumoreaba que había terminado en la cárcel, acusado de corrupción de menores, por la relación que mantenía con su joven modelo y amante. En ese momento deseó haber prestado más atención a las conversaciones que se oían en su casa de Viena. Lamentablemente, no lo había hecho, aunque sí recordaba la obra de Schiele y su cara, esa expresión intensa que parecía caracterizar a la mayoría de los visitantes de su madre, a medio camino entre la genialidad y el desamparo.

—Ahora mismo me interesan más las tuyas —repuso—. Son muy especiales.

Sin embargo, el elogio no surtió el efecto deseado. Biel Estrada bajó la cabeza y cubrió su rostro con las manos. Las tenía grandes, casi desproporcionadas, manos fuertes como las que se encuentran en hombres que realizan trabajos físicos; sin embargo, aquella palma generosa y aquellos dedos largos y finos terminaban en muñecas estrechas y huesudas, que apenas parecían capaces de sostenerlos. Unos instantes después ambas manos cayeron a los lados, inertes, sin fuerza.

—No tienes por qué avergonzarte de ellas. Son magníficas.

—No me avergüenzo… Quería… quería expresar que el cuerpo puede funcionar por sí mismo. Que en el fondo somos como animales: comemos, dormimos, copulamos, sin tener consciencia de ello.

Frederic asintió. Eso encajaba con su idea previa: la mente, como lugar donde residía esa alma turbada por enfermedades inexplicables.

—Seríamos más felices si no pensáramos… si no viéramos… —añadió el pintor.

—Si no viéramos ¿qué? —preguntó, pero Estrada siguió negando con la cabeza, absorto en sus propios pensamientos que, sin duda, le angustiaban—. ¿Y los otros? ¿Los de las alondras?

Durante unos segundos, el joven artista siguió murmurando esas negativas, acompañando aquella letanía de movimientos de cabeza cada vez más vigorosos. Frederic aguardó hasta que aquella especie de espasmo obsesivo remitió un poco, e insistió en su última pregunta.

—¿Qué pretendías expresar con esas aves que se comen unas a otras?

La cara de Biel Estrada quedó invadida por la extrañeza. O fingía muy bien, o ignoraba absolutamente de qué le estaban hablando. Duró muy poco, y fue sustituida por una tensión que asaltó su cuerpo: las manos se aferraban al borde de la camilla, sus rasgos se endurecieron.

—No quiero hablar de eso —masculló.

—¿Sabes a qué dibujos me refiero?

—No. No quiero hablar de eso. —Miró a Frederic a los ojos, implorante y a la vez enojado—. Por favor.

—Está bien. Está bien. Ya es suficiente. Ahí tienes tu ropa. ¿Por qué no te vistes? Haré que te sirvan algo de comer en tu habitación.

Aguardó hasta que Biel estuvo vestido y lo acompañó a su cuarto. En el descansillo se cruzaron con la señora Miró, quien, al verlos, no pudo ocultar una mueca de desaprobación.

—El señor Estrada se encuentra mucho mejor, aunque necesita un poco de descanso. ¿Le importaría hacer que alguien le lleve el desayuno a su cuarto?

—Lo haré yo misma —dijo la mujer—. Doctor, ¿puedo hablar con usted un momento?

—Claro. Pero tendrá que ser más tarde. Debo reunirme con los huéspedes en cinco minutos. La veré a la hora del almuerzo, si le parece bien.

El paseo fue mucho más agradable de lo que había previsto. Secundado por Ismael y el otro cuidador, cuyo nombre no recordaba, dejaron atrás la verja que cercaba el sanatorio y siguieron el sendero. No solían acercarse a ninguno de los pueblos, ya que tanto pacientes como lugareños se sentían incómodos, de manera que caminaron con paso tranquilo por el bosque. Las altas encinas rodeaban el camino y eran los árboles más abundantes, aunque en algunos puntos se mezclaban también con robles e incluso algún pino, ofreciendo un entorno frondoso. Hacía una mañana espléndida, y el cielo sin nubes, de un azul limpio y liso, contrastaba con el verdor primaveral de los árboles. Los pacientes, todos varones y mayoritariamente mayores de cuarenta años, avanzaban sin demasiado interés, pero Ismael, que se reveló como un experto conocedor de la zona, conseguía llamar su atención de vez en cuando haciendo hincapié en los trinos de los distintos pájaros. Frederic agradeció sus intervenciones, que rompían aquella sensación de procesión hacia ninguna parte y sin santo al que bendecir. En algún punto del recorrido, Ismael y un par de pacientes se internaron en una zona más boscosa con la excusa de ver algunos nidos y él permaneció con el resto, descansando. Entre quienes se quedaron con él se encontraba el padre Robí, aunque se había mantenido a una prudente distancia del médico durante todo el rato.

—¿En esto consiste su tratamiento? —le preguntó el sacerdote cuando Frederic se acercó a él—. A este paso acabaré igual de loco pero con las rodillas hechas cisco.

—¿Está cansado?

—¿A usted qué le parece? Llevamos una hora triscando por el bosque, como si fuéramos cabras. —El cura soltó un bufido, más de exasperación que de fatiga—. En serio, y no se me ofenda, ¿qué sentido tiene todo esto?

Por un momento Frederic estuvo a punto de confesarle que, en realidad, no tenía más sentido que el que era evidente, es decir, que disfrutar del aire libre y hacer ejercicio relajaba y tonificaba, al tiempo que distraía la mente. Sin embargo, optó por no contestar y cambiar de tema:

—He estado pensando en lo que me dijo ayer y creo que en parte tiene razón. De manera que estoy dispuesto a comprenderle si tiene a bien contarme cuáles son las visiones que le inquietan. No a aclararlas, ni a analizarlas: sólo a escucharlas y tratar de entenderlas. Lo que no podré será absolverle —añadió con intención—, pero espero al menos que le ayude a aliviar su carga.

El padre Robí se quedó sin respuesta, lo cual ya era algo que tener en cuenta, y Frederic aprovechó que los cuidadores y los pacientes más osados regresaban del paseo alternativo para unirse a ellos y dejar que el sacerdote reflexionara sobre su propuesta. No le dirigió ni una mirada durante todo el camino de vuelta y, tal como había prometido, fue en busca de la gobernanta. Los huéspedes tenían tiempo libre hasta el almuerzo, que se servía a la una y media, y él disponía de ese mismo rato para cumplir con su palabra.

Pasó antes por su habitación, porque quería coger la caja china y su extraño contenido; durante el paseo había recordado que la señora Miró ya trabajaba en la casa cuando ésta era un colegio y se le ocurrió que tal vez podría arrojar alguna luz sobre si el objeto pertenecía a Biel Estrada o estaba ya en el escritorio, olvidado desde tiempos anteriores.

Preguntó a una de las limpiadoras por la señora Miró, y aquélla le dijo que la había visto dirigirse al cuarto de la ropa blanca. Después de seguir sus indicaciones, ya que ignoraba dónde se hallaba dicha habitación, se encontró en la última planta de la casa, no muy lejos de la sala de las bañeras y los cuartos de aislamiento. Efectivamente, la gobernanta estaba allí, comprobando el estado de las toallas que llegaban recién lavadas y descartando las que, por algún motivo, no habían quedado suficientemente limpias o estaban ya demasiado viejas para ser usadas.

—Parece mentira lo que se gasta la ropa —dijo, enseñándole una que presentaba un desgarrón del tamaño de un puño—. Si de vez en cuando no la repaso, esas mujeres son capaces de colocar esta toalla en la habitación de cualquier huésped.

Chasqueó la lengua y rompió la tela con decisión, para luego arrojar los pedazos a un cesto que tenía a los pies. Llevaba las gafas apoyadas en el extremo de la nariz: eran quevedos muy pequeños que, aun así, apenas se sostenían en una nariz diminuta. Todo en la señora Miró es pequeño, pensó Frederic: manitas gordezuelas de muñeca, ojillos como botones grises. Casi parecía que la mujer hubiera engordado a propósito, para que al menos los kilos dieran empaque a un cuerpo que apenas llegaba al metro cuarenta. La cofia blanca, inmaculada, por la que asomaban algunos cabellos grisáceos y lacios, le confería un aspecto de gnomo pulcro y bondadoso.

—El señor Estrada ha desayunado y está descansando —le informó, sin mirarlo, mientras seguía desdoblando y luego doblando las toallas de la pila una por una—. Parece más tranquilo.

—Me alegro. Señora Miró, lamento lo que le dijo el director ayer.

Ella meneó la cabeza y se ajustó las gafas.

—Llevaba razón. No soy yo quien decide estas cosas aquí. Nunca ha sido ése mi cometido. —Sonrió—. Mi trabajo es seleccionar las toallas, no los huéspedes.

—Estoy seguro de que aprecian mucho su trabajo.

—Y yo. No aprecian tanto mis opiniones, sobre todo cuando no me las piden. No se preocupe, doctor Mayol —añadió mirándolo por encima de las gafas—. A todos se nos olvida alguna vez cuál es nuestro sitio y no está mal que alguien con autoridad nos lo recuerde.

Dicho esto, la mujer cogió la pila de toallas revisadas y dobladas y la colocó en uno de los inmensos estantes de madera oscura. Luego lo cerró con una llave que entresacó del nutrido manojo que llevaba prendido a la cintura y que quedaba oculto bajo un delantal, que, a diferencia de la cofia, había adquirido ya ese tono amarillento que oscurece las prendas blancas.

—Antes me ha dicho que quería hablar conmigo.

La mujer tomó aire, como si estuviera a punto de emprender una tarea más fatigosa que la selección de la ropa de la casa. Se quitó los quevedos y los colocó con cuidado en uno de los bolsillos del delantal.

—Cuando dije que el señor Estrada no debía quedarse aquí no lo hice por lo que creyeron ustedes.

Frederic la escuchó, algo desconcertado.

—No pensaba en la tranquilidad del sanatorio, ni en que fuera peligroso para los demás pacientes.

—¿Y a qué venía su comentario entonces?

La mujer evitaba mirarlo; su mano derecha acariciaba las gafas que había guardado en el bolsillo y con la izquierda se apartó los cabellos que escapaban de la cofia.

—Ese chico está cada día peor, doctor —respondió apresuradamente, mirándolo por fin a los ojos—. Sea lo que sea lo que le sucede, esta casa no le sienta bien.

A Frederic le extrañó la utilización de la palabra «casa» en ese momento, como si fuera el espacio, y no los médicos o las actividades, el responsable del estado de Biel Estrada.

—¿La casa? —preguntó.

—Oh, no crea que estoy loca. Pero he vivido esto otras veces. Hay huéspedes a quienes no sienta bien el aislamiento. O el ambiente, ¿qué sé yo? De todos modos, hágame caso: envíe al señor Estrada a otro lugar.

—Me temo que ésa tampoco es una atribución que me corresponda. Y, sinceramente —añadió, para tranquilizar a la mujer—, como usted ha dicho antes, hoy se encuentra mucho mejor. He estado hablando con él y creo que puedo ayudarlo. De verdad.

La mujer se encogió de hombros y volvió a suspirar. Algo en su expresión parecía decir: «Yo ya lo he avisado, ahora la responsabilidad es suya», y Frederic pensó que la mujer quizá tratara de justificar de algún modo, bastante peregrino, la intervención que le había costado la reprimenda del doctor Freixas.

—Por cierto, señora Miró —dijo, al tiempo que le mostraba la caja—, ¿sabe si esto pertenecía al señor Estrada? Lo encontré en el escritorio de su habitación.

Ella volvió a ponerse las gafas y cogió el objeto, que se abrió al contacto por la parte superior. El pajarillo y su insoportable musiquilla aparecieron de nuevo.

—¿En el escritorio ha dicho? Ése... ése era el secreter de la señorita Águeda. Y esto... —Entrecerró los ojos y se mordió el labio inferior—. No sé si era ésta exactamente o una parecida, pero recuerdo la melodía.

Su rostro se ensombreció de repente y puso el objeto en la mesa, muy despacio, sin dejar de observarlo.

—No estoy segura. ¡Dios mío, sí, claro! Tiene que ser ése. ¿Cómo diantre ha estado ahí tanto tiempo sin que yo lo viera?

—¿Lo reconoce ahora?

—Creo que sí. Es curioso cómo una recuerda las cosas de repente. Fue el último curso... Una de las pequeñas la robó. ¡Fue todo un escándalo! La señorita Irene se tomaba muy en serio estos asuntos.

Lo dijo en un tono casi desdeñoso, como si en su opinión hubiera otros temas más importantes que un robo infantil. Pero Frederic no pudo evitar pensar en la niña mala, la que escribía las líneas de castigo; la que, según el dibujo, devoraba a los pájaros.

La señora Miró agitó la cabeza en un gesto de incredulidad y, también, de tristeza.

—Tanta importancia por esa dichosa caja, por descubrir a la culpable, y luego…

—¿Luego qué?

—Luego esa cría murió, doctor Mayol. Se quemó en el incendio. Y apenas tenía once años, pobrecita.

Inesperadamente la señora Miró prorrumpió en sollozos; su rostro se contrajo en una mueca que quiso ocultar con las manos, avergonzada. No pudo evitar el ataque de llanto que sacudió su cuerpo, pequeño e hinchado.

Frederic la contempló, consternado. Odiaba ver llorar a una mujer, y más a una de la edad de la pobre señora Miró. No tenía la confianza suficiente para abrazarla, tal como habría hecho con su madre o con una tía anciana, de manera que permaneció quieto, sintiéndose estúpido. Lo único que se le ocurrió hacer fue cerrar la caja de un manotazo para no oír la irritante melodía y ofrecer a la compungida señora un pañuelo.

—Oh, gracias… Se lo voy a ensuciar. Soy una vieja tonta —dijo ella, intentando recobrar la compostura—. Es que de golpe… De golpe me ha venido todo de nuevo. Las últimas semanas, con la señorita Águeda enferma. Yo no la había visto nunca en cama si le digo la verdad. Nunca, en nueve años. Ni por un resfriado, ni por una mala digestión. Cansada sí, claro, ¿cómo no iba a estarlo? Muchas veces me decía: «Miró, aquí nadie sabe cuánto trabajo». Y era verdad, aunque tenía mucha ayuda en la señorita Irene, eso también hay que decirlo.

Se enjugó las lágrimas, la tristeza parecía haberse fundido con otros recuerdos, más amables, menos sombríos.

—No se imagina lo alegre que era esta casa entonces. Ahora tenemos apenas una docena de huéspedes. Imagine a ochenta niñas, de edades distintas, correteando por la escalera. ¡No todas a la vez, claro! Igualmente era todo tan animado… Los niños tienen esa cualidad, ¿no cree? Son sucios, revoltosos, desesperantes a veces, pero transmiten ganas de vivir.

—Tuvo que ser una época bonita —apuntó Frederic, aliviado al ver que la mujer parecía más animada.

—¡Mucho! Menos el último año… Llámeme tonta, y quizá lo sea, pero algo no marchaba bien desde el principio. Tuvimos goteras. Oh, y luego el despido de la pobre mademoiselle… No digo que la señorita Águeda no tuviera razón, pero qué pena daba esa mujer el día en que se marchó. A su edad, sin un lugar adonde ir. Y luego la enfermedad de la señorita Águeda, y el robo de la dichosa caja… El incendio fue sólo el final de una larga serie de desgracias, se lo juro. Era como si alguien nos hubiera echado una maldición. Como si hubiera entrado un ángel malo en la casa y esparciera el desastre con sus malas artes.

—¿Y el fuego? ¿Cómo se produjo?

La mujer le clavó una mirada severa.

—Fue un accidente, doctor. Cosas que pasan. Es mejor no darle más vueltas. ¡Ay, parece mentira lo que alivia soltar una buena llantina! —Dobló el pañuelo y se lo guardó en el bolsillo—. Se lo devolveré limpio y planchado mañana mismo. Ya debe de ser la hora del almuerzo. ¿Puede creer que llorar me ha abierto el apetito?

Súbitamente contenta, como si terminara de pasar un rato placentero, la señora Miró se dirigió a la puerta y aguardó, con un atisbo de impaciencia, a que el doctor Mayol saliera también para cerrarla. Sólo mientras comía con el resto de los médicos, recordó Frederic que la caja se había quedado olvidada en la mesa, en el cuarto de la ropa blanca.

# 12

*Colegio de los Ángeles, abril de 1909*

A veces creo que el Señor, o la madre naturaleza, me han castigado por mi arrogancia. ¿No era yo la que desconfiaba del desánimo ajeno, achacándolo a la debilidad de carácter o incluso a simple holgazanería? ¿No me he jactado siempre de ser fuerte como un roble, resistente y tenaz, repitiendo que la mayoría de esos males que afectan principalmente a otras mujeres son fruto de su inactividad y, en definitiva, del inmenso aburrimiento que asola sus vidas?

Sí, era yo. Yo proclamaba esas falacias a los cuatro vientos, y las acompañaba de un tono desdeñoso, exento de la menor compasión. Ahora debo tragarme todas y cada una de esas palabras, engullirlas como una medicina amarga y merecida. Ahora sé lo que es no disponer de fuerzas para levantarme, desear únicamente el refugio de un sueño que ni siquiera es reparador, pero que se convierte en el único aliado ante una realidad que me desborda. He dormido durante días, sin preocuparme de cómo giraba el mundo sin mí. No, es incierto que no me preocupara; la inquietud seguía ahí, por supuesto, y la frustración por no convertirla en acción, en decisión o en movimiento me atosigaba en los escasos ratos de vigilia y me llevaba a anhelar ese olvido profundo que proporciona el hecho de huir de la consciencia.

Me ha visitado el médico, varias veces. Y he oído sus comentarios, que en otro momento me habrían dolido y a los que no tenía entereza para contradecir. Le hablaba a Irene de agotamiento nervioso, fatiga; mencionaba la muerte de mi madre y mi apatía durante el verano como elementos que habían ido formando una montaña de tristeza. Granos de arena que el tiempo había humedecido y solidificado hasta convertirlos en un muro denso, una pared negra que crecía en mi interior hasta ocupar toda mi alma. Oí que Irene asentía, comentarios como: «Este curso no ha sido la misma», «Ha estado muy alterada últimamente», referidos a alguien que en mi cabeza no podía ser yo.

Por un momento, en la intranquilidad de la somnolencia, pensé que aludían a otra persona. A otra mujer, también llamada Águeda, que nada tenía que ver conmigo. Pero no, por supuesto: hablaban de mí, de la directora de este colegio, de la amiga, la compañera y la profesora. Y mis exiguas fuerzas sólo me permitían avergonzarme y detestar aquel tono de simpatía condescendiente que subyacía en cada frase. Pobre Águeda.

En ese estado de melancolía logré al menos recordar lo último que había sucedido antes de que me desmayara, aunque ya no conseguía sentir la misma indignación al recuerdo de aquellos dibujos obscenos. Tardé unos días en contárselo a Irene y cuando lo hice ella mantuvo aquella actitud amable que, en secreto, yo empezaba a aborrecer. Después, hundida en esta apatía que me ha consumido desde mi desmayo, llegué a una conclusión que, si bien no era feliz, resultaba alentadora. Después de todo, aquel monstruo de Griselda tenía razón. Quedaban apenas dos meses y medio para que terminara el curso. En junio se irían las niñas, Griselda desaparecería del colegio y yo me encargaría de que Pablo March se fuera también si es que no se marchaba con ella por voluntad propia. No tendría por qué darle explicación alguna. Al fin y al cabo, yo era la directora y podía actuar como mejor me placiera. Claro que a ratos me asaltaba el temor de que aquellos dibujos pudieran desembocar en algo más grave: un embarazo escandaloso que acabara con la reputación del colegio… Pero, incluso en ese caso, el tiempo jugaba en mi favor. Tanto ella como él se habrían ido de mi vida y de esta escuela antes de que fuera visible. Y, además, justo es admitir que tampoco me veía con ánimos para hacer nada más.

Los sueños se agolpan en mi cabeza, confundiéndose con la realidad hasta tal punto que me cuesta distinguir lo tangible de lo onírico. Recuerdo, o al menos creo recordar, que Eloísa entró en mi cuarto algún día y se acercó a mi cama. Estoy casi segura de que sucedió de verdad porque persiste en mí la impresión de haber despertado y haberla visto a mi lado, sentada como un perrillo al lado de la cama, y haber oído a la señora Miró sacándola de la habitación de malos modos. No lo evité, aunque aquella carita infantil, seria y preocupada, llegó a conmoverme hasta las lágrimas.

Irene me informa por las tardes de los acontecimientos del colegio, y noto que elude mencionar cualquier problema, cualquier queja. Me habla de que las mayores me echan de menos y de que prosiguen los ensayos sin mí con la intención de darme la alegría de una representación perfecta. Yo ya no pregunto, me limito a asentir, sonriente y desganada. Agradezco sus visitas y al mismo tiempo las detesto. No deseo estar sola y a la vez lo necesito. Temo a la oscuridad y, sin poder evitarlo, también la anhelo.

En los muchos ratos de soledad, he tenido tiempo de revisar mi pasado. No me refiero a los últimos meses, ni a este curso que ya agoniza, sino a mi vida entera. Es curioso, porque de repente me vienen a la mente cosas que no recordaba, como si este estado de agotamiento tuviera la virtud de agudizarme la memoria. No son recuerdos largos, ni coherentes; más bien destellos fugaces de algo que se empeña en revelarse sólo en pequeñas dosis. Veo a mi padre, el buen doctor Sanmartín, y sin saber por qué la evocación de su figura viene acompañada de un escalofrío que no consigo explicarme. Era un hombre severo, sin duda, pero hasta ahora no he sentido ese miedo cuando pensaba en él. Claro que debía de temerle de niña, cuando había cometido alguna travesura, pero ahora recuerdo con auténtico pavor el hecho de ser enviada por mamá a mi habitación si me portaba mal. Y al mismo tiempo, en esta dualidad que me martiriza, mi cerebro borra esa sensación y la sustituye por otra, mucho más agradable, como sus regalos; o por otra infinitamente más triste, como el llanto que derramé el día de su entierro. Ese día sí lo recuerdo bien; aunque era una cría, ya tenía doce años. Papá murió de una enfermedad fulminante, apenas estuvo enfermo, y mamá y yo nos quedamos completamente solas cuando falleció.

Oh, estoy segura de que no debería enredarme en pensamientos lúgubres, y en cambio, a pesar de la tristeza vivida, siento una extraña alegría al rememorar su muerte. Ésa es la prueba evidente de que algo no funciona bien en mi cabeza. Con lo mucho que le quería, ¿cómo puedo experimentar felicidad al revivir su desaparición?

Cierro los ojos, pero no consigo detener las cosas que pasan por mi mente. Veo a mi padre, alto y fuerte como un gigante; oigo las quejas constantes de la pobre mamá, desesperada con una hija tan desobediente. De repente, sin poder evitarlo, me acuerdo de los pájaros. Dios, ¿cómo había podido olvidarlos? Papá los criaba, les dedicaba horas; tenía el patio lleno de jaulas pequeñas. Y un día, sin saber muy bien por qué, aproveché que los mayores de la casa dormían la siesta para abrir, una tras otra, todas las puertas de esas jaulas. Los pobres animalitos no se atrevían a salir y yo me molesté en sacarlos, en lanzarlos al vuelo. Los vi aletear, asustados, y pensaba: Marchaos, os estoy ayudando, sed libres ahora que podéis.

Apenas recuerdo nada más de ese día. Sí que sé que, durante años, las jaulas vacías estuvieron colgadas en el mismo patio para que no se me olvidara lo mala que había sido.

# 13

Tuvieron que transcurrir casi dos semanas hasta que el padre Robí recogió el guante que Frederic le había tendido durante el paseo. Durante ese tiempo, él había ido tomando confianza con los pacientes y con el entorno, ya no se perdía por el interior del sanatorio. Lo que al principio se le había antojado un caserón enorme y laberíntico era ahora un espacio ordenado por el que se movía sin vacilación. En esos días había cumplido con la invitación de cenar con el doctor Bescós en su casa, con su mujer, que estaba embarazada de siete meses y medio. Había sido una velada agradable, aunque tan poco interesante como preveía. Su colega se encontraba más centrado en su vida familiar, en ese retoño que estaba a punto de llegar y en una esposa a la que adoraba, que en discutir sobre los pacientes o sobre teorías más o menos pujantes en el campo de la psiquiatría. Para él, los paseos, los baños y algunas charlas con el psiquiatra debían ser suficiente; de no ser así, había que internarlos en un frenopático donde, si bien seguían sin curarse, al menos no constituían una amenaza para el resto ni para sí mismos. Si en algún momento había albergado otras esperanzas o ilusiones profesionales, los años de ejercicio le habían desencantado. Y, como marido tardío de una mujer bastante más joven, había optado por un puesto tranquilo que le permitiera atender las demandas de su esposa. Ya le costaba dejarla sola en las noches que debía pernoctar en el sanatorio, aunque ella quedaba acompañada de una criada de confianza. A pesar de esto, Bescós estaba decidido a solicitar una revisión de horarios en cuanto fuera padre. Su esposa, Josefina, ciertamente joven pero no por ello miedosa, insistía en que podría apañárselas sola a la perfección. Formaban una pareja encantadora, y Frederic salió de su casita, situada muy cerca de la suya, algo achispado por el vino y sintiendo ese arañazo sutil que da la envidia en momentos de soledad.

Y es que, una vez habituado a la rutina, la vida en el sanatorio resultaba excesivamente tranquila. Algo que habría agradecido más si en su tiempo libre hubiera podido dedicarse al proyecto que tenía en mente. Sin embargo, por mucho que lo había intentado, por muchas horas que había invertido en iniciar esa novela sobre la guerra, sobre un mundo loco en el que se mataba y se moría en cuestión de segundos, apenas conseguía pasar de unas páginas deslavazadas y mediocres, incluso para sí mismo. Se había inventado a un personaje, un joven austríaco que a ratos tenía los rasgos de Anton y a ratos los de Matthias, aunque la cara de éste, la última vez que lo vio, era absolutamente distinta a como quería recordarlo.

Lo había visto por última vez pocos meses más tarde de alistarse, después de la noche en que su batallón luchó y consiguió entrar en Belgrado. El empeño había sido infructuoso hasta entonces, y las sucesivas derrotas terminaron conllevando la dimisión del jefe de operaciones. Pero por fin lo lograron: entraron en la capital Serbia el 2 de diciembre de 1914. Para la mayoría de ellos, los soldados austríacos que llevaban apenas unos meses en el frente, fue un momento de gloria y felicidad. Su principal enemigo, aquel a quien habían declarado la guerra en primer lugar, había sido vencido.

Frederic no podía imaginar entonces que la euforia de los soldados se convertiría en un ansia de venganza contra los derrotados. No podía ni siquiera suponer que vería a Matthias abusando salvajemente de una mujer serbia después de haber matado de un tiro a su marido cuando intentó impedirlo. No era el único, por supuesto, pero a él y a Anton les dolió que se tratara de su amigo. Por suerte, poco después los separaron. Anton y él fueron destinados a Italia; Matthias, a luchar contra Rusia.

¿Qué historia debía contar?, se preguntaba. ¿La de Anton, que murió como cualquier otro soldado? ¿O la de Matthias, que quizá aún vivía y había encontrado en la violencia una fuente de placer? Es más, ¿tenía derecho a narrar las historias de sus amigos, precisamente él, desde su cómodo refugio? Esas preguntas le paralizaban, le hacían cambiar de opinión constantemente y, en definitiva, frustraban sus avances de manera absoluta. Y ésa no era la única frustración que acarreaba esos días. En más de una ocasión, casi de un modo traicionero, le asaltaba por sorpresa el recuerdo de Blanca. Era ridículo que alguien a quien apenas había visto un par de veces estuviera tan presente en su memoria. Quizá porque sabía que la joven había estudiado allí, de repente la imaginaba subiendo la escalera o correteando por el jardín, y por mucho que se repetía que su actitud en el último encuentro había sido injusta, algo en su interior abogaba en su defensa, achacando aquel desplante a la preocupación por un hermano descarriado al que se sentía muy unida. Y eso le reconciliaba con ella, porque alguien capaz de demostrar ese cariño fraternal albergaba también la posibilidad de amar con mayúsculas al hombre que escogiera. Lo malo era que no existía la opción de un encuentro casual, y un orgullo que a ratos consideraba necesario y otras francamente tonto le impidió escribirle a pesar de que más de una vez, a lo largo de esas semanas, estuvo a punto de hacerlo.

Quien tampoco había cambiado mucho de actitud en ese tiempo había sido el padre Robí. Si acaso, el escepticismo beligerante había cedido un poco, transformándose en una displicencia reservada. Pasaba muchas horas solo, apenas se relacionaba con los demás huéspedes y, según había observado Frederic, charlaba de vez en cuando con la señora Miró. Los había sorprendido en la cocina en más de una ocasión, hablando en voz baja o compartiendo un silencio amistoso y reflexivo. Al ser preguntada, ella se había limitado a decir que el padre Robí era un hombre de Dios amable y cercano, a diferencia del cura del pueblo, altivo y más bien distante. «Escucharlo me proporciona mucho sosiego», confesó la mujer. «Y no creo que haya ningún mal en ello.»

No lo había, desde luego, le confirmó Frederic, añadiendo que le agradecería ser informado de si, en algún momento, las palabras de padre Robí se desviaban hacia el delirio. La gobernanta asintió y se retiró, con la actitud formal que parecía haber adoptado desde el día en que hablaron en el cuarto de la ropa blanca. Cuando Frederic cayó en la cuenta de que la caja se había quedado sobre la mesa, ambos fueron a buscarla, pero ya no la encontraron. Era extraño, uno de esos misterios que tenía pocas explicaciones: si nadie más tenía esa llave, parecía razonable pensar que la señora Miró hubiera regresado minutos después y se hubiera quedado con el objeto. Por supuesto, ella lo negó y Frederic no quiso persistir hasta ofenderla. No deseaba llevarse mal con la señora Miró, quien, a decir verdad, parecía tan perpleja como él por la desaparición de la caja. La buscaron por todas partes, incluso en sitios tan peregrinos como dentro del armario, entre las toallas dobladas. Todo fue en vano, y Frederic se quedó con la sensación de que aquella dichosa caja era importante para alguien o para algo, sin saber muy bien por qué. En cualquier caso, su relación con la señora Miró había adoptado un cariz más frío, mucho menos amistoso, lo cual explicaba la discreción que ella guardaba sobre sus conversaciones con el padre Robí.

Algo distinto era el caso de Biel Estrada, quien en esas dos semanas había experimentado una leve mejoría, si es que la apatía podía considerarse más positiva que las reacciones violentas. Al menos se dejaba guiar, participaba en las actividades sin entusiasmo y no había sufrido ningún otro ataque que requiriera su encierro en el cuarto de aislamiento.

El último sábado había sido una jornada de visitas: una vez al mes, los familiares de los huéspedes podían ir a verlos y pasar con ellos la mañana. Según le habían dicho, la prometida del pintor apenas había fallado en esas visitas; tampoco lo hizo esta vez y ambos pasearon por el jardín, alejados del resto, como dos enamorados en su primera cita. Luego había tenido ocasión de hablar con ella a solas y había podido verificar que Biel Estrada no tenía más familia que esa dama algo mayor que él que le trataba con una mezcla de amor y afecto maternal. Genoveva Antich había entrado en su despacho cariacontecida y nerviosa, su voz revelaba la ansiedad que le provocaba el estado del hombre al que quería. Y no sólo eso: como pudo averiguar Frederic, existía también la cuestión económica. «Se me termina el dinero», le había confesado, intentando a la vez conservar la dignidad. «Yo dedico todas las horas del día a coser, pero lo que obtengo no es suficiente para costear este lugar. Y las rentas de Biel, resultado de las ventas de sus cuadros anteriores, se agotaron ya hace meses.»

Poco podía decirle él a este respecto: no deseaba mentirle, dándole falsas esperanzas de una pronta recuperación; aun así, le prometió discutir el tema económico con el director, sin saber muy bien si eso tendría alguna consecuencia. Deseaba indagar en el estado anterior de Biel, en cómo era y cuál era su comportamiento antes de sufrir la crisis que lo llevó al ingreso.

—¿Que cómo era? —se preguntó ella a sí misma—. Hace tantos meses que lo veo así que a veces me olvido de que hubo una época anterior. Unos años de entusiasmo, de aprendizaje constante, de ilusión… Biel nunca fue rico, apenas hablaba de su familia y deduje que o bien habían fallecido, o bien no mantenía con ellos relación alguna. Cuando lo conocí tenía dieciocho años y vivía en una pensión de mala muerte, en pleno Raval de Barcelona; se ganaba el sustento dando clases de dibujo y vendiendo algún cuadro. ¡A mí me parecía todo tan romántico…! —dijo con un deje de amarga nostalgia—. Biel no quería casarse, era muy joven y un espíritu libre, deseaba comerse el mundo… y a mí lo único que me importaba era estar a su lado. Desoí órdenes y consejos, advertencias y amenazas, y me fui con él. No me arrepiento, doctor: fueron años intensos y felices. La pasión de Biel por su trabajo me hacía amarlo más aún, aunque era consciente de que yo siempre sería algo secundario, que siempre antepondría el arte a mi persona. Empezó a tener éxito, alguien se fijó en sus cuadros y recibió algunos encargos. Las cosas iban mejor y abandonamos aquella pensión inmunda para instalarnos en un pisito oscuro. Fue todo un paso adelante: yo ya cosía por entonces, aunque no tantas horas, y él pintaba. Se encerraba en uno de los cuartos de la casa durante horas, y salía exhausto, pero feliz. Y yo lo era sólo con verlo. Luego dijo que necesitaba más paz, más sosiego, se quejó de que yo le desconcentraba y decidió mudarse a aquella casita en el campo. Eso fue hace seis meses, a principios de este año. Me dijo que sería algo temporal, sólo hasta que terminara la obra que le rondaba la cabeza, y yo temí que hubiera otra mujer, que hubiera conocido a alguien más joven. Pero no fue así… Y el resto supongo que ya lo sabe.

—Antes de irse al campo, ¿tuvo algún ataque violento? —Lo preguntó en un tono rutinario, el mismo que habría usado un médico de medicina general para interesarse por si su paciente había pasado el sarampión o la rubeola.

—A veces se desesperaba… Sobre todo en los últimos meses, no sé muy bien por qué. Era… era como si algo le impidiera plasmar en el lienzo lo que tenía en la cabeza. En esa época sí. —Ella enrojeció levemente—. Pero su violencia se descargaba sobre todo contra sí mismo, no contra mí, si es eso lo que quería preguntarme.

Frederic la creyó a medias: la lealtad de la señorita Antich hacia su prometido era tan evidente e inquebrantable que estaba seguro de que habría mentido por él e incluso soportado sus ataques de cólera. Se despidió de ella preocupado, y con la sospecha de que el comportamiento del pintor había sido siempre excéntrico y que su dolencia podía haberse ido gestando durante años sin que aquella mujer, que seguía amándolo incluso ahora, lo cuestionara en absoluto, achacando a su genio creativo lo que luego había sido algo mucho más grave.

Había accedido a sustituir al doctor Bescós en la guardia nocturna de ese sábado; de hecho, ya en la cena se ofreció a reemplazarlo todas las noches que lo deseara hasta el nacimiento del niño. Tanto Adrián Bescós como su esposa se habían negado, pero al parecer ella se había sentido bastante mal en los últimos días y, finalmente, su compañero le había pedido el favor. La verdad era que no le importaba: pasaba más horas en el sanatorio que en su casa, de manera que no terminaba de considerarla un hogar sino sólo una especie de pensión adonde iba a dormir. Así que, después de la cena, subió a su habitación con la intención de leer un rato antes de acostarse; había desaparecido ya en él cualquier tipo de aprensión hacia esa alcoba y, aunque los dolores en el brazo eran los mismos, los sobrellevaba lo mejor que podía con calmantes. La morfina parecía ya cosa del pasado, algo de lo que se enorgullecía enormemente en secreto.

Nada hacía pensar que esa noche sería distinta de las otras. Nada hasta que empezaron los gritos. Lo despertaron poco después de caer dormido y apenas perdió el tiempo en ponerse un batín antes de precipitarse escalera abajo en dirección a la segunda planta. La señora Miró ya estaba en pie, en el descansillo, intentando calmar al resto de los huéspedes y dirigiéndolos a sus respectivas habitaciones, sin que ellos pusieran demasiado interés en obedecerla. Sin duda, los alaridos procedían del cuarto de Biel Estrada. Frederic corrió hacia su puerta y la encontró bloqueada: algo impedía su paso. Impaciente, tuvo que aguardar a que Ismael acudiera en su ayuda, y aun así, entre ambos, no había forma de desplazar la puerta. Entretanto, la voz se había apagado y el silencio, cargado de sospechas, era más alarmante aún que el griterío previo.

Por fin, un golpe seco de Ismael hizo que la madera cediera lo bastante para que ambos pudieran colarse en el interior. Descubrieron enseguida que, por alguna razón, Biel Estrada había puesto uno de los baúles atravesado frente a la puerta, de manera que obstruyera el picaporte. El mismo Biel que ahora los miraba con expresión de perplejidad, como si no entendiera por qué esos dos hombres irrumpían en su dormitorio a esas horas de la noche.

—¿Todo esto por una pesadilla? —masculló Ismael, mientras se masajeaba el hombro que había usado para golpear la puerta.

—¿Ha pasado algo? —preguntó Biel a su vez.

—Te hemos oído gritar —respondió Frederic, con voz serena—. Queríamos saber si estabas bien.

El pintor asintió, confuso y avergonzado.

—No... no recuerdo haber gritado.

—¿Tampoco recuerdas haber atrancado la puerta? —añadió Frederic—. Sabes que no debes hacerlo. Todo habría sido mucho más sencillo de haber podido entrar sin ayuda.

Frederic se asomó un momento al pasillo para tranquilizar a la señora Miró y ordenar al resto de los huéspedes que se retiraran. Alguno protestó, arguyendo que poco reposo podía lograrse en una casa donde la gente profería esos gritos a medianoche, pero todos obedecieron, incluido Ismael, que después de asegurarse de que no se requería su presencia también volvió a su cuarto.

Frederic no deseaba desaprovechar la oportunidad de hablar con Biel, por tarde que fuera, así que volvió a entrar y cerró la puerta.

—¿Puedes recordar lo que soñabas? —le preguntó.

El joven meneó la cabeza.

—Nunca recuerdo nada. A veces me despierto, sobresaltado y empapado en sudor, pero no sé por qué.

—Sin embargo, te encierras como si temieras que alguien pudiera entrar.

—No quiero hablar de eso.

—Tenemos que hacerlo.

—¡No! —El nerviosismo empezaba a apoderarse del pintor, que se tumbó en la cama, dando por terminada la conversación.

—Biel, no seas infantil. Ocultar tus temores no te ayudará.

Casi no logró oír lo que le dijo a continuación, de manera que se acercó más a la cama y se sentó en ella.

—¿Has dicho algo?

Biel seguía vuelto hacia la pared, pero repitió la frase en un tono más alto:

—Si se lo cuento, pensará que estoy loco.

Frederic apoyó una mano en el hombro del joven y habló con voz firme, casi autoritaria.

—No estás loco, Biel. Si tienes miedo a algo y por ello te encierras, tu conducta no es la de un demente, ¿no crees? Eso sí, debo descubrir qué es lo que temes para que podamos ahuyentarlo.

A pesar de que no le veía la cara, se dio cuenta de que aquel joven acostado le escuchaba con atención. Debía insistir, aprovechar el momento para intentar sonsacarlo sobre qué era lo que le asustaba.

—¿Qué temes, Biel?

La respuesta tardó unos minutos que, en aquella habitación, transcurrieron con la lentitud de horas. El pintor no se movió, de manera que no podía saber cuál era su expresión cuando dijo:

—Tengo miedo del otro Biel.

—¿El otro Biel?

—Hay otro… como yo. No es exactamente igual a mí, aunque cualquiera nos tomaría por el mismo. Le parecerá una locura pero es así. Existe otro Biel que también pinta, aunque lo hace de forma distinta. Y es también él quien se enfurece y se comporta de manera violenta. Yo lo veo pero no puedo evitarlo. No puedo hacer nada para detenerlo. A veces... A veces entra en mi habitación por las noches y me observa; se burla de mí. Por eso me encierro.

—¿Y desde cuándo lo ves?

—No lo sé. Creo que desde que llegué aquí. Esos... esos dibujos de los pájaros no los hice yo. Se lo juro. Tuvo que hacerlos él. Siempre dibuja cosas horribles y me dice que es mejor que yo.

Entonces sí se volvió. Sus ojos expresaban un desamparo inmenso pero su rostro se veía extrañamente sereno, como si aquella confesión hubiera aliviado ya parte del temor.

—Estoy loco, ¿verdad? —preguntó.

Y Frederic percibió que una sentencia de locura sería, en el fondo, una buena noticia para aquel joven. Lo que no podía soportar, lo que sin lugar a dudas lo consumía poco a poco, era la certeza de que aquel doble maligno y burlón existía de verdad. Ése era su pánico, irracional y a la vez razonable.

Recordó entonces una de las frases que más le habían impresionado del doctor Freud; decía algo así como que no existía mejor medicina que unas palabras bondadosas.

—No estás bien, pero te curaremos —le prometió, a sabiendas de que quizá afirmaba un imposible.

Sin embargo, Biel Estrada pareció creerle. Absorbió aquella frase como si en efecto fuera un remedio que debía tragarse para mejorar; luego se arropó con la colcha y se durmió enseguida, con la tranquilidad de que alguien velaba su sueño.

Deambular por un caserón grande de madrugada tiene algo de novelesco. No en el sentido romántico ni fantasmagórico, sino más bien de una forma aventurera y heroica. Uno se siente el único ser vivo en la isla, como Crusoe, o cuando menos alguien especial, distinto a los otros, a los que descansan, como un Gulliver atrapado no en un mundo de enanos o de gigantes sino de seres durmientes. Incapaz de encerrarse en su habitación o de recuperar el sosiego necesario para acostarse, Frederic descendió a la planta baja y al hacerlo recordó aquella extraña visión que le asaltó en su primera noche y que, como era de esperar, no se había repetido. El silencio lo acogió en su mundo de sombras, dejándole compartir su paz. Él sabía que el dolor no tardaría en llegar, el hormigueo en su brazo ganaba en intensidad, advirtiéndolo de ello. Como en ocasiones anteriores, después de un momento de tensión, aparecía también aquella descarga lacerante. Esa vez estaba preparado para ella, así que cuando por fin llegó sintió la satisfacción de saber que el dolor iniciaba desde ese momento su cuenta atrás. Sentado en uno de los sillones de la sala, realizó una inspiración profunda; llenó sus pulmones de aire y de silencio, y luego fue soltándolo lentamente. El dolor remitió un poco, aunque él lo notaba parapetado en su hombro, listo para atacar de nuevo, ya con menos fuerza. Así fue. La serpiente iba enrollándose, temporalmente debilitada, quizá dormida, y él recuperó su respiración normal.

La voz surgió de la oscuridad, y le habría sobresaltado de no haber estado aún recobrándose del espasmo. Una figura se acercaba a él con movimientos lentos desde el otro extremo del salón; sólo cuando la tuvo cerca reconoció al padre Robí.

—¿Se encuentra bien? —le dijo.

—Sí. Es sólo el brazo. —Aún le costaba hablar—. Herida de guerra.

—Oh, ya comprendo.

—Pero ya estoy mejor. Viene de repente y suele irse enseguida. Queda siempre una especie de molestia apaciguada, más soportable.

Aun en la oscuridad notó que el sacerdote asentía.

—¿Y usted qué hace aquí, padre?

—A mi edad una de las cosas que nos duele es el insomnio. Ya no necesitamos dormir tanto, la verdad, y no soporto quedarme en la cama. ¿Ha visto aquí algún amanecer? Suelo salir al jardín al alba a ver cómo se despierta el día. Hay algo que te reconcilia con el mundo cuando se hace la luz. ¿Me acompaña?

Salieron ambos al jardín, sin hacer ruido, como presos que huyen de una cárcel y luego no se atreven a alejarse demasiado. En el exterior, el silencio ya no era absoluto. Rumor de insectos, de ramas agitadas por la brisa, aullidos de animales lejanos. Caminaron despacio hacia una de las mesas, empapada de humedad; el sacerdote ya lo tenía previsto y sacó un pañuelo para secar las sillas antes de sentarse. Frente a ellos tenían el sendero que desembocaba en el bosque y al fondo se percibía ya un atisbo de luz que teñía las copas de los árboles de un color casi plateado. No podía decirse que fuera una vista preciosa, pero sí amable, reposada y extrañamente cargada de esperanza.

—¿Consiguió calmar a ese chico? —preguntó el padre Robí.

—Creo que sí. —Frederic sonrió en la oscuridad—. A costa de no decirle toda la verdad, pero sí.

—Bienvenido al mundo de los falsos consuelos, doctor. En eso me temo que tengo más experiencia que usted. Darse cuenta de ello ya es un gran paso. Nos ayuda a no tomarnos demasiado en serio a nosotros mismos. La soberbia, además de un pecado, es una estupidez.

Frederic no podía negar su simpatía hacia aquel cura descreído y sus sentencias; sin embargo, recordó su última charla, sus palabras sobre espíritus y ángeles, su turbación al final de la conversación.

—¿Hay algo que le impida dormir, padre?

—¿Ya empezamos? No me estropee el mejor momento del día con sus análisis, ¿quiere?

—No pretendo analizarle a estas horas, se lo prometo. Era simple interés.

—La edad. Los recuerdos. La artrosis en la rodilla. Incluso el malhumor. Todo ello me impide dormir en mayor o menor grado. ¿Satisfecho?

—Ya veo. ¿Y sentado a oscuras en un salón vacío se encuentra mejor?

El sacerdote no respondió, como si no comprendiera la pregunta.

—¿Qué quiere decir con eso?

—Nada. Me preguntaba por qué no había encendido alguna lámpara en el salón. Las habitaciones están arriba, nadie se enteraría.

—Me gusta la oscuridad. Me la tomo como un curso de preparación para la muerte.

El cinismo reaparecía de nuevo, y Frederic intuía que ocultaba algo, una verdad que el padre Robí no deseaba sacar a la luz. Una verdad que prefería mantener en las sombras. Se arriesgó a ser reprendido o incluso insultado de nuevo:

—La oscuridad absoluta sirve para ocultarlo todo. Lo que queremos y lo que no queremos ver.

—Su arrogancia quizá vaya cediendo, pero la insistencia desde luego persiste en usted, doctor Mayol.

—Es mi trabajo. Estoy seguro de que usted también es bueno en el suyo.

—Lo era. Si es que mitigar el sufrimiento del alma puede ser considerado un trabajo. Yo diría que es casi un don. ¿Sabe una cosa? Muchos me preguntaban cómo soportaba la cárcel; asistir a los condenados, acompañar a algunos incluso a la horca o el garrote, verlos morir. Yo sabía, lo supe desde el principio, que aquellos desgraciados necesitaban a alguien que redujera su pánico a la muerte. Por supuesto que temían el dolor también, pero es lo que desconocemos lo que nos asusta. ¿Hay algo más allá? ¿Existe una vida o sólo nos espera convertirnos en polvo seco? Nadie está preparado para enfrentarse a eso, y por tanto agradecen que alguien sea capaz de convencerlos de que la muerte es sólo un tránsito. Un paso hacia otra cosa.

—¿Y usted lo cree? Cuando estaba en el frente no podía pensar mucho en la muerte. Ni yo ni nadie. La tenías tan cerca, tan al alcance de la mano, que resultaba absurdo preocuparse por ella. Habría sido como hablar del cansancio, de la mala comida, o de las ratas de las trincheras. Hasta que...

—Siga.

—Hasta que veías morir a un amigo. A alguien que te importaba de verdad. Entonces cambiaba todo, pero no sentías miedo, ni siquiera pena, sino rabia. Mucha rabia contra los demás, contra el enemigo, contra ti mismo, contra el muerto. Creo que algunos actos heroicos proceden de ahí, de esa furia que te ciega ante el peligro o el miedo.

—No me cabe duda.

Amanecía ya. Las encinas se distinguían cada vez con más nitidez y el sendero avanzaba hacia ellos iluminado como el río de plata de un belén navideño. Jirones de niebla blanca se deshacían ante sus ojos. Frederic se acordó de Anton y repitió sus palabras sin pensar, casi en voz alta.

—Mañana moriré.

—¿Perdón?

—Disculpe, padre. Me he dejado llevar por los recuerdos. Un compañero me dijo esto una noche.

Para sorpresa de Frederic, su explicación apenas fue escuchada. El padre Robí tenía la vista fija en el camino, en el bosque, pero estaba claro que su cabeza se había llenado de repente de otras imágenes.

—Eso me preguntaba la última noche, una y otra vez. ¿De verdad voy a morir mañana? Y no pude evitar pensar en lo injusto que resultaba que aquel joven supiera con exactitud el día, la hora e incluso la forma en que abandonaría este mundo.

—¿Quién era el chico?

—Mario Guerrero. Tenía diecinueve años y había matado a su novia, o a su amante. Decían que la había violado también pero eso era ridículo, aquel hombre nunca habría hecho eso. Era un obrero de Siemens, y ella la hija de uno de los mandamases. Supongo que se enamorarían y que en algún momento ella se dio cuenta de que aquello no podía ir bien. Él debió de enfurecerse y la mató. Clarisa Miravé se llamaba, él no paraba de repetir su nombre.

—¿Lo ajusticiaron? —preguntó Frederic, relegando de momento la fuerte impresión de que aquel nombre de mujer no le era del todo desconocido.

—Claro. A las ocho de la mañana del día uno de julio. Hace ya casi dos años.

El padre Robí se estremeció, como si en lugar de estar presenciando un amanecer plácido tuviera ante sí una visión monstruosa o un recuerdo imborrable.

—Su insistencia va a obtener un premio hoy, doctor. Fue en esa ejecución donde la vi por primera y única vez.

—¿A quién vio?

—Ojalá lo supiera. He dedicado horas a pensar en ella… En esa mujer vestida de negro que vi aquella mañana en el patio de la cárcel, en su risa diabólica, casi un aullido. Cuando pregunté a los demás, me miraron como si estuviera loco y comprendí que por alguna razón aquel ser sólo se me había mostrado a mí. Oh, usted me dirá que fue una alucinación, producto de la tensión del momento o me contará cualquier otra memez. Pero yo sé que la vi, y no he parado de buscarla desde entonces. Creo que por eso estoy aquí: el obispado empezó a tomarme por loco. Qué curioso, si ves a Dios cabe la posibilidad de que seas un santo; en cambio, si ves a un demonio, es que has perdido la razón.

Frederic tuvo que ocultar su sorpresa al oír la descripción de aquel ser que acechaba al padre Robí, y que guardaba un parecido estremecedor con la mujer que él había creído ver en la escalera. Alejó el recuerdo, pensando que no debía dejarse llevar por fantasías nocturnas y espectrales. Por suerte, había amanecido ya por completo, flotaba en el aire la promesa de un día espléndido y eso le ayudó a doblegar la aprensión. La esperanza casi podía olerse en aquel bosque que brillaba en todo su verdor, en los trinos de los pájaros que despertaban.

—No me cree, ¿verdad? —El padre Robí sonrió—. Y no me venga con frasecitas, que soy perro viejo.

—¿No ha vuelto a verla?

—No. Pero la siento… siento que me marca el camino, que me aguarda en los recodos, que se funde en los rincones de mi habitación. Siento que está ahí, invisible, agazapada, lista para soltar esa risa salvaje de nuevo. Es como… como si al mostrarse ante mí se hubiera metido en mi alma. Viaja a mi lado, me escucha y me mira, aunque yo no pueda verla.

—¿Y por qué le sigue?

El padre Robí se encogió de hombros.

—Supongo que sabe que mi final no está lejos. Y quiere estar cerca para poder reírse cuando éste suceda.

## 14

*Colegio de los Ángeles, junio de 1909*

Por primera vez en semanas ayer decidí salir de mi habitación. Poco antes me levanté, despacio, temerosa de sufrir un vahído después de tantos días de permanecer tumbada. Lo tuve, pero se alejó rápidamente, y conseguí echarme por encima una bata y acercarme a la ventana. Las niñas jugaban en el jardín, podía verlas desde allí, uniformadas, felices; lucía el sol, su luz se colaba entre los árboles dibujando en el suelo flores de sombra. Deseaba bajar, unirme a ellas, disfrutar del día, pero la tarea de vestirme se me antojaba tediosa. Basta, Águeda, me dije. Y sonreí al reconocer el tono en el que antes solía hablarme a mí misma.

Busqué algo que ponerme en el armario. Saqué un vestido, unos zapatos, y aunque algo en mí me susurraba que aún no estaba lista para enfrentarme al mundo, me aseé en el tocador y me vestí. Dios, la falda parecía haber crecido en esas semanas, y tuve que ceñir la cinta que rodeaba mi cintura. Caminé despacio hacia la puerta, e iba a abrirla cuando alguien la empujó con fuerza y se coló en mi habitación.

«¿Qué haces aquí?», pregunté.

Era Eloísa. Pero en su cara no había ternura, ni inocencia infantil, sino algo distinto. Tenía el ceño fruncido y sus ojos contenían las lágrimas.

«Soy mala», me dijo. «Debe castigarme.»

Intenté abrazarla para consolarla, pero me rehuyó. Hablaba con voz aguda, estridente.

«Usted sabe que debo ser castigada. Me lo dijo.»

Apenas supe qué responderle. Ella me miraba fijamente y yo ignoraba qué esperaba de mí. Estaba furiosa, consigo misma y al parecer también conmigo, aunque yo no sabía el porqué. Por fortuna en ese momento apareció Irene y suspiré, aliviada. Ella se ocuparía de todo. Lo primero que percibí, sin embargo, fue su extrañeza al verme vestida e intuí que el rapapolvo que dio a Eloísa iba en parte dirigido a mí. La niña no dijo una palabra, se dejó regañar con aquel aire de desafío hostil que yo ya había visto en ella en el pasado, como si el sermón fuera un chorro de agua tibia que le resbalase por el cuerpo y formara un charco a sus pies.

«Me la llevo abajo», dijo Irene, agarrándola con firmeza por el hombro. «Esta señorita tiene un serio problema. Le gusta coger las cosas que no son suyas.»

«Oh, eso es terrible», me oí decir. «¿Por qué lo has hecho?»

«Eso quisiera saber yo también. En lugar de responderme se ha escapado y ha subido aquí. En busca de apoyo, supongo.»

No quise contradecir a Irene, aunque yo sabía que aquella niña no había acudido a mí pidiendo ayuda sino todo lo contrario.

«Al menos tendrás la delicadeza de devolverle a la señorita Águeda lo que es suyo, ¿no?»

Yo seguía sin entender; deducía que había sucedido algo que me atañía pero no lograba comprenderlo. De todos modos, Irene se llevó a Eloísa y me quedé sentada en la cama, sin ganas ya de salir de aquel reino seguro y privilegiado que era mi habitación. Tardaron muy poco en regresar: la niña compungida e Irene con aquella cara de severidad que tan bien sabe fingir.

Eloísa no me miraba, pero vi que llevaba algo en la mano; dio un paso hacia mí y extendió el brazo.

«¿Qué es esto?», pregunté.

«Esto es lo que esta niña ha cogido de tu cuarto. Eloísa, haz el favor de disculparte.»

«Yo sólo lo cogí porque la echaba de menos», admitió, llorosa. Y entonces vi de qué se trataba. Era aquella caja china que yo había visto en manos de Griselda cuando llegó, y en otras ocasiones.

«Cariño, seguro que lo cogiste, pero no a mí», le dije, sonriendo. «Esto no me pertenece.»

La niña estaba confusa, pude notarlo; la voz de Irene, sin embargo, sonó a mis oídos con el mismo tono de condescendencia que usaba últimamente cuando se dirigía a mí.

«Claro que es tuyo, Águeda. Quizá lo hayas olvidado. Estaba en casa de tu madre. Yo misma lo metí en el baúl, junto con la muñeca y otros recuerdos.»

La caja se me cayó al suelo y se abrió. El sonido de aquella melodía infantil me llenó los ojos de lágrimas sin saber por qué.

«No es mío», repetí. «Es de Griselda.»

«Ya basta, Águeda», me ordenó Irene, olvidándose de la niña. «No quiero volver a oírte pronunciar ese nombre.»

La miré sin comprender, y a la vez empezando a recordar su voz, a lo largo de estas semanas en que yacía en la cama, diciéndome una y otra vez lo que entonces me espetó casi a gritos.

«Aquí no hay ninguna Griselda, Águeda. Sólo está en tu cabeza. Griselda no existe.»

# 15

Regresar a la ciudad después de haber pasado casi un mes en aquel pueblo tenía algo de vuelta al hogar, y aunque Frederic se había adaptado bastante bien a la vida en Sant Pol y al sanatorio, caminar de nuevo por las calles de Barcelona en aquel sábado radiante de finales de mayo fue una experiencia más vigorizante que la visión de aquel mar eterno surcado por barcas de pescadores, o de recorrer unas callejuelas que, cuatro semanas después, empezaban a configurar un laberinto opresivo.

También es cierto que el día y los habitantes parecían haberse confabulado para dar la bienvenida al recién llegado, como si quisieran echarle en cara lo que se perdía en su destierro pueblerino. Paseantes bien vestidos llenaban las aceras del Ensanche y en el aire flotaba esa alegría inconfundible que acompaña a los primeros días de calor. Damas con pamelas de colores claros, caballeros sin el abrigo oscuro, niños que correteaban al sol... La ciudad resplandecía luminosa y mostraba su mejor cara: la del ocio sabatino vestido de tonos pastel.

Casi le daba pereza encerrarse en casa de su padre, pero se acercaba la hora de comer, y, en realidad, ésa era la razón principal por la que había vuelto a la ciudad. No el almuerzo, claro, sino las palabras que habían acompañado a la invitación expresa que le hizo su padre: al parecer, había algo de lo que deseaba hablarle. Frederic ya albergaba sus sospechas, y en cuanto cruzó la puerta del piso de Alí-Bey obtuvo la confirmación no explícita de ellas. El primer indicio fue el rostro de Enriqueta, más sombrío aún de lo que era habitual en ella; el segundo fue oír la voz reposada de Montserrat Iñíguez, procedente del patio.

Por supuesto, hubo que esperar al postre, a los frutos secos servidos con vino moscatel, para que su padre anunciara lo que ya casi no hacía falta decir. En medio habían hablado del trabajo de Frederic, de su vida en el pueblo, de la casa vieja y del calor que empezaba a hacerse notar en todas partes. Cuando de repente Horaci se puso serio y casi pidió la palabra, se preparó para la buena noticia que, con toda seguridad, su padre pensaba comunicarle ese día.

—Hijo —empezó, después de carraspear un par de veces y de cruzar una mirada con Montserrat, que se había ruborizado ligeramente—, quizá te extrañe que te haya pedido que vinieras a comer con nosotros en el día de hoy, pero hay cosas que no deben decirse por carta, o por ese maldito invento que empieza a usarse ahora.

Horaci buscó la mano de Montserrat, como si necesitara ánimos para proseguir, y el detalle tuvo la virtud de resultar enternecedor a ojos de su hijo.

—Supongo que a estas alturas ya te imaginas lo que vamos a contarte. Hace hoy diez días le pedí a Montserrat que compartiera mi vida, al menos los años que me quedan, y ella me concedió el honor de aceptar. Así que, en cuanto sea posible, nos casaremos.

La seriedad emocionada de su padre merecía al menos un abrazo y Frederic se sintió empujado a dárselo, mientras pensaba en lo extraño que resultaba que fuera él quien felicitara a Horaci por su boda y no al revés. Montserrat los observaba, satisfecha, y fue en ese momento, al ver la alegría que llenaba sus ojos, cuando Frederic intuyó que aquella mujer quería a su padre más de lo que podía parecer a primera vista.

—Creo que la ocasión merece que brindemos con algo más

apropiado que el moscatel —dijo su padre, y llamó a Enriqueta para pedirle que llevara champán.

La mujer acudió con él, tal como se le había ordenado, pero la botella estaba tan caliente que el brindis se frustró un poco.

—Veo que Enriqueta sigue como de costumbre —comentó Frederic con intención, dirigiendo un guiño de complicidad a Montserrat que ella percibió al instante.

—Oh, ¿siempre se comporta así? Creía que me lo dedicaba a mí sola —dijo, riéndose de alivio.

—Bueno, es posible que se lo dedique...

—Tutéame, por favor.

—Es posible que te dedique una parte considerablemente mayor de antipatía, pero eso no significa que no guarde reservas para el resto. Mamá y ella fueron grandes enemigas. Incluso yo, que era muy pequeño, lo recuerdo.

La mención de su madre hizo que pensara súbitamente en Claudine y, dirigiéndose a Horaci, preguntó con tacto:

—¿Se lo has dicho ya?

—Le escribí en cuanto lo decidimos. Tiene que saberlo, por supuesto. Hay asuntos que debemos arreglar, papeleo y cosas así. No me ha contestado aún: es posible que las cartas se retrasen con todo esto de la guerra.

Frederic asintió, y sin poder evitarlo su cabeza viajó al atestado saloncito de su madre. No había recibido noticias suyas desde meses atrás, algo que hasta entonces no le había inquietado; imaginó a Claudine abriendo la carta, pero no pudo ni siquiera intuir cuál sería su reacción. Indiferencia, tal vez incluso una alegría velada; al fin y al cabo hacía diecinueve años que no veía a Horaci, le había abandonado sin dar jamás la menor señal de desear volver. Y sin embargo, algo le decía que la Claudine que dejó en Viena no era la misma, que los años habían empezado a hacer mella en ella y que, quizá, también se sentía sola.

—Yo no quiero causar problemas —dijo Montserrat—. No necesito casarme, es tu padre quien insiste en ello.

—¡Claro que nos casaremos! —exclamó Horaci—. Y ese día me aseguraré de que el champán esté bien frío. Por cierto, hablar de la carta que escribí a tu madre me ha hecho recordar que llegó una para ti poco después de que te marcharas. La guardé en mi estudio. Disculpadme un momento.

Su padre volvió unos instantes más tarde con un sobre en la mano, que Frederic rasgó enseguida al ver el nombre de su remitente.

*Apreciado Frederic:*

*Espero que al recibo de esta carta se haya disipado en parte tu justo enojo para conmigo. Me comporté como una estúpida la tarde en que hiciste el favor de acompañar a mi hermano a casa. No tengo más excusa que la intensa preocupación que sentí durante todo el día, la cual me hizo estallar contra la persona que menos lo merecía. Cuando Gerard me contó lo ocurrido, y tu papel en todo el asunto, vi que había cometido un tremendo error. Que esta carta sea, pues, la disculpa que te debo.*

*Comprenderé que no quieras saber nada más de mí, ni de mi hermano. A veces ni yo misma nos entiendo... Pero me gustaría decirte que te aprecio mucho y que, si tienes a bien perdonarme, me gustaría volver a verte.*

*BLANCA R.*

Había algo más que Frederic deseaba hacer aquella tarde, una idea que le rondaba la cabeza desde la conversación matutina con el padre Robí. Tardó en recordar dónde había oído el nombre de Clarisa Miravé, pero por fin se acordó: había sido en la tertulia de casa de su padre el pasado abril cuando la conversación se desvió hacia aquella médium llamada madame Nevetska. Los caballeros de la sala parecían conocer a los padres de la joven Clarisa y, aunque él había pensado en preguntarle a Horaci por ella, le pareció de mal gusto sacar un tema tan escabroso precisamente ese día. Además, había alguien que sin duda dispondría de mucha más información y a quien le apetecía ver.

Así pues, tras felicitar de nuevo a la pareja, Frederic se fue caminando hasta el número 28 de la calle Pelayo, donde en teoría esperaba encontrar a Juanjo Alcázar. Aunque no hubiera sabido la dirección exacta, habría podido identificar con facilidad el edificio ya que el nombre del periódico, *La Vanguardia*, constaba en los cristales emplomados de aquella espléndida puerta de hierro forjado. Se detuvo un momento antes de entrar, ya que nunca había visitado un periódico e ignoraba si podía uno presentarse sin aviso previo; el edificio, coronado por remates redondeados, resultaba elegante y un poco imponente.

Una vez cruzada la puerta, distinguió otra que, bajo el rótulo de DIRECCIÓN Y REDACCIÓN, tenía que ser el lugar donde encontraría a Alcázar. Cruzó un vestíbulo cerrado y se encontró en otra sala: a juzgar por el revuelo, las mesas de los redactores debían de quedar al otro lado de aquella especie de mampara de caoba y laurel con vidrieras de colores. Algo desconcertado, preguntó a una joven recepcionista y ella le aseguró que Juanjo Alcázar estaba en la redacción.

El joven pelirrojo apareció enseguida, aparentemente contento de que alguien le interrumpiera y más aún al ver que se trataba de Frederic. Le dijo, sin embargo, que debía terminar un artículo antes de salir.

—Me encantaría enseñarte todo esto luego, pero ahora mismo no puedo. ¿Por qué no me esperas? Ve al Canaletas y tómate un café. O un vino. Está a la vuelta, al principio de la Rambla.

Y hacia allí se encaminó Frederic; se entretuvo observando el trajín de gente que se acercaba a aquella barra de mármol, a pedir alguna de aquellas sodas americanas que anunciaba un vistoso cartel sobre los grifos relucientes. Era un bar nuevo, y eso se percibía desde el brillo de la barra hasta los uniformes blancos de los empleados, que no paraban ni un momento de servir bocadillos y sodas, cafés y pasteles. Él optó por un café con leche y luego por otro, mientras esperaba a Juanjo Alcázar. Fuera, la Rambla se iluminaba a medida que oscurecía el cielo, pero el gentío no remitía. En otra ocasión se habría aburrido antes, pero entonces, después de un mes de calles blancas y casi vacías, podría haber estado horas disfrutando de esta vista. Además, debía reconocer que la carta de Blanca, aunque hubiera llegado tarde a sus manos, le había puesto de un excelente humor.

Empezaba a cansarse cuando por fin apareció Juanjo Alcázar y pidió un bocadillo de fiambre y un vaso de vino; tardó menos de cinco minutos en engullir ambos, al tiempo que se quejaba de la redacción, de las prisas y de la falta de originalidad de los crímenes en la ciudad.

—Voy a terminar escribiendo novelas —dijo, con la boca llena—. Al fin y al cabo, es casi lo que hago todos los días. ¡Estaba muerto de hambre! Uno se mete ahí y cuando se da cuenta, ha echado el día. Y ahora aún, que anochece más tarde; en invierno tengo la impresión de vivir en un subterráneo. Nos ponemos amarillos como chinos por la falta de sol.

Frederic sonrió. La verdad era que, dejando aparte el tema de Clarisa Miravé, le apetecía volver a ver a Alcázar.

—De hecho, vengo a hacerte unas preguntas sobre uno de esos crímenes. De hace un par de años, eso sí.

Tras tragar el último bocado y pedir otro vaso de vino, Juanjo se llevó el dedo índice a la sien.

—Está todo aquí. Pero has tenido suerte. Hace dos años empecé a trabajar en el periódico, así que es posible que tenga información de primera mano.

—Clarisa Miravé.

—¡Joder! Pensaba que ibas a preguntarme algo más difícil. Fue el crimen del momento.

—¿Lo recuerdas entonces?

—Coño, claro. Yo y toda la gente de este bar que no sea ciega o sorda. No todos los días se mata a la hija única de un hombre como Miravé. —Lo dijo casi como si fuera deseable que eso ocurriera, y Frederic pensó que, desde su punto de vista laboral, quizá lo era—. Una joven rica, guapa y buena. Sobre todo buena. Un dechado de caridad. Ya ves de qué le sirvió: el maromo le rebanó el pescuezo, como un romano a una virgen cristiana. Claro que a esas horas de virgen tenía poco ya, la muchacha. Pero eso era algo que no quedaba bien: era mucho más bonita la historia romántica de la jovencita rica que da clases a los niños pobres y acaba muerta a manos de un loco que se había obsesionado con ella.

—¿Ése era Mario Guerrero?

—¡Sí que te has informado! Oye, ¿y a qué viene tu interés súbito? No será por la chica rara de los Raventós, ¿no?

—En absoluto —dijo Frederic, sorprendido—. ¿Qué tiene que ver Blanca en todo esto?

Al parecer, un pedazo de fiambre se había quedado alojado en uno de los dientes de Alcázar, y éste no tenía el menor reparo en meterse un palillo en la boca para sacarlo.

—Eran amigas. De eso me acuerdo. No sé muy bien si habían sido compañeras de colegio o algo parecido. Se conocían, eso seguro, y la Raventós fue al entierro. En su momento fue un acontecimiento social. Ya te digo que las jóvenes de la alta burguesía barcelonesa no suelen morir degolladas.

Frederic se quedó estupefacto al oír la noticia. No tanto por Blanca, sino por la constatación de que el padre Robí le había ocultado parte de la verdad. No podía ser casualidad que el sacerdote estuviera ahora precisamente en el mismo lugar donde estudió Clarisa Miravé. ¿O sí? El azar era capaz de cruzar los destinos de formas inverosímiles.

—Oye, ¿el nombre del padre Robí te dice algo?

Ahí la sorpresa cambió de bando. Juanjo lo miró como si aquel nombre tuviera para él un significado especial.

—Vamos a la redacción —le dijo—. Ahora ya no debe de quedar nadie. Allí hablaremos con más calma. Pagas tú, ¿verdad?


—Clarisa Miravé. —Estaban sentados en una sala pequeña, aprovechando que la redacción se había quedado casi vacía y Juanjo Alcázar se había quitado la chaqueta. Hacía calor—. Te resumo lo que recuerdo, que es casi todo lo que sé. Hija única de Joan Miravé, uno de los jefazos de Siemens, en Cornellà. No era tan rica como tu amiga Raventós, pero desde luego no era pobre. Según todos los que la conocieron, era además una buena chica. Antes bromeaba un poco, es nuestro recurso contra tanta muerte violenta: nadie pudo decir nada en contra de la joven. Había estudiado para maestra aunque sus padres no veían con muy buenos ojos que trabajase; por alguna razón, ella se empeñó en que, ya que no necesitaba un sueldo, podía dedicar sus esfuerzos a los niños de barrios obreros. Organizó varias escuelas, junto con otras chicas de su posición, y se ocupaba personalmente de la de Siemens, la empresa donde trabajaba su padre. Allí enseñaba a los hijos de los empleados. Ya sabes, se supone que van al colegio pero luego no es así. Y, aunque la familia lo negara siempre, por los alrededores de Siemens conoció a Mario Guerrero y se encaprichó de él.

»Ya, dile capricho, dile amor, da lo mismo. El tipo tenía diecinueve años y era guapetón; ella tenía veintiuno cuando murió, y eso pasó no mucho después de conocerlo. Se vieron en una pensión de mala muerte, que a la chica debía de parecerle el colmo del romanticismo, en Cornellà. Ni siquiera era realmente una pensión, sino el piso vacío de una mujer que lo alquilaba por horas. Ya te imaginas para qué. La familia Miravé hizo cuanto pudo por negar la evidencia, pero era impepinable que Clarisa no fue allí arrastrada de los pelos. Él había reservado aquel piso una tarde aunque al parecer ella lo pensó mejor y se arrepintió... La segunda vez fue la definitiva, en más de un sentido.

»Según declaró él, se acostaron, hicieron esas cosas que se hacen y él se durmió. Cuando despertó tuvo la romántica idea de ir a buscarle unas flores; al regresar, se encontró a Clarisa muerta. No sabía por qué, ni cómo, ni quién... Lo que no le dejó en muy buen lugar, la verdad.

—¿Cómo murió?

Alcázar se pasó el dedo índice con rapidez sobre la garganta.

—La degollaron. El cuchillo estaba en el suelo aunque Mario dijo que no lo había visto. Y había algo más allí: un pajarillo muerto.

—¿Un pájaro? ¿Una alondra, quizá?

—¡Y yo qué sé! ¿Importa algo si fue una alondra o un ruiseñor? Un pájaro, coño. Pequeño y con plumas.

Quizá importa más de lo que crees, pensó Frederic, aunque no se lo dijo.

—Lo raro es que, según el acusado, el colibrí, ¿te gusta más colibrí?, estaba en la boca de la chica cuando Mario volvió con las flores. Le dio tanto asco que se lo sacó y lo tiró al suelo, y luego huyó.

—Pudo haber entrado alguien mientras el joven estaba ausente.

—Ya. Ésa fue su única defensa, pero nadie la creyó. Ni siquiera yo. Vamos, Frederic, estaba claro como la leche. La chica debió de decirle que ésa era la última vez, que engañar a su familia no estaba bien, cualquier discursito de ese estilo que a él se le antojó una ofensa. Y zas, cuchillazo al canto.

—De acuerdo —dijo Frederic, a pesar de que el detalle del pájaro enlazaba extrañamente con los dibujos de Biel Estrada—.

¿Y qué pasa con el padre Robí? Antes has puesto cara de conocerlo.

—¿Conocerlo? —Juanjo soltó un bufido—. Lo tuve en la puerta durante semanas, dándome la vara con el tema de Mario Guerrero. Lo acompañó en su ejecución, ¿lo sabes?

Frederic asintió.

—Es uno de los huéspedes del sanatorio.

—¿El cura? ¿Se ha vuelto majara?

—Digamos que está obsesionado con algo. Y ese algo tiene que ver con la ejecución de ese chico y el asesinato de Clarisa Miravé.

—Obsesionado ya lo estaba cuando venía por aquí. Además, no tengo ni idea de por qué le dio por venir a verme precisamente a mí. Yo acababa de empezar en esto, bastante tenía con escribir algo decente.

—Quizá pensó que estarías más… dispuesto a contemplar otras perspectivas.

—Ya, pero esto es un periódico, chico, no la agencia de detectives Pinkerton. Yo me entero de las noticias, las plasmo en un texto, aguanto la bronca del jefe, rehago el puto texto y, con otro rapapolvo de por medio, lo sacan adelante. Por cierto, ¿quieres ver el taller?

Un patio comunicaba el suntuoso edificio de la calle Pelayo donde se encontraban con los talleres, a los que se accedía desde el exterior por una puerta más modesta de la calle Tallers. A esas horas, trabajaban a destajo y el olor a tinta era casi mareante. De allí salieron a la calle, donde si no olía exactamente a rosas, al menos se podía respirar.

—¿Me buscarás en algún sitio qué clase de pájaro era? —preguntó Frederic.

—¡Joder con el pájaro! Oye, hablando de pajaritos… ¿Vamos a ver a las nenas de la Mercè?

—Hoy no.

—Hoy no, hoy no —remedó Alcázar—. ¿Acaso no cagas todos los días? Pues hay otras funciones básicas. Va, te averiguo lo del colibrí ese si me pagas un rato con Lolita. No hace falta que te acuestes con ninguna si no quieres.

—Me estás saliendo un poco caro hoy, Alcázar. Antes el bocadillo y el vino, ahora Lolita...

—Te estás beneficiando de un contacto con información privilegiada, Mayol. Y eso tiene un precio. Va, no seas rácano; seguro que en ese pueblo del manicomio sólo gastas en el café.

Frederic rió, porque nadie podía negar ese argumento. Por otro lado, él tenía otro motivo más poderoso para no acompañarlo: simplemente no le apetecía. La carta de Blanca, entregada a deshoras, parecía surtir ese efecto, y le quitaba las ganas de esa aventura nocturna. A la vista de que no conseguía convencerle, Alcázar se limitó a insistir un poco más y luego lo dejó que se marchara en paz.

Durmió bien aquella noche, como si el cuerpo intuyera que necesitaría descanso para lo que le esperaba al día siguiente. Porque cuando Frederic regresó al sanatorio, el domingo por la tarde, se encontró con un revuelo inusual y con la mirada de reproche, injusta pero justificada por las circunstancias, del director. Llevaban todo el día buscando al padre Robí, quien al parecer había salido antes del desayuno y aún no había vuelto. Frederic se unió enseguida a los cuidadores y médicos que recorrían el bosque por parejas. La búsqueda se interrumpió con la caída de la noche y se retomó al amanecer.

Lo encontró él, poco antes de las ocho. Se había adentrado en una zona especialmente frondosa, acompañado de Ismael. La luz dorada de primera hora daba vida a los árboles, y precisamente de una de las ramas inmóviles como brazos muertos colgaba el cuerpo sin vida del desdichado sacerdote.

Con él parecían morir también las respuestas a muchas preguntas que Frederic había estado cavilando durante el trayecto en el ferrocarril. Las razones que habían llevado al padre Robí a alojarse en este sanatorio, su obsesión por la muerte de Clarisa Miravé... Frederic no era demasiado católico pero no pudo evitar santiguarse en señal de respeto ante el cadáver de aquel hombre que, en lugar de esperar a la muerte, parecía haber ido al encuentro de aquella mujer espectral vestida de negro.

—Que Dios se apiade de su alma —murmuró Frederic. Y, sin poder evitarlo, añadió—: Y también de las nuestras.

# 16

*Colegio de los Ángeles, 30 de junio de 1909*

Hoy sí creo que todas las dolencias que me afectaban, el cansancio, la melancolía, la desidia más absoluta, no eran más que indicios de que algo terrible estaba a punto de suceder. Quizá el reposo fuera necesario no tanto por lo que había sucedido como por la tragedia que estaba por llegar.

Escribo esto ahora en un colegio desierto donde aún se respira el humo que invadió sus estancias; donde, si cierro los ojos, todavía noto el calor de las llamas que devoraron una parte de él. Donde resuenan los ecos de los gritos y el susurro triste de los llantos ahogados. Ésta será mi última entrada en el diario, porque el curso y la escuela terminan aquí. De esto estoy plenamente segura, quizá sea este pensamiento el único que brilla en mi cabeza con absoluta nitidez.

Mañana me marcharé, de este lugar que durante años fue mi paraíso y del que un Dios malvado ha decidido expulsarme; no he mordido manzana alguna, ni tenido tratos con la serpiente. Ni siquiera comprendo por qué ese Dios al que todos rezan decidió lanzar sus rayos de furia contra lo que más amaba en el mundo.

Hoy hace una semana que estalló el incendio, y ha habido muchas cosas que hacer desde entonces: enterrar a los muertos, despedir a las niñas, organizar mi futuro inmediato... Por eso decía al principio que mi cuerpo, sabio y previsor, me había hecho tomar fuerzas para soportar con entereza lo que he tenido que vivir. Han sido muchas las lágrimas derramadas, tantas que, aún ahora, no comprendo cómo puedo escribir de ello sin quebrarme.

Será que soy más fuerte de lo que todos creían. Será que la Águeda de siempre ha vuelto a ocupar mi cuerpo.

Los recuerdos de ese día bailan en mi cabeza con una claridad mucho mayor que los de semanas anteriores, cuando vivía inmersa en esa somnolencia apática. Pero ya sé que la mente es traicionera; por eso quiero escribirlos antes de que los caprichos de la memoria los distorsionen o arrinconen en cajones que no pueda abrir. El colegio se lo merece, y también sus muertos.

La razón definitiva que por fin me animó a salir de mi habitación fue pensar en las alumnas mayores. Irene me decía que buscaban cualquier momento para ensayar, así que pensé en dirigirme al aula donde se reunían para repasar sus papeles. Estaba segura de que verlas sería la mejor medicina para mi ánimo. Además, también había pensado en ellas estos días, seguía echándolas mucho de menos. La representación estaba prevista para el día 30, de manera que a estas alturas sus ensayos ya debían de tener la forma definitiva.

Caminé por el colegio, tan familiar y tan extraño después del prolongado aislamiento en mi alcoba. Lo hacía casi de puntillas, como si estuviera escapando de un encierro, tambaleándome un poco debido a tantas semanas de reclusión. Desde el comedor llegaba el ruido de la cena de las pequeñas, aquel barullo que tan agradable sonaba a mis oídos ahora. Me dirigí a la sala que usábamos para esos menesteres sin cruzarme con nadie. Llevaba la llave, por si estaba cerrada; en ese caso al menos vería los decorados, un triste consuelo pero mejor que irme con las manos vacías.

A medida que me acercaba oí sus voces, la obra que yo había escrito con su ayuda me acarició los oídos e hizo que acelerara el paso. La puerta estaba entreabierta, y desde ahí fui testigo invisible de su ensayo general.

Oh, ¿cómo describirlo? La felicidad de ver a Clarisa recitando su texto sin dudas, con apenas alguna vacilación que me hacía sufrir pero que ella corregía al instante. Sus diálogos con Blanca, vestida ya como un Rochester más apuesto que el de la novela aunque igual de sarcástico. Incluso la pequeña Eloísa, en el papel de Adèle, conseguía decir sus cuatro frases en francés. ¡Qué bonita estaba, con su vestido azul celeste! Luego se retiró y la perdí de vista, como debía ser.

Todo fue a la perfección hasta que llegó la escena en que Jane deambula por la casa, a oscuras y de noche, y oye las carcajadas de la mujer que, sin ella saberlo, vive encerrada en la buhardilla. Es uno de los momentos más fantasmagóricos de la obra y esa risa debía helar la sangre. Debo decir que, al menos conmigo, lo consiguió. Llevaba mucho tiempo sin oír aquella voz y ese día sonó distinta, más grave, menos histérica.

Entonces noté una mano sobre mi hombro y me volví, molesta por la interrupción. Era Griselda, y sus facciones traslucían una furia sorda y salvaje que me asustó aún más que la escena que acababa de presenciar. Deseé que Irene estuviera allí, que la viera. ¿Cómo podía haber dicho que no existía?

«Me echaron de la obra en cuanto usted se puso enferma», me dijo. «Pero yo me ocuparé de que paguen por ello.»

No sé qué me pasó por la cabeza. Supongo que fue aquel tono de fría amenaza o el recuerdo de sus palabras malvadas; fuera lo que fuese, sentí una rabia poderosa y, antes de enfrentarme a ella, cerré con llave la puerta de la sala de ensayos. Quería proteger a aquellas niñas, aunque no sabía muy bien de qué. La risa fantasmal resonó de nuevo y Griselda salió corriendo. La seguí como pude, débil como estaba; recorrí habitaciones y pasillos sin encontrarla. Fui abriendo puertas con decisión, pero sólo hallaba espacios vacíos. Algo en mí me ordenaba no cejar en el empeño; aquella criatura era peligrosa y quizá únicamente yo sabía cuánto.

Creo que estaba cerca de mi propia habitación cuando empezaron los gritos. Retrocedí, nerviosa y asustada, y a la vez segura de que estaba sucediendo algo terrible. En ese momento Irene corría escalera arriba y la casa empezaba a exhalar un humo negro, como si algo la corrompiera por dentro. Me quedé paralizada: los chillidos de las niñas atrapadas en la sala de ensayos me hicieron reaccionar. Busqué desesperadamente la llave con la que había cerrado la puerta; debía de habérseme caído mientras corría en pos de Griselda.

Irene tenía su propio juego de llaves, pero con el nerviosismo no alcanzaba a encontrar la que abría esa puerta en concreto. Yo la veía como si estuviera en un sueño, moviéndose lentamente, aunque estoy segura de que todo sucedió con la mayor rapidez. Entonces la señora Miró vino a por mí y me instó a bajar. Yo no me habría movido de allí, no si no hubiera visto cómo por fin Irene conseguía abrir aquella maldita puerta. Lo último que presencié fue que las niñas, aterrorizadas, salían de la sala, y pensé: «¡Maldita seas, Griselda! Sea lo que sea lo que pretendías no lo has conseguido del todo».

Me dejé llevar y me uní al resto del colegio en la puerta. Desde allí contemplábamos cómo las llamas crecían, como si fueran una bestia viva y voraz, decidida a destrozar cuanto encontraba a su paso. Vi salir a las alumnas mayores, a una Angélica presa de los nervios, y a las demás, tosiendo y con los vestidos sucios, como pordioseras. Busqué a Griselda con la mirada, pero entre tanta alumna era imposible encontrarla. Entonces Clarisa gritó, histérica: «¿Y la señorita Irene? ¿Dónde está la señorita Irene?».

Una de las otras contestó que había entrado en la sala, en busca de Eloísa. El profesor March se dirigió hacia allí corriendo, aunque luego supe que ya no pudo pasar de la escalera.

El fuego se había propagado como la peste. Y en su infinita crueldad se llevaba las vidas de la amiga que yo más quería en el mundo y de esa niña extraña a la que nunca llegué a comprender del todo.

No hemos sabido cómo empezó el fuego. Yo, sin embargo, no puedo evitar recordar la escena que vi aquella noche, cuando Griselda usó una vela para quemar la mano de Eloísa... ¡Qué más da! Ahora ya no queda nadie aquí, sólo yo.

El ala izquierda, donde se encontraban las habitaciones de los profesores, resistió al incendio y en algún sitio tenía que instalarme hasta que se hubiera marchado la última alumna. La gente del pueblo las alojó en sus casas aquella noche y los propietarios del Café del Centre cedieron su enorme espacio para acoger a las que no cabían.

Ya todo ha terminado. Esta noche la pasaré aquí y mañana me marcharé. Sé que tiene algo de morboso permanecer en esta casa asolada, pero creo que se lo debo a Irene. ¡Dios! Pobre Irene... Los llantos de las niñas en su sepelio me llenaron de triste satisfacción. Por fin comprendían lo que valía. Era ya, sin embargo, demasiado tarde. Hablé con ellas, sobre todo con las cuatro a las que Irene había sacado del cuarto en llamas. «Espero que recordéis lo que hemos hecho por vosotras aquí», les dije. «Sed la clase de mujeres de las que la señorita Irene y yo misma estaríamos orgullosas.» Asintieron. Lo prometieron, y sé que en ese momento eran sinceras... Deseaban honrar la memoria de Irene, lo mismo que yo sé lo que debo hacer para que descanse tranquila en su tumba, sé lo que ella habría esperado de mí. No voy a contarlo aquí, por lealtad hacia ella. Los secretos que compartíamos deben seguir enterrados, ahora más que nunca, porque ella no puede defenderse.

Hay algo más que debo contar antes de poner punto final a este diario y a esta etapa de mi vida. Algo que ha sucedido esta misma noche y que aún ahora no logro explicarme. Estaba a punto de apagar la luz cuando he visto sobre la mesilla un gran montón de cartas que no quiero llevarme conmigo, así que decidí revisarlas aunque fuera sólo un momento, desechando sin abrir las que se me antojaban irrelevantes. Una, no obstante, consiguió llamar mi atención. Procedía del Colegio del Sagrado Corazón de León y al principio no acerté a imaginar para qué me escribían. Luego, de repente, lo recordé: era la escuela donde había estudiado Griselda antes de venir aquí, la misma a la que yo me había dirigido meses antes para pedir información sobre ella.

Rasgué el sobre y leí la misiva. Una, dos, hasta tres veces… Su contenido era tan sorprendente que mi cabeza no llegaba a procesarlo a pesar de que mis ojos lo veían una y otra vez. La madre superiora y directora mostraba su extrañeza ante mi última carta; me decía, en una retórica confusa propia de una mujer de avanzada edad, que después de mi negativa a admitir a Griselda Palacios, ésta había permanecido como alumna en su colegio. No comprendía, por tanto, por qué le preguntaba yo detalles sobre su carácter, a menos que existiera una terrible confusión. Era imposible, decía, que la alumna que había dejado hacía apenas unos minutos en la capilla, preparando el mes de María, fuera la misma Griselda Palacios que, según mi carta, yo conocía.

La cabeza me daba vueltas e, incapaz de asumir lo que acababa de leer, corrí hacia la ventana para que entrara el aire. Recordé las palabras de Irene: «Griselda sólo existe en tu cabeza». En mi cabeza, en mi cabeza, en mi cabeza… Me asomé y respiré hondo, intentando entender. La noche era serena y en el cielo lucía una luna llena, redonda y bella. El silencio era absoluto y, por eso, lo que oí a continuación me dejó horrorizada.

Era su risa. Aquella carcajada salvaje que cruzaba el aire como si fuera una cicatriz sonaba a mi espalda y toda la casa, o lo que quedaba de ella, parecía sangrar a su paso. La luna, impertérrita, presenciaba el horror sin inmutarse, cual testigo sordo y mudo, feliz en su ignorancia. Me di la vuelta, asustada. Los aullidos seguían, invadiendo todos los rincones de mi habitación. Parecían enredarse en las cortinas, subirse a la cama, rebotar en el espejo de la cómoda. Fue allí adonde dirigí la mirada. Al espejo. Y horrorizada contemplé mi propio rostro, deformado no por el miedo sino por una mueca que jamás había visto en mí misma. Era alguien idéntico a mí quien se reía, burlándose de mis temores, como si a esa otra Águeda, cruel y sádica, la hubiera poseído el ángel de la locura.

Fin del diario

# TERCERA PARTE

# 17

Después de tres semanas de conmoción por el suicidio del padre Robí, el verano se instaló en la comarca y llenó los alrededores del sanatorio de un calor pegajoso y húmedo, que con suerte remitía cuando se retiraba el sol. Eran jornadas de luz intensa y colores vivos: el mar aparecía recubierto de una pátina brillante y cegadora, el bosque ofrecía una sinfonía de verdes en todos sus matices y el cielo lo enmarcaba todo de un azul descarado que se imponía sobre alguna nube blanca, conformando un océano impasible.

Si bien el entorno concedía sus mejores regalos en esos días del inicio de estío, nada pudo impedir que una corriente más sombría recorriera el sanatorio; por mucho que se intentó mantener la discreción, la noticia se extendió entre los huéspedes, primero en susurros y luego ya en voz alta, implacable como el sol de mediodía. La palabra «suicidio» no se usaba nunca, no por parte de los responsables del lugar al menos, pero tampoco había forma de ocultar aquel ahorcamiento ante las preguntas directas de algunos pacientes inquietos. Los hubo que optaron por marcharse, por suerte no demasiados. Aun así, se extremaron las precauciones, ya que el temor a que otros internos afectados de melancolía vieran en el padre Robí un ejemplo a seguir agudizó ciertas medidas: por ejemplo, la puerta principal se cerraba ahora con llave por las noches, la señora Miró se encargaba de ello y quienquiera que estuviera de guardia debía cerciorarse antes de irse a dormir.

Biel Estrada vivió con gran alerta todo lo relativo al fallecimiento del sacerdote, no porque hubiera intimado con él, sino porque esa clase de acontecimientos luctuosos excitaban la parte más morbosa de su imaginación. En las sesiones con Frederic preguntó todos los detalles con una fascinación que tenía poco de saludable: el grosor de la cuerda que había usado el cura, el aspecto de su cara, la posición exacta del cuerpo. El doctor Mayol respondía a medias, lo cual tampoco importaba demasiado, ya que la descripción concreta era obviada por el pintor a favor de la imagen que se había formado ya en su cabeza. A pesar de ello, Frederic llegó a establecer con él un pacto, por el cual se hablaba brevemente de lo que Biel quería si a cambio luego se prestaba a la terapia sin oponerse.

No había vuelto a mencionar a ese doble del que le había hablado aquella noche. El médico estaba convencido de que la clave de su desequilibrio tenía que radicar ahí, en ese alter ego burlón que llevaba a cabo las cosas que, por alguna razón, Biel no se atrevía a realizar. Consultó la literatura al respecto: en términos freudianos, la llegada del doble simbolizaba el retorno de lo reprimido y era una de las manifestaciones del *unheimlich*, algo extraño, ominoso, siniestro. Quedaba por saber cuándo empezó a aparecérsele ese doble, qué trauma revivido había creado en su subconsciente ese ser que era idéntico a sí mismo, una especie de gemelo malvado o, cuando menos, perturbador.

Por todo ello propuso al pintor someterse a una regresión hipnótica, a pesar de que las últimas teorías psicoanalíticas empezaban a descartar el método. Con las persianas cerradas, en una oscuridad que era a la vez serena y palpitante, Biel Estrada entró en trance. Su semblante se tensó al tiempo que su mente buceaba en el pasado, y siguiendo las pautas del psiquiatra regresó mentalmente a la casita en el campo donde vivió su primera crisis. La angustia por no poder pintar quedó manifiesta en sus palabras. Al principio, se levantaba al alba, dispuesto a trabajar. Tenía el cuadro en su cabeza, pero en cuanto se enfrentaba al lienzo, el resultado no se parecía en nada a lo que había pensado de antemano, como si las manos hubieran entrado en un juego rebelde y caótico. Luego, a medida que fue pasando el tiempo, la incapacidad de trasladar esas imágenes al lienzo le agotaba y el cansancio se extendió a otras actividades: levantarse se convirtió en una tarea que requería un esfuerzo insoportable, lavarse era innecesario; dormir, casi imposible a menos que se emborrachara hasta la inconsciencia. Pero no había, en nada de lo que dijo, ni rastro de ese doble.

Estrada llegó a la segunda sesión bastante más nervioso. Revivir el pasado le angustiaba a tal extremo que Frederic estuvo a punto de desistir. Sin embargo, el propio pintor pareció cambiar de opinión y terminó pidiéndolo. Retrocedieron, pues, hasta una fecha muy reciente, a cuando Biel estaba ya en el sanatorio y empezaba a dibujar de nuevo. Al contrario que en la sesión anterior, su cara se relajó al hablar de la alegría de tener otra vez un lápiz en las manos, y de que éstas trasladaran al papel lo imaginado con la fidelidad habitual. Empezó dibujando cuerpos, como quien realiza ejercicios, y se sorprendió al ver la fuerza que poseían aquellas simples figuras humanas sin cabeza. Empezó a combinarlas, divirtiéndose al hacerlo, conformando una sociedad constituida por hombres casi idénticos, porque, sin los rasgos de la cara, sin el cabello, los ojos o la boca, esos seres podían sólo dividirse en altos o bajos, gruesos o flacos, y la gran mayoría de ellos eran simplemente normales. Una masa amorfa de gente que ni hablaba ni pensaba; sólo comía, bebía y paseaba sin preocuparse de nada más. Eran absurdamente felices, porque nada alteraba su mente: no sentían envidia, ni deseo ni ambición. Eran un pueblo obediente y sin preocupaciones, el sueño de cualquier gobernante.

Estaba contando todo esto cuando se interrumpió, en mitad de una frase. Su cara se ensombreció y su cuerpo se puso levemente rígido. Era evidente que algo turbaba ese torrente de recuerdos optimistas.

—¿Qué ves?

Biel se removió en la silla antes de contestar.

—Es casi de noche. Fuera está lloviendo y no hemos podido salir. Tampoco tengo ganas de dibujar ni de leer. Pero abro el escritorio y saco los dibujos. Hay algo que sí quiero retocar, aunque sea por aburrimiento, pero no encuentro el lápiz. No está... ¡No está!

—¿Lo buscas?

—Sí. Revuelvo los rincones del escritorio porque estoy seguro de que lo puse ahí y ahora no está, ¡maldita sea! Pero encuentro otra cosa.

—¿Otra cosa?

—Una caja. Quizá ya estuviera allí antes. Yo no la había visto nunca. Es como una caja mágica, tiene unos resortes que abren una especie de cajoncitos. Como si fuera un joyero. Casi todos están vacíos. Pero uno no...

—¿Qué hay en él?

Biel entrecerró los ojos, esforzándose por recordar.

—Un papel. Unas líneas escritas... Algo sobre una niña mala. Y un dibujo. Es horrible, pero no puedo dejar de mirarlo. Una niña se come un pajarito. A sus pies hay otros, muchos, no sé si están vivos o muertos; creo... creo que son su merienda. Es un dibujo a carboncillo y... de repente, de repente, ya no lo es. ¡Lo veo en color! Veo la sangre roja que gotea por la barbilla de la niña. Oigo los chillidos de los pájaros que ven la escena, noto el calor que desprenden sus cuerpos agitados. Ellos saben que son los siguientes, pero no se marchan. No vuelan. No pueden hacerlo porque son demasiados y ni siquiera tienen espacio para desplegar las alas. Y oigo también el ruido que hacen los dientes de la niña al atravesar el cuerpecillo del que se está comiendo, crujen al quebrar los huesos y luego mastican la carne con fruición. Y otra voz... No... no es una voz, es música, una música y un pájaro que da vueltas, atrapado, sin poder escapar.

Biel jadeaba y Frederic intuía que debía despertarlo, hacerle volver en sí; la angustia era perceptible en cada uno de los rasgos del pintor, que escupía las palabras como si fueran pedazos de comida podrida.

—Aparta el dibujo. Vuelve a dejarlo en la caja. ¿Puedes?

Biel asintió despacio. Su expresión no variaba, seguía mostrando algo parecido al miedo.

—¿Qué haces ahora?

—Nada. Me quedo sentado y... alguien empieza a reírse.

—¿En tu habitación?

—Sí. Primero creo que es fuera y abro la ventana, pero no. Alguien se ríe dentro. Se burla de mí... Sólo puedo ser yo y no me estoy riendo. Entonces... entonces lo veo. Yo estoy en la ventana y a la vez sentado al escritorio. Veo la lluvia y al mismo tiempo los dibujos. Pero él es el único que se ríe. Observa mis dibujos y se burla de ellos, incluso hace el gesto de romper alguno. Yo quiero impedirlo, abalanzarme sobre él y quitárselos, pero no puedo. ¡No puedo! ¡No puedo! ¡No puedo!

La voz se había convertido en un grito, y el cuerpo se convulsionaba tanto que costó sacarlo del trance y, cuando por fin lo logró, Frederic se encontró con un pintor extenuado, al borde de las lágrimas, que tuvo que ser acompañado a su cuarto y levemente sedado para que se tranquilizara.

Lo más extraño de todo era que esa caja se encontraba ahora en casa de Frederic. Después de la muerte del padre Robí, un sacerdote había ido a buscar todos sus objetos personales, y entre ellos había la caja. Frederic estaba convencido de que la señora Miró se la había dado, aunque ignoraba la razón y ella lo negó en redondo. Finalmente, tras una discusión absurda con la pobre mujer, se había llevado la caja a su casa a pesar de que, al parecer, se había roto. Los cajones seguían abriéndose; en cambio, el resorte que activaba la música y el pájaro que giraba debía de haberse estropeado, porque el pobre animalito permanecía ahora inmóvil y en silencio.

Esa tarde, fuera del sanatorio, dedicó bastantes horas a pensar en Biel Estrada y en ese doble, y no sólo a meditar sobre él. Había recibido carta de Anna y la releyó antes de atreverse a responderle con una consulta sobre el caso que ocupaba su mente, dirigida, por supuesto, al padre de la joven. Lamentaba usarla como intermediaria, aunque algo le decía que Anna estaba encantada de realizar este cometido, como si eso le sirviera para acercarse a un mundo que la fascinaba y del que su progenitor la mantenía alejada.

*Querido Friedrich:*

*Empiezo esta carta con muy buenas noticias. ¡Hemos recibido la visita de Martin y Ernst! Se les concedió un permiso a ambos y, por fin, hemos vuelto a parecer una familia. Faltaba Oliver, que está destinado en los Cárpatos, pero no te imaginas lo feliz que esta reunión casi completa hizo a mi padre, y también a mamá, por supuesto. Estaban la tía Dolfi, y Minna. Vino también mi hermana Sophie, con el pequeño Ernsti, su hijo. Me alegré tanto de verla... Y empecé a darme cuenta de lo maravilloso que es tener una gran familia. Es algo que no había pensado antes, cuando me sentía rara, la pequeña de todos mis hermanos.*

*Es extraño cómo cambian los sentimientos a medida que maduramos. Te confesaré algo: de niña no podía soportar a Sophie. La encontraba odiosamente perfecta: era hermosa, aún más que Mathilde, y tan dotada para los bordados y la costura como si todo el talento familiar para esas labores hubiera ido a parar a ella. Y yo, pobre de mí, no era ni mucho menos guapa ni habilidosa, como mi madre se encargaba de decirme a menudo. Oh, sí, creo que es sano confesarlo: la odiaba. La aborrecía tanto que la simple idea de ir a su boda con Max me provocaba una mezcla de culpabilidad y malestar, aunque también he de* admitir que en esa época yo no me encontraba muy bien de salud. Papá acabo sugiriendo que no asistiera... Y quizá fue una decisión acertada. Ahora que ya sé lo que es ser cortejada (algún día te contaré lo que sucedió con Ernest Jones) puedo apreciar a Sophie sin recelos, y admirar su belleza y la de su hijito, al que quiero con toda mi alma.

Al releer lo que acabo de escribir me he sonrojado. ¿Cómo puedo contarte estas cosas? Pero al mismo tiempo creo que es bueno airear los sentimientos; haber aborrecido a Sophie no me avergüenza más que quererla ahora, porque en ambos casos son sentimientos inevitables. Comprendo la felicidad que aporta a mi padre verla casada y madre; y en otro sentido, percibo también que tenerme a su lado le hace igual de dichoso. Cada uno de nosotros ha nacido para cosas distintas y quizá papá tenga razón cuando opina que yo no estoy hecha para una vida convencional. El matrimonio, la obediencia a un esposo, el cuidado de unos hijos... Tal vez no son para mí. O al menos, como me dijo mi padre, no todavía.

En realidad, escribía también para contarte que papá estará encantado de resolver algunas de tus dudas. Ya sabes que siente una predilección especial por todo lo español, y creo que se acuerda de ti sobre todo por eso. Además, entre tú y yo, a medida que se hace mayor se siente muy halagado ante cualquier consulta, así que puedes escribirle directamente o hacerlo a través de mí, como prefieras. Si te soy sincera, me encantaría saber más cosas de tus pacientes. Si la vida de casada no es mi destino, según mi padre, yo puedo asegurarte que la vida de maestra tampoco lo es. O al menos, como diría papá, no sólo.

Quedo a la espera de noticias tuyas. Saludos cordiales desde esta Viena sin primavera.

ANNA F.

263

Decidió escribirle contándole los detalles del caso de Biel Estrada. No ocultó nada, puso en la carta todo aquello que había sucedido más sus propias deducciones al respecto y, sintiéndose más tranquilo, fue a echar la carta al correo.

Ahora no era ya un desconocido en el pueblo; más bien al contrario: lo saludaban los pescadores en la playa o en el café, cuando los encontraba allí, y lo mismo podía decirse de los campesinos que cuidaban las viñas. No es que hubiera trabado amistad con ninguno de ellos, pero al menos ya no lo observaban como un bicho raro, por su atuendo o por el trabajo que sabían que desempeñaba en el sanatorio. Se cruzó con varios de ellos aquel día e intercambiaron el «buenas tardes» de rigor, aunque, para ser sinceros, en aquellas horas bochornosas previas al anochecer, Frederic prefería acercarse al mar que encerrarse en un café. Eso hizo en cuanto depositó la carta en el buzón: cruzar la vía del tren, que partía el pueblo en dos, y dirigirse a la arena de la playa.

Divisó a un par de pescadores limpiando las barcas y se detuvo a charlar con ellos un momento. No es que fueran muy parlanchines, y menos aún cuando estaban trabajando, pero se habían acostumbrado a verlo aparecer por allí. Uno de ellos, el viejo Sixto, que ya había terminado de adecentar la barca, se le acercó y entablaron una de esas conversaciones banales sobre el calor, el estado de la mar y lo mal que se les daba la pesca esos días. Era un tipo agradable, prácticamente retirado: aunque sus tres hijos se ocupaban ya de la pesca, él no desaparecía del todo y bajaba a ayudarlos, o mejor dicho a darles órdenes. Se había dirigido a Frederic cuando supo que era descendiente de los Mayol, diciéndole que había sido amigo de su padre y que incluso recordaba a su abuelo; Frederic, que apenas sabía nada de esa rama de su familia, disfrutó escuchando anécdotas en las que Horaci Mayol era un muchacho, un «buen elemento», según Sixto, al que únicamente ponía a raya un padre al que temía no sólo su hijo sino todos los chicos del pueblo. Costaba imaginar al tranquilo y circunspecto Horaci Mayol en pantalón corto, huyendo de un padre desesperado ante sus travesuras que, siempre en función del relato del viejo pescador, eran constantes. «Me sabe mal no haber vuelto a verlo. Se fue en cuanto cumplió los dieciocho. Con el padre se llevaban a matar, pero fíjate cómo son las cosas: en cuanto se fue el hijo, tanto el viejo como su madre duraron poco… Estoy seguro de que les habría gustado verle rico, viviendo en Barcelona. Lo que es la vida: algunos se marcharon y volvieron peor, otros se quedaron. Y a los menos les fueron bien las cosas y les gusta venir a pasarnos sus dineros por el morro. Horaci al menos no es de ésos, no le hemos visto más el pelo.»

Esa tarde, cuando terminaron los prolegómenos de la conversación, Sixto carraspeó y le anunció que al día siguiente, sábado, se le casaba el hijo pequeño. «Si no tiene nada mejor que hacer, pase por el café. ¡Haremos una buena fiesta!»

Frederic se lo agradeció, a pesar de que en realidad tenía otros planes bien distintos. Después de haber recibido con retraso la nota de Blanca, había decidido esperar unos días más antes de contestarle en una carta breve, fría y formal, en la que le mentía diciendo que no se había ofendido y que, por supuesto, esperaba verla de nuevo aunque las circunstancias no parecían favorecer esa posibilidad. A ésa había seguido otra, que recibió ya en el sanatorio muy pocos días después, en la que Blanca manifestaba su satisfacción y Gerard añadía una posdata en la que anunciaba que irían a verlo y así de paso disfrutarían del aire de mar. Y, si nada fallaba, Frederic los esperaba ese sábado a los dos.

Ya solo en las rocas, observando cómo unas olas débiles acariciaban la piedra, Frederic pensó en el padre Robí y en las dudas que había dejado su muerte. Lamentaba no haber previsto de algún modo sus intenciones suicidas, ni siquiera cuando aquella madrugada le habló de la mujer de negro y de la intuición de que la muerte le rondaba. Repasaba la conversación en su memoria sin encontrar en ella rastros de la desesperación o la tristeza que empujan a alguien a quitarse la vida. El padre Robí era un tipo irascible, desencantado o incluso resentido, pero en ningún momento lo había visto apesadumbrado o abatido sino más bien tendente a una combinación de ira y un punto de cinismo, una mezcla que a muchos los ayuda a sobrevivir. Sin embargo, lo había hecho; de eso se albergaban escasas dudas. Él no había hablado con nadie de su visita a *La Vanguardia*, ni de la obsesión del cura por la muerte de Clarisa Miravé que Alcázar le había referido. Pero de algún modo ese detalle seguía volviendo a su cabeza una y otra vez, como una de esas olas frágiles que rompían contra el espigón, esperando a que el viento o la marea la hicieran crecer.

El sábado Frederic amaneció un poco más nervioso de lo que quería reconocerse a sí mismo. La idea de ver a Blanca le persiguió durante las primeras horas del día, por mucho que se esforzara por sofocar la ilusión bajo capas de escepticismo y hasta de desapego. No tenía ni idea de a qué hora llegarían, así que era absurdo esperarlos: un automóvil como el de Gerard no pasaría desapercibido en la entrada del pueblo. De manera que, aburrido de estar en casa, salió a dar un paseo hasta la playa.

Ésta se encontraba más concurrida de lo habitual. Algunos veraneantes empezaban a dejarse ver en un lugar que hasta entonces había estado sólo ocupado por pescadores y gaviotas. Sin bajar a la arena, Frederic distinguió a un par de grupos: ellas vestidas con algo similar a una camisola de algodón, con solapa de marinero y ceñida a la cintura, debajo de la cual llevaban lo que parecía ser un pantalón ajustado que les cubría media pierna; ellos usaban o bien una especie de pantalón corto con camiseta, o bien una prenda completa, también a rayas marineras, con botones en el pecho y que llegaba hasta medio muslo.

Mientras pensaba que él no tenía ninguna prenda como ésas

en su armario, oyó el revuelo de los chiquillos y supo que Gerard y Blanca habían llegado por fin. No se equivocaba: del flamante automóvil descendieron ambos, y vistos a cierta distancia, desprendían un aire cosmopolita que los diferenciaba no sólo de las gentes del pueblo, obviamente, sino también de los veraneantes que acababa de ver en la playa. Con un turbante rosado en la cabeza y ataviada con un vaporoso vestido del mismo color, escotado y con los brazos al aire, Blanca parecía la princesa de un cuento exótico. A su lado, Gerard, llevaba una gorra de visera corta en la cabeza, un pantalón ancho de color beis y una chaqueta fina a cuadros en tonos verdes, de la cual asomaban una camisa blanca y una pajarita. No había nada exótico ni oriental en él, sino que daba la impresión de ser el magnate europeo que había secuestrado a la esposa favorita de un pérfido sultán.

Ambos miraban a su alrededor, un poco desorientados, mientras la maraña de críos se empeñaba en tocar el coche sin importarles en absoluto las amenazas poco convincentes de su propietario. Frederic los llamó, y Blanca lo vio al fin, dirigiéndose a ellos. Si en algún momento él se había planteado la posibilidad de mantenerse en una pose distante de frialdad cortés pero ofendida, la sonrisa que ella le regaló y el saludo de su brazo desnudo borraron cualquier rastro de resentimiento.

Gerard había renunciado a espantar a los chavales, que pululaban como moscas, y optado por sentar a un par de ellos en los asientos, ante el regocijo general. Aquello se convirtió en una atracción de feria, con niños y niñas subiendo y bajando del automóvil, o peleando para ser los siguientes. Mientras tanto, Frederic y Blanca se dieron la mano, sellando así la paz de una batalla que ya había sido olvidada.

—¿Qué queréis hacer? —preguntó Gerard, a la vez que bajaba al último chiquillo del coche y se negaba a volver a subir a otro.

—Hay algo que quizá te haría ilusión —dijo Frederic, dirigiéndose a Blanca—. Una persona a la que creo que te gustaría ver.

—¿A mí? ¿Aquí?

—Sí. ¿Os importa acompañarme hasta el sanatorio? Creo que tengo una agradable sorpresa para Blanca.

Se le había ocurrido el día anterior, mientras pensaba en el espigón. Si Blanca había pasado en el colegio varios años, seguro que recordaba a la señora Miró. Ignoraba si le apetecería o no ese retorno a su infancia; intuía que sí, ya que Blanca había manifestado que había pasado años felices allí, y él no podía negar que seguía sintiendo curiosidad por aquel colegio, por la casualidad de que el padre Robí hubiera terminado ingresado en el mismo lugar donde estudió la víctima que le obsesionaba, Clarisa Miravé, que había sido, además, amiga de la mujer que tenía ahora al lado.

Sin dar más explicaciones, subió al coche y los otros dos lo imitaron. Blanca parecía tranquila, aunque cuando se detuvieron a las puertas del sanatorio su sonrisa había desaparecido.

—No había vuelto desde que se cerró, pero no ha cambiado mucho, al menos por fuera. Me resulta extraño verlo después de tantos años...

Aparcaron el automóvil y caminaron despacio hasta la entrada. Algunos huéspedes se encontraban sentados a la sombra, en el jardín, y Frederic cogió un par de sillas libres para los hermanos; luego se disculpó un momento y entró a buscar a la señora Miró. Cuando regresó con ella, sin decirle para qué la llevaba afuera, comprobó que había acertado en la idea. Blanca se levantó y fue a abrazar a la buena mujer, quien al principio no la reconoció.

—¡Blanca Raventós! —exclamó por fin—. ¿Quién lo habría dicho? ¡Estás preciosa! ¿Y así que ustedes se conocen? ¡No me había dicho nada, doctor!

Estuvieron un rato charlando de viejos tiempos, de maestras y otras niñas. En cinco minutos, la señora Miró regresó al pasado sin necesidad de hipnosis, pensó Frederic.

—¡Dios, han transcurrido sólo siete años y parece que haya

sido una eternidad! Esta señorita era apenas una cría cuando… cuando se cerró el colegio. Me acuerdo de ella vestida para la representación de teatro, con aquellos pantalones de hombre.

—Es verdad —asintió Blanca—. Nunca llegamos a poner en escena finalmente la obra. Teníamos que representar *Jane Eyre* ese curso, y yo hacía de protagonista masculino. Creo que aún sería capaz de recordar alguna de sus frases si lo intentara. Era un tipo atormentado y a la vez arrogante que trataba de apabullar a la pobre Jane.

Le tembló un poco la voz, y Frederic se dijo que no podía referirse a un personaje de ficción cuando, en un tono mucho más emocionado, añadió:

—Pobre Jane…

La señora Miró le cogió la mano, y quedó claro que con aquel gesto de consuelo se buscaba una complicidad, a la que Blanca asintió débilmente. Su mirada se dirigió entonces a la fachada del sanatorio, aunque Frederic estaba seguro de que lo que veía era la de su colegio.

—Ese ángel del torreón sigue sin cabeza —dijo Blanca—. Ahí, a la izquierda. ¿Lo veis? Un rayo lo decapitó. Eso fue pocos meses antes del incendio.

—¡Ay, sí! ¡Qué pena! Ese año todo parecía ir mal. —La señora Miró se mordió el labio inferior—. Aunque nada hacía presagiar ese fuego. Esa tragedia. Dígame, ¿ha sabido algo de la señorita Águeda?

—No. Nunca más he vuelto a verla —afirmó Blanca rápidamente.

Al darse cuenta de que la gobernanta estaba a punto de emocionarse hasta las lágrimas, Blanca intentó animarla, desviando el tema de conversación hacia sus cometidos actuales. Ésta se dejó llevar, y la charla fue dejando atrás aquel pasado compartido para centrarse en el presente. Podrían haber seguido un rato más si Gerard no hubiera empezado a dar señales de aburrimiento. A decir verdad, también Blanca parecía deseosa de marcharse. Sin embargo, antes de hacerlo, propuso a la señora Miró que le enseñara la casa por dentro. La mujer aceptó y ambas entraron, dejando a Gerard y a Frederic en el jardín.

—¿Y todos éstos están locos? —preguntó Gerard en voz baja.

—Claro que no. Algunos están más cuerdos que tú, por ejemplo.

—Eso no es difícil. —Gerard sonrió—. Oye, siento mucho lo del último día que nos vimos. La borrachera y todo lo de después.

—No te preocupes. ¡Quién no ha bebido de más alguna vez!

—Ya… Pero no era sólo eso. Da igual, dejémoslo, ya está arreglado. Al final todo se reduce a lo mismo: concedes a la gente lo que te pide y así luego te quieren. Veo que tú y mi hermanita también habéis hecho las paces, ¿no?

—Yo diría que sí.

—Pues entonces a ver si nos vamos. No te ofendas si te digo que no me apetece pasar el día entre chiflados. Quiero hacer un aperitivo. ¿Hay algún lugar donde tomarse un vermut en ese pueblo o sólo beben aguardiente marinero?

Las dos mujeres no tardaron en volver. Permanecieron hablando, en voz baja, algo alejadas de ellos, hasta que, cogidas del brazo, caminaron hacia el coche. Se abrazaron una vez más antes de despedirse. Frederic se volvió en cuanto arrancaron: la minúscula figura de la señora Miró seguía allí, diciéndoles adiós con una mano que un segundo después usó para santiguarse, en un gesto que tenía más de temor que de oración. Blanca estaba seria y no dijo nada en el breve camino de regreso al pueblo.

—¿Te ha hecho ilusión ver a la señora Miró? —preguntó Frederic en cuanto volvieron a dejar el auto, en el mismo lugar donde los Raventós habían aparcado al llegar al pueblo.

La mayoría de los niños se habían esfumado, y los dos o tres que quedaban no les prestaron ya la menor atención.

—Viajar al pasado siempre tiene algo triste, ¿no te parece?

Gente que ya no está, momentos que no van a repetirse. Prefiero mirar hacia delante, la verdad.

—Lo siento. Pensé que…

—No te disculpes. Me ha gustado ver a la señora Miró, te lo prometo. Ha sido un bonito detalle que se te haya ocurrido.

Sus ojos no mentían: por mucho que se empeñara en mostrar que estaba contenta, no conseguía ocultar el desasosiego.

—¡Si no bebo algo ya, empezaré a convertirme en un fantasma del pasado aquí mismo! —intervino Gerard—. El espíritu de la maestra que murió carbonizada.

—¿Cómo puedes ser tan imbécil? —explotó Blanca, al tiempo que cerraba la portezuela del coche con firmeza—. Vamos a darle de beber. Últimamente sólo se le puede aguantar si está ebrio.

—¿Ahora te has enfadado? —dijo su hermano, corriendo tras ella—. Era una broma.

Intentó agarrarla por la cintura y Blanca no se dejó.

—Te estás haciendo vieja. Antes tenías más sentido del humor.

—Quizá el problema no sea mío. Quizá es que antes tú eras más gracioso.

Frederic asistió a la discusión en silencio y decidió que algo de beber les sentaría bien a todos, incluido él. El sol no ayudaba a refrescar el ambiente: se encontraba en su punto más alto, repartiendo su calor con la generosidad cruel de uno de esos monarcas absolutistas que decían darlo todo sin contar con los deseos de quienes lo recibían.

Dejaron atrás la playa y se internaron en el pueblo por una de sus calles estrechas. Al pasar por delante del Café del Centre, el jolgorio del interior llegaba hasta sus oídos, y Gerard se detuvo y empujó la puerta. Frederic recordó entonces la boda que debía de estar celebrándose allí, aunque antes de que pudiera impedirlo, Gerard había entrado ya, seguido de su hermana. El dueño saludó a Frederic, y del salón contiguo apareció Sixto, vestido de gala, como correspondía al padre del novio. Con gran efusividad, los invitó a unirse a la fiesta, y ellos aceptaron. Durante las siguientes horas se dejaron llevar por la alegría del banquete, compuesto por todo tipo de pescado que las madres de los novios habían cocinado para llevar allí. El café se ocupaba de las bebidas, el vino espumoso corría por las mesas, y tanto Gerard como Blanca parecían haber olvidado su discusión previa. Cuando el novio, un mocetón fuerte de apenas veinte años, se unió a sus compañeros con un acordeón en la mano para cantar habaneras, el barullo se amortiguó y Frederic observó el rostro de perfil de Blanca, a quien tenía sentada delante, totalmente absorta en aquellas canciones nostálgicas de emigrantes marineros. Deseó tenerla al lado, cogerla de la mano, sacarla de allí y buscar algún rincón solitario donde poder besarla; en su lugar apuró la copa de vino y se conformó con mirarla, ya sin disimulo, como si quisiera aprenderse las líneas de su rostro. Alguien pidió algo más festivo y los acordes de una pieza distinta, mucho más alegre, llenaron el salón. Todos coreaban al cantante, incluida la novia, una muchacha tan joven que parecía una muñeca disfrazada de novia o una niña de comunión. Y fue en mitad de esa canción marinera cuando Frederic percibió que algo sucedía: le alarmó un poco ver a su compañero del sanatorio, Adrián Bescós, irrumpiendo en la sala en busca de la comadrona.

—¡Me han dicho que está aquí! —gritaba para hacerse oír sobre la algarabía, que por fin se apagó—. Mi mujer está de parto. La necesitamos.

Y estar, a decir verdad, estaba. Otra cosa era que la partera, tía de la novia, hubiera tomado demasiado vino y, consciente de ello, observara a Bescós con cara de pavor. Al parecer, según contó luego, había visto a Josefina esa misma mañana y nada hacía sospechar que el alumbramiento fuera tan inminente; en realidad, aún no había salido de cuentas. La buena mujer se levantó, dispuesta a cumplir con su trabajo, pero tuvo que volverse a sentar porque la cabeza le daba vueltas. Frederic contemplaba la situación, que a pesar de todo tenía algo de cómico, cuando vio que Blanca abandonaba la mesa y se acercaba a Adrián Bescós. Él asentía, con la desesperación de los necesitados, y ella fue hacia Frederic para susurrarle al oído:

—Creo que tengo trabajo que hacer.

—Pero... —Él estaba desconcertado—. ¿Sabes algo de partos?

Blanca sonrió.

—¿Acaso piensas que soy una señorita inútil? Estudié para esto; no puedo decir que tenga mucha experiencia, pero en este momento soy lo mejor que este pobre hombre puede conseguir para su esposa.

Sin decir nada más, salió del café junto con Bescós, y Frederic decidió seguirlos, diciéndose que al menos acompañaría a Adrián en la espera. Una vez en la casa de los Bescós, Blanca tomó el mando: pidió un delantal, ordenó a la criada que le llevara agua caliente y se encerró en la habitación donde Josefina, aterrada, gritaba como si alguien la estuviera torturando. Fueron inútiles los intentos de Adrián de sacar la cabeza; Blanca le echó de allí sin muchos miramientos, aduciendo que los hombres no estaban preparados para ver parir a su mujer y se convertían más en un estorbo que en una ayuda.

De manera que Adrián y Frederic esperaron fuera, en el comedor, desesperado el primero por los aullidos de dolor que seguía profiriendo su esposa y por los ruidos que procedían de la habitación cerrada. Aquella puerta separaba en ese momento el mundo masculino del femenino: a un lado, las mujeres se movían entre el dolor y la esperanza, la sangre y la ilusión; al otro, dos caballeros se observaban con impotencia, asumiendo entre aliviados y nerviosos el papel secundario que la naturaleza les había reservado en esa ocasión trascendente. Por fin cesaron los gritos y ahí sí que Adrián no pudo aguantar más y corrió hacia la puerta. Desde donde estaba, en el comedor, Frederic oyó el llanto de un recién nacido y también se puso de pie. La puerta se cerró otra vez, arrastrando con ella al nuevo padre, invitado especial de la ceremonia que había tenido lugar en el interior. Poco después, en unos minutos que se le hicieron eternos, vio salir a Blanca.

Sonreía mientras iba a lavarse las manos en la pila de la cocina. El turbante había desaparecido y ya no tenía aspecto de princesa sino de mujer cansada; sin embargo, la satisfacción la hacía más atractiva aún, dándole una belleza más carnal, más humana, menos inalcanzable.

—Tu amigo ha tenido un niño. —Suspiró—. ¿Quién dice que en los pueblos se lleva una vida tranquila? He hecho más cosas aquí en unas horas que en Barcelona durante las últimas semanas.

Y Frederic no pudo contenerse. La admiración por aquella mujer, por su atractivo y su resolución, desbordó todos los límites que marca la buena educación, y allí mismo, en una cocina ajena, la abrazó con fuerza y besó sus labios con un anhelo desbocado e incontenible. No le importaba su cabello alborotado, ni las manchas de sangre del delantal, ni el olor extraño a vida y muerte que desprendía. La deseaba sin el menor reparo y no conseguía separarse de ella, como si su existencia ya sólo tuviera sentido si se pegaba a Blanca, que aceptaba su lengua y sus caricias sin vacilar.

—Espera, espera… —susurró ella por fin—. Tengo que volver a entrar, será un momento.

El feliz padre salió a enseñar al recién nacido a su compañero, quien admiró a aquel bebé arrugado y rollizo tal como mandaban los cánones: el pequeño Adrián, anunció Bescós, radiante, mirando arrobado a aquel niño que apenas conseguía abrir los ojos. Frederic comprendió que en ese momento nacían para su colega todas las esperanzas, los buenos deseos, quizá incluso todos los temores. El pequeño Adrián llegaba al mundo al mismo tiempo que su amor por Blanca, y él tuvo la extraña sensación de que ambos irían unidos, de que sus destinos habían quedado entrelazados con el futuro de aquel niño y sintió la aprensión de los enamorados, el miedo a la fragilidad de una emoción desbordante que, como la vida de un infante, podía truncarse en cualquier momento. No tuvo tiempo de pensar mucho más, porque Blanca, ya sin el delantal, daba unas instrucciones serias tanto al padre feliz como a la criada asustada, y ordenaba al primero que regresara al lado de su mujer.

—Ahora sí le necesita dentro, a usted y al niño. Cuídela. Hay algo inmenso en dar a luz, algo que los hombres no pueden entender y nosotras no sabemos explicar. Damos algo al mundo y al mismo tiempo lo perdemos de nuestro interior. No la deje sola esta noche, por favor. Está agotada y se dormirá, pero en cuanto despierte me gustaría que le viera allí, pendiente de ella y del niño, mimándolos.

Salían de la casa cuando Frederic pensó por primera vez en Gerard en todo ese rato. La tarde era más fresca y él le colocó su chaqueta sobre los hombros, no tanto porque Blanca se quejara del frío sino porque él deseaba también cuidarla, protegerla, compartir algo físico con ella. Cuando regresaron al café, el banquete había terminado hacía rato ya y sólo quedaban algunos amigos del novio, francamente borrachos. Siguieron caminando, aunque él hubiera preferido llevarla a su casa, desnudarla en lugar de vestirla, abrazarla en vez de andar a su lado. No se atrevió a proponérselo y ella no dio señal alguna de querer desviarse del camino que conducía hacia el coche, a pesar de que nadie supo decirles dónde estaba Gerard. Las campanas dieron las ocho y su estruendo resonó sobre los tejados de todo el pueblo.

—¿Te importa acompañarme a la iglesia? —preguntó Blanca.

—Claro que no. No sabía que fueras creyente.

—No sé si lo soy. Es sólo que en días así tengo la necesidad de dar gracias a alguien.

Ella le pidió entrar sola en el templo vacío y él obedeció y la esperó fuera, sin saber muy bien qué hacer. El crepúsculo teñía el mar con su luz rojiza y decadente, una visión que no casaba con su estado de ánimo, que seguía pletórico. No deseaba ver aquel sol agónico derramando sus últimas horas desde el horizonte, prefería entrar en la iglesia y observar a Blanca. Eso hizo: la vio sentada en un banco de madera, inmóvil, de espaldas a él; por un momento creyó que lloraba, y sin embargo, cuando se levantó y caminó hacia él por el pasillo lateral, a la luz de los cirios, la vio serena y pálida como una madonna.

Se besaron otra vez, junto al coche, y en esa ocasión fue ella quien inició el acercamiento. Era como si su rato de reflexión en la iglesia la hubiera decidido, como si la oración hubiera despejado sus dudas. Y habrían seguido así, entre besos y susurros, si Gerard no hubiera aparecido como un fantasma, sacudiéndose de encima la arena de la playa, y se hubiera detenido ante ellos entregado a un lento e irónico aplauso.

—*C'est l'amour!* —exclamó, y siguió hablando en un irritante y falso acento francés, arrastrando las «erres»—. Y ahora llega el hermano cruel que os obliga a separaros... Pero es tarde y tenemos que volver.

—Por una vez tienes razón, hermanito.

—¿En que soy cruel?

—No, en que debemos irnos ya. Pronto será de noche.

—Exacto. Y las chicas decentes deben estar acostadas cuando sale la luna. Me han dicho que su luz las trastorna.

—¿Qué has estado haciendo? —le preguntó Frederic.

—Cuando me abandonasteis para hacer de parteros, me quedé en la fiesta. Luego algunos propusieron ir a bañarse y los seguí. Pero estos mozos tienen poco sentido del humor.

—No quiero imaginar en qué lío te habrás metido —dijo Frederic, en tono burlón.

—En el mismo lío que vosotros, doctor Mayol —repuso con un deje de amargura—. Cuando anochece y uno se siente solo, todos buscamos compañía.

Gerard subió al coche sin decir nada más y lo puso en marcha. Blanca se inclinó hacia Frederic y le susurró al oído:

—Me gustaría quedarme aquí, pero debo irme.

—¿Cuándo volveré a verte?

—Pronto. Tan pronto como lo desees. —Tomó aire antes de seguir, y su tono de voz expresaba algo parecido a la timidez cuando habló de nuevo—. ¿Te gustaría conocer a mis padres? No será la mejor tarde del mundo, te lo advierto. Me temo que es una puerta que debemos cruzar. Es importante que sepas lo que llevo detrás, antes de dar cualquier otro paso.

—Si te juro que por ti cruzaría las puertas del infierno, ¿me tomarás por un cursi?

Ella sonrió antes de responder:

—¿Y quién te dice que no es eso exactamente lo que te estoy pidiendo?

# 18

Y así se sentía Frederic, tres semanas después, cuando empujaba la pesada verja de hierro negro que separaba la calle de la casa de los Raventós: como un alma nerviosa entrando en un infierno bochornoso y pesado con un ramo de rosas blancas en la mano, una calculada ofrenda a la diosa madre con quien debía congraciarse. Blanca había organizado una merienda a la que, según le había informado, asistirían su hermano y su prometida, Maria Mercè; un par de amigos de Blanca, y sus padres, por supuesto. «Ah, y también estará Mariona, claro», añadió ella al final. Y fue precisamente Mariona la primera que le dio la bienvenida, en el jardín delantero, donde estaba cortando unas rosas.

—Son para mi tía —le explicó, mientras su mano enguantada manejaba con soltura las tijeras y sin darse cuenta de que él llevaba un ramo espléndido en la mano—. Se le ha antojado que el jarrón de la mesita del patio se ve triste sin una sola flor.

Entonces se fijó en las de Frederic y se echó a reír.

—Debería haber llegado cinco minutos antes y me habría ahorrado el trabajo.

—¿Soy el último?

—Me temo que sí. Bueno, mi tío ha tenido que irse a la fábrica. Aparte de él todos le están esperando con mucho interés —respondió Mariona, sonriente—. No se preocupe. Hoy serán encantadores, se lo prometo.

A él no le pasó desapercibido el matiz temporal.

—¿Sólo hoy?

—Sobre todo hoy —se corrigió ella sin perder el buen humor.

Ese día iba bastante más arreglada que la vez anterior, con un vestido de color verde turquesa, de mangas fruncidas, y el cabello rizado recogido en un moño que no terminaba de sostenerse en su sitio.

—¿Y ahora qué hago con estas tres? —preguntó ella—. Ah, mire: le pondré una en la solapa de la chaqueta.

Y sin pensarlo más, le cortó el tallo con decisión y la introdujo en el ojal.

—¿Lo ve? Queda perfecto. Las otras dos se las daré a Maria Mercè —dijo—. Sé que le gustan. Vamos, no se quede ahí, suba conmigo.

Y ascendieron hacia la casa, recorriendo el mismo camino que el día en que Frederic acompañó a un Gerard ebrio y torpe.

—Por aquí —le indicó Mariona, rodeando la casa—. Están en el patio de atrás. Como dice mi tía, es un poco más íntimo.

Frederic no habría usado la palabra «íntimo» para describirlo, ya que la primera que le vino a la cabeza fue «paradisíaco». Ciertamente, si alguien imaginara un jardín del Edén en un contexto doméstico, no podía conjurar una imagen muy distinta de aquella que tenía delante. Lo que Mariona había llamado «patio» era en realidad un jardín inmenso y fragante, muy distinto a los parterres milimétricos y ordenados que circundaban el sendero por el que habían subido. En ese que contemplaba ahora había algo casi selvático. Grandes árboles frutales se disputaban el terreno con plantas exóticas de flores de vivos colores, sin que nadie pareciera haber decidido de antemano qué plantaba ni dónde lo hacía. El resultado era una amalgama de verdes, rojos de distintos matices y el amarillo vivo de los limones, formando una combinación agreste en su abundancia. Y a un lado, alejados de esa especie de selva que se comía incluso el sendero, se hallaba un porche donde se encontraban los seres humanos.

Por la cabeza de Frederic cruzó la idea peregrina de que con el tiempo aquellas plantas exuberantes acabarían devorándoles el terreno y que ellos, los humanos, fingían no darse cuenta; se sentían a salvo de aquella naturaleza invasiva y salvaje, la contemplaban con respeto sin atreverse a mezclarse con ella.

Buscó a Blanca con la mirada y la encontró enseguida, por supuesto; anduvo hacia el grupo alentado por su sonrisa de bienvenida y consciente de que era, sin duda, el invitado estrella de la tarde. Gerard estaba un poco apartado del resto, fumando, y le saludó sólo con un gesto vago mientras Blanca le conducía ante una dama que, por edad y parecido físico, sólo podía ser su madre. Carlota Miralles, señora de Raventós, estaba sentada en una gran silla de hierro forrada de cojines, una especie de trono de jardín, y aceptó el ramo de rosas blancas que le entregó Frederic con la sonrisa afectada de las reinas europeas, habituadas a recibir regalos y aburridas de que éstos nunca constituyan una verdadera sorpresa.

—¡Son preciosas! —dijo en voz muy baja, casi inaudible—. Mariona, cielo, ¿puedes ponerlas en agua?

Las pasó a su sobrina como si el ramo estuviera constituido por piedras pesadas y observó a Frederic con los ojos levemente entornados.

Gerard había dejado de fumar y se unió al grupo, aunque daba la impresión de que tenía la cabeza en otro lado. No paraba de dirigir la mirada hacia el sendero, como si esperara con aprensión la llegada de alguien. Frederic fue presentado debidamente a las dos muchachas, Maria Mercè Vilanova, futura esposa de Gerard, y Angélica Mendizábal, y a un amigo de la familia llamado Martí Pujol. Resultaba bastante evidente que este último sentía una predilección especial por Angélica, a quien miraba arrobado sin que ella le hiciera en apariencia el menor caso, ya que prefería hablar con Mariona o con las demás jóvenes. Según dedujo de la conversación, Angélica estudiaba en la universidad, algo poco habitual en esos días, ya que hacía sólo unos años que las mujeres podían acceder oficialmente a ella. Algo más callada estaba la prometida de Gerard: una señorita de la edad de las otras pero que, por su atuendo severo y sus modales contenidos, parecía más bien su hermana mayor, o incluso una tía joven y soltera, demasiado aficionada a los dulces para tener buena figura. Pese a esa primera impresión, Maria Mercè le miró con simpatía y le dirigió una especie de guiño de complicidad que Frederic comprendió y agradeció a la vez.

Blanca actuaba de maestra de ceremonias y cortó un par de tartas. Gerard fue el único que no quiso probar ninguna y siguió bebiendo algo que no tenía aspecto de ser té helado. Su madre pidió que le sirvieran una porción diminuta de ambas, y los demás atacaron pedazos más grandes con apetito.

—No sé cómo podéis comer tanto con este calor —comentó la señora Raventós—. Se nota que soy mayor... ¡La edad quita el hambre! Aunque ni siquiera cuando era joven habría podido tragar dos trozos de pastel. ¡De verdad os admiro!

—Mamá, por favor —dijo Blanca—. Come lo que quieras y deja que los demás hagamos lo mismo.

—Por supuesto, cielo. ¿Me sirves un poco de café?

—Claro.

—Por cierto, antes de que se me olvide —intervino Frederic—. Blanca, los Bescós te mandan recuerdos. El pequeño Adrián está perfectamente.

—¿Es el niño al que trajiste al mundo? —preguntó Angélica—. Oh, no sé cómo tuviste el valor de hacerlo. Yo me habría muerto de miedo.

—Blanca es muy valiente —sentenció su madre—. Ya lo era de pequeña, señor Mayol, no tenía miedo a nada. ¿Me acercas el azúcar, querida? Siempre me admiró que de una mujer tan prudente como yo pudiera salir una hija tan decidida.

—Mamá, no exageres.

—No exagero, querida. Gerard, ¿tengo o no tengo razón?

—¿Qué? —preguntó éste.

—Tu hermana. ¿Acaso no era un terremoto cuando erais niños? Me agotaba sólo con verla. Claro que él no se quedaba atrás. Tú también puedes confirmarlo, ¿verdad, Mariona? ¿Os acordáis de cuando casi ahogáis a la pobre criatura?

—No fue para tanto, tía —dijo Mariona en tono fatigado, como si hubiera oído esa misma historia un centenar de veces—. Ellos creían que sabía nadar y yo no me atreví a llevarles la contraria.

—Eran unos brutos —reafirmó la señora Raventós—. Eso sí, erais unos niños preciosos. Me resultaba imposible estar enfadada con vosotros mucho rato.

—Creo que mis recuerdos difieren en este punto —repuso Blanca.

—Oh, una tiene que fingir que está enojada. Ya lo verás cuando tengas hijos. Por cierto, ardo en deseos de ver qué carita tendrán… A mi edad es lo que más ilusión me hace. ¡Los niños dan tanta vida…! —concluyó en tono enfático.

—Pero si te han aburrido siempre, mamá —dijo Gerard—. No parabas de quejarte de que no nos hacíamos mayores lo bastante deprisa para que así pudiéramos contarte algo interesante.

—¡No seas tonto! —zanjó su madre—. Me encantan los niños, y estoy segura de que Maria Mercè y tú me daréis nietos muy pronto. Y de que serán tan guapos como mi Gerard y mi Blanca.

La aludida se sonrojó un poco, ya que, obviamente, había quedado excluida en esa herencia de belleza familiar, y Frederic se fijó en que se había dejado gran parte de la merienda en el plato. La conversación prosiguió en otras direcciones, entre ellas un lío amoroso que había salido a la luz en uno de los palcos del Liceo y que afectaba a personas de quienes Frederic no sabía nada. Angélica y Martí Pujol lo comentaron, entre sonrisas y alusiones irónicas; mientras tanto, ajeno a la charla, él se concentró en Blanca. No la había visto desde el día en que estuvo con su hermano en Sant Pol y anhelaba quedarse un rato a solas con ella. Blanca también buscó su mirada y le sonrió, aunque, como su hermano, aparentaba estar levemente tensa.

Se oyó el rumor de pasos por el sendero y Gerard se irguió en la silla. Fuera lo que fuese lo que esperaba, era obvio que estaba a punto de suceder.

Onofre Raventós apareció de repente, y su presencia tuvo la virtud de acallar la conversación en el momento en que Angélica y Martí llegaban al punto más escandaloso del relato, que quedó súbitamente truncado.

Tanto Martí como Frederic se levantaron, y Blanca hizo lo mismo, dirigiéndose a su padre.

—Hola, Martí —saludó éste—. Y usted debe de ser el señor Mayol.

—En efecto. Encantado de conocerle.

Frederic sintió que la mirada del dueño de la casa lo recorría de arriba abajo, deteniéndose en algunos puntos, como si Onofre Raventós tuviera la capacidad de ver no sólo los pensamientos, sino también los órganos internos. O los defectos externos, ya que lo siguiente que le dijo mientras le estrechaba la mano fue:

—¿Ese brazo le molesta mucho?

—A veces duele, sí.

—El dolor no siempre es malo, créame. Nos recuerda que somos mortales. Algo en lo que los jóvenes de ahora prefieren no pensar.

—¿Quieres un trozo de pastel, papá? —propuso Blanca—. Está estupendo.

—No, Blanca, gracias. De hecho ahora no puedo quedarme con vosotros. Gerard, ¿te importa venir conmigo un momento?

Se expresaba en tono amable, pero a nadie se le escapaba que la pregunta era, a todos los efectos, una orden. Gerard apuró el contenido del vaso y respondió, en tono decididamente irónico:

—¡Cómo no, papá!

Carlota manifestó estar cansada y pidió a Mariona que la acompañara a su cuarto: se despidió cortésmente de Frederic y ambas se marcharon. Los demás permanecieron sentados, la reunión invadida por un silencio abrupto. Frederic observaba a Maria Mercè, que había seguido la desaparición de su prometido con preocupación. Fue Angélica quien retomó el hilo de la charla, preguntando a la futura novia si tenía ya confeccionado el vestido; ambas se enzarzaron en un animado debate sobre trajes de novia y demás complementos, mientras Martí Pujol las secundaba sin mucho que decir, y Blanca aprovechó el momento para preguntar a Frederic si quería ver el resto de la casa. Él aceptó, encantado.

—Bueno, pues ya has visto cómo somos —dijo ella, cuando se alejaron lo suficiente del grupo.

—Tu madre es toda una dama.

—Oh, sí, Y era muy guapa, de verdad. Recuerdo que de pequeña la veía vestirse y peinarse delante del tocador y pensaba que era un hada o una princesa.

—No es tan guapa como tú —dijo él.

—Muchas gracias, pero no hace falta que mientas. Hay un retrato de ella en la casa, verás como tengo razón.

Se cruzaron con una sirvienta, a quien Blanca indicó que podía salir ya a recoger los platos de la merienda. La doncella se apresuró a cumplir las órdenes, no sin antes lanzar una mirada de admiración a Frederic. Él y Blanca recorrieron la planta baja hasta llegar al saloncito del piano, donde, sobre la chimenea, colgaba el retrato de Carlota Miralles; no cabía duda de su belleza, distante y aristocrática, ni tampoco del parecido que la unía a sus hijos: los mismos pómulos marcados, la frente amplia, los ojos levemente rasgados, el cuello largo.

Frederic iba a decir algo cuando una voz brusca le hizo callar. Al otro lado del saloncito había una puerta cerrada que, dedujo, debía de conducir al despacho de Onofre Raventós. Su voz potente se imponía a la de su hijo, quien trataba inútilmente de explicarle algo.

—Esto también forma parte de nuestro día a día —dijo Blanca, instándolo a salir del salón.

—Tu padre es todo un carácter.

—Lo es. Supongo que es normal. Él no era rico, ¿sabes? Empezó con un taller pequeño y de ahí sacó adelante la fábrica. Se casó con la heredera más guapa del momento y eso contribuyó a acrecentar su fortuna, aunque me consta que no lo hizo sólo por dinero. La adoraba, creo que demasiado, hasta que un buen día se dio cuenta de que era una mujer como las demás: rica y bella, pero corriente. Cuando se rompen los pedestales, las estatuas se hacen añicos, y papá no es de los que recomponen las piezas. Más bien las pisotea.

Se dirigieron otra vez a la parte posterior de una casa amueblada sin ostentación excesiva, pero con un gusto excelente. A Frederic le sorprendió ver un teléfono, uno de esos «inventos» que empezaban a ocupar su lugar en algunas casas. Cuando salieron los invitados quedaban a su derecha, y Blanca le guió hacia aquel jardín desbocado.

—Hay algo que quiero enseñarte.

Ese algo resultó ser una fuente, vieja y sin agua, que se encontraba al otro lado de los árboles frutales. Allí, sin embargo, pudieron besarse de nuevo. El deseo por ella no había menguado, más bien se había acentuado en esas semanas sin verse. Tenerla cerca convertía ese deseo en algo difícil de contener.

—¿Esta rosa es de nuestro jardín? —preguntó ella, fijándose de repente en la flor que llevaba él en el ojal.

—Me la ha puesto tu prima. Había cortado varias cuando he llegado yo con el ramo.

—Odio las flores sin tallo —dijo, y se la quitó de la solapa—. Se marchitan enseguida con este calor.

—¿Fue aquí donde casi ahogasteis a Mariona? —preguntó él, al tiempo que señalaba la fuente.

Blanca se echó a reír.

—No, fue en una alberca, en una finca a la que íbamos a pasar el verano. ¡Pobre Mariona! No nos dijo que no sabía nadar y la animamos a saltar al agua. Luego nos asustamos tanto que no éramos capaces de sacarla. Éramos todos unos críos, la verdad. Y mamá tenía razón en algo: Gerard y yo no éramos unos ángeles precisamente.

—¿Ha vivido siempre con vosotros?

—¿A qué viene tanto interés por mi prima? —dijo Blanca, en tono malicioso—. No, no siempre, aunque hace ya muchos años que está aquí. La historia es como una novela por entregas. Mamá tenía dos hermanas, la tía Eulàlia y la tía Agnès, y digo tenía porque ambas han muerto ya. Agnès, a quien no conocí, fue una especie de hija descarriada: se fugó con un indeseable, o eso dice mamá, y le perdieron la pista. Por supuesto fue desheredada por la familia y todo eso. Supongo que debe de tener razón cuando se refiere al individuo en cuestión como un canalla porque años después mamá supo que su hermana había muerto sola, dejando a una niña pequeña. Hizo que papá removiera cielo y tierra para encontrarla y la trajo a casa. Me acuerdo de cuando llegó, yo debía de tener unos once años y Gerard doce. Mis padres nos reunieron a mi hermano y a mí para decirnos que viviría con nosotros, y así ha sido. Al principio era como un ratoncito asustado, y apenas hablaba, ni se movía ni comía… Se quedaba quietecita en un rincón como si tuviera miedo de que la echáramos si rompía algo. Recuerdo que Gerard le pellizcó una vez para demostrarme que no era muda. En cambio, ahora, la verdad es que ninguno de nosotros se imagina la vida sin ella en casa; es maravillosa y la única que consigue lidiar con mamá cuando se pone insoportable.

Tenía la flor en la mano y antes de volver a besarlo la tiró al suelo con gesto distraído. Pero a Frederic no se le pasó por alto que, en el tiempo que duró el beso, Blanca pisó aquella rosa hasta aplastarla por completo.

A lo largo de aquel verano su relación con Blanca fue avanzando, a pesar de que las circunstancias no les permitieron verse demasiado. Las mujeres de la familia Raventós se marcharon a finales de julio a pasar tres semanas en un balneario de Caldes de Malavella, como todos los años, por lo que ambos se volvieron a reunir una sola vez más antes de que se fueran. Se trató de un encuentro de una tarde de domingo, en una Barcelona por cuyas calles parecían circular ráfagas de aire caliente. Por una vez estuvieron solos, sin Gerard de carabina, y pudieron entregarse a esas charlas en las que las parejas primerizas intentan averiguar detalles sobre la personalidad del otro y se sorprenden agradablemente al comprobar manías compartidas o gustos comunes. De todos modos, Frederic tenía una misión en la cabeza aunque dudaba si podría o no llevarla a cabo. No quería incomodar a Blanca cuando iba a estar varias semanas sin verla, pero tampoco podía olvidar una conversación que había mantenido con la señora Miró en fechas recientes.

Desde el día en que la gobernanta se enteró de su amistad con una alumna del antiguo colegio, Frederic había recobrado sus simpatías, algo menguadas anteriormente por todo el asunto de la desaparición y el posterior hallazgo de la caja de música. Sin embargo, por mucho que él lo había intentado, no había conseguido sonsacarle nada sobre el colegio, ni sobre Clarisa Miravé. Cabe admitir que cada vez consideraba más una casualidad que el malogrado padre Robí hubiera ido a parar allí, al mismo lugar donde estudió la víctima que en cierto modo le había hecho perder la razón; pero a ratos le asaltaba la curiosidad y, en consecuencia, el deseo de averiguar más cosas sobre la joven muerta. Había intentado sacar el tema a colación con la señora Miró pocos días después de la visita de Blanca, sin ningún éxito. La gobernanta afirmó que no recordaba a la muchacha de sus tiempos de estudiante y manifestó su sorpresa al oír su nombre en boca de Frederic. Por otro lado, él tampoco quiso contarle lo que el padre Robí le había dicho aquella madrugada: la mujer estaba muy afectada por la muerte del sacerdote e incluso se había planteado jubilarse, una posibilidad que horrorizó al doctor Freixas. Siguiendo sus órdenes estrictas, no debía hacerse nada que molestara en modo alguno a la señora Miró, quien, quizá consciente de las muestras de afecto que repentinamente le profesaban todos, desestimó su idea de marcharse. Lo más probable es que todo hubiera seguido igual si él no hubiera sufrido un ataque de dolor extremo en el brazo. Aunque esos episodios cada vez eran más raros, y por tanto más soportables, dio la casualidad de que lo sufrió durante una de sus noches de guardia, mientras cenaba a solas con la gobernanta.

La mujer se asustó al verlo palidecer, era la primera vez que lo presenciaba, y a pesar de que Frederic intentó tranquilizarla diciéndole que remitiría enseguida, se ofreció a prepararle una tisana que, según ella, curaba todos los males.

—Verá, verá qué bien le sienta. A la señorita Águeda se la hacía a menudo. Sobre todo durante el último año.

—¿La señorita Águeda era una de las maestras? —preguntó él.

—Era la directora —dijo la señora Miró—. Bueno, en realidad habían fundado el colegio juntas, ella y la señorita Irene. Pero la señorita Águeda era la que ejercía las funciones de dirección. Ya la tiene, espere un poco porque está hirviendo.

Había regresado a la mesa con una taza humeante que despedía un olor intenso y la había dejado ante él; luego se sentó donde estaba antes y empezó a pelar la manzana que tenía de postre.

—Disculpe mi curiosidad —dijo él—, pero el otro día, cuando fui a casa de Blanca, de la señorita Raventós, estuvimos hablando de sus tiempos aquí. Estaban también otras antiguas alumnas... No sé si sabe que una de ellas, Maria Mercè Vilanova, va a casarse con su hermano.

—¿Ah, sí? No, no lo sabía. —Ella seguía troceando la fruta en cuartos perfectos.

—Mencionaron los nombres de algunas maestras, aunque ahora no los recuerdo… —Dejó la frase en el aire, con la intención de que ella tomara la iniciativa y continuara con el tema.

—¿De verdad? —La mujer procedió entonces a cortar cada uno de los cuartos por la mitad, y cuando terminó de hacerlo, dirigió la mirada hacia él—. Ya puede empezar a beberla.

Frederic obedeció, sin estar muy seguro de que aquel líquido no fuera a provocarle una indigestión. Aún ardía, y sólo consiguió dar un sorbo pequeño.

—¿Maestras? —continuó ella—. Estaban la señorita Águeda y la señorita Irene, y la señorita Sofía, la profesora de música y de costura. Y también el señor March, les daba dibujo, y la pobre mademoiselle Leblanc, que les enseñaba francés. Había también un anciano de aspecto venerable, que impartía historia, el señor Tarrida. Sus clases eran aburridísimas, según contaban las niñas.

La señora Miró apoyó el filo del cuchillo en el plato y cogió uno de los pedazos de manzana con sus manitas diminutas, casi de muñeca.

—¿Era un colegio estricto? —preguntó él.

—¡No! Las niñas eran muy felices aquí —prosiguió en cuanto se hubo comido ese trozo—. Fue una época magnífica.

—Es una lástima que terminara así… ¿Cómo empezó el incendio?

—¡Y quién lo sabe! Las niñas ensayaban esa obra, su amiga Blanca estaba entre ellas. Y también la joven que dice que será su cuñada. La sala de ensayos se encontraba en el tercer piso, al otro lado del pasillo, donde ahora está la sala de baños y los cuartos de aislamiento. Era una estancia grande, llena de cosas de tela y de cartón piedra. Ahí empezó el fuego.

—¿Con ellas dentro?

La señora Miró asintió.

—La señorita Irene fue a socorrerlas, ya que, por alguna razón la puerta de la sala estaba cerrada con llave. Hubo un momento de gran confusión, las niñas gritaban, aporreaban la puerta; los demás sacamos al resto y yo volví a subir. Era incapaz de quedarme fuera… Cuando llegué arriba, la señorita Irene había logrado abrir, y las criaturas bajaban los escalones, histéricas. —Entrecerró los ojos—. Estaba Blanca, y Maria Mercè, y otra joven cuyo nombre no recuerdo… Y Clarisa Miravé.

Frederic no quiso decir nada al oír ese nombre.

—Mientras las acompañaba escalera abajo, me dijeron que la señorita Irene había entrado a buscar a otra niña que estaba dentro de la sala. Era más pequeña, no pertenecía a su grupo. —Bajó la voz y dijo, al tiempo que meneaba la cabeza—: Ninguna de las dos salió con vida de allí.

—¿Y la señorita Águeda? —preguntó él—. Si era la directora…

—La señorita Águeda no se encontraba bien esos días. De lo contrario habría ido a ayudar a la señorita Irene, no le quepa duda.

—Debió de ser terrible para ella.

—Era su gran amiga. Sin la señorita Irene, no quiso seguir con el colegio. Por eso lo cerró y se marchó.

La señora Miró se levantó y fue a dejar el plato vacío en la pila.

—Se le va a enfriar la tisana, doctor —le dijo desde allí.

Frederic bebió, obediente, mientras pensaba en cómo seguir con la conversación sin que la mujer se ofendiera por algún motivo.

—La verdad es que está muy rica —mintió—. ¿La señorita Águeda también sufría de dolor?

—No. En absoluto.

—Ah, lo decía porque usted ha comentado antes que le preparaba esta misma tisana.

—Va bien para todo, doctor —repuso la gobernanta, volviéndose hacia él—. Para el dolor, para los nervios.

—Ya. —Frederic bebió el resto de golpe y disimuló una mueca de disgusto—. Seguro que me ayuda a dormir.

—Eso espero.

—Entonces ¿se la preparaba para el insomnio?

—Doctor Mayol, la señorita Águeda siempre estuvo muy sana… hasta el último año. No sé qué le pasaba, pero era evidente que no era la misma de siempre. Ustedes saben más de eso que yo, pero creo que era cosa de los nervios. Y ahora, si me disculpa, yo sí tengo sueño. Buenas noches.

La conversación había quedado ahí, y Frederic había puesto cuidado en no volver a sacar el tema con la gobernanta desde esa noche. Sin embargo, las explicaciones de la mujer habían abierto un nuevo frente en aquel misterio, que ya no tenía que ver sólo con el padre Robí. El nombre de Águeda, la directora con «problemas de nervios», dibujaba un nuevo interrogante en su cabeza, y una de las personas que podía aclarárselo, al menos en parte, era precisamente Blanca, si conseguía desviar la conversación hacia ese tema.

Habían paseado por el centro y descendido por las Ramblas, como muchas otras parejas, hablando de todo y de nada a la vez. La charla eran tan intrascendente como agradable, y Frederic estaba descubriendo a una mujer irónica sin ser maliciosa, con sentido del humor y tan cercana como el día en que estuvo en Sant Pol. Por eso se animó, ya al final de la tarde, mientras tomaban algo en el elegante Gran Café de España, un local amueblado con madera de nogal, sobremesas de mármol y sillas forradas de terciopelo carmesí. En las paredes colgaban cuadros con representaciones de las distintas regiones españolas y sus escudos. El local no estaba muy lleno, así que desde abajo, donde se encontraban ellos, se oía de vez en cuando el ruido de una ficha de dominó al golpear la mesa, en la sala de juegos del piso superior.

—La señora Miró estuvo contándome muchas cosas sobre el colegio —comentó Frederic, en tono casual—. Sobre ti y las otras alumnas, y sobre las profesoras.

—¡Qué horror! Es injusto que puedas averiguar detalles de mi infancia y yo no tenga la posibilidad de hacer lo mismo —repuso Blanca, casi riéndose.

—No creas que me explicó ningún secreto. Según ella, todas erais maravillosas, aunque debo decir que me resisto a creerla. De hecho —prosiguió, para centrar el tema en lo que le interesaba de verdad—, me habló más de las maestras, sobre todo de la directora, la señorita Águeda.

Habría jurado que el semblante de Blanca acusaba la mención de ese nombre. Fue tan sólo una reacción momentánea, una mirada inquisitiva que se desvió enseguida, una sonrisa que desaparecía de su rostro.

—Comentó que en el último curso no se encontró muy bien. Que sufría de los nervios.

—Estuvo enferma, o eso nos dijeron —aclaró Blanca—. Pero no nos dieron más detalles. Tuvimos que seguir con los ensayos sin ella, lo recuerdo.

—¿Los de la obra de teatro?

—Sí. La señorita Águeda se ocupaba de eso. Cuando cayó enferma, decidimos encargarnos nosotras de todo y así darle una sorpresa a final de curso.

—Debíais de apreciarla mucho, tanto tú como las demás. Es extraño que no hayáis vuelto a saber de ella.

—El colegio se acabó —dijo, a modo de excusa—. No sé qué fue de ella, créeme. Mientras estuve allí, aquélla era mi realidad y me asustaba pensar en abandonarla. Luego, cuando nos marchamos para siempre, la vida siguió su curso, y después del verano tuve la impresión de que hacía años que nos habíamos ido. Como si al cerrarse el colegio se hubiera puesto fin a una etapa a la que era imposible regresar. Creo que es algo que suele pasar.

Frederic asintió, a pesar de que seguía íntimamente convencido de que Blanca no le estaba contando toda la verdad. Había conservado la amistad con Angélica, con Maria Mercè, con Clarisa, y eso implicaba que no todo lo sucedido en el colegio había quedado enterrado.

—La señora Miró me habló también de Clarisa Miravé…

Blanca lanzó un largo suspiro.

—Disculpa si esto te trae malos recuerdos. Lo último que deseo es entristecerte, y sin embargo no he podido evitar asociar ese nombre con el de uno de mis antiguos pacientes, el padre Robí.

En la mirada de Blanca distinguió el brillo de la curiosidad, lo cual le animó a seguir.

—Ese sacerdote, el padre Robí, asistió en su última noche a Mario Guerrero, el hombre condenado por la muerte de…

—De Clarisa —le cortó ella—. Recuerdo su nombre.

—¿No te parece extraño? —preguntó él—. Me refiero al hecho de que ese pobre cura acabara ingresado en lo que había sido el colegio de esa chica. Y el tuyo.

—¿Qué quieres decir?

Frederic se encogió de hombros.

—Nada, en realidad. Tan sólo que es mucha casualidad, ¿no crees?

—Bueno, el lugar es un sanatorio mental ahora.

—Sí, pero no es el único. Y los sacerdotes suelen disponer de lugares para ellos.

—No te entiendo. ¿Quieres decir que buscaba algo allí? —La pregunta parecía sincera, y Blanca no se veía especialmente incómoda al hablar del tema.

—Él estaba convencido de que el chico era inocente. Eso me lo dijo.

—Pero Clarisa dejó el colegio cinco años antes de fallecer, al mismo tiempo que yo. —Blanca negó con la cabeza—. Y allí no hubo nada que pueda explicar su muerte. De verdad, Frederic, creo que el pobre cura no estaba bien. Si pensaba que encontraría algo ahora, en el sanatorio, es que estaba definitivamente desequilibrado. ¿Qué iba a hallar, siete años más tarde? No queda nadie allí. Bueno, aparte de la señora Miró… ¿Es que la consideras sospechosa de algo? —añadió, riéndose; había recobrado el aplomo y se expresaba en un tono contundente, capaz de disipar cualquier misterio.

—No, claro que no. La verdad es que no sé qué pensar. Quizá todo sean imaginaciones mías.

—Me gustan los hombres con imaginación —dijo Blanca, mirándolo con aire travieso.

—No sabes cuánto me alegro. —Buscó su mano y la acarició—. Tengo mucho interés en demostrarte lo imaginativo que puedo llegar a ser.

—¿De verdad? Para eso tendrá que esperar, señor Mayol.

—Tanto tiempo como sea necesario, señorita Raventós.

Ya no hubo forma de regresar a la conversación anterior. Los ojos de ella pedían otras palabras y sus labios formaban frases que aguijoneaban pulsiones que, ya antes de Freud, todos los hombres y las mujeres del mundo sabían identificar. Además, Blanca tenía una sorpresa para él, una invitación a pasar un fin de semana en el balneario realizada expresamente por su madre, siempre que su trabajo se lo permitiera.

Fue después, ya solo en casa de su padre, mientras pensaba en Blanca y en la perspectiva de volver a verla, cuando cayó en la cuenta de que ella, a su manera, había dado en el clavo. Suponiendo que el padre Robí hubiera ido al sanatorio con la intención de descubrir algo, lo que ya era mucho suponer, ¿qué creía el hombre que iba a encontrar allí? El lugar unía su destino al de Clarisa Miravé, pero no al de nadie más, excepto la señora Miró. No, el padre Robí había creído ver a una mujer de negro en la ejecución de Mario Guerrero, un fantasma que le había perturbado lo bastante para obsesionarse con el caso de la joven y escoger como sanatorio de reposo el lugar donde ella había estudiado.

Una mujer había fallecido en el incendio, una maestra de la que sólo sabía su nombre de pila: la señorita Irene. Frederic no creía en fantasmas, pero sí en la lógica de una mente desquiciada. El padre Esteve Robí estaba convencido de que el espíritu de la profesora lo seguía y quizá había decidido regresar al escenario donde ella había encontrado la muerte, creyendo que volvería a verla si se instalaba allí.

Y tal vez, al no lograrlo, había comprendido que su búsqueda era inútil y había decidido poner fin a su vida, en una muestra de rebeldía contra su propia fe que parecía pensada para escandalizar a sus superiores. Era la única explicación posible, y alentado por el razonamiento, Frederic intentó dormir. Sin embargo, su imaginación, tan intensa como él mismo había reconocido antes, le condujo a preguntarse qué habría sido de la señorita Águeda, la gran amiga de la fallecida, enferma de los nervios, según la señora Miró, y finalmente sus preocupaciones desembocaron en un sueño angustioso en el que una joven le esperaba desnuda en una habitación en llamas; él sabía que era Blanca, pero el fuego no le permitía verle la cara, difuminando sus rasgos hasta convertirla en una mujer sin rostro.

# 19

Quien mejoró, y mucho, a lo largo de aquellos luminosos días de verano fue el pintor Biel Estrada. Su ánimo se elevó tanto que, en más de una ocasión, Frederic se planteó si se trataba de una recuperación definitiva o sólo un efecto temperal, fruto del optimismo que solía acompañar a la estación cálida. Se le notaba emprendedor y contento, como si las nubes que empañaban su mente se hubieran disipado por la fuerza del sol. Ya no veía a su doble y prefería olvidarse de su existencia, relegar al olvido aquellas apariciones siniestras. Dibujaba a ratos, y su obra había dejado atrás tanto a los hombres sin cabeza como a los pájaros devorándose para centrarse en objetos inanimados: un árbol del bosque cuyo tronco nudoso llamaba su atención, una barca solitaria varada en la playa, las olas rompiendo contra las rocas o algún pescador anónimo de rostro curtido por la sal marina.

Frederic observaba aquellos cambios con una mezcla de satisfacción y recelo. Desconfiaba de las curaciones rápidas y dudaba de su permanencia, pero al mismo tiempo no podía dejar de felicitarse por el éxito de las sesiones de regresión. Quizá enfrentar al hombre con su fantasma le había hecho consciente del absurdo de sus visiones, quizá la tranquilidad del espacio —los largos paseos, la ausencia de conflictos reales, una dieta sana, el saludable efecto del aire de mar y de los baños— estaban surtiendo su efecto, despacio pero con resultados visibles. Tan bien se encontraba Estrada y tanto había cambiado su aspecto que, en su siguiente visita, su prometida empezó a pensar seriamente en llevarlo a casa. Frederic sabía de sus problemas económicos; aun así, intentó disuadirla, al menos hasta que llegara el otoño. Intuía que en aquella recuperación súbita podía descender de forma brusca a abismos de profundidad insospechada y deseaba tener al sujeto cerca en caso de que así fuera. Por fin, llegaron a un acuerdo: si en las primeras semanas de septiembre Biel seguía con la misma disposición, Frederic aconsejaría su salida. Así, la novia se marchó contenta y el médico se quedó más tranquilo: disponía de un mes más para hacer el seguimiento del enfermo y en ese tiempo podía recibir noticias de Anna Freud, con algún consejo de parte de su padre.

En una de sus sesiones decidió abordar de nuevo el tema del doble, y lo hizo a partir de los dibujos que, en teoría, aquél había realizado. A fuerza de verlos, aquellos pajaritos violentos también habían perdido parte de su impacto visual. Al observarlos sin el horror de la sorpresa se percataba uno de lo infantil de su trazo, de la imperfección de los acabados, muy distinta al resto de la obra de Estrada.

—¿Te molesta mirarlos? —le preguntó mientras volvía a enseñárselos.

—Son… toscos —admitió el pintor—. ¡No dejaría que nadie fuera de aquí los viera!

—¿Recuerdas ahora haberlos realizado?

—No. Me gustaría poder decirle lo contrario. No… no se parecen en nada a lo que yo hago. Ni a mi estilo.

—Haz algo por mí. Intenta… intenta explicarme un cuento en el que estos dibujos tengan sentido.

—¿Cómo?

—Confía en mí. ¿Por qué crees que hay tantos pájaros? —le dijo para ayudarle a empezar.

—Ah, ya entiendo —respondió Biel—. Veamos, supongo que viven en el campo.

—¿Ellos?

—Claro. Y también la niña.

—¿Quién es ella? Respóndeme lo primero que se te ocurra, no lo pienses demasiado.

—Una chiquilla que vive en el bosque.

—¿Sola?

—Sí. No tiene familia, y sus únicos amigos son los animalillos.

—Muy bien. ¿Y los pájaros la quieren?

Biel entrecerró los ojos, inseguro ante la respuesta.

—Supongo que sí. Están ahí, observándola.

—Pero ella se los come. ¿Lo hace por hambre?

—No. Podría comer otras cosas. En el bosque hay frutas, bayas… Y en cualquier caso no los comería así, con esa… voracidad.

—Entonces ¿por qué lo hace?

—Estaba muy sola. Tan sola que empezó a creer que los pájaros eran sus enemigos. Que no venían a verla sino que la vigilaban, que con sus cantos informaban de ella a…

—¿A quién? Sigue —le animó Frederic.

—A un ogro. ¿No suele haber un ogro en los cuentos? O quizá una bruja.

—Suele haber ogros, sí. ¿Y por eso se los come?

—Un día los encontró peleando entre sí y se dio cuenta de su maldad. De que no eran inofensivos, sino peligrosos. Así que los atrajo a todos a un lugar que sembró de migas. Los pájaros, golosos, se entretenían picoteando el señuelo mientras ella se los iba comiendo uno a uno.

—Así pues, ¿la niña es mala? ¿O son los pájaros los que merecen morir?

Biel se removió, inquieto.

—Quizá todos lo son, ¿no le parece? —dijo por fin—. Los bichos siguen su esencia natural, no se rigen por ninguna regla y hacen lo que les apetece sin pensar. Y ella…

—¿Ella qué?

—Ella pasó mucho tiempo sola en el bosque, acosada por el ogro. Y al final se volvió tan mala como él… para sobrevivir. ¿Lo he hecho bien? —preguntó, casi sonriente—. No soy muy hábil con las palabras. Mis pensamientos aparecen en forma de cuadro.

—¿Quieres dibujar ese cuento? ¿Hacer una nueva versión de él, basándote en la historia que has inventado?

Biel tardó un poco en contestar; frunció el ceño y dio la impresión de que meditaba sobre esa idea. Finalmente miró al psiquiatra y preguntó:

—¿Tengo que hacerlo?

—Sólo si te apetece.

—En ese caso, no. No me gustan los cuentos con niños tristes.

—¿Fuiste un niño triste?

—¿No lo son todos, doctor? Ya, me va a decir que no le responda con una pregunta. La verdad es que guardo pocos recuerdos de mi infancia.

Frederic intentó que su voz no dejara traslucir su interés cuando preguntó:

—Cuéntame alguno.

—Me acuerdo de mi madre. No tenía padre y ella me decía que si me portaba mal, él vendría a por mí. —Sonrió—. Y yo tenía tantas ganas de conocerlo que la desobedecía más aún, a ver si era verdad y se cumplía su amenaza. Pero claro, era sólo un cuento, él no vino nunca. No sé por qué, los recuerdos de mi madre siempre van asociados al verano, como si el invierno no existiera.

—¿Y luego?

—Mamá murió y yo fui a vivir a casa de una tía. Creo que todo el mundo pensaba que estaba loca, pero fue muy buena conmigo. También pintaba, ¿sabe? Ella me enseñó a dibujar y me animó a que tomara clases… Decía que Dios me había concedido un don y que debía agradecérselo sacándole el máximo partido. Cuando falleció, hace un par de años, me dejó su casita: la pobre no tenía nada más, y había gastado todo el dinero en que yo fuera pintor. Debería haber ido a verla más a menudo en los últimos tiempos. Yo tenía dieciocho años y todo se me antojaba más interesante que pasar un rato con una anciana.

—¿Te arrepientes de ello?

—Mucho. Ella se merecía más de lo que le di. Pero ya no puedo remediarlo, ¿no cree?

—Puedes remediarlo un poco haciendo lo que ella te pedía. Pinta, aprovecha ese don. Cuando salgas de aquí ve a comerte el mundo. Tienes a una buena mujer a tu lado.

—Sí, ¿verdad? No sé por qué somos así, doctor. No sé por qué siempre hacemos daño a las personas que más nos quieren. Su amor y su lealtad nos despiertan una vena cruel. Como... —Su rostro se iluminó—. Como la niña que devora a sus amigos, los pájaros. Antes le he dicho que no, pero voy a hacerlo. Eso sí, quiero dibujar un cuento distinto. Muy distinto.


Si la terapia con Biel Estrada daba sus frutos y su relación con Blanca se encontraba en ese punto emocionado que tienen los inicios amorosos, no podía decirse que el éxito acompañara a Frederic en su proyecto personal de escribir una novela sobre la guerra. Es más, a medida que transcurrían los días, el conflicto en sí mismo se iba alejando de sus intereses. Leía las noticias que publicaban los periódicos con el escepticismo aprendido de su propia experiencia. Los diarios comentaban las pérdidas de los alemanes, sobre todo en el Somme, contra los británicos, y en Verdún contra los franceses. Sin embargo, ninguno de los escenarios parecía llegar a su fin: las batallas seguían y los hombres continuaban muriendo, en uno y otro bando, sin que nada en el entorno de Frederic se alterara en lo más mínimo. Comprendió entonces que la guerra no podía vivirse desde la distancia; que, como el amor, resultaba incomprensible y hasta aburrida para quienes no se hallaban inmersos en sus potentes fuerzas. A ratos se sentía culpable de desterrar su ira y sus ansias de contar la verdad a una de las islas recónditas de la memoria, pero ni siquiera en esos momentos de remordimiento conseguía ponerse a escribir. Dedicó su tiempo libre a mantener largas conversaciones con el doctor Freixas, que se reveló como un interlocutor atento en quien confiar sus sentimientos; a pasear por la playa e incluso a salir a pescar con los hijos de Sixto. El contacto con ese trabajo rudo y fatigoso le hizo sentirse útil, vivo, aunque regresó al pueblo impregnado de un olor repugnante a pescado que tardó horas en desaparecer del todo. Por primera vez en años, también su padre se había ido de vacaciones.

Al parecer, Montserrat había heredado de su marido una casa en la costa de Tarragona y habían decidido huir del calor sofocante de Barcelona durante unos días, junto con un grupo de amigos de ella. Se preguntó si dormirían en habitaciones separadas y pensó también en su madre, de quien no tenía noticia alguna. Le había escrito de nuevo, comunicándole su dirección y los cambios de su vida, mencionando de paso a Blanca, para alentar así una respuesta ni que fuera por curiosidad materna; pero Claudine parecía inmune también a eso y Frederic terminó dejando que la calina veraniega ahuyentara sus preocupaciones.

Relegó los libros de guerra y cambió sus lecturas por los libros de horror que le había recomendado Anna en una breve carta que había recibido pocos días antes. En ella, Anna le comentaba que había transmitido sus dudas a su padre y que le contestaría, con más profundidad, en cuanto se reuniera con él, tras las vacaciones de verano, que ese año ella pasaría separada de sus padres en Altaussee, en el hotel que regentaba su cuñada, la esposa de Ernst. Sin embargo, le recomendaba un par de lecturas que su padre había encontrado ilustrativas: un relato, llamado *El hombre de la arena*, que le adjuntaba, y otra novela de su mismo autor, *Los elixires del diablo*. En ambas se abordaba de forma literaria el tema del doble, y, según Anna, constituían a la vez una amena lectura.

Frederic consiguió un ejemplar de *Los elixires del diablo* y se sumergió gozosamente en las terroríficas aventuras del hermano Medardo a pesar de que los días largos y soleados no predisponían exactamente a ese tipo de historias. E. T. A. Hoffman era su autor, y Frederic recordó al verlo la historia de la muerte de sus abuelos maternos en el Ringheater, cuando asistían a una ópera basada en los cuentos del mismo escritor. Leyó también el relato que Anna le adjuntaba en su carta: *El hombre de la arena*, que su padre tanto elogiaba, y su protagonista le recordó vagamente a Biel Estrada. Como el pintor, Nathaniel, el protagonista de *El hombre de la arena*, era un romántico que vivía entre el temor atávico de su infancia a un monstruoso «hombre de arena», a quien identificaba con un tal señor Coppelius (supuesto autor en su imaginación del asesinato de su padre), y el amor romántico e idealizado de una mujer a la que sólo veía de lejos, y que resultaba ser finalmente una simple muñeca, un artificio creado por el mismo Coppelius con ayuda de un científico. La comprensión de su error, su lucha romántica contra la sensatez, representada en el relato por su abnegada novia de carne y hueso, le conducían primero a la locura y luego al suicidio.

Estaba claro que el desvarío del protagonista se originaba en la infancia, como el de Biel, seguramente, pero Frederic no pudo encontrar más puntos de conexión entre ambas historias y dedujo que la recomendación había sido hecha un poco al azar. Seguía costándole entender por qué el pintor había creado a ese doble cuando estaba ya en el sanatorio, qué experiencia había abierto las compuertas de su trauma original... Se consoló pensando que no podía saberlo todo y constatando que, a pesar de su resquemor, el estado de Biel era cada día mejor.

Cerca de mediados de agosto, Frederic consiguió los días libres necesarios para aceptar la invitación de Blanca y se trasladó hasta el balneario Prats, en Caldes de Malavella, donde las mujeres de la familia Raventós se encontraban pasando el verano. El tren no le dejó muy lejos, nada lo estaba en aquel pueblecito termal, y se encontró ante las puertas del establecimiento poco después de abandonar la estación. Pensó al verlo en lo distinto que era del sanatorio, la pureza de líneas rectas contrastaba con las elevadas torres y los bellos rosetones que decoraban la fachada nada tenían que ver con aquellas figuras de ángeles de alas desplegadas y bocas abiertas. El jardín, en cambio, era similar, y los residentes en el balneario disfrutaban de la sombra sentados a las mesitas situadas frente a la puerta principal exactamente igual que lo hacían los huéspedes del sanatorio. Blanca estaba sentada allí, leyendo, y por un momento él logró observarla sin ser visto; sólo un instante, porque ella levantó los ojos enseguida, como si estuviera escrutando el sendero que daba hasta allí con la impaciencia de quien espera a alguien. Frederic fue testigo de la sonrisa espontánea que surgió en sus labios al verlo cerca y de la ligereza que acompañó a su gesto de levantarse a recibirlo. Se la veía relajada, contenta, quizá levemente aburrida por tantas jornadas en compañía de su madre y de Mariona. Maria Mercè había estado unos días con ellas, pero ya había regresado a Barcelona. Gerard y Onofre Raventós no habían ido a Caldes este año, y, como ella le confirmó poco después, pasar tanto tiempo rodeada de mujeres la ponía un poco nerviosa.

—Mamá ha pedido para ti la habitación contigua a la suya —dijo ella, con una sonrisa maliciosa, mientras paseaban por el jardín—. Supongo que es por si se te ocurre atacarme a medianoche.

—Sabia precaución. El hecho de que estés durmiendo tan cerca, a unos pasos de distancia, puede hacer que me olvide de mis modales.

—¿De verdad? Creía que eras todo un caballero austríaco —bromeó Blanca.

—Ni el más devoto caballero podría resistirse a los encantos de una dama como vos.

Y para confirmarlo le dio un beso rápido, aprovechando que nadie los veía, y ella cerró los ojos, como si quisiera saborear mejor el instante, apresarlo dentro de sí para volver a él en el futuro, cuando Frederic no estuviera allí.

—Mamá no temía tanto por tus modales como por los míos

—susurró Blanca cuando sus labios se separaron—. Pero no le vamos a dar ese gusto, aunque nos cueste. Ya habrá tiempo...

—He soñado muchas veces con ese día, debo confesártelo.

—Y yo —afirmó ella—. Quizá no debería decirlo, las damas no hablamos así.

—Mientras sea conmigo, puedes hablar como te plazca.

Ella se apartó un poco y, sin mirarlo a los ojos, murmuró:

—Será mi primera vez, ¿lo sabes?

Y él deseó con más fuerza que nunca que todo aquel lugar fuera únicamente para ellos, poder cogerla en brazos en ese momento y llevarla a una de las habitaciones, desnudarla y volver a vestirla a besos, hacerle el amor despacio, con cuidado, combinando la pasión con la ternura, hacerla suya y de nadie más, cambiar el leve temor que notaba en su voz por la seguridad de sentirse amada; de dormir a su lado y acariciarla en sueños, de volver a hacerle el amor al despertar, de pasar días enteros entregado a ella sin más pensamiento que dibujar en aquel semblante una expresión de placer. Iba a besarla otra vez, sin vergüenza ni recato alguno, como si ambos estuvieran allí tan solos como él deseaba, cuando una voz le interrumpió.

—Ah, ¡estáis aquí! —dijo Mariona—. La tía Carlota preguntaba por vosotros. Es hora de comer.

—Mamá ha mandado a su paloma mensajera —susurró Blanca, al tiempo que disimulaba una sonrisa—. Vamos, las fieras bien alimentadas son más soportables.

—No debería usted hablar así de su madre, señorita —bromeó Frederic.

Ella conservaba la sonrisa, que no era tan alegre como otras que había visto en su boca.

—Tienes razón. Lo peor es que el hecho de que no debiera decirlo no resta ni un ápice de verdad al asunto. Y es algo duro de admitir, te doy mi palabra.

Él le cogió la mano y juntos se volvieron hacia Mariona, que seguía esperándolos a unos pasos de distancia.

—Si estamos los dos juntos, no hay fiera que pueda con nosotros —le susurró al oído. Y ella sonrió.

El fin de semana transcurrió en un suspiro y Frederic pudo comprobar que la madre de Blanca hacía cuanto podía para dejarlos solos lo menos posible. Tampoco fue un gran esfuerzo para ella: entre la presencia de Mariona y el bullicio del balneario, lleno en aquel fin de semana de agosto, apenas tuvieron tiempo para ellos. Creyeron que lo conseguirían cuando decidieron dar un paseo hasta la fuente de San Narciso, pero la señora Raventós insistió en que Mariona los acompañara, y ésta tuvo que obedecer, aunque en sus ojos se leía una disculpa por entrometerse en lo que habría debido ser un paseo privado. De todos modos, estar cerca de Blanca ya era compensación suficiente, y ella parecía pensar lo mismo. La conversación se dirigió hacia Viena, lugar que ninguna de las dos conocía aunque Mariona había leído bastante sobre ella; Frederic les habló de la Ringstrasse, de los lujosos edificios que la decoraban, del ambiente artístico en casa de Claudine y de la música que parecía sonar siempre en la ciudad, y al hacerlo se descubrió lleno de una nostalgia que no era tanto geográfica como emocional: deseaba regresar a la Viena de antes de la guerra, a ese tiempo en que la muerte parecía un ente lejano en lugar de una compañera constante, y deseaba hacerlo al lado de Blanca. Pasear con ella por el centro, mostrarle aquel teatro de la Ópera tan denostado por todos que uno de sus arquitectos terminó suicidándose; en definitiva, revivir unos momentos a través de los ojos de otra persona.

—Pronto volveremos a Barcelona —le dijo Blanca, próxima ya la despedida.

—La palabra «pronto» no significa lo mismo para mí ahora.

—Los pacientes obtienen su premio —sentenció ella con un guiño—. Va a salir el tren.

Era cierto, el pitido de la máquina anunciaba la partida inminente, y él se refugió en aquel ruido para decirle algo que, sin saber por qué, le avergonzaba oír en voz alta.

—Te quiero.

Blanca le oyó, por supuesto, y a pesar de que sus ojos se llenaron de una calidez que no era habitual, él percibió que su cuerpo se ponía rígido, como si una coraza invisible lo recubriera.

Tenía que irse, no podía esperar a una respuesta, y subido a la escalerilla del vagón se volvió, en un último intento de escucharla.

Blanca permanecía inmóvil, sus ojos ya no lo miraban, y sus labios se movían, como si hablara consigo misma o con alguien invisible. Frederic la llamó, dijo su nombre en voz alta, y ella pareció salir de aquel súbito estupor a tiempo para decir algo que si bien eran las palabras que anhelaba, llegó a sus oídos de una forma rara. Habría jurado que Blanca decía: «Yo también le quiero».

A partir de ese momento, Frederic se dedicó a aguardar con impaciencia el reencuentro, aunque éste se retrasó debido a que su madre cayó enferma, con gripe, con lo que decidieron permanecer en el balneario hasta el primer domingo de septiembre, a pesar de que eso retrasaba los preparativos de la boda de Gerard. Frederic decidió tomarse libre el fin de semana siguiente. Tenía ganas de ver a su padre, y por supuesto a Blanca, y, después de varias semanas de ambiente marinero, también deseos de sumergirse durante unos días en una vida más alegre y entretenida de la que podía disfrutar allí.

Los últimos días de agosto se le hicieron eternos, a lo que contribuyó también el brusco cambio de tiempo. Como si obedeciera las órdenes del calendario, el sol decidió apagarse y dar paso a unas nubes que, hartas de meses de desidia, descargaron con entusiasmo sobre el pueblo. Llovió sin tregua durante varios días, llovió tanto que los pescadores dejaron de faenar en un mar embravecido y los campesinos contemplaron desesperados cómo las viñas se anegaban. Los huéspedes del sanatorio se vieron privados de sus paseos: el sendero se convirtió en un lodazal que todos miraban a cubierto, desde el otro lado de las ventanas, como moscas ansiosas que chocan contra los cristales en su deseo de salir a la intemperie.

Frederic observaba con atención a Biel Estrada, pero el pintor no manifestó ningún síntoma que difiriera del hastío nervioso de los demás. Incluso le mostró un dibujo nuevo sobre aquella niña y sus pájaros. El resultado no tenía nada que ver con los anteriores, a pesar de que seguía habiendo algo salvaje en la chiquilla. Daba la impresión de que vivía en un monte agreste y solitario, rodeada de aves que, en lugar de esperar la muerte, le hablaban al oído.

—Le cuentan secretos que sólo ellos saben —dijo Biel—. Y ella es consciente de que no debe repetirlos, que es mejor que se los guarde para sí misma.

—¿Qué pasaría si los contara? —preguntó Frederic.

—Quizá nada, porque está sola —respondió el pintor—. Pero si alguien supiera que es capaz de hablar con ellos, también querría hacerlo, como si eso fuera algo que pudiera aprenderse.

—¿Vas a hacer algún dibujo más?

—No creo. No sobre esto, al menos. Tengo muchas ideas y ganas de salir de aquí ya.

Lo miraba esperanzado, y Frederic se dijo que no había razón para prolongar su estancia más de lo previsto. Nadie podía negar la posibilidad de una recaída, pero eso no dependía tampoco ya del tiempo que permaneciera allí. Siendo sincero consigo mismo, le habría gustado retenerlo un par de semanas más, al menos hasta recibir noticias del maestro Freud, porque el otoño solía ser, además, una estación complicada para los enfermos. Tras hablar con la prometida de Biel, sin embargo, modificó su opinión. Simplemente no había dinero para costear el sanatorio durante un mes más. Por lo tanto, el primer sábado de septiembre, mientras Frederic pensaba en que pronto vería a Blanca, Biel Estrada abandonó el sanatorio con su novia, después de asegurar que les haría saber cómo se encontraba y que los llamarían en caso de que surgieran problemas. Genoveva Antich estaba radiante, y ni siquiera la cortina de agua que caía lograba borrar su sonrisa. Juntos entraron en el coche que los llevaría a la estación y Frederic logró ver, desde la puerta, que la pareja se daba un largo beso en cuanto estuvieron acomodados. A él le faltaba una semana para hacer lo mismo con Blanca; siete días que, vistos a través de esa lluvia, se le antojaron eternos.

Siete días que, a la hora de la verdad, acabaron duplicándose debido a un accidente imprevisto. El viernes de la semana siguiente, cuando bajaba la escalera principal de la casa, la señora Miró sufrió una aparatosa caída. Ni ella misma supo si había sido debida a un desvanecimiento súbito o a un traspié, pero su cuerpo grueso y pequeño rodó de lado por los escalones hasta llegar abajo. Quienes la vieron caer aseguraron que se había detenido un momento, como si hubiera sufrido un mareo leve, y que luego se había desplomado. El incidente podría haber tenido consecuencias más graves; aun así, la buena mujer se fracturó un tobillo y, con el cuerpo magullado, tuvo que ser llevada a la cama. El doctor Rubio la atendió, le vendó el pie afectado, y sentenció que debía guardar reposo durante al menos diez días. Advirtió también que el corazón de la mujer no funcionaba al ritmo debido y que, de ahí en adelante, debería tomarse las cosas con más calma. Eso trastornó los planes de Frederic de ausentarse el fin de semana, ya que estaba previsto que la gobernanta se encargara de las guardias nocturnas. Habría podido pedir un cambio a Rubio o incluso a Bescós, pero seguía sin tener confianza suficiente con el primero y no quería comprometer al segundo, que dedicaba cada momento libre a su familia.

Aplazó, pues, el fin de semana libre y a cambio pidió unos días de vacaciones, a lo que el doctor Freixas accedió sin poner ninguna objeción. Se acordó que se ausentaría del 17 de septiembre al domingo siguiente, ya que el sábado 23, el día antes de la Mercè, se celebraba la boda entre Gerard y su prometida en la iglesia del mismo nombre. Alentado por la perspectiva de una semana de vacaciones, encaró los días que le faltaban con más ánimo. La partida de Biel Estrada, el huésped más interesante del sanatorio, le había dejado un poco aburrido. Era injusto con los otros, lo sabía, pero no podía evitarlo.

La noche del domingo, antes de acostarse, se ocupó de cerrar con llave la puerta principal, luego charló un rato con Ismael, que se había quedado sin fumar sus cigarrillos nocturnos con las nuevas normas, algo contra lo que había protestado entre dientes murmurando que los empleados no debían vivir como celadores de una cárcel, y por último, antes de acostarse, pasó por la habitación de la gobernanta para ver si necesitaba algo.

Estaba despierta, y aunque se incomodó un poco al verlo entrar, sí aprovechó para pedir que le dejara un vaso de agua en la mesilla de noche. Arrebujada en la cama, la señora Miró parecía más anciana que nunca y él sintió una punzada de compasión ante su vejez. Estuvo un rato sentado a su lado, dándole conversación y arreglándole las almohadas hasta que estuvo cómoda, y ya se marchaba cuando ella le retuvo, llamándolo.

—Es usted un buen hombre, doctor Mayol.

—No tan bueno como usted, se lo aseguro.

Ella meneó la cabeza y apretó los labios.

—Yo no soy tan buena como creen —dijo, unos segundos después.

—Vamos, señora Miró, tendría que ver lo vacía que se nota la casa desde que está en cama. Todos los huéspedes han preguntado por su salud.

—Sí… Supongo que me aprecian —repuso ella, como si no tuviera ninguna importancia—. Eso no significa que sea buena, doctor. Atenta y trabajadora sí.

—No diga tonterías. Se siente cansada y triste por estar en cama, nada más.

—¡No! Yo…

Él aguardó pacientemente, convencido de que la mujer necesitaba decirle algo, a buen seguro un hecho trivial que en esos momentos la angustiaba.

—Yo cogí algo que no me pertenece. De hecho, era para usted.

Se había sonrojado y evitaba mirarlo.

—¿Puede abrir el cajón de la mesilla? El primero, sí. Hay un cuaderno, con un sobre dentro.

Así era, y Frederic sacó una libreta negra, con encuadernación de piel, que a primera vista tenía aspecto de diario. Le llamó más la atención, sin embargo, que su propio nombre apareciera escrito en el sobre.

—Estaba entre las cosas del padre Robí —confesó ella—. Pensaba dárselo… No sé por qué no lo hice. Al principio quizá fue por lealtad o por miedo. —Suspiró—. Y luego me dio vergüenza. ¿Qué pensaría de mí si se lo entregaba semanas después?

Frederic abrió el sobre. Dentro había una nota, manuscrita, no muy extensa:

*A la atención del doctor Mayol:*

*En las escasas conversaciones que hemos tenido he llegado a la conclusión de que es usted un hombre listo y justo. Puedo equivocarme, pero dado que tampoco tengo a nadie más en quien confiar prefiero apostar por mi instinto. Lea el diario, creo que usted comprenderá mejor que yo algunos de los sucesos que se cuentan en él.*

*Si sigo vivo cuando finalice su lectura me gustaría conocer su opinión. Si no, espero que actúe como lo haría un caballero y se comprometa a descubrir la verdad.*

*Hay algo en lo que tendrá que fiarse de mí. Quizá sea un viejo que ve fantasmas, quizá haya perdido la razón; sin embargo le aseguro que hubo un tiempo en que estaba cuerdo. Y en esos días de lucidez comprendí que la injus-*

*ticia que se estaba cometiendo contra el supuesto ase-
sino de Clarisa Miravé era tan flagrante que podía invocar,
por sí misma, a todos los espíritus del averno. Ese muchacho no mató a nadie y fue ejecutado por un crimen
del que sólo era una víctima más. Eso ya no tiene remedio,
y espero que al final exista una justicia divina menos im-
perfecta que la nuestra, pero a la vez significa que el
asesino de esa joven sigue en libertad. Y, si no me equivo-
co, dispuesto a matar de nuevo.*

*Saludos cordiales, aunque sean desde mi tumba.*

Frederic dobló la nota y hojeó el diario, sin saber qué decir. Era tan absurdo como cruel enojarse con la señora Miró en ese momento. Optó por tranquilizarla, alegando que lo importante era que el objeto hubiera llegado finalmente a sus manos.

—Hay algo que quiero decirle —añadió ella, incorporándose un poco—. Ese cuaderno es el diario de la señorita Águeda. Yo no logro entenderlo, es… demasiado oscuro para mí. Sé leer, pero las cosas complicadas se me escapan. Y además… además prefiero recordarla como era cuando la traté. Así que me atreveré a pedirle un favor. Ignoro qué fue de ella después de que cerrara el colegio y también cómo acabó ese diario en manos del padre Robí. No… no quiero que me pregunten más.

Él la miró sin comprenderla del todo.

—Usted no lo entiende, lo sé, pero a mi edad lo único que me consuela son los recuerdos. No quiero ensuciarlos, ni cambiarlos, ni saber cosas que entonces ignoré. Me queda poco tiempo y deseo que sea tranquilo. No voy a dejar que destruyan el pasado. ¿Para qué? ¿Con qué fin? Yo ya no tengo mucho futuro, dejen mi pasado tal como yo lo quiero.

»Llévese el diario, doctor Mayol. Y perdóneme. No deseo irme al otro mundo sin haberle pedido disculpas.

—Oh, vamos, señora Miró. Sólo tiene un tobillo roto, nadie ha muerto de eso.

—No me falta mucho —dijo, como si fuera un hecho tan cierto como la segura llegada del invierno después del otoño—. Ya antes de la caída llevaba unos días pachucha. Y rara.

—Me enfadaré de verdad si sigue diciendo estas cosas —repuso él, fingiendo regañarla—. Y desde luego ni se le ocurra dejarnos sin darme la receta de su tisana milagrosa.

—Ay… No me haga reír, doctor —se quejó la gobernanta—. ¿De verdad me perdona?

Frederic le guiñó un ojo.

—Creo que no. Tendré que pensar en su penitencia aunque para eso deberá recuperarse. Y hacerlo cuanto antes: a más días, más severo será el castigo.

Obedeciendo a un impulso le dio un beso en la frente y la mujer cerró los ojos. La vejez nos convierte en algo más frágil que los niños, pensó él antes de salir, porque la infancia cuenta con la esperanza de crecer, fortalecerse, florecer. La vejez es en sí misma un final y en ella lo único que puede esperarse es que éste sea largo y sosegado.

# 20

L a lectura del diario de Águeda Sanmartín, que empezó esa misma noche, le mantuvo despierto hasta el alba. Jamás, en sus años de estudio, había tenido acceso a un material tan perturbador y a la vez apasionante. La confesión de aquella mujer, tan sincera como se lo permitían sus facultades mentales, cada día más alteradas, ejerció sobre él un efecto que apenas comprendía del todo. Si al principio, durante las primeras páginas, creyó que se encontraba ante el clásico relato de una mujer dedicada a la enseñanza, al final se percató de que lo que tenía entre manos era la visión personal de un delirio que comenzaba con la falsa llegada de la nueva alumna y culminaba cuando esa persona inexistente, ese ser imaginado que aparentemente daba rienda suelta a los deseos frustrados de la directora, se fundía con ésta en una carcajada estremecedora. Libre ya de las ataduras de la razón, Águeda aceptaba su otro lado: el más perverso, el más vicioso, el que nunca había reconocido como propio.

Era, sin duda, fascinante. Como profesional de la psiquiatría era consciente de que estaba ante un documento si no único, al menos muy poco común. Las elaboradas fantasías de Águeda, su discurso articulado y razonable en primera persona, mostraban una personalidad neurótica altamente perturbada. Pero no era sólo eso lo que le resultaba inquietante: de alguna manera, la caja china, la misma que entonces reposaba en su casa del pueblo, había sido el detonante de los traumas de la directora. Tuvo que leer el diario dos veces para afianzarse en su deducción. Sí, la muerte de la madre de la señorita Águeda hizo que ella sacara a la luz objetos de su infancia que había relegado al olvido. Entre ellos la caja. La caja… y los pájaros.

A solas en su cuarto, leyendo casi a oscuras, su atención viajaba del diario de la directora a las fantasías de Biel Estrada. ¿Era posible que ese mismo objeto, en apariencia inofensivo, hubiera alterado también a un joven tan sensible como el pintor? Releyó varias veces la parte en que Águeda hablaba de esos pájaros: los favoritos de su padre, a quien ella adoraba y temía a partes iguales. El clásico complejo de Edipo se mezclaba ahí con el recuerdo del castigo y con el deseo insano de que todo empezara y a la vez terminase. Aunque no se mencionaba explícitamente, quedaba patente en el temor de la niña y, en cierto modo, en su propia venganza. La Águeda infantil había abierto las jaulas, había liberado a las aves… Quizá porque ella también se sentía atrapada y deseaba que alguien abriera la puerta de su cuarto. Alguien que no fuera su padre. La musiquilla de aquella caja era, Frederic podía intuirlo, el acompañamiento de un ritual incestuoso y horrendo. Ya fuera un recuerdo real o una fantasía elaborada, Águeda había transferido el horror a la melodía. Y luego, cuando por azar ésta apareció de nuevo en su vida, había tenido que crear a un alter ego que ya no sólo no negaba los abusos sino que los cometía. «Griselda» era la Águeda reprimida, la que seducía y castigaba, la que no se avergonzaba de nada. La que, en última instancia, terminaba imponiéndose. La gran pregunta era: ¿dónde estaba Águeda ahora? ¿Qué había sido de ella después de que se cerrara el colegio?

A todo esto, ver el nombre de Blanca unido al de Clarisa Miravé le provocaba un estado de alerta del que no podía zafarse. Estaba agotado, la mente seguía dándole vueltas ya no sólo al diario sino a todos los acontecimientos. Incapaz de ordenarlos en su pensamiento, buscó un papel y anotó los hechos, tachándolos y reorganizándolos a medida para encontrar alguna lógica en todo el asunto.

**1908-1909.** Águeda va enfermando día a día durante el último curso después de que la muerte de su madre abra la espita de los recuerdos. Con toda probabilidad, son suyos los actos que atribuye a Griselda, es decir, la perversión de esa niña, Eloísa.

Blanca, Angélica, Clarisa, Maria Mercè ensayan la obra *Jane Eyre.* ¿Son conscientes de la locura que afecta a la directora? Quizá un poco, pero seguramente no del todo.

Un incendio acaba con las vidas de Eloísa y de la mejor amiga de Águeda (¿quizá objeto de su deseo?), la señorita Irene. En ese mismo incendio se salvan las alumnas mencionadas antes.

**Junio de 1909.** La señorita Águeda cierra el colegio y en su última noche parece aceptar la otra parte de su personalidad. ¿Qué hizo después? ¿A qué se refería con que sabía qué debía hacer para honrar la memoria de Irene? ¿Cuál era el secreto que compartían? ¿Una relación amorosa, tal vez?

**1914.** Clarisa Miravé es asesinada (supuestamente por su novio). Alguien deja un pájaro muerto en el cuerpo. El chico es condenado y el padre Robí lo acompaña hasta su ejecución. En ella ve por primera vez a la mujer de negro.

El padre Robí se obsesiona con el asesinato de Clarisa. Y, de alguna manera, consigue llegar hasta el diario de Águeda. ¿Se lo dio ella? ¿Cómo acabó el cuaderno en su poder?

**1916.** Biel Estrada encuentra la caja china de Águeda en el escritorio de su cuarto en el sanatorio. Empieza a tener visiones de un doble y a realizar dibujos que luego no recuerda haber hecho. El original, el dibujo antiguo que estaba en la caja, con la niña devorando a los pájaros, tenía que ser de Águeda Sanmartín. Y aquellas líneas: «Soy una niña mala».

El padre Robí ingresa en el sanatorio, ubicado en el edificio donde estaba el colegio. No por casualidad. ¿Qué buscaba aquí? ¿O sólo quería ver el lugar donde, según él, se gestó la tragedia?

La caja china desaparece del cuarto de la ropa blanca. Con toda seguridad, la señora Miró se la dio al padre Robí. ¿De qué habían hablado ellos? ¿Qué sabía la gobernanta?

El padre Robí se suicida. No...

No. Algo no encajaba. Algo no había encajado nunca. En su nota no había la menor mención a querer darse muerte, aunque no la veía como algo remoto. Se detuvo un momento, abrumado ante las implicaciones de esta última deducción. No quería dejarse llevar por la imaginación ni dotar al resumen de un aura más trágica. Anotó pues: «El padre Robí es hallado muerto», y luego lo tachó, despacio, para escribir en su lugar: «El padre Robí es asesinado. Por alguien que mató a Clarisa Miravé o que sabe quién lo hizo. Por alguien que se vio descubierto, acorralado. Pero, ¿quién y por qué?».

Releyó el resumen, una y otra vez; amanecía y los nervios no le habían dejado conciliar el sueño ni siquiera unos minutos. Se sentía agotado, le dolían los ojos, y sin embargo no lograba quitarse de encima la tensión, la sensación de que algo terrible estaba sucediendo allí, ante sus propios ojos, sin que nadie se diera cuenta. Y lo peor era que, sin poder afirmarlo con certeza, presentía que aquella historia de muerte, perversión y locura estaba muy lejos del final. Los nombres de Clarisa, Blanca, Angélica y Maria Mercè conformaban un todo en aquel diario. El diario.

Tal como había intuido al principio, el siguiente paso era buscar a la autora de ese cuaderno. Dondequiera que estuviera, el padre Robí la había encontrado y le había robado sus secretos, y quizá ella se había vengado. Existía otra posibilidad en la que no quería pensar, pues desafiaba la lógica que regía un mundo sin presencias sobrenaturales. Águeda Sanmartín podía haber fallecido en esos siete años y perseguir desde el más allá al sacerdote. Alguien que creyera en esa clase de apariciones diría que aquella dama sin rostro, vestida de negro, podía ser el espíritu de una mujer trastornada. Recordó con un estremecimiento haberla entrevisto en la escalera, aquella noche en que sonó la música; había desechado aquella visión, la había descartado, y sin embargo no era capaz de obviarla. Por un momento deseó con fuerza volver a sentirla cerca, confirmar su existencia, enfrentarse con el poder material de la razón a aquella dama sin rostro.

«Encontrar a Águeda Sanmartín», escribió, y lo subrayó dos veces.

Se levantó del escritorio, demasiado nervioso para pensar en acostarse; la idea de que, tal vez, el espectro deambulara por el sanatorio de noche, oculto entre las sombras, le llevó a salir de su habitación. En otro momento se habría sentido un poco ridículo al pensar en que iba a la caza de un fantasma, pero esa noche, tras leer el diario, lo más delirante se tornaba plausible. Recorrió el corredor de la tercera planta, donde estaba su cuarto, diciéndose que la sala de ensayos, donde se había iniciado el incendio, tenía que estar en lo que ahora eran los cuartos de las bañeras o la sala de aislamiento. Ambos espacios estaban vacíos, por supuesto, y no había en ellos otras sombras que las producidas por la vela que él llevaba en la mano. Descendió la escalera, despacio, dejando que su mirada escudriñara los rincones más oscuros, y recorrió con decisión todo el pasillo de la segunda planta, donde se encontraban las habitaciones de los huéspedes, sin que nada extraño llamara su atención. Sólo le quedaba la planta baja, y hacia allí se dirigió. Reinaba una quietud absoluta, envolvente y al tiempo repulsiva, como el roce de un retal de terciopelo negro. En una noche como ésa había encontrado al padre Robí sentado en una butaca de la sala y juntos habían salido a ver el amanecer. Estuvo a punto de hacerlo, en una especie de homenaje fúnebre a aquel hombre, pero recordó que la puerta estaba cerrada con llave y que no estaba permitido salir. Además, de repente le sobrevino el cansancio y decidió volver a su habitación y acostarse aunque sólo fuera un par de horas.

El camino de regreso fue tan tranquilo como el de ida. Existiera o no aquella presencia espectral, esa noche no parecía dispuesta a dejarse ver. Se echó en la cama, vestido, y contra todo pronóstico los ojos se le cerraron enseguida, como si ya no pudieran soportar más el esfuerzo de permanecer abiertos. Aún no se había sumido del todo en el sueño cuando algo le despertó. Se había dejado caer en la cama boca arriba y tuvo que volver la cabeza hacia el escritorio para averiguar qué le había devuelto a la consciencia. No había nada en la silla ni en el mueble que justificara el desvelo súbito, y lo atribuyó a sus nervios, demasiado excitados para relajarse por completo y permitirle descansar. A veces el cuerpo pedía reposo, pero la mente seguía enlazando imágenes, elucubrando, tejiendo telas de araña a base de impresiones y recuerdos. Volvió a cerrar los ojos y esa vez, ya sin ninguna duda, el sonido regresó y consiguió identificarlo: era un roce áspero, como… como el de una pluma escribiendo sobre un papel. Y no sólo eso: al acto de escribir lo acompañaban suspiros, leves movimientos perceptibles en el silencio absoluto de la noche. Dirigió la mirada hacia el espejo que, situado a los pies de la cama, recogía la proyección del escritorio y se quedó inmóvil, paralizado, al ver que en la imagen del cristal la silla no estaba vacía, sino ocupada por una dama a quien no conseguía verle la cara; estaba inclinada sobre la mesa del escritorio, concentrada en la escritura. De repente aquella figura pareció sentirse observada y se volvió hacia Frederic, mostrándole un rostro aterrador. No había nada en él, era un óvalo de piel lisa, y aunque sentía su mirada fija ésta no podía proceder de unos ojos inexistentes. Se incorporó en la cama, para encender la luz de la mesilla, pero su mano no atinaba a encontrarla. La buscó con desesperación al tiempo que cerraba los ojos para dejar de ver aquella cara monstruosamente vacía que parecía observarlo desde el espejo. No quería verla, pero tampoco podía olvidarla. Estaba en su cabeza, alojándose allí como si fuera el ogro que provoca el miedo de los niños. No quería verla. No, no, no…

Despertó de repente, angustiado, y durante unos minutos no supo si lo que había sentido pertenecía al mundo de los sueños o al real y tangible que le rodeaba entonces. En el espejo se reflejaba un escritorio vacío y una silla. El diario estaba exactamente donde él lo había dejado. La luz del día devolvía la normalidad cotidiana al lugar, pero Frederic sabía que, fuera cierta o no, la impresión de aquella cara pálida, inexpresiva, carente del menor atisbo de humanidad, no se borraría con facilidad de su memoria.

Era, se dijo, el más terrorífico de los semblantes: el de un ser que ha perdido ya todo lo que lo definía como tal, los rasgos que nos hacen semejantes o distintos a los otros y por los cuales nos reconocen, nos elogian o nos desprecian. Era el vacío absoluto. La nada. Lo más siniestro que alguien podía imaginar.

De pronto cayó en la cuenta de algo que, quizá inconscientemente, había obviado durante las últimas horas. Ese cuarto en el que dormía tenía que haber sido, según lo narrado en el diario, la alcoba de la señorita Águeda; el escritorio no era el mismo, ni tampoco el resto del mobiliario, pero el espacio sí. Desde esa ventana la directora había observado la luna en su última noche en el colegio, y en ese espejo, o en otro idéntico, se había visto a sí misma riéndose y había comprendido por fin su verdadera esencia… Ahora él debía encontrarla, seguir su rastro, aunque la pura verdad era que no sabía por dónde empezar a buscarla. La señora Miró ignoraba su paradero, y, si no mentía, lo mismo podía decirse de Blanca; lo último que deseaba era preocuparla sin fundamento, además de que por dos veces ella había rehuido hablar del tema. Pensó en Juanjo Alcázar, pero el periodista tampoco tenía por qué saber nada de aquella mujer, de quien ni siquiera podía decirle si vivía en Barcelona. En el diario se citaba la casa de Begues, ésa era la única referencia geográfica que podía usar: no se mencionaba en lugar alguno del diario que hubieran vendido dicha casa, de manera que parecía lógico pensar que la directora de un colegio que ya no existía, sin excesivos recursos económicos, hubiera regresado al único hogar que poseía, aunque éste le trajera muy malos recuerdos. Su padre había sido médico, y aunque habían transcurrido muchos años, la gente de los pueblos solía acordarse de ellos.

Otra posible vía era preguntar al doctor Freixas, algo que resultaba bastante sencillo y que Frederic hizo en cuanto tuvo oportunidad. Como se temía, el director sabía muy poco de la anterior arrendataria, pero le facilitó, no sin ocultar su extrañeza, la dirección del propietario del edificio. Era algo con lo que Frederic no había contado y que le llenó de esperanza: cabía dentro de lo probable que el dueño supiera de Águeda Sanmartín. Recordó que en el diario se comentaba que dicho caballero había sido amigo o conocido de su padre, y que de ahí vino la posibilidad de alquilarlo a un precio moderado. Maldiciéndose por no haber pensado en ello con anterioridad, agradeció la información al doctor Freixas y se escabulló antes de verse obligado a responder las preguntas de éste.

Al menos tenía dos caminos a seguir: la casa de Begues por un lado, y un nombre, Ricard Junyent, el administrador con quien trataba el doctor Freixas para cuestiones relativas al alquiler del sanatorio. Disponía también de una semana completa de vacaciones y se dedicó a contar los días que faltaban para ellas con la impaciencia de un niño en vísperas de Reyes.

Era tal su interés que, mientras se dirigía Barcelona, el domingo siguiente a media mañana, las ganas de ver a Blanca se solapaban con los planes para iniciar esa búsqueda, aunque, a la hora de la verdad, un acontecimiento imprevisto tuvo la virtud de retrasarlo todo.

Su padre y Montserrat le esperaban en casa para comer y pudo comprobar que el amor tal vez tenga el efecto de embobar un poco a quienes lo sufren, pero a cambio posee un efecto rejuvenecedor. Horaci Mayol sonreía como nunca le había visto hacerlo, y a su lado estaba la dama responsable de ello. A medida que iba conociéndola, la admiración de Frederic por ella crecía de manera constante. Montserrat era una mujer de férreos principios, muy comprometida con una causa, la sufragista, que en España gozaba de poco favor, por no decir ninguno. Según le contó, ella y sus compañeras eran fervientes seguidoras de mujeres como Christabel Pankhurst, Emma Goldman, o la malograda Emily Wilding Davidson, fallecida por la causa cuando protestaba públicamente en el Derby de Epsom, y tomaban como objetivo la manifestación que se había organizado un año antes, en 1915, en las principales avenidas de la ciudad de Nueva York. Montserrat era consciente de que la antigua y adocenada Europa tenía poco que ver con la vitalidad ideológica del nuevo mundo; aun así, dedicaba tiempo y esfuerzo a su lucha, convencida de la victoria final. Frederic no podía dejar de admirarla por ello: no compartía en absoluto la idea de que las mujeres eran seres débiles, aunque sí era de la opinión generalizada de que algunas neurosis las afectaban en mayor medida. Durante la comida, tuvo la osadía de comentarlo, y se encontró con la agradable sorpresa de que Montserrat no sólo no se escandalizaba sino que defendía apasionadamente que, siendo eso cierto, las responsables no eran las mujeres por naturaleza sino una sociedad que se empeñaba en oprimirlas, relegándolas a un papel secundario en el orden de las cosas. Se reveló como una persona informada y culta, y resultaba obvio que Horaci la escuchaba con algo parecido a la adoración. Al mismo tiempo, el afecto de Montserrat por él se evidenciaba también en pequeños gestos, miradas de complicidad, y, en definitiva, en el ambiente feliz que se respiraba en la casa cuando ella estaba presente. Fue, en realidad, una comida amena y agradable, tan lejana del aire taciturno que Frederic solía asociar a aquel comedor. Incluso Enriqueta parecía nerviosa aquel día, y en ella cualquier estado que fuera diferente de su hosquedad habitual ya constituía una gran mejora.

Estaban disfrutando del postre y del café cuando sonó el timbre de la puerta, y Enriqueta casi corrió a abrir. Frederic oyó una voz femenina que tardó unos instantes en ubicar, no porque no la reconociera enseguida sino porque le parecía imposible oírla en ese momento y en ese lugar. La expresión de la cara de su padre, con la boca abierta y con un pedazo de tortel de nata suspendido en una mano frente a la boca, le confirmó lo que temía. Como no podía ser de otra forma, unos instantes después, Claudine realizó una aparición en escena que sólo podía calificarse de entrada triunfal.

Envuelta en un abrigo de cuello de piel, apropiado sin duda para el otoño vienés pero excesivo para el septiembre de Barcelona, se detuvo a la puerta del comedor como si esperara que un foco del escenario iluminara su figura. Y, por extraño que parezca, Frederic tuvo la impresión de que así era. Quizá el silencio ayudara a realzar todo su atuendo: ya no sólo el abrigo, abierto y elegante, sino también un sombrero negro provisto de una redecilla que le cubría sólo los ojos y un vestido en tonos verdes brillantes que se adhería a su talle para luego seguir acariciando sus piernas hasta los tobillos. No es que fuera Claudine, sino que, desafiando a la lógica, era la Claudine que Frederic recordaba de su niñez. Y sus primeras palabras, pronunciadas despacio, como si le costara recordar la lengua que debía usar allí, cosa que probablemente era cierta, no fueron para su aún marido, ni para su hijo, ni mucho menos para la dama que, comprendiendo quién era, tampoco podía dejar de observarla con una mezcla de asombro y alerta, sino para Enriqueta que, inmóvil tras ella y pegada al quicio, había esbozado la primera y única sonrisa que Frederic le había visto en toda su vida:

—Henriette, *chérie*, ¿puedes traer una taza para que tome un café? Estoy agotada.

Luego dejó caer el abrigo en manos de aquella sirvienta, que parecía entregada a su causa, y dio un paso adelante. Frederic y su padre se levantaron a la vez; el primero la besó en la mejilla y el segundo apenas rozó con los labios la mano que ella le tendía. Claudine, entonces, avanzó despacio hacia una silla que quedaba libre y, tras sentarse en ella, se quitó el sombrero y, mirando ya sin velo a la mujer que tenía justamente enfrente, dijo:

—Usted debe de ser Montserrat. *Enchantée!*

La aludida tardó unos instantes en responder y cuando lo hizo resultaba obvio que se sentía más capaz de luchar contra la policía en una manifestación sufragista que contra la dama que acaba de dirigirse a ella. Aun así, tuvo la entereza suficiente para disimular su apuro y decir, en tono alto y claro:

—Encantada de conocerla, Claudine. Y, si no le parece mal, creo que deberíamos tutearnos. —Cogió la jarra de la leche, que estaba sobre la mesa—. ¿Quieres un poco? Al fin y al cabo, aunque no nos hayamos visto antes, tenemos muchas cosas en común.

—No… No a la leche —rectificó la recién llegada, aunque lo hizo un segundo después—. Por supuesto que podemos tutearnos. Ah, qué raro se hace estar en casa después de tantos años… El café sigue siendo tan malo como antes —dijo, haciendo un mohín de disgusto al probarlo—. Pero de todos modos es agradable. ¡Incluso algo con mal sabor puede ser bueno si *on se sent* feliz!

De pie junto a la mesa, como dos escoltas acompañando a sendas reinas rivales, Frederic y su padre se entendieron como sólo los hombres adultos pueden hacerlo en situaciones incómodas: sin palabras y con la cautela dibujada en sus miradas de sorpresa.

La tarde estuvo, por tanto, dedicada a Claudine. Montserrat se disculpó en cuanto terminaron el café y se marchó, aduciendo fríamente que era un momento para estar «en familia», y Horaci acusó el golpe sin poder responderlo. Así pues, sentada en una antigua butaca, Claudine desgranó el relato de su periplo por «esta horrible Europa en guerra» que, como era de esperar, no había estado exento de riesgos ni aventuras. Incluso la habían detenido en Francia, tomándola por espía, hasta que comprobaron su pasaporte; según ella, los gendarmes habían sido *très gentils*, pero Frederic tuvo que contenerse para no empezar a gritar. ¿Cómo se le había ocurrido semejante locura? Claro que la habían tomado por espía, y podría haber terminado metida en una celda…

—¡Mamá, hay una guerra ahí fuera! Aunque tú prefieras no verla —explotó por fin.

—No me hables en ese tono, Friedrich. Ya sé que hay una guerra, no soy tonta. Por eso he venido aquí. A un país neutral. Estoy harta de guerra, y de noticias de guerra, y de partes de guerra y de muertos de guerra. No quiero más guerra en mi vida.

—¿Y cuándo llegaste? —se aventuró a preguntar Horaci.

—Hace dos días. Estoy alojada en el hotel Colón. Por el momento.

—¿Recibiste mi carta, Claudine?

—Claro, Horaci. Aunque debo decirte que ya lo sabía. Mi querida Henriette me lo comunicó en otra antes. ¡Pobre! Tuvo que ir a que se la escribieran porque no sabe. Es conmovedor, ¿no te parece?

Horaci Mayol meneó la cabeza y Frederic intuyó que la palabra «conmovedor» no era la que habría aplicado al hecho, ni por asomo.

—No te enfades con ella. Está preocupada, y es normal. Yo también.

—¿Tú también? Claudine, ¿cómo puedes tener la desfachatez de…?

—¿La *quoi*? Mi español está un poco olvidado, lo siento. Pero debo decir que no ha sonado bonito. ¡Claro que estoy preocupada! Siempre me he interesado por ti, a lo largo de los años. Friedrich puede confirmarlo. Y ahora tenía que ver con quién piensas casarte, por supuesto. ¿Qué clase de esposa sería si no lo hiciera? Una descorazonada… *Ça se dit comme ça, sans-coeur?*

—Desalmada, mamá —dijo Frederic—. Se dice desalmada. Y ahora, como ha comentado alguien antes, creo que también yo debo dejaros solos. Iré a verte al hotel mañana, te lo prometo.

—¡Me encantará!

Él se inclinó a besarla, porque en el fondo si antes había

pensado en términos elogiosos de Montserrat, tampoco podía negar que su madre seguía siendo admirable, por otros conceptos. Y, antes de incorporarse, notó que el corazón de Claudine latía más aceleradamente de lo que su porte quería demostrar, así que, sin poder contenerse, le susurró al oído:

—¡Desalmada! *Mais charmante, comme d'habitude.*

Ella le guiñó un ojo y todos los presentes en la estancia, Horaci incluido, comprendieron que, al menos durante unos días, la vida en aquella casa iba a ser todo menos aburrida.

# 21

Frederic no coincidió con su padre en el desayuno: ni la llegada intempestiva de una esposa a la que no veía desde hacía años era capaz de alterar la rutina de Horaci Mayol. Cuando llegó la noche anterior, lo encontró ya acostado y, a decir verdad, la imagen de su madre había quedado relegada tras el reencuentro con Blanca y los acontecimientos que sucedieron a lo largo de la velada, tan embarazosos como desagradables. No habían salido de su casa y habían estado acompañados en todo momento, primero por Gerard y Mariona, y luego, además, por el señor Raventós, quien había regresado de la misa de ocho y se había entretenido en someterle a una especie de interrogatorio velado. Onofre Raventós no preguntaba nada directamente, pero resultaba obvio que registraba en su cabeza cualquier matiz, el más leve comentario, para formarse una imagen de su interlocutor. Aun así, Frederic cumplió con su papel mientras pensaba que el señor Raventós era el prototipo de una personalidad netamente burguesa: pertenecía a aquella clase de individuos que nunca titubean ni aceptan dudas, mostraba una seguridad en sí mismo que en otro podría tildarse de arrogancia y no intentaba hacerse el simpático aunque tampoco lo contrario. En resumen, era como muchos caballeros barceloneses ricos en la cincuentena: sagaz, pero no culto; autoritario de manera natural, y rico sin excesiva ostentación y con tendencia a la tacañería. A la señora

Raventós no llegó a verla, ya que sufría una de sus migrañas, un estado que parecía ser tan habitual que nadie se extrañaba ya de su ausencia. Lo que sí percibió, a lo largo de la noche, fue el nerviosismo de Gerard y, por extensión, el de su hermana. Ignoraba qué sucedía y no tuvo oportunidad de preguntárselo a Blanca, pero la tensión entre padre e hijo resultaba casi palpable. Por una vez Gerard parecía compungido, como si hubiera hecho algo que mereciera esas puyas continuadas. Blanca, por su parte, intentaba templar los ánimos con miradas intencionadas hacia su padre, a las que él en apariencia prestaba poca atención. Sin embargo, Frederic percibió que debía de tenerlas en cuenta, ya que tras algún comentario destemplado dirigido a su hijo, sacudía la cabeza con aire desdeñoso en lugar de ahondar en la ofensa, quizá para evitar una discusión abierta delante de quien aún consideraba un invitado. La cena fue especialmente tensa, y por suerte Onofre Raventós se retiró inmediatamente después. Mariona lo había hecho antes, para llevar la cena a su tía, de manera que en el salón quedaron los tres: un Gerard que bebía whisky sin cesar, con la mirada turbia, y ellos dos, que intentaban distraerlo con una conversación banal sobre las vacaciones y, por supuesto, sobre la llegada a Barcelona de Claudine. Y fue entonces, mientras Frederic le explicaba a Blanca la aparición casi teatral de su madre, cuando se oyó una detonación que sonó como un disparo mezclado con el ruido de cristales rotos. Fue tal el sobresalto que, tras unos instantes de silencio absoluto, los tres se dirigieron al lugar de donde procedía el impacto. Una de las ventanas del salón principal estaba hecha añicos y los fragmentos brillaban en el suelo en torno a una piedra de buen tamaño. La única luz de la sala entraba a su espalda y desde allí llegó también una voz que los sobresaltó casi tanto como el ruido previo.

—¿Qué coño ha sido esto?

Incluso en batín, la presencia de Onofre Raventós desprendía una mezcla amenazante de ira y poder.

—Sólo ha sido una piedra, papá. No te alteres —dijo Blanca,

en el mismo tono conciliador que había usado durante toda la velada.

Esa vez, en cambio, no funcionó; más bien al contrario, sirvió para enardecer aún más los ánimos de su padre.

—¿Qué significa que ha sido «sólo una piedra»? ¿No te das cuenta de lo que pasa?

—Papá, por favor.

—No hay favores que valgan. —Se volvió hacia su hijo, como impulsado por un resorte, y las siguientes palabras fueron una sentencia airada—. Esa piedra iba contra ti. Imbécil.

Gerard intentó ofenderse y sacar pecho, pero al parecer no supo encontrar la frase adecuada, y su voz se perdió en un balbuceo contestatario sin sentido.

—¡No me vengas con cuentos! Tú nos has metido en este lío aunque seré yo quien nos saque de él. Mañana anunciaré a los trabajadores que estás despedido. Y no te echo de mi casa porque faltan apenas seis días para que te cases y te pierda de vista de una puñetera vez. Por suerte, ni siquiera tengo que preocuparme de que te mueras de hambre. ¡Tendrás dinero suficiente para subsistir holgadamente sin complicarme la vida y sin que tenga que soportar tus meteduras de pata!

La habitación seguía a oscuras y quizá por ello, por esa penumbra que no permitía distraerse con la visión de las caras, el discurso cobró una fuerza inusitada. Y la respuesta, la que salió de boca de Gerard en forma de risa nerviosa, quedó inmediatamente atajada por el chasquido seco de la mano de Onofre cruzando la mejilla de su hijo.

—No vuelvas a hacer esto —murmuró Gerard, entre dientes—. Ya no soy un niño.

—Tampoco eres un hombre.

—¡Basta, los dos! —estalló Blanca.

—En lugar de gritar, recoge el estropicio este —le ordenó su padre—. No hace falta que los criados se lo cuenten a tu madre mañana… o la tendremos con migraña hasta Navidad.

Era una precaución inútil porque Frederic había visto ya que una de las sirvientas había asomado la cabeza un momento antes, aunque se había retirado deprisa al oír la discusión.

Blanca tardó unos instantes en contestar y lo hizo mientras caminaba despacio hacia la puerta, pasando deliberadamente entre su padre y su hermano.

—Papá, como has dicho siempre, los líos de la fábrica son asunto de hombres. Ocupaos también vosotros de sus consecuencias. Buenas noches.

Su partida dejaba a Frederic en el inconveniente papel de árbitro en una pelea que no era cosa suya ni terminaba de entender, así que aprovechó la ocasión para marcharse también. Lo último que oyó, ya desde el otro lado de la puerta, fue al señor Raventós que, aún furioso, le gritaba a su hijo:

—¡Recoge tú esa mierda… Maricón!

El insulto resonó en la cabeza de Frederic durante todo el camino a casa. Había sospechado algún tipo de relación entre Gerard y Gasset, o al menos cierta fascinación del hermano de Blanca por aquel individuo, pero le sorprendió oír que su padre no sólo estaba al tanto de ello sino que lo usaba contra él con todo el desprecio del que era capaz. En realidad, durmió mal aquella noche; la tensión del día azuzaba a la serpiente dormida y, por primera vez en meses, anheló la calma de la morfina. El día siguiente amaneció nublado, ojeroso e intranquilo como él, y con ese ánimo se dirigió al despacho del administrador de fincas, con el fin de averiguar todo lo posible sobre el paradero de Águeda Sanmartín.

El señor Junyent le recibió en una estancia austera, un interior que no encajaba demasiado con el edificio de la calle Mallorca donde se ubicaba aunque sí con el aspecto del caballero en cuestión. Frederic le entregó la carta que había obtenido del doctor Freixas para facilitarle la conversación y luego pronunció el discurso que había preparado, una mezcla de mentiras y verdades que, al menos a sus oídos, sonaba convincente.

—Por azar hemos encontrado unos objetos que pertenecían a la anterior arrendataria de lo que hoy es el sanatorio —explicó—. Se trata de artículos de un carácter íntimo, entre ellos un diario, y el doctor Freixas me pidió que intentara averiguar la dirección de la señorita Águeda Sanmartín para remitírselos, o bien entregárselos yo mismo en mano… si vive en Barcelona. Sabemos que el padre de la dama había sido buen amigo del dueño de lo que fue su colegio, así que hemos pensado que quizá usted tendría alguna idea de dónde vive o qué ha sido de ella.

Se calló, satisfecho de sí mismo y del cuento que había urdido, ya que comprobó que el señor Junyent lo aceptaba sin reservas. Asintió despacio y buscó unos documentos en una especie de archivador. Éste debía de estar bien organizado porque tardó muy poco en volver a la mesa.

—Sí —asintió—. Aquí lo tengo. Nos ocupamos de los asuntos de Águeda Sanmartín a petición de don Pere Cubells, y lo hicimos de manera gratuita porque, efectivamente, don Pere nos lo encargó así.

—¿Y sabe dónde encontrarla ahora? —preguntó Frederic, esperanzado.

—Veamos… Nos ocupamos de cancelar el contrato de arrendamiento, en julio de 1909, y a continuación de la venta de una propiedad que la señorita Sanmartín tenía en Begues.

—La casa de sus padres.

—Ajá. Me temo que aquí terminan nuestras gestiones. La casa se vendió ese mismo año, después del verano. Ah, no, espere: hay algo más. Redactamos luego otro contrato de alquiler. La señorita Sanmartín arrendó un piso que también era propiedad del señor Cubells: desde enero de 1910 hasta marzo de 1914.

—¿Y después? —Frederic intentaba que su voz no dejara traslucir el nerviosismo.

—Después nada, señor Mayol. El contrato se rescindió, como le digo, hace ahora dos años y medio aproximadamente… porque la señorita Sanmartín falleció.

—¿Falleció?

—Lo lamento, pero así es. De hecho, ahora lo recuerdo aunque mentiría si le dijera que tengo grabada su cara en la memoria. El inmueble completo es propiedad del señor Cubells, y por tanto recae en nosotros la responsabilidad de gestionarlo. Los vecinos nos advirtieron del mal olor que salía del piso de la señorita Sanmartín y de que no se la veía desde hacía días. La pobre mujer había muerto de un fallo cardíaco, mientras dormía, y nadie se enteró de su fallecimiento hasta varios días más tarde, cuando el olor comenzó a extenderse por la escalera.

—¿Y no consta nada? ¿Alguien a quien poder hacer entrega de esos objetos?

—Aquí no, lo siento. Creo recordar que el señor Cubells, aunque ya es muy mayor, se ocupó de los gastos del entierro. El piso fue alquilado de nuevo. Quizá él sepa algo más... Si lo recuerda. Como le he mencionado, es ya un anciano.

No había mucho más que añadir, y Frederic agradeció al caballero su buena disposición y salió del edificio de un humor bastante contrariado. Las preguntas se acumulaban y las respuestas, en lugar de aclarar las cosas, sólo servían para complicarlas aún más. La antigua directora del colegio había muerto en marzo de 1914, cuando el asesinato de Clarisa Miravé aún no se había producido. Por lo tanto, ¿cómo había conseguido el padre Robí el diario de la finada? ¿Qué azar lo había llevado hasta sus manos y por qué, dos años después, aún lo consideraba lo bastante importante para hacérselo llegar a él? Y, lo principal, ¿quién más lo había leído? Porque el detalle del pájaro atrapado en la boca de la joven muerta no podía ser casual...

Malhumorado y enfadado consigo mismo por haber confiado en una solución rápida, Frederic cumplió su promesa de ir a ver a su madre y almorzar con ella en el lujoso salón del hotel Colón, en plena remodelación en esas fechas, aunque, por una extraña lealtad a su padre, intentó no profundizar en el tema que había llevado a Claudine a Barcelona. A decir verdad, ella tampoco lo intentó. Se mostró feliz de comer con él y, a su manera, nunca directa, se disculpó por su actitud durante los meses que él había estado en el frente. «No podía soportar la idea de que te pasara algo», le confesó. «Y mi única forma de sobrellevar la angustia era pensar que no estabas allí. No leía tus cartas, pero sabía que seguías vivo, que estabas a salvo.» En otro momento quizá él se habría ofendido; en ése comprendió que su madre había usado una estrategia egoísta para sobrevivir, la negación de unos hechos, no porque no le quisiera sino para no hundirse en la desesperación. La conciencia de los defectos de los padres es el rito definitivo de la madurez, pensó mientras la escuchaba. Y estaba seguro de que en eso tanto él como Blanca se estaban convirtiendo en expertos: la imperfección de los seres queridos que en teoría debían servir de ejemplo era a la vez un castigo y una bendición, ya que dejaba margen para asumir los defectos propios.

A ese almuerzo le siguió una semana extraña, acompañada por un tiempo variable que combinaba el frío incipiente con los últimos calores del extinguido verano. Blanca estaba muy ocupada con los preparativos de la boda de Gerard y Maria Mercè y tenía poco tiempo para dedicárselo. Quizá, también, se sintiera algo avergonzada por la escena que Frederic había presenciado en su casa y no tuviera ganas de darle las explicaciones pertinentes. En resumen, lo que él había planeado como unas vacaciones se fue ensombreciendo a lo largo de los días. El ambiente en el hogar de su padre no era precisamente optimista; al parecer, Montserrat había decidido marcharse unos días a Tarragona, a casa de la misma amiga que los alojó en verano. Horaci seguía con su rutina, pero ésta no le proporcionaba paz, sino la constatación del aburrimiento en que había vivido sumido hasta hacía poco y que ahora se había alterado por completo. Frederic no llegó a saber de qué habían hablado sus padres cuando él se fue y se enteró de que Horaci había decidido volver a reunirse con Claudine en su casa sólo porque le pidió que el jueves por la tarde los dejara solos, ya que tenían que hablar en privado.

Sin saber muy bien en qué emplear el tiempo de la tarde del jueves, decidió por fin ir a ver a Juanjo Alcázar. La recepcionista de *La Vanguardia* se acordaba de él y, como la otra vez, Juanjo le pidió que le esperara. De bastante peor humor que en la ocasión anterior, Frederic repitió sus pasos: el café en el Canaletas, la observación de la gente, los chiquillos que pedían monedas, todo se le antojaba un *déjà-vu*, ahora ensombrecido por un cielo de color granito. Por suerte, esa vez el periodista tardó menos en aparecer aunque le anunció que disponía sólo de veinte minutos libres antes de volver a la redacción.

—Menudo lío ha montado tu amiguito en la fábrica —le dijo nada más llegar.

—¿Gerard?

—¿Ya lo sabes? —Juanjo sonrió—. Ya te dije que la amistad con Gasset no le llevaría a nada bueno.

—¿Qué pinta Gasset en todo esto?

—Lo pinta todo, o al menos quería pintarlo. —Bajó la voz, aunque el ruido de conversaciones en el local lo hacía innecesario—. Mira, Gasset es un mal bicho y quien anda con él sale esquilmado. Ya oíste lo que dijo acerca de que hay que tener mano dura con los obreros… Bueno, pues no se contenta con eso: convenció a tu amiguito, el Raventós, de introducir a un par de falsos trabajadores en la fábrica para detectar a los cabecillas… ya sabes, a los que quieren montar la revolución desde dentro. El problema es que metieron a dos tontos y los otros los pillaron al vuelo. Les dieron una somanta de palos de esas que no se olvidan, y el ambiente en la fábrica empeoró.

—¿Y su padre no sabía nada?

Juanjo meneó la cabeza y dijo algo que Frederic ya intuía, aunque con su peculiar estilo descriptivo:

—Nada de nada. Y le gustó menos aún. Mira, no están las cosas para sacudir los ríos mansos. No había problemas en la fábrica de los Raventós, al menos no más que en cualquier otra. Al viejo le temían, pero a la vez le respetaban. En el fondo, había sido uno de ellos y sabía hablarles en un idioma que entendían. Pero ahora…

—¿Qué pasa ahora?

Juanjo se encogió de hombros.

—A lo mejor tienen suerte y todo queda en agua de borrajas. Gasset se largó a finales de agosto y dejó a tu amigo en la estacada. Dicen que el padre ha despedido a Gerard, para apaciguar los ánimos, así que cabe la posibilidad de que los obreros se olviden. Al fin y al cabo, ya se vengaron de los esquiroles, y repartir leña siempre calma el espíritu.

La frase quedó en el aire, como si Alcázar fuera a añadir algo y se lo pensara dos veces antes de seguir hablando.

—Si quieres saber la verdad, éstos son los únicos por los que me andaría con pies de plomo si fuera Gerard.

—No te entiendo.

—Los esquiroles. Venga, ponte en su pellejo si puedes. Hay que ser bastante canalla para realizar ese trabajo, eso para empezar. Luego te descubren, te apalean a base de bien y quien te ha contratado no te paga porque, en lugar de hacer lo que debías, la has liado parda.

—¿Gasset no les pagó?

—A juzgar por los rumores, diría que no. Eso fue a finales de agosto y desde entonces no se sabe nada de esos dos. Lo cual no significa que no anden escondidos, esperando el momento de dar un golpe. Son chusma de la mala, doctor. Chusma que no tiene nada que perder: ni principios, ni mandangas. Tu amigo y Gasset han pisado la cola a un par de perros rabiosos y no te extrañe que se lleven un bocado.

Frederic asoció todo aquello con la escena que había vivido en casa de los Raventós el domingo por la noche. La sensación de peligro se agudizó y, sin poder evitarlo, a su cabeza volvió una palabra: «ominoso». Había algo en el tiempo, tenso por la lucha entre el frío que llegaba y un calor extraño que no desaparecía; en la historia que acababa de contarle Juanjo, plagada de violencia no del todo contenida pero tampoco completamente zanjada; en la piedra que reventó el cristal de la ventana de los Raventós, el aviso, tal vez, de un peligro mayor. Y, por otro lado, sin que tuvieran nada que ver con todo esto, estaban sus dudas sobre la muerte del padre Robí y el asesinato de Clarisa Miravé; el diario de aquella mujer, Águeda Sanmartín, ya fallecida. Y Blanca, en el centro de todo, afectada tangencialmente tanto por las locuras de su hermano como por la muerte de su amiga.

—Juanjo, ¿puedo preguntarte algo?

—Claro, pero antes de que se me olvide: sí era una puta alondra lo que había en el cuarto que alquilaban la chica muerta y su novio. O al menos eso me dijo un contacto que tengo en la comisaría. ¡Coño, tuve que dibujar el puñetero pájaro para que lo confirmara!

Frederic asintió, despacio.

—¿Te dice algo el nombre de Águeda Sanmartín?

El periodista meneó la cabeza.

—Sólo conozco a quienes han cometido un delito —dijo, sonriendo a medias—. Únicamente me relaciono con *la crème agria de la crème* —dijo Juanjo, riéndose.

—Era la directora del Colegio de los Ángeles, donde estudiaron Blanca y Clarisa Miravé.

Alcázar lo miró fijamente, sin casi respirar.

—¿Otra vez con el tema de Clarisa Miravé? Oye, ¿no te estarás grillando tú también? Lo de ese cura igual es contagioso.

—El padre Robí murió, Juanjo. —Comprendió que la discreción del sanatorio unida a la del clero habían dado buenos resultados—. Entre tú y yo, se colgó de un árbol.

—¡Joder! —El periodista puso los ojos como platos—. ¿Cómo? ¿Cuándo?

—Esto no es una noticia, ¿eh? —le advirtió Frederic—. Pasó antes del verano, así que ya no le interesa a nadie.

—Ya. Todos queréis información y a la vez silencio. Pues si

nadie hablara, ya me dirás cómo averiguaríamos todo lo que queréis saber —refunfuñó Alcázar.

—¿Él no te mencionó nunca a Águeda Sanmartín?

—No, que yo recuerde. Debo admitir que no siempre le hacía mucho caso… El hombre era muy pesado, que en paz descanse.

—Ya. ¿No te habló del colegio?

—Lo siento, no me acuerdo. —Juanjo Alcázar se levantó, dispuesto a irse.

Frederic asintió, intentando reordenar los hechos de nuevo en su cabeza. Sin embargo, no conseguía encajar las piezas, entre otras cosas porque no lograba quitarse de encima una sensación de peligro latente que contaminaba su razonamiento.

—Voy a ver a Blanca —dijo en voz alta.

—¡Vale! Encima pásamelo por los morros. Tú a merendar con Blanca, y digo merendar por ser educado, y yo a trabajar. ¡Qué mal repartido está el mundo! Al menos hoy pagarás tú, ¿no? Para variar…

Frederic pagó sin rechistar y apenas prestó atención a la despedida de Juanjo. Cruzó la Rambla con paso rápido y buscó con la mirada un coche que lo llevara hacia Sarrià. Quizá no fuera de muy buena educación presentarse así en casa de los Raventós, sin avisar, pero no se sentía capaz de actuar de otro modo. Tampoco sabía muy bien qué temía ni por qué se dejaba avasallar por los malos presagios. Sólo intuía que no se quedaría tranquilo hasta verla en persona.

La sirvienta que ya conocía le abrió la puerta y no ocultó su extrañeza. Tardó poco en informarle de que la señorita Blanca había salido con la señorita Mariona para algo relacionado con la boda del sábado. En casa sólo estaba la señora Raventós, añadió, y Frederic se sintió en la obligación de, cuando menos, entrar a saludarla.

Carlota Miralles se hallaba en el saloncito de la chimenea, en la estancia donde colgaba su retrato que, visto con la imagen real delante, tenía aspecto de ser una burla cruel. A la dama en cuestión no debía de parecérselo, pues estaba sentada en una butaca, frente a la chimenea encendida; sólo tenía que levantar la vista un momento del libro que sostenía en las manos para contemplarse a sí misma en un espejo mágico que le devolvía no su reflejo, sino una imagen pasada por el tamiz del tiempo.

—¿Blanca sabía que venía? —le dijo después de saludarlo—. No creo que tarde mucho. Puede esperarla aquí, si no se aburre mucho conmigo.

—Me temo que he venido de improviso. Discúlpeme, no querría molestarla.

Ella cerró el libro y suspiró.

—No me molesta en absoluto. Al revés, estos días todos van arriba y abajo con el tema de la boda. Y yo siento no poder ayudar, pero todo este jaleo me supera. ¿Quiere un café? ¿Una copita de vino dulce?

—No, de verdad.

Su mirada se desvió sin querer hacia el retrato y ella lo notó.

—Era yo de joven, aunque ahora nadie lo diría.

—Se la reconoce perfectamente, señora Raventós.

—Llámeme Carlota, por favor. Al fin y al cabo, me parece que estamos en el camino de vernos a menudo, ¿no es así?

—Eso espero yo también —afirmó él con cierta timidez repentina.

El fuego otorgaba una luz cálida a la estancia, y la señora Raventós, Carlota, acentuaba la atmósfera hogareña con una sonrisa amable y la serenidad de quien sabe leer entre líneas. Sus manos, huesudas y de dedos finos, acariciaron la cubierta del libro.

—No sabe cuánto me alegro. Es usted un buen hombre, las madres percibimos estas cosas. Oh, sí, es usted lo que una madre podría desear para su hija.

—Muchas gracias.

—¿Tiene usted madre, Frederic?

—Sí. Y ahora está en Barcelona.

—¿No vivía aquí? Oh, entonces estará encantado de tenerla más cerca.

—Por supuesto —aseguró él, sonriendo para sus adentros.

La dama se quedó en silencio durante unos segundos, los suficientes para que Frederic carraspeara, sin saber qué decir. Había algo levemente incómodo en aquella dama que parecía hablar consigo misma, como si estuviera valorando los pros y los contras de contarle algo.

—No puedo —murmuró al cabo—. Pienso en su madre, y en Gerard y en lo que a mí me gustaría que mi hijo supiera si estuviera en su lugar.

—Disculpe, pero no la entiendo.

—Ya, ya lo supongo. —Por fin levantó la vista del libro, aunque siguió sin mirarlo: se observó a sí misma, más joven, más hermosa, más radiante—. Mire, como le decía, considero que es una buena persona, un buen hombre, y aunque me duela creo que debo contarle algo que ignora.

Frederic estuvo a punto de interrumpirla, pero ella hizo sólo una pausa breve, para tomar aliento, y prosiguió sin darle oportunidad de detenerla.

—¿Sabe por qué se casa Gerard el sábado con esa pobre chica? No, claro que no, pero yo debo decírselo. Mi hermana Eulàlia no tuvo hijos y murió relativamente joven y muy rica. Era la *pubilla* y heredó la mayor parte de la fortuna de nuestros padres y luego de su marido.

Por un momento Frederic creyó que la mujer desvariaba. Enseguida vio que no era así, en absoluto.

—Eulàlia era una mujer muy especial, aunque a su favor debo decir que en la familia habíamos tenido algún disgusto con las elecciones de pareja. En su testamento dejó toda su fortuna a sus sobrinos, mis hijos. Tanto Blanca como Gerard entrarán en posesión de una gran suma de dinero y de varias propiedades a los veinticinco años, siempre y cuando a esa edad estén casados con alguien que haya contado con la aprobación familiar.

En caso de que alguno de los dos siga soltero o haya contraído matrimonio sin el beneplácito de Onofre y el mío, su parte de la herencia irá a parar a obras de caridad.

Se detuvo un instante, el suficiente para que Frederic asumiera la información y la razón por la que le era expuesta.

—Gerard debe casarse antes de diciembre, como comprenderá. Y la pobre Maria Mercè no tiene muchas oportunidades, no hace falta que yo se lo diga. Pero su caso es distinto, Frederic.

—¿Qué está insinuando? —preguntó él.

—No es una insinuación. Simplemente creo que está en su derecho de saberlo. A Blanca le queda algo más de un año para cumplir los veinticinco. Quizá le parezca mucho tiempo, pero ¿cómo le diría…? Hasta ahora no nos había presentado a nadie, no parecía haber ningún hombre que le interesara. Y ha tenido quien la corteje, se lo prometo. Quizá, sólo quizá, se haya dado cuenta de que los meses corren deprisa. Y, por supuesto, para ella sería una pena tener que renunciar a ese dinero.

Frederic notaba el calor del fuego en la cara, y una indignación que le brotaba en la boca del estómago y pugnaba por encontrar una salida en forma de frase contundente y ofensiva, lapidaria e insultante. Se obligó a tragársela, intentó que el calor exterior deshiciera aquel nudo espeso.

—¿Por qué me cuenta esto? —preguntó con voz ronca.

—Ya se lo he dicho… Es usted un buen hombre, y como madre, me gustaría mucho que alguien fuera sincero con mi hijo si estuviera en su lugar. ¿Blanca no le había explicado nada de esto? Ni tampoco Gerard, ¿verdad? Ellos… están muy unidos. A veces temo que demasiado. No es del todo normal el cariño que se profesan, ¿no lo ha notado?

No hizo falta que él respondiera, ni se sentía con ganas de hacerlo. Comprendió, de repente, las alusiones al dinero que había hecho Onofre Raventós la noche en que despidió a su hijo, e incluso la risa de éste. Y también, si pensaba en ello, en algún comentario de Gerard acerca de que a su hermanita se le escapaba el tiempo… Aun así, y a pesar de que no dudaba de que lo que acababa de oír era cierto, intentó comprender por qué la señora Raventós aprovechaba su visita para contárselo, qué oscura motivación la conducía a traicionar a su hija confesando algo innecesario a un desconocido. La observó tan atentamente que la dama se irguió en su butaca y al hacerlo el libro resbaló de su regazo y cayó al suelo. Él lo recogió, sin dejar de mirarla; luego volvió la cabeza hacia el retrato de la pared, y al compararlo con la mujer de carne y hueso, pensó que no era sólo la edad lo que marchitaba las facciones de la dama, sino algo más insidioso y destructor que los años: la infelicidad, probablemente vivida minuto a minuto en esas décadas que separaban a ambas mujeres. A diferencia del retrato de Dorian Gray, la Carlota real acumulaba el rencor hacia todo lo que era joven y bello, y éste era visible ya no en sus arrugas sino en el rictus que separaba ahora sus labios en una sonrisa que expresaba con avidez la satisfacción de quien provoca el dolor ajeno. Recordó entonces una frase de Blanca: «No nos juzgues».

Quizá tampoco tenía derecho a juzgar a Carlota Miralles, quizá los años de matrimonio la habían amargado hasta tal punto que eso explicaba su conducta. O quizá hubiera sido siempre así, insidiosa y mezquina. Se levantó de la silla y ella ni siquiera se inmutó.

—¿Quiere que le diga a Blanca que ha venido?

—Creo que lo hará de todas formas, señora Raventós —repuso, recalcando el tratamiento.

—Los mensajeros con malas noticias siempre sufren las iras de quienes las reciben —dijo ella—. La vida es así de injusta.

Seguía mirando al fuego y apretaba ahora el libro entre sus manos.

—Los mensajeros con malas noticias solían temer el momento de darlas, señora Raventós. En su caso, me parece que ha disfrutado con él.

—No diga tonterías. ¿Cree que es agradable para una madre

tener que hablar así de su hija? ¿De sus hijos? —La indignación de su voz era tan sincera que habría desarmado a alguien menos familiarizado con la naturaleza humana.

Frederic se inclinó un poco para que le oyera bien sin tener que alzar la voz.

—Para una buena madre no lo sería, desde luego. Y ahora, si me disculpa, debo irme. Nos veremos en la boda.

Salió de aquella habitación sofocante deseando que el azar no le hiciera cruzarse con nadie, y en eso tuvo suerte. A pesar del fresco de la calle, caminó decidido para calmar una ira que, poco a poco, se iba sembrando también de incertidumbres. No le cabía duda de la maldad de la señora Raventós, ni de sus malas intenciones, pero los recuerdos de Gerard y Blanca en la fiesta de Gasset, cuando los conoció, su complicidad en los momentos que habían pasado juntos, la actitud distante de él la tarde en que Frederic visitó por primera vez su casa... Incluso aquellas peleas, que en ocasiones parecían impropias de unos simples hermanos. Había subido a ver a Blanca con el fin de protegerla y media hora después descendía hacia Barcelona preguntándose si no sería mejor olvidarla.

Llegó a casa de su padre tarde y cansado. Al parecer, todos dormían ya. Pasó por el comedor de camino a su habitación y algo le llamó la atención.

El abrigo de su madre yacía sobre la misma butaca donde se había sentado el día de su llegada. Era sólo eso, un abrigo, pero verlo allí a esas horas de la noche sólo podía significar una cosa: Claudine no había regresado al hotel.

Debo reaparecer de nuevo, con su permiso. No perderé el tiempo ahora reiterando mis excusas, ya explicadas anteriormente, ni deseo distraerles demasiado porque lo que voy a contarles es de vital importancia. Júzguenlo ustedes mismos.

El día 23 de septiembre de 1916, tal como estaba previsto, contrajeron matrimonio Gerard Raventós i Miralles y Maria Mercè Vilanova Camprobí. El enlace apareció en las notas de sociedad del momento, no en lugar destacado pero sí prominente, pues los contrayentes eran hijos de dos familias acaudaladas de la burguesía barcelonesa. La crónica, sin embargo, no nos hace llegar todos los hechos que, con el tiempo, he logrado recabar y algunos otros que, siento decirlo, proceden de mi cosecha.

El primer contratiempo surgió a primera hora de la mañana, en la casa de los Raventós, que ya conocen. La novia, huérfana de madre, se había instalado allí la tarde anterior para que Blanca y Mariona la ayudaran a vestirse la mañana del enlace. No puedo adivinar el estado de ánimo de Maria Mercè, aunque supongo que debía de oscilar entre la expectación y el nerviosismo. Quizá habría preferido salir hacia la iglesia desde su propia casa, pero a lo largo de los meses de preparativos, alguien, quizá Blanca, había sugerido la posibilidad de que Maria Mercè pasara la última noche de soltera en lo que, de momento, sería su nuevo hogar. Al fin y al cabo, allí dormiría la noche de la boda y de allí debía partir, ya casada, el domingo 24, en dirección a París de viaje de novios. Fuera como fuese, como les decía, el primer augurio de lo que iba a suceder tuvo lugar a primera hora de la mañana, cuando tanto la futura novia como sus acompañantes constataron que el velo del traje nupcial había desaparecido. Consternadas, lo buscaron durante horas; sus esfuerzos fueron en vano. Y Maria Mercè, que como es natural había escogido su vestido con todo el cariño del mundo, sufrió el primer disgusto del que tenía que ser el día más feliz de su vida. Por suerte o por desgracia, el tiempo apremiaba y no dejaba mucho margen para lamentaciones. Blanca, Mariona y una de las doncellas de la casa la peinaron, vistieron y acicalaron. Dicen que, con o sin velo, la novia estaba preciosa, y aunque es algo que se ha convertido en un lugar común, la única fotografía de la pareja da fe de ello. Cierto es que la diadema, sin el velo prendido, le confería un aire de falsa princesa. Pero dejando a un lado ese detalle menor, cuando se miró en el espejo, Maria Mercè se vio, quizá por primera vez en su vida, tan hermosa como siempre había querido ser. El vestido de seda marfil, de talle ajustadísimo, conseguía estilizarla y realzaba sus pechos, y el cabello, recogido en la nuca en un complicadísimo moño trenzado, realizado con primorosa atención por Mariona, alargaba sus facciones, más bien tendentes a la redondez.

Sin que la viera su futuro esposo, como mandaban los cánones, Maria Mercè aguardó, vestida en su habitación, a que su padre llegara con el coche a recogerla. No se atrevía a sentarse, por no arrugar el traje, así que permaneció de pie, en aquel cuarto que le era extraño, mientras las demás iban a vestirse. Desde allí, mirando distraídamente por la ventana, tuvo la mala fortuna de ver llegar a Gerard. La noche anterior había salido —algo que a ella le pareció bien porque se le antojaba impropio cenar con él en casa de sus padres como había hecho otras veces—, y nadie le había dicho que no había regresado aún. Gerard iba tambaleándose, y ella decidió cerrar los ojos para borrar esa imagen de su cabeza. Maria Mercè estaba decidida a ser feliz, al menos por un día, y si para ello debía hacer caso omiso de lo desagradable, así sería. Ignoró, pues, la visión de un Gerard borracho y trató de olvidar la desaparición del velo, que seguía preocupándola. Era una mujer cuidadosa y estaba convencida de que el pedazo de tul estaba junto con el traje, perfectamente colgado, la noche anterior.

Para ser honestos, a pesar de la resaca o quizá gracias a ella, Gerard cumplió su papel con más entusiasmo del que podía esperarse. Cuando Maria Mercè terminó de recorrer el pasillo de la iglesia de su mismo nombre en dirección al hombre que la esperaba en el altar, se encontró con el regalo de un novio que parecía verla por vez primera y que, con absoluta franqueza, le susurraba: «Estás preciosa». Sonrojada, poco acostumbrada a los elogios, saboreó esas dos palabras para recordarlas en momentos de flaqueza y poca atención prestó al sermón del cura, porque en su cabeza sólo resonaba ese comentario, y no había Dios, ni sacramento ni alianza que sellara esa boda con más fuerza que aquella frase breve y sincera.

Si el enlace fue tan previsible como todos esperaban, y mucho más emocionante de lo que había imaginado nunca Maria Mercè, el banquete, que se celebraba en el salón principal de los Raventós, fue un almuerzo aburrido y largo del que ella y, a juzgar por las miradas que le dirigía, también Gerard deseaban escapar. No había muchos invitados, apenas una treintena, ya que ni Onofre ni Agustí Vilanova eran dados a la ostentación. Eso sí, éstos habían sido escogidos con sumo cuidado y no faltaba nadie que pudiera sentirse ofendido. Maria Mercè comió poco, como siempre que lo hacía en público, y se fijó en que su marido, qué raro le sonaba aún, apenas probaba bocado. En cambio, bebía con generosidad y cuando llegó la hora del pastel sus ojos ya no la miraban con admiración, sino que estaban enturbiados por el vino. Ella observó también a su cuñada y pensó que no estaba especialmente guapa ese día; advirtió asimismo cierta tirantez entre Blanca y aquel joven doctor tan alto.

A media tarde, Maria Mercè subió a cambiarse de vestido y la fiesta, si es que se la podía llamar así, prosiguió en el jardín, que había sido iluminado para la ocasión. Desprovista de su traje de novia, se sintió repentinamente fea y eso la contrarió, como si fuera la única en despertar de un sueño en el que los demás continuaban inmersos. La desazón por la pérdida del velo regresó, a destiempo, sin que nada lo justificara, quizá para no ver que Gerard seguía ingiriendo alcohol y bromeaba con unos amigos a quienes ella no conocía, sin hacerle demasiado caso. Por suerte, el evento no se prolongó mucho más. Maria Mercè vio que Blanca se acercaba a su hermano para decirle algo al oído y cinco minutos después Gerard caminó hacia ella. Sonreía, pero no era el mismo gesto con el que la había recibido en el altar, y de repente ella fue consciente de que, en unas horas, ambos se unirían en matrimonio no ante Dios, sino bajo las sábanas. Ignoraba cómo debería sentirse, pero estaba casi segura de que el miedo era normal; la aprensión, en cambio, la abrumaba. Él la besó, y su aliento con olor a vino le pareció repugnante. Si no hubiera sido una mujer dócil y bien educada, habría huido en ese momento en que todos aplaudían, seguramente confundiendo su rubor, producto del asco, con un sentimiento de pudorosa timidez.

De la mano de ese hombre que le sonreía con ojos de lobo y caminaba con paso vacilante, Maria Mercè cruzó la puerta de la casa. Les habían preparado una habitación distinta, en el extremo más alejado, para que pasaran allí su noche de bodas. Él tropezó al entrar en el cuarto y ella le sujetó, impidiendo así que se cayera. Gerard la miró, sonriendo como un truhán travieso, y Maria Mercè se sintió súbitamente segura de sí misma. «Éste será mi papel», se dijo. «Sostenerlo cuando esté a punto de caer...» Y lo haría siempre que él siguiera mirándola así. El deseo se impuso a cualquier otro sentimiento y, tras cerrar la puerta, fue ella quien le dio un beso. Ya no le importaba el sabor de su aliento; es más, en cierto sentido, conseguía excitarla. Igual que la excitaba, de repente, la sensación de ser una mujer casada, de saber que aquél era su marido, suyo y de ninguna otra. «Repítemelo», le susurró, pero él no sabía a qué se refería. «Lo que me has dicho al verme en la iglesia», insistió. «Dime que estoy preciosa.» Y él obedeció.

Me dirán que me he dejado llevar por mi imaginación y acepto la acusación con humildad, a pesar de que no me arrepiento de ello. Quiero pensar que Maria Mercè y Gerard tuvieron unas horas de felicidad aquella noche, que hicieron planes, que disfrutaron al menos de un rato de amor compartido aunque fuera engañándose a sí mismos. Quiero pensarlo porque, a pesar de todo, creo que merecían al menos eso, en especial ella.

Y quiero pensarlo porque, a la mañana siguiente, cuando no bajaron a desayunar, alguien, quizá el propio señor Raventós, envió a la criada para que los despertara. Ésta llamó a la puerta, sin obtener respuesta alguna y, tras varios intentos, la abrió despacio, temiendo que alguien la frenara con un grito desde dentro. Fue la mujer quien gritó, sin embargo, en cuanto entró en la habitación.

Los cuerpos de los novios estaban cubiertos con el velo extraviado, tul blanco manchado de rojo sangre. Ni por un instante pudo pensar la criada que estaban dormidos, aunque a primera vista no se fijó en los tajos que les atravesaban las gargantas. Tuvo bastante con ver sus rostros, aquella piel que parecía una máscara de cera, para comprender que ambos estaban muertos. Tampoco le dio tiempo a averiguar qué era lo que tenían en la boca, si bien en sus pesadillas persistió la impresión de que se trataba de su último aliento, petrificado en forma de nube negra.

No era eso, claro. Eran dos pajarillos rígidos que la misma persona que les seccionó la garganta les había colocado sobre los labios.

# 22

La casa de los Raventós aún conservaba las luces del jardín, puestas especialmente para la fiesta de la boda, cuando sus cuartos se vistieron de negro. Cual broma irónica, éstas colgaban, apagadas, símbolo mudo de una felicidad evaporada. Frederic no había regresado al sanatorio el domingo 24, como estaba previsto. La terrible noticia, que llegó hasta él a media tarde, cuando se preparaba para irse, horas después de que la muerte estallara en todo su horror ante los ojos de la criada, trastornó sus planes. Fue Mariona quien le avisó mediante una nota en la que le comunicaba a medias lo sucedido sin dar detalles y le rogaba que subiera a verlos, a ver a Blanca sobre todo, porque su prima parecía haberse quedado como las luces del jardín: apagada, sin fuerzas.

La policía se había llevado los cadáveres, pero la esencia del crimen seguía en el aire. Se respiraba en el ambiente, se oía en las conversaciones susurradas y era apreciable en los rostros alterados de los habitantes de la casa y del padre de Maria Mercè, que había acudido al conocerse la tragedia. Los agentes estaban allí, hablando en esos momentos con Onofre Raventós en su despacho, a puerta cerrada. Su esposa, Carlota, permanecía confinada en su cuarto, sin querer ver a nadie, y el médico de la familia tuvo que insistir con vehemencia para que se le permitiera el acceso al interior.

Blanca estaba en el jardín trasero, y Mariona acompañó a Frederic hasta allí aunque se apresuró a dejarlos solos. Era una mañana desapacible y él notó su piel helada cuando fue a abrazarla. Siguieron en silencio, ambos, porque había pocas cosas que pudiera decirle que no sonaran a consuelo banal, inapropiado para la dimensión del horror. Ella fue separándose de sus brazos, reclamando sin palabras un espacio íntimo, con la vista fija en los árboles enormes que se alzaban, impasibles, indiferentes al dolor de quien los contemplaba.

—¿Quién te lo ha dicho? —preguntó por fin Blanca en voz baja.

—Tu prima.

—Te marchabas hoy.

—No te preocupes por eso. No pienso irme ahora.

Blanca se encogió de hombros.

—¡Qué más da! ¿Qué podemos hacer por ellos? Nada.

Frederic no deseaba ahondar en los detalles, y menos aún con Blanca, pero sentía que un centenar de preguntas se le agolpaban en la garganta.

—Te agradezco que hayas venido. De verdad. Ayer te noté extraño, durante todo el día. No es que importe mucho ahora, claro.

Él asintió, arrepentido. Las palabras de Carlota debían de haberle afectado más de lo que creía y, al parecer, no había conseguido disimularlo del todo durante la boda.

—Perdóname. No es el momento de hablar de lo que me pasaba ayer. Ahora importan otras cosas.

—En realidad —dijo Blanca—, ahora ya no importa nada.

Frederic intentó volver a abrazarla y ella le rechazó con un gesto que no llegó a ser brusco.

—Márchate, Frederic. Aléjate de esto. Y de mí.

—No pienso hacerlo.

—Entonces lo haré yo. —Lo miró a los ojos, poniendo en su expresión toda la fuerza que era capaz de reunir en aquel momento—. Me iré hasta que pase todo, hasta que te hayas olvidado de que nos conocimos alguna vez.

—Estás alterada. No… no hablas en serio.

—Nunca había dicho nada con tanta seriedad, te lo prometo. Y ahora vete, debo ir a ver a mi madre. Durante unos días alguien tendrá que ocuparse de lo que viene. Mamá se arrogará el monopolio del dolor para sí misma y papá lo desviará en la búsqueda de quien ha hecho esto. Mariona y yo tendremos que lidiar con los detalles a los que ninguno de los dos prestará atención.

—No pienso abandonarte. Te dije que te quería cuando nos despedimos en el balneario y mis sentimientos siguen ahí. No conseguirás apagarlos tan fácilmente. No —insistió—, no voy a dejarte sola.

Un brillo furioso acentuó la intensidad de la mirada de Blanca.

—Sola es precisamente como quiero estar. ¿Tengo que ser más explícita?

Frederic se rindió; aceptar una derrota temporal era mejor que provocar una guerra que, en ese momento, no podía ganar. La vio desaparecer en dirección a la casa, mientras se preguntaba cuál debía ser su siguiente paso. Necesitaba saber, recabar información, y decidió recurrir a la única persona del hogar de los Raventós con quien tenía suficiente confianza para hablar de todo ello.

La noticia de los asesinatos de Gerard y su esposa apareció en todos los periódicos de la ciudad, y durante días el ambiente barcelonés se colmó de invectivas, detenciones y sospechosos. Se decía que la policía buscaba a dos hombres, con quienes el finado había mantenido tratos más bien oscuros; se había interrogado también a un cabecilla de la fábrica de los Raventós, pero la coartada de éste era incuestionable pues había estado con varios amigos en los puestos de la feria de la Mercè. Se hablaba también, ya más a media voz, de la extraña amistad que unía al difunto con un caballero de vida licenciosa, aunque éste se encontraba fuera de Barcelona cuando se cometió el crimen. En resumen, se hablaba de todo sin saber nada, porque el único detalle de aquellas muertes que no había trascendido a la prensa era precisamente el que para Frederic tenía más sentido de cuanto le contó Mariona la tarde en que Blanca le pidió que se marchara. Los pájaros en la boca, un hecho macabro que para él relacionaba claramente las muertes de Gerard y Maria Mercè con la de la otra joven, Clarisa Miravé. Intentó hablar de ello con la policía, pero el comisario que le recibió no estaba para escuchar teorías «descabelladas» y lo miró como si él fuera un alienado en lugar de un psiquiatra. ¿Quién decía que había un pájaro en la boca de Clarisa Miravé? Eso no constaba en informe alguno. Y si realmente había un pajarillo muerto en el suelo, ¿qué? Aquél era un caso cerrado y el de los Raventós seguiría su misma suerte en cuanto echaran el guante a los dos hijos de mala madre que se habían sentido traicionados por Gerard. Los estaban buscando con avidez, espoleados por una burguesía que clamaba no sentirse segura en sus camas y pedía contundencia y resolución, no argumentos imposibles. Descorazonado, Frederic salió de la comisaría y acudió a la única persona que podía echarle una mano.

Juanjo Alcázar sí le prestó atención, ansioso por recabar cualquier detalle que poder publicar en lo que era, según él, el «crimen del año, si no de la década». El comisario había prohibido terminantemente a Frederic comentar el asunto del pájaro y él, a su vez, había tenido que usar todos sus poderes de persuasión para que Juanjo no lo incluyera en su siguiente artículo. «Si descubrimos la verdad, podrás usarlo», le prometió, y el otro aceptó a regañadientes. Le explicó todo sobre el diario de Águeda, y juntos lo releyeron en busca de alguna pista, algún detalle que pudiera haberle pasado por alto a Frederic en una primera lectura. Estaban casi solos, de noche en la redacción, les dolían los ojos y se sentían agotados. Además, el contenido del diario parecía haber afectado al periodista; se quedó pensativo un buen rato, como si su cabeza estuviera analizando la información y al mismo tiempo su instinto, o algo dentro de él, la repudiara por completo. Entrecerró los ojos, quién sabe si por cansancio o por la angustia de la lectura. No todo el mundo está acostumbrado a los trastornos mentales como el que ahí se consigna, pensó Frederic al verlo.

—¡No puedo más! —dijo Alcázar cuando despertó de esa especie de trance, estirándose para desentumecer los músculos—. Esto no tiene ni pies ni cabeza.

Frederic se frotó los ojos.

—Recapitulemos —dijo—. Olvidemos un momento este diario.

—Eso me parece buena idea. Es horrible, la verdad.

—El padre Robí… —empezó—. El padre Robí estaba convencido de que a Clarisa no la había matado su novio. Eso es un hecho.

—Ya. Pero también veía mujeres de negro que se reían, y ése es otro hecho.

—Sí, lo sé —cedió Frederic, satisfecho de que el periodista hubiera recuperado su talante habitual—. Dejemos un momento eso al margen. Intento… intento seguir su razonamiento.

—Adelante. Bien, supongamos que no estaba loco, o no del todo. ¿Y qué?

—¿Qué hizo él?

—¿Aparte de acosarme sin cesar? Por alguna razón buscó a Águeda Sanmartín y supongo que encontró su diario.

—Exactamente. Luego se hizo encerrar en el sanatorio.

—Eso tiene su lógica —remató Juanjo—. Y no puedo obviar aquí que veía mujeres de negro, lo siento. Deduzco que pensó que esa mujer invisible era Águeda y que debía de conocer el origen de todo: el lugar donde se cruzaron los destinos de Clarisa y la difunta fantasmal. Pero eso no nos lleva a ninguna parte, ¿no crees? El tipo estaba trastornado, y un buen día se le apareció otra vez el dichoso fantasma y se colgó de un árbol. Fin de la historia del padre Robí.

Frederic meneó la cabeza.

—Él no le tenía miedo, o no habría ido precisamente al lugar donde creía que la encontraría. No, él estaba convencido de que alguien mató a Clarisa Miravé por algo que sucedió en el colegio.

—Lo único que pasó en ese colegio fue el incendio…

—Exactamente. Un incendio en el que murieron dos personas. La maestra, Irene, y esa niña.

Juanjo parecía absorto en sus pensamientos y luego, despacio, negó con la cabeza.

—Sé lo que estás pensando. Y no encaja. Espera, espera, déjame terminar. Lo que te ronda la cabeza es que alguien quiere vengarse por la muerte de la maestra o de la niña. Sus parientes, un padre o incluso un pretendiente, en el caso de la señorita Irene. Eso tiene sentido, pero ¿por qué esperar tantos años? ¡Han pasado dos desde el asesinato de Clarisa! Siete desde que se cerró el colegio. No… Mira, mira lo que pone aquí.

Juanjo pasó las páginas hasta encontrar el fragmento que buscaba.

—La señorita Águeda pidió a esas cuatro alumnas escogidas que fueran distintas. Que salieran de sus jaulas, que no entraran en el juego convencional de ser esposas y madres. Que hicieran algo diferente con sus vidas. Lo repite al final, cuando expresa que la señorita Irene murió por ellas… Y se olvida de la pobre niña, por cierto —añadió con un deje de amargura.

Frederic asintió. Era lo primero que tenía sentido, aunque la conclusión que aguardaba al final del razonamiento era aún más delirante que cualquier otra.

Porque si eso era cierto, si, como sugería Alcázar, la señorita Águeda había decidido «castigar» brutalmente a Clarisa por enamorarse y entregarse a un hombre, y a Maria Mercè por dejarse atrapar en un matrimonio de conveniencia, eso sólo podía significar una cosa que ninguno de los dos estaba dispuesto a admitir: que los asesinatos habían sido provocados por una mujer que llevaba más de dos años muerta y enterrada, y que el padre Robí había decidido suicidarse al comprender que su presa no pertenecía a este mundo.

Ambos se miraron, fatigados y estupefactos, y ninguno de los dos quiso pronunciar ese razonamiento en voz alta. De repente, tampoco tenían ganas de seguir dándole vueltas al tema, y casi a la vez decidieron dejar la discusión para otro día. Pero las cosas no dichas se aferran a la mente y se retuercen en torno a ella como raíces vivas que se alimentan de la lógica y producen a su vez dudas, sospechas y un malestar que linda con el miedo en su expresión más pura. Miedo a lo desconocido, a lo inverosímil. A lo siniestro.

Salieron a la calle Pelayo, caminaron juntos y en silencio hacia la Rambla y, cuando ya estaban a punto de despedirse, alguien llamó su atención mediante un silbido.

Juanjo se volvió, buscando en las sombras al autor, y éste reiteró el silbido para que lo localizara. Frederic vio que el periodista hablaba con un muchacho, uno de esos críos de no más de diez u once años que rondaban por las calles pidiendo limosna o sustrayendo alguna billetera al descuido.

—¿Estás muy cansado? —preguntó, volviéndose hacia Frederic.

Éste se acercó a la pareja y el chico lo miró con desconfianza.

—Me acaba de dar la dirección donde se esconde Roque Montero.

—¿Quién?

Juanjo hizo un gesto de impaciencia.

—Roque Montero. Uno de los dos tipos a los que busca la policía por el asesinato de Gerard Raventós y su mujer. Los que se metieron en Aceros Raventós para reventar las posibles huelgas.

—Deberíamos informar a la policía, ¿no crees?

El chiquillo cambió su cara de desconfianza por otra de burla absoluta.

—Lo haremos, claro —dijo Juanjo—. Pero primero tenemos que asegurarnos de que el informante no miente. Es una de las leyes del periodismo. Verificación de las fuentes. Y de paso…

—De paso hablarás con él, ¿no?

Alcázar sonrió. El cansancio parecía haberse esfumado.

—¿Te vienes?

Siguieron al niño por las callejuelas de la Rambla, por detrás del mercado de La Boquería, internándose en una oscuridad que, de vez en cuando, casi les hacía tropezar con el cuerpo de algún mendigo borracho que yacía recostado en la acera. El crío se movía como un gato, sorteando obstáculos, y sin decir una palabra. Por fin, cuando Frederic empezaba a temer que aquello fuera una treta para asaltarlos, se detuvo en un portal desvencijado de la calle de San Rafael y señaló un balcón.

—Está ahí. Con una novia que tiene.

—¿Y cómo no la vigila la policía?

El chaval se encogió de hombros.

—Controlan a su parienta. De ésta creo que no saben nada.

—¿Estás seguro de que era él? —le preguntó Alcázar.

—Eh, ¿qué pasa? ¿No te fías de mí?

Juanjo le propinó un pescozón rápido, acompañado de un «a mí no me tutees» que el muchacho aceptó sin rechistar.

—¿Me dará mi propina el señor? —preguntó en un tono que conseguía ser más insultante que el tuteo anterior.

—Te la daré cuando compruebe que no me mientes.

Miró hacia arriba en dirección al balcón.

—¡No le miento!

—¡Baja la voz!

—De verdad, señor. Era Roque. Lo conozco bien. Por eso me pidió que estuviera alerta, ¿o no?

Juanjo asintió y sacó unas monedas del bolsillo.

—¿Sólo esto? —protestó el chico, aunque a la vez dio un salto para alejarse del alcance de la mano del periodista.

No hacía falta. La puerta de la calle estaba abierta y Juanjo la empujó. La escalera que tenían ante sí era tan estrecha que debían avanzar en fila, casi pegados a una pared que se iba cayendo a trozos con el roce. Frederic lo seguía, aunque en su fuero interno luchaban unas súbitas ganas de aventura con la prudencia que le ordenaba avisar a la policía y dejar el tema en sus manos. Aquel hombre era peligroso, incluso aunque él se resistiera a creerlo podía haber matado a sangre fría a Gerard y Maria Mercè. Juanjo se detuvo ante una puerta entreabierta y miró a su acompañante con extrañeza.

Entraron en un piso sombrío y en silencio, aunque Frederic intentó detener al periodista y volver abajo. El otro se zafó de su mano, con expresión desdeñosa, y cruzó un recibidor minúsculo y vacío de muebles que daba a una salita y, a continuación, a un dormitorio desde donde llegaba la luz débil de una lamparita de noche o un quinqué encendido. O la casa está desierta o sus ocupantes duermen profundamente, pensó Frederic antes de que la sorpresa ante lo que sucedió le borrara por unos instantes la capacidad de reflexión.

Vacilaban junto a la puerta del dormitorio cuando una explosión y el ruido de cristales rotos consiguiente los hizo retroceder. Aun así empujaron la puerta. El interior estaba en llamas, fruto de algún artefacto incendiario que había entrado por la ventana abierta y había caído justo en la cama. Lo raro era que los ocupantes de ésta, un hombre y una mujer, no se movían ni intentaban huir del fuego.

Antes de que Juanjo lo empujara hacia la puerta de salida, aterrado, se dijo que no merecía la pena arriesgar la vida por la pareja porque si permanecían inmóviles mientras los cercaban las llamas sólo podían estar ya muertos.

# 23

El entierro de Gerard Raventós y Maria Mercè Vilanova se celebró, si es que tales actos se «celebran» realmente, en la más estricta intimidad, en un día ventoso de principios de octubre. Frederic asistió, tras prometerle al director del sanatorio que ése sería el último favor en forma de jornada de asueto que le pediría en meses. No estaba muy seguro de poder cumplir esa promesa, ni le importaba demasiado. Dependía, como su tranquilidad, de los avances que se hicieran en el caso y, sobre todo, de la reacción de Blanca.

No había vuelto a verla desde el fatídico 24 de septiembre, ni ella había atendido sus llamadas. Pensó que estaría ocupada, enfrascada en los duros preparativos del sepelio, pero las últimas palabras que oyó de su boca regresaban para mortificarlo. La encontró extrañamente entera, primero en la misa y luego en el cementerio; tan serena que parecía casi ausente, como si no fuera el cuerpo de su hermano el que yacía en esa caja brillante de nogal hacia las profundidades de la tierra, ni el de su amiga y cuñada el que lo acompañaba en el viaje eterno. Onofre Raventós aguantó el tipo, y sólo cuando el féretro de su hijo chocó levemente con las paredes de la tumba extendió un brazo en el aire, como si temiera que el ocupante del ataúd pudiera haberse hecho daño. Luego, quizá asombrado por aquel acto reflejo, se llevó esa mano a la cara y ocultó con ella el sollozo que le deformó las facciones. A su lado, Carlota, sostenida en todo momento por Mariona, mostraba en sus ojos vidriosos la expresión de quien entiende sólo a medias dónde está y por qué se encuentra allí. Al otro lado, con la mirada fija en un punto infinito, más allá de las fosas abiertas, estaba Blanca, y a su lado el anciano padre de Maria Mercè, con los gemelos enlutados, dos niños rubios y rollizos, vestidos con el mismo trajecito oscuro que habían llevado a la boda; en sus caras se advertía el desconcierto de quien, a corta edad, empezaba a intuir que la vida y la felicidad eran algo más efímero de lo que se daba por supuesto.

Finalizado el entierro, los congregados en el cementerio se dispersaron y Frederic intentó acercarse a Blanca. Ella le había visto, o al menos eso creía él: era difícil juzgar qué veían realmente aquellos ojos oscuros. No deseaba perder la oportunidad de hablarle, por inapropiados que fueran el lugar y las circunstancias, y consiguió alcanzarla de camino a la puerta del camposanto. Blanca se detuvo y murmuró algo al oído de Mariona, que iba a su lado, sosteniendo, con ayuda de su tío, el cuerpo de Carlota.

—¿Cómo estás? —preguntó él.

—Si te digo la verdad, cansada. Muy cansada. —Miró a sus padres, que iban unos pasos por delante—. No puedo entretenerme ahora.

—Lo sé. Y también sé que no es el lugar adecuado para hablar contigo.

Los labios de ella formaron una sonrisa triste.

—Quizá sea más adecuado de lo que piensas. —Controló el temblor de la voz, que amenazaba con quebrársela—. Muerte y despedida son conceptos parecidos.

Frederic intentó protestar, y ella lo acalló:

—Sí, esto es un adiós. Ha sido un placer conocerte, Frederic, pero será mejor para ti que me aleje ahora.

—Lo que me conviene o no debería decidirlo yo.

—Y lo harías si supieras todo lo que debes. No es así, de manera que me corresponde a mí tomar la decisión por los dos.

Te lo dije ya el otro día y no quisiste escucharme. Te lo repetiré hoy, por última vez: hasta siempre, Frederic.

La vio alejarse con paso rápido, y aunque algo en él le empujaba a correr tras ella para retenerla, otra emoción distinta le contuvo. No se perseguía a las mujeres como Blanca, al menos no así; la cabeza le indicaba que lo que debía hacer era averiguar todas esas cosas que no sabía, y que provocaban la decisión de la joven. Averiguarlas, resolverlas y aclararlas, para que nada se interpusiera entre ambos.

Se quedó allí durante unos minutos más, a la espera de que la comitiva fúnebre desapareciera de la puerta. Paseó la mirada por el camposanto. El viento arreciaba, y en alguna tumba había derribado los jarrones de flores que no estaban bien sujetos. Sin saber muy bien por qué, en lugar de salir optó por dar una vuelta. No era aficionado a los cementerios, pero tampoco sentía en ellos aprensión alguna. Y necesitaba pensar, hallar al menos un camino a seguir. La policía continuaba convencida de que los dos esquiroles habían cometido el crimen, y la muerte de uno de ellos no los desvió de sus sospechas hacia otros posibles culpables. Como en el caso de Mario Guerrero, se dijo mientras recorría las hileras de tumbas sin tan siquiera fijarse en ellas. De repente, alguien llamó su atención. A pesar de que iba vestida de negro, con un sombrero que ocultaba parcialmente su rostro, estaba seguro de que la mujer que estaba quieta ante una de las tumbas era Angélica Mendizábal. Iba sola, y Frederic dudó de si debía acercarse a ella. Lo hizo, sin embargo, movido por el instinto, y comprobó que el lugar donde se había detenido la joven correspondía al panteón de los Miravé. Un ángel los observaba a los dos, con ojos de mármol.

Angélica le reconoció al instante y se santiguó, como si la llegada de aquel extraño hubiera puesto fin a su oración. Lo saludó con un gesto y emprendió el camino opuesto al que le había llevado a él hasta allí. Está huyendo, pensó él al percibir que aceleraba el paso y que, al doblar un recodo, se volvía rápidamente a mirarlo. Cuatro amigas, pensó, de las cuales dos están muertas. Y comprendió, ya sin lugar a dudas, que detrás de la frialdad de Blanca se escondía el mismo miedo que ahora empujaba a Angélica con la misma fuerza que el viento que agitaba los sauces del cementerio.

El incendio y las muertes de Roque Montero y su amante habían servido sólo para confirmar a la policía que el hombre había tenido algo que ver con el asesinato de Gerard Raventós y Maria Mercè Vilanova. El razonamiento más popular era que el otro componente del dúo, y coautor de los hechos en casa de los Raventós, había decidido acallar a su compañero para siempre antes de huir. Eso, o bien alguien se había vengado, tomándose la justicia por su mano. Durante el caos que siguió a la explosión, los vecinos salieron, aterrados, y Juanjo y Frederic aprovecharon para desaparecer sin que nadie se fijara en ellos. La teoría del periodista, sin embargo, era distinta a las oficiales y extraoficiales, y en opinión de Mayol, más atinada. «Gasset anda detrás de todo esto. Le interesa muy poco que pillen a estos dos, ¿quién sabe qué otras faenas les encargó antes? Él no está en Barcelona, claro, pero su mayordomo, ese tipo que parece sacado de los forzudos del circo, sí anda por aquí.»

Durante las semanas que siguieron, en el exilio que le suponía ahora su rutina en el sanatorio, Frederic dio mil vueltas al asunto, encallándose siempre en los mismos puntos. Seguía convencido de la existencia de una mano negra, alguien que ocultaba su juego y que guardaba alguna relación con el pasado de Clarisa y Maria Mercè. El diario de Águeda continuaba siendo, para él, la clave del asunto, pero no tenía nada a lo que agarrarse para demostrarlo. Había intentado hablar con el señor Pere Cubells, pero alguien, su hija o su nuera, le habían dicho que el hombre estaba en cama, enfermo, y que le era imposible recibir visitas.

A finales de octubre le llegó una carta de Anna. Se la entregó Ismael, el cuidador, con quien se había acostumbrado a dar largos paseos por el bosque. Al parecer, se había criado en el campo, en alguna provincia de Castilla, y sabía mucho de árboles y animales. Frederic nunca había sentido una afición especial por la naturaleza, pero al lado de aquel joven de veinte años recién cumplidos comprendió que existía todo un mundo al que no había prestado suficiente atención hasta entonces. A veces se preguntaba qué hacía un muchacho como aquél en un sanatorio enclavado en medio de la nada y la respuesta parecía estar en esa afición al bosque.

—¿No echas de menos la ciudad? —le dijo un día—. No sé, la vida social. Chicas...

—La ciudad no. En absoluto. Las chicas sí, por supuesto —repuso Ismael, sonriente—. Aunque tampoco me hacían mucho caso. Soy demasiado de pueblo para saber cómo cortejarlas.

—Todo se aprende.

A decir verdad, él era el menos indicado para dar consejo alguno. Blanca no respondía a sus llamadas ni daba señales de vida, y al final su prima le había informado de que no se encontraba en Barcelona. Se había marchado poco después del entierro de Gerard y, según le dijo Mariona, no se sabía cuándo regresaría de su paradero desconocido.

—Usted sí echa de menos a alguien, ¿a que sí?

—Sí. ¿Tan notorio es?

—Un poco. Lo vi con sus amigos, cuando vinieron a visitar a la señora Miró. Si es a esa dama a quien echa de menos, lo comprendo bien. ¡No se ofenda!

—Es a ella, sí. Y no, no me ofendo.

—Las mujeres son raras —dijo Ismael, deteniéndose un momento en medio del sendero que cruzaba el bosque—. Uno no sabe nunca lo que quieren. Te esfuerzas por complacerlas y a la mínima, zas, se te enfurruñan.

Frederic sonrió.

—En este caso me temo que las cosas son un poco más complicadas.

—Si usted lo dice, no seré yo quien le lleve la contraria. Yo creo que lo mío es seguir soltero, al menos de momento. Con el tiempo, ¡quién sabe! A lo mejor hay una mujer esperándome al final del camino.

Lanzó un palo hacia la lejanía, como si quisiera ahuyentar a esa posible esposa del futuro.

—Por ahora prefiero estar aquí. Buena comida, un trabajo no demasiado duro y todo esto cerca… No lo cambiaría por ninguna mujer, se lo prometo.

Querido Friedrich:

Disculpa que haya tardado tanto en escribirte. El verano estuvo lleno de momentos placenteros y debo confesar que me dejé envolver por la vagancia. Siguiendo los consejos de mi padre, intenté sociabilizar todo lo posible (siempre dice que soy demasiado retraída, y opino que tiene razón pero me cuesta mantener conversaciones banales). Aun así, creo que lo hice bastante bien, o al menos eso dijo mi hermana Math. Quizá ayudó que pudiéramos comer pan blanco para desayunar. ¡Encontrarse cada mañana sólo con pan negro no ayuda precisamente a ser sociable!

Ahora, ya en Viena, todo ha vuelto a su rutina y he recordado, avergonzada, el tiempo transcurrido sin escribirte. Pregunté a papá por el caso de tu paciente, ese pintor que creía ver a su doble, y a lo primero que me remitió fue a esos relatos de ficción que ya te comenté. Creo que papá está preparando un ensayo sobre este tema, u otro paralelo. Le apasiona «El hombre de la arena», y en general todo lo que se relaciona con lo inquietante. Con los objetos o las situaciones familiares que toman de repente un carácter extraño, revelando secretos que debían permanecer ocultos. Le fascina el término «unheimlich», cuyos significados oscilan entre indócil, extraño, poco familiar y angustioso. El doble encaja perfectamente en esa categoría, aunque el hecho de que sea un ser malvado procede de que pertenece a épocas psíquicas primitivas. Papá está convencido de que ese doble expresa de algún modo el miedo a la muerte, y en general carga con todo aquello que reprimimos, el narcisismo propio que creemos superado. En resumen, esa aparición siniestra se relaciona con lo más íntimo, lo reprimido, que sale a la luz.

No sé si esto te ayudará mucho. Ojalá pudierais hablarlo cara a cara, estoy segura de que resolvería mejor todas tus dudas. Por favor, no me dejes en ascuas, desearía saber la evolución de ese caso del que me hablabas. Afectuosamente,

ANNA F.

Cuando leyó la carta de Anna, Frederic hacía tiempo que no pensaba ya en Biel Estrada, de quien no había vuelto a tener ninguna noticia. Sin embargo, el contenido de la misiva parecía encajar como un guante en el caso de Águeda Sanmartín. Griselda era sin duda una doble distinta a ella, más primitiva, como bien señalaba Anna, ya no sólo en sus actitudes sino en el plano físico. Águeda había trasladado a su falsa doble todas las pulsiones, apetencias y deseos reprimidos: Griselda era cruel sin arrepentirse de ello, descarada y apasionada sin remordimiento alguno. Y a la vez era amenazante, peligrosa si alguien la contrariaba.

Evaluándolo todo a la luz del relato de la señora Miró, Frederic se preguntó qué habría sido de la señorita Águeda en los años previos a su muerte. Si estuviera viva, no tendría la menor duda de que ella era la responsable de los asesinatos de sus antiguas alumnas, pero estaba muerta. Y Griselda, su doble, había fallecido con ella.

A no ser que, pensó de repente, en esos años Águeda hubiera encontrado y aleccionado a una doble de carne y hueso. Alguien cruel, vengativo y sádico. Alguien que, tras la muerte de su mentora, había decidido llevar a la práctica atrocidades que, tal vez, la propia señorita Águeda nunca se habría atrevido a cometer.

Venciendo todas sus reticencias, al cabo de unos días decidió hablar de nuevo con la señora Miró. A pesar de los augurios del médico y los de la propia enferma, la mujer se recuperaba con la tenacidad que muestran los ancianos. Lo último que Frederic deseaba era incomodarla o alterarla en modo alguno, y a la vez se sentía empujado a hablar con la única persona que tenía a su alcance que había conocido a la señorita Águeda. Ella le atendió, obviando lo que le había pedido semanas atrás, y se mostró compungida cuando él le comunicó la noticia de la muerte de la antigua directora.

—No sabe cuánto lo siento. Era una buena mujer, a pesar de que en su último año aquí no se encontrara bien…

—Señora Miró —le dijo, y puso en su voz y en su mirada toda la ansiedad que le corroía desde hacía días—, me consta que no le gusta hablar de eso. De ese último año. Del incendio. Pero están sucediendo cosas terribles, mi… Blanca está destrozada. Maria Mercè Vilanova ha muerto.

—Lo supe, alguien de aquí me lo contó. ¡Qué horror! Dicen que ha sido cosa de los anarquistas. ¡Qué locura! Era una niña tan dulce…

—No está tan claro que fueran los anarquistas, señora Miró. De verdad. Y yo temo que Blanca se encuentre en peligro. Escuche, ya son dos las ex alumnas muertas: ella y Clarisa Miravé.

La señora Miró asentía, entristecida, y Frederic comprendió que no podía insistir mucho más.

—Eran las favoritas de la señorita Águeda, siempre lo fueron. Decía que eran especiales, que harían grandes cosas. ¡Dios mío, qué terrible es todo!

—Escuche, no quiero perturbarla, ni incomodarla, pero necesito que me ayude.

La anciana apretó los labios, como si quisiera demostrar con ese gesto que estaban sellados, que el secreto, si lo había, no se escaparía nunca por ellos.

—¿Se da cuenta de que quizá dentro de un tiempo lamentemos la muerte de Angélica Mendizábal? ¿O la de Blanca?

Percibió que los ojos de la mujer se llenaban de lágrimas y se odió por llevarla hasta ese punto.

—De acuerdo —dijo ella por fin—. Pero prométame que sólo usará lo que le voy a revelar para ayudarlas. No para condenarlas. Al fin y al cabo, entonces eran eso, sólo unas niñas.

—Se lo juro.

—El día del incendio... No, fue después, cuando ya había pasado todo, la señorita Águeda reunió a esas niñas. A las cuatro.

Sí, pensó Frederic: algo así se deducía del diario de la directora. Las había reunido para hablar con ellas y para decirles lo especiales que eran, la clase de mujeres en que debían convertirse.

—Yo andaba por allí, recogiendo lo que aún podía aprovecharse después del fuego. Por eso las oí. Clarisa lloraba a lágrima viva, inconsolable, y las demás también estaban al borde del llanto.

—Es normal. Acababan de perder a una compañera, a una maestra.

—No era sólo eso. —El tono de la mujer se endureció, como si necesitara sacar de ella la parte más oscura para seguir hablando—. En el ensayo estaba también Eloísa. Era una niña rara, doctor. Se inventaba cosas, contaba cuentos que nadie creía... Pero la señorita Águeda le había cobrado cariño.

Frederic asintió, a pesar de que no estaba seguro de que ese cariño de la directora hubiera sido sólo eso.

—La niña se jactaba de ser la preferida de la directora y era lo bastante irritante para que alguien perdiera los nervios con ella.

—¿Qué quiere decir?

—Esa tarde, en los ensayos, Eloísa debió de hacer alguna de las suyas. No me diga qué, no lo entendí. Pero las mayores se enojaron con ella y la encerraron en un cuartito, como castigo. Luego… con el susto de las llamas, se olvidaron de ella. La recordaron cuando ya habían salido, mientras bajaban la escalera, y la señorita Irene regresó a buscarla. El resto ya lo sabe. Las dos murieron. La señorita Águeda les dijo que no hablaran de eso con nadie. Que eso ya no tenía remedio. Que nunca lo mencionaran. Insistió en que lo que debían hacer para honrar a los muertos era convertirse en las mujeres que ella y la señorita Irene esperaban. «Si no lo hacéis, si os conformáis con ser vulgares esposas como las demás, la señorita Irene habrá muerto en vano y se revolverá en su tumba. No despertéis las iras de los muertos. Son peligrosos y capaces de llevar a cabo venganzas salvajes.»

Frederic la escuchaba, anonadado. A esas alturas, la señorita Águeda fingía sólo estar cuerda, pero de alguna manera aquella especie de maldición parecía estar cumpliéndose. Comprendió también el silencio de Blanca, su reticencia a hablar del tema; su sentimiento de culpabilidad, incluso, porque si en verdad creía en poderes sobrenaturales, la muerte de su hermano había sido sólo un hecho incidental, el resultado de unos actos que habían cometido ellas cuando eran niñas y de una venganza absurda, injusta.

—¿Usted cree…? ¿Cree que algo así está pasando, doctor?

—No, no lo creo. Nunca me he tomado en serio a los fantasmas, señora Miró. Estoy seguro de que quien se halla detrás de estos crímenes terribles está tan vivo como usted o como yo.

El problema, pensó Frederic, es que seguía sin tener la menor idea de quién era y de que, a pesar de su contundencia, tampoco podía olvidar a la mujer sin rostro. Sin embargo, y aunque admitía para sus adentros a regañadientes haberla visto, se negaba a aceptar que aquella presencia infame pudiera alterar los hechos que acontecían en el mundo real.

—¿Recuerda el apellido de la niña? —preguntó de repente.

—No, señor. Era de las pequeñas y apenas si estuvo un año con nosotros. Pero tiene una lápida aquí, en el cementerio del pueblo, al lado de la señorita Irene. Compréndalo, sus restos quedaron tan calcinados que apenas había nada que enterrar.

Al día siguiente, Frederic se dirigió al cementerio del pueblo. No le costó mucho localizar las tumbas en aquel espacio pequeño y le sorprendió encontrar un ramo de flores frescas en la sencilla lápida de Irene Martín de la Cierva. «Amada maestra y compañera», rezaba el epitafio. Su mirada buscó rápidamente la de la niña, Eloísa, que estaba justo al lado.

De camino a casa no paró de pensar que debía de ser una casualidad, el azar de un apellido común, y al mismo tiempo de negar que ésa fuera una explicación aceptable. Se detuvo en la playa, demasiado nervioso para encerrarse en casa, y contempló cómo la noche iba soltando sobre el mar su velo negro y frío, muy parecido al que en esos momentos cubría su mente. Inmune al aire nocturno, permaneció en las rocas, dejándose empapar por las dudas que, poco a poco, a medida que reflexionaba, iban transformándose en certezas.

Comprendió de repente los pasos que había dado el padre Robí, al menos uno de ellos en el que ni siquiera había caído antes. Había preguntas que no había llegado a formularse, cuestiones en las que no había pensado, limitándose a aceptar los hechos sin intentar averiguar los porqués. La playa estaba vacía, algunos pescadores ya habían vuelto y dejado las barcas apoyadas sobre la arena, boca abajo, dormidas; otros aún no habían salido, lo harían más tarde, de madrugada. Era la hora en que el pueblo y sus habitantes se sumían en la quietud, dejaban atrás el mar y sus vaivenes traicioneros, se refugiaban en hogares tranquilos y sólidos. Recordó el cementerio, las flores frescas en las tumbas, y cayó en la cuenta de que era el día de Difuntos.

Dicen que esa noche pertenece a los muertos, que es la única en que se les permite salir de su tumba, reaparecer ante sus seres queridos, vagar por los lugares en los que amaron y fueron amados, pero él había entendido ya que los seres como la dama sin rostro no respetaban esas reglas. Regresó a su casa, con las manos y los pies helados, mientras murmuraba el epitafio que había leído en la lápida de la niña como si éste fuera una conjura que aseguraba su descanso eterno.

«Eloísa Alcázar Robles, te fuiste pronto, cuando aún eras un ángel. Tus seres queridos no te olvidan.»

## 24

No podía permanecer de brazos cruzados en el sanatorio, ni en su casa del pueblo. Frederic partió hacia Barcelona en el primer tren de la mañana, tras enviar a un muchacho con una nota para el doctor Freixas. Apenas si lograba aguantar sentado el rato del trayecto, porque en su cabeza flotaba una marea de interrogantes, un vaivén de temores, vacilaciones y sentimientos encontrados que le impedía analizar las últimas revelaciones con la distancia necesaria. El padre Robí había ido en busca de Juanjo Alcázar no por su profesión de periodista, sino, tal vez, por su parentesco con la niña muerta en el incendio. Frederic no creía que la coincidencia de apellidos fuera debida al azar, y al mismo tiempo tampoco conseguía imaginar al simpático y tenaz Alcázar como un asesino capaz de terminar con la vida de varias personas. Por otro lado, aquella fascinación suya por los crímenes, su regodeo en los detalles morbosos de sangre y vísceras, quizá indicara una personalidad que disfrutaba de la violencia. Recordó lo afectado que le había parecido Juanjo después de la lectura del diario. ¿Y si eso no era debido a la sorpresa sino a la constatación de un hecho que sospechaba? ¿Al horror de verse enfrentado, en unas páginas inesperadas, a la sentida muerte de un ser querido? O tal vez al miedo de intuirse descubierto, seguido del alivio al ver que no se mencionaba el apellido de la niña.

Tal vez, quizá... Cada uno de sus pensamientos chocaba siempre con aquellas palabras odiosas que impedían realizar una formulación contundente. Mientras el tren avanzaba, más despacio de lo habitual o al menos de lo que Frederic podía soportar, se juró eliminar todos los «quizá», tacharlos de su cabeza exactamente igual que el paso del vagón borraba el paisaje. Sin embargo, era consciente de que, a pesar de los cambios que presenciaba desde la ventanilla, la visión general era de continuidad, una sucesión de escenas similares en momentos distintos en los que siempre habría dudas y miedos. La vida era en sí misma un gran quizá, un camino uniforme sembrado de incertidumbre.

Se dirigió directamente al periódico en cuanto se apeó del tren. Llevaba consigo el diario de Águeda, convertido ya en algo parecido a una biblia macabra que consultaba con la fe de quien espera hallar entre líneas un comentario, una frase capaz de conducirle a la luz de la verdad. Pero la verdad no estaba ahí, al menos no de manera exclusiva; la verdad, o cuando menos el camino hacia ella, se hallaba ahora fuera de esas páginas, en el hombre a quien iba a ver.

Juanjo Alcázar no se encontraba en la redacción de *La Vanguardia*. Ésa fue la primera piedra, el primer obstáculo que la recepcionista puso en su camino. «Y su jefe está que trina», añadió, mirando con resquemor hacia la puerta abierta que separaba su mesa del frenético quehacer de los redactores. Frederic arguyó que debía verlo por un asunto muy urgente, algo de vital importancia, mas su insistencia no logró desintegrar las sólidas instrucciones recibidas: ella no estaba autorizada a facilitar la dirección del señor Alcázar, ni como «favor especial», ni aunque aquel hombre alto y guapo se lo rogara con una desesperación que al principio sonaba sincera y luego, a decir verdad, casi violenta. Frederic tuvo que marcharse antes de que la mujer cumpliera con su amenaza de pedir ayuda y al salir notó por primera vez que el día era muy frío y que un cielo plomizo, de un gris acerado, cubría la ciudad de una pátina mediocre y sucia.

De repente no sabía qué hacer; ignoraba la dirección de Juanjo Alcázar y no tenía a nadie a quien preguntársela. Los transeúntes pasaban por su lado, con sombreros calados y abrigos prietos, caminando deprisa, sin hacer caso a aquel individuo que seguía en la calle, como un pasmarote, sin saber qué dirección tomar. Estaba ahí, cerca de la Rambla, dudando y odiándose por ello, cuando distinguió a un muchacho cuyo rostro le resultó familiar. Esa vez no iba solo: fumaba con aire de perdonavidas entre un grupo de chiquillos de su misma altura. Con los pantalones sujetos a la cintura mediante un cordel y enrollados sobre los pies, parecía un milhombres que se arrancara el frío del cuerpo a escupitajos. Frederic no tenía otra opción más que acercarse un poco al grupo y llamarlo. El chiquillo levantó la cabeza al verlo y lo reconoció al instante: tenía la memoria más desarrollada que el cuerpo; visto a la luz del día, era flaco como un galgo sin amo. El chaval se tomó su tiempo; dio una última calada al cigarrillo y exhaló el humo con la arrogancia de un nuevo experto antes de meterse las manos en los bolsillos y caminar hacia él, seguido por las miradas de curiosidad de sus colegas.

—Estoy buscando al periodista que viste conmigo el otro día. ¿Tú sabes dónde puedo encontrarlo?

El chico se encogió de hombros y volvió a escupir al suelo. Frederic sacó unas monedas del bolsillo del pantalón.

—Sé dónde vive —masculló el chico—. Pero no le cuente que se lo he dicho.

—Llévame hasta su casa y te daré el doble de esto.

En la mirada del crío se debatían la lealtad y la codicia; o mejor, el miedo y el hambre. Ésta ganó, como siempre vence en todas las guerras sea cual sea su contrincante.

Frederic siguió al chico Rambla abajo, mientras éste se dirigía hacia un lugar que no podía estar muy lejos del prostíbulo de la calle Aviñón. Lo dejaron atrás y continuaron, para después torcer hacia una callejuela estrecha y maloliente, parte de aquel entramado de casas, basuras y pobres donde, por no dar, ni siquiera daba la luz del día.

—Es el primero cuarta. Mi propina —dijo el chico, deteniéndose ante un portal no muy distinto al de la calle San Rafael, adonde él y Juanjo habían ido aquella noche. Frederic se la entregó sin rechistar—. Y acuérdese: no le diga nada o…

—¿O qué?

—O algún día, sin que se entere, le desaparecerá ese reloj que lleva en la chaqueta.

Frederic se palpó el pecho y respiró, aliviado: el reloj de Anton seguía allí. El crío le guiñó un ojo y se esfumó antes de que el adulto pudiera responderle. No sabía si encontraría o no en casa al periodista, pero al menos ése era un lugar al que sin duda iría, en algún momento Alcázar tendría que volver. De hecho, arriba no estaba, o al menos nadie abrió, y Frederic se vio obligado a permanecer a la intemperie, sin alejarse demasiado, cual sabueso que aguarda la llegada de su presa. A ratos desconfió del chico, temiendo que lo hubiera abandonado como a un pardillo en una calle cualquiera. Ya desesperaba, y había apartado de su lado a más de un perro que buscaba comida e ignorado algunas miradas aviesas o suspicaces, cuando vio aparecer a Juanjo. Éste se quedó parado al encontrarlo allí; reaccionó enseguida, sin embargo, con aquella sonrisa típica suya que Frederic ya no sabía si era un gesto sincero o la mueca del diablo.

—¿Has venido a verme? —le preguntó. Tenía las llaves en la mano, como si fuera a entrar en la portería—. ¿A qué se debe este honor?

Frederic temió que el otro saliera corriendo en cuanto le explicara por qué estaba allí, así que optó por no decir la verdad hasta encontrarse en un lugar cerrado. Le costó contenerse, fingir que creía haber descubierto algo relacionado con el caso que deseaba compartir con él, pero Juanjo no dio la impresión de sospechar nada.

—Te aviso que esto es muy distinto a los sitios que acostumbras visitar, ¿eh? —dijo, mientras abría la puerta del primero cuarta, tal como el chico le había señalado, y le cedía el paso, con un gesto a medio camino entre la burla y la reverencia.

El brillo en sus ojos le hizo sospechar; fue un segundo demasiado tarde, eso sí, el intervalo de tiempo suficiente para que Juanjo Alcázar le propinara un fuerte golpe en la cabeza con algo que no llegó a ver con el rabillo del ojo antes de hundirse en un pozo sin fondo.

—No quería hacer esto, de verdad —fue lo primero que oyó, una voz que se abría paso entre la batalla de lanzas que se celebraba dentro de su cabeza.

Frederic se sorprendió al ver que estaba acostado en un sillón viejo, no atado a una cama o algo peor, y que sentado enfrente tenía a Juanjo, con cara de preocupación.

—Creo que te aticé un poco demasiado fuerte —reconoció—. Pero me jodió que no me dijeras la verdad. Tu cara daba miedo y pensé que era mejor pegar primero y preguntar después. Sobre todo porque ahora lo harás con más calma.

—¿Sabías que estaba aquí? —balbuceó Frederic, llevándose una mano a la nuca en un intento por frenar aquel torbellino interior.

—Nunca te fíes de un golfillo de la calle. Si ése no te engaña, siempre hay otro con los oídos abiertos que aprovecha la oportunidad de sacarse una propina y dejar mal al primero. Pero ¡qué sabrás tú de golfos callejeros, doctor Mayol!

Nada, era evidente.

—No sé mucho de eso, lo reconozco. Sé bastante más sobre niñas muertas. —El dolor seguía siendo intenso, aunque ya no parecía sacudirle con cada palabra que pronunciaba—. Niñas que se mueren en incendios.

—Ah, es eso. —Su piel blanca, pecosa, palideció más que de costumbre—. Eloísa.

Frederic intentó incorporarse y lo logró a medias; consiguió erguir el cuerpo, pero tuvo que sujetarse la cabeza con ambas manos.

—Eloísa Alcázar —murmuró.

—¿Quieres una venda fría? —le preguntó Juanjo.

—Quiero que me cuentes por qué no me habías dicho que era tu…

—Mi hermana. ¿Seguro que no te traigo esa venda? Vale, tú mismo. —Se levantó de todos modos y fue a la cocina, de donde regresó con un vaso lleno de vino—. No te ofrezco porque ahora mismo no te conviene.

—¡Juanjo, joder! —Intentó que su voz sonara amenazante, a pesar de la situación.

—Entendido, entendido. Es que no me gusta hablar de Eloísa. Llevaba años sin hacerlo. Hasta el otro día, en que leí su nombre, su historia. Su muerte.

—¡No! No me vengas con ésas ahora. Tú sabías en qué colegio había estudiado, sabías cómo… cómo había muerto.

—¡Claro! —protestó Juanjo, y su tono, trémulo de indignación, hizo que Frederic olvidara por un momento el aturdimiento y lo mirara a los ojos—. Sabía que había muerto en ese incendio. Fue lo que nos dijeron: ella y la maestra, la pobre maestra que había dado su vida por salvarla. ¿Qué más podíamos hacer? Llorar hasta soltar el alma en forma de lágrimas, como mi madre. U olvidarse, como hice yo.

—¿El padre Robí vino a verte por eso?

—Supongo que sí. Al principio vino con la excusa de Clarisa Miravé y de su novio. Me pedía información, como te dije, al tiempo que me urgía a seguir investigando. Hasta que un día…

—Mencionó a Eloísa —concluyó Frederic.

—¡Y fue ahí cuando pensé que estaba chiflado y lo mandé al cuerno! Se lo debió de tomar al pie de la letra, porque no volvió. No supe nada más de esto hasta hace un mes, cuando viniste con ese diario.

Lo peor de todo era que parecía sincero. Con la cabeza embotada, incapaz de pensar con claridad, sí era, en cambio, sensible al dolor que expresaba aquella voz, a su franqueza.

—Leer... leer las cosas que esa mujer escribía de Eloísa fue horrible. La describía como a un monstruo, una niña perversa.

—Águeda era la perversa, Juanjo, no la niña. La visión que da de tu hermana es fruto de su locura.

—Tú no has perdido a nadie nunca, ¿verdad? A un hermano, a un padre...

Frederic pensó en Anton, en su garganta reventada por la metralla. No era lo mismo, lo sabía, o al menos creía intuirlo.

—Vi morir a mucha gente en la guerra.

—Claro. Perdona, lo había olvidado. —Dio un sorbo largo al vino—. No es comparable, de todas formas. Los soldados están ahí para morir, arriesgan su vida en cuanto se unen a filas. Las niñas no mueren en las escuelas, no cuando la familia hace un esfuerzo enorme por enviarlas allí. Nosotros no éramos ricos, ¿sabes? Pero mi madre se empeñó: había oído maravillas en una de las casas que limpiaba y cuando le dijeron que existía la posibilidad de que una niña pobre estudiara allí pagando una cantidad mucho menor, insistió para que aceptaran a la suya. Los padres de esa chica de Zaragoza costearon lo que faltaba porque nosotros no podíamos ni pagar eso.

Frederic intentaba pensar. Concepción Hernando, la chica enferma... Apenas había dedicado tiempo a pensar en ella. Esa joven debió de ser la única en comprender que la señorita Águeda había perdido la razón cuando le hablaba de esa tal Griselda inexistente que en teoría compartía su habitación. Por eso enfermó, por eso no volvió al colegio, donde sí se quedó Eloísa, su «hermana menor». Intentó sacudir la cabeza y el dolor regresó. No, la locura de todo aquello le hacía perder de vista la lógica: Concepción podía haber deseado vengarse de la directora, pero no de sus amigas. Ni siquiera estaba allí cuando se produjo el incendio; ignoraba, es de suponer, el papel de sus compañeras en aquella muerte. La idea le hizo caer en algo, en la prueba definitiva que condenaría o absolvería a Juanjo Alcázar:

—¿Supisteis algo más sobre cómo murió?

—No había nada que preguntar. El colegio ardió y ella tuvo la mala suerte de quedar atrapada en las llamas. El diario contaba lo mismo.

Entonces supo que Juanjo no mentía. El padre Robí había ido a verlo cuando descubrió su parentesco, sí, pero luego le había dejado atrás; había avanzado en sus sospechas y éstas le habían llevado al sanatorio, por la razón que fuera.

—Yo no voy matando jovencitas burguesas, ni sé una palabra de pájaros. Y lo único que me da pavor, como viste el otro día, es el maldito fuego. No quiero ni pensar en el dolor de morir quemado.

—No creo que sufriera —le mintió Frederic, sin saber muy bien por qué lo hacía. Quizá, otra vez quizá, porque recordó al padre Robí y pensó que era una forma de honrar su memoria—. Lo más probable es que el humo la asfixiara. Se durmió, Juanjo, se durmió y no sintió nada.

—¿Estás seguro? —La voz le temblaba, lo mismo que el vaso que sostenía en la mano.

No era agradable ver llorar a un hombre adulto, había algo embarazoso en esa visión, y Frederic desvió la mirada.

—Sí —dijo, sin añadir nada más y sin que Juanjo ahondara en el tema—. Y ahora dame un vaso de vino, anda.

Siguieron hablando durante un rato, dándoles vueltas a los mismos temas que habían discutido juntos y meditado cada uno por su cuenta hasta que la conversación y el vino se agotaron, y Frederic se levantó para marcharse. Era probable que fuera por culpa de los efluvios del alcohol, o porque al moverse con brusquedad notó de nuevo el trompazo en la cabeza. Fuera por una u otra razón, justo antes de despedirse de Alcázar, ya con el abrigo puesto y en la puerta de la casa, se volvió de repente y se encaró al periodista:

—Se me olvidaba una cosa —le dijo, antes de asestarle un puñetazo en la mandíbula, no demasiado fuerte aunque sí lo bastante para que el golpe tuviera el efecto deseado—. Ahora estamos en paz.

Salió a la calle sin mirar atrás, sintiéndose extrañamente satisfecho de un acto que, en teoría, era bastante reprobable. La euforia le duró mientras recorría aquellos callejones que horas antes, cuando era de día, ya estaban oscuros, y que entonces recordaban a túneles subterráneos, con ratas incluidas, pero para cuando llegó a la Rambla, mucho más iluminada, la emoción alentadora se había esfumado casi por completo. Seguía en el mismo punto, sin haber aclarado nada; lo que antes era un «quizá» había quedado reducido a un «no» que, en parte, le aliviaba y en parte resultaba frustrante. Igual de descorazonador que la falta de noticias de Blanca. Hacía todo esto por ella, porque en el fondo de su corazón estaba seguro de que se había alejado de él por motivos que no tenían nada que ver con sus sentimientos. Se preguntó dónde estaría en ese momento, si se encontraría bien, si el recuerdo de la muerte de Gerard le dolería un poco menos, sólo un poco, o al revés: es mentira que el tiempo dulcifique las ausencias, pensó, más bien las endurece, dejando que la tristeza se convierta en algo parecido al rencor.

Anduvo despacio, con la esperanza de que su padre estuviera ya acostado y no tuviera que compartir con él toda la inquietud que le acechaba, y al mismo tiempo le evitara las noticias sobre aquella especie de duelo femenino que se había formado en torno a un hombre que había pasado casi veinte años de su vida solo. Era demasiado optimista, porque en cuanto abrió la puerta de la casa de Alí-Bey, vio que la luz del comedor estaba encendida y que Horaci Mayol, en contra de sus costumbres más arraigadas, estaba despierto después de las diez de la noche.

Si se sorprendió al verlo entrar no lo expresó demasiado, probablemente porque, dados los últimos acontecimientos de su vida, ya nada le extrañaba mucho. Quien disimuló bastante peor su estupor fue él al comprobar que su padre no sólo había renunciado al hábito de acostarse temprano, sino también al de mantenerse sobrio. No es que estuviera ebrio, la descripción perfecta para su estado habría sido achispado, pero al ritmo con que descendía el contenido de la botella de brandy que tenía delante la borrachera no tardaría en alcanzar un grado superior. Frederic no estaba de un humor muy sociable y aun así no pudo rechazar el vaso que Horaci llenó para él. El comedor estaba casi en penumbra, sólo había una luz encendida, cerca del sillón de leer de su progenitor, y era demasiado débil para iluminar bien la mesa, en torno a la que ambos se habían sentado, uno frente a otro, como jugadores de naipes.

—Pienso seguir bebiendo hasta que se acabe la botella —le anunció Horaci—, así que ten piedad y colabora conmigo.

—Salud —dijo Frederic, y nunca un brindis fue menos alegre.

—Salud —repitió su padre, en un tono igual de fúnebre—. Tienes mala cara.

—Tú tampoco pareces estar en uno de tus mejores días, si no te importa que te lo diga.

—No seas insolente. Nunca he soportado a los deslenguados —añadió con voz levemente pastosa—. Tu madre y yo te educamos bien.

—Sí —dijo Frederic—. Lo hicisteis lo mejor que sabíais.

Su padre entrecerró los ojos, como si estuviera decidiendo si esa última frase era o no una muestra de descaro.

—Tu madre y yo lo hemos hecho casi todo mal. —Horaci tuvo un pequeño ataque de tos al terminar y dio un trago largo al brandy que tenía en el vaso—. Casi todo… Pero tú nos has salido bastante decente.

—Gracias. —Frederic volcó una gran cantidad de brandy en su vaso y su padre no protestó—. ¿Cómo está mamá?

A Horaci le costaba un poco enfocar la mirada. Se paseó el líquido ambarino de un lado a otro de la boca antes de tragarlo y dijo:

—Tan guapa como siempre.

—Papá...

—¡No! Calla y escucha. Claudine era la mujer más hermosa que yo había visto nunca. Tenía una piel delicada y fina como la porcelana. Y unos cabellos rubios que podías acariciar durante horas. Nunca hubo nadie como ella. ¡Eso es un hecho!

Frederic sonrió al reparar en que su padre se expresaba cada vez con frases más cortas: el alcohol podía soltar las lenguas pero a la vez las entorpecía. Bebió más, sin ganas, y el estómago se le revolvió al acoger el alcohol. Por primera vez se dio cuenta de que no había probado bocado en todo el día: una dieta a base de vino y brandy no era lo mejor para razonar con claridad.

—¿Nunca... nunca te has preguntado por qué se fue?

—Papá, ¿podemos hablar de esto mañana?

—¿Por qué? ¿Acaso hay algo mejor que hacer? —Su padre se sirvió la última dosis y Frederic suspiró, aliviado—. Tengo más, no creas. Tengo un montón de botellas que no he bebido en los últimos años.

—¿Por qué se marchó mamá? —preguntó. Era mejor hablar de eso que seguir emborrachándose.

—Te lo diré. —Dio un sorbo corto e hizo una mueca, como si de repente el sabor se hubiera vuelto desagradable—. Tu madre... tu madre se marchó porque la decepcioné.

—¿La engañaste? —preguntó Frederic.

—¡No! ¿Acaso no me escuchas? No he dicho que le fuera infiel. Sólo que hice algo que no consiguió perdonarme.

Y Horaci le contó la historia de un joven músico a quien conocieron en una fiesta, y de la fascinación que ella despertó en él. También le habló de sus propios celos absurdos al constatar las largas horas de charla entre Claudine y aquel hombre sensible, enamorado, tan distinto a su marido que la competición entre ambos era imposible.

—Lo vi una vez, en el jardín de mi casa, intentando besarla. Ella le rechazó, pero eso no disminuyó la afrenta. Deseé matarlo, acabar con él, e hice algo que debía reparar mi honor mancillado.

Frederic lo escuchaba, descubriendo a un hombre mucho más visceral de lo que había sospechado nunca.

—Lo reté a un duelo. Ahora te parecerá ridículo; en cambio en ese momento se me antojó la solución perfecta. Y sabía que aquel pianista engolado, apenas un muchacho, no sería un competidor para mí. Era consciente de que el duelo era una manera honorable de cumplir mis deseos de venganza.

—¿Y lo hiciste?

—Acudí al lugar donde habíamos quedado, con los padrinos y la pistola a punto. La guardo en un cajón de mi despacho y no he vuelto a sacarla de allí desde entonces.

—¿Por eso no me dejabas entrar en él? —preguntó su hijo, sonriendo.

—Nunca te lo he prohibido —repuso su padre—. O quizá sí, ahora mismo no me acuerdo bien. Sí recuerdo esa madrugada y mi frustración al ver que él no acudía al desafío.

—¿No acudió?

Horaci meneó la cabeza.

—Tuvo miedo y huyó la noche anterior. La verdad es que no he vuelto a verlo… Pero tu madre se enteró de todo poco después. Y no le gustó. Me acusó de ser un salvaje, un asesino en potencia; de haber retado a un muchacho con la intención de matarlo sin que existiera ninguna razón para ello. Aún la recuerdo: indignada, ofendida, incapaz de entender que mi amor por ella me había conducido a dar ese paso.

—¿Tu amor por ella? —preguntó con suavidad Frederic.

—Ya. Ahora lo sé, y en el fondo lo sabía también entonces. No es el amor lo que te lleva a matar. Nunca. En ningún caso. Era orgullo herido, una violencia atávica que lleva al hombre a proteger con las armas lo que cree suyo. Claudine nunca ha sido de nadie… Y así debe ser.

—¿Se marchó por eso?

—No creí que llegara a hacerlo… Me dijo que no quería estar al lado de alguien capaz de matar a sangre fría a un inocente por su culpa. Me dijo que si ésa era mi manera de demostrarle amor, ella no lo deseaba ni lo quería. En definitiva, dejó claro que prefería vivir su vida sin mí antes de arriesgarse a que eso volviera a suceder. De nada valieron mis razones ni mis argumentos. Sus últimas palabras antes de salir por esa puerta fueron: «Conseguiste a la mujer que deseabas, Horaci, pero no has estado a la altura. Y ahora mereces perderla».

Frederic asintió: esa historia encajaba con la idea que siempre había tenido de su madre, y en el fondo sintió hacia ella algo parecido a la admiración. Estaba seguro de que Claudine amaba a su padre, le constaba que no se había unido a otro hombre en todos esos años, al menos no de una forma estable…

—Ahora ha vuelto —terminó Horaci—. Supongo que se siente sola y mayor. Ya no le importa que la decepcionara, dice que me ha perdonado. Que todos estos años han sido suficiente castigo para mí. Y quiere quedarse. Aquí, conmigo.

—¿Y qué es lo que quieres tú? —preguntó Frederic.

—¿Sabes lo peor de todo? Que no lo sé. Durante años deseé que volviera, anhelé este momento… Pero tenía que hacerlo ahora. Precisamente ahora.

—A mamá siempre le han gustado las escenas —murmuró Frederic—. No podías esperar de ella que hiciera una aparición discreta. Estaría fuera de su estilo. Eso sí, ahora te toca a ti decidir.

Amanecía ya, y su padre tenía el mismo aspecto que habría presentado después de una refriega con unos matones violentos.

—No puedo, hijo. No puedo. Las quiero a las dos. A Montserrat porque me ha dado lo que ya no creí que volvería a tener: ilusión, esperanza, compañía… Y a Claudine. —Sonrió, como si recordara la primera vez que la vio, o el día de su boda—. A Claudine porque la he amado siempre, incluso cuando me abandonó. No se puede obligar a nadie a dejar de querer, ni siquiera uno mismo puede conseguirlo. El amor es, entre otras muchas cosas, una costumbre.

Exhausto tras un largo día sin descanso, Frederic pensó que su padre acababa de decir una gran verdad: el amor era, sin duda y entre otras muchas cosas, una cuestión de hábito.

—Que lo decidan ellas —zanjó Horaci, en un súbito arranque de indolencia—. Esta tarde habían quedado para merendar juntas, ¿te lo imaginas? Dios, ¿quién entiende a las mujeres? Estoy seguro de que ni tu Freud comprende siempre a la suya.

Frederic sonrió, pensando que la bebida volvía a su padre bastante más ocurrente.

—¿Y tú qué haces aquí? —preguntó Horaci de repente, como si cayera en la cuenta de que su hijo debería estar, en esos momentos, en otro lugar.

—Es una larga historia, papá, demasiado para estas horas.

—¿Tiene algo que ver con la muerte de ese amigo tuyo y su esposa?

Frederic asintió.

—Hay alguien a quien debo ver, aunque dudo que ni siquiera pueda recibirme. Es importante, o al menos creo que lo es.

—¿De quién se trata? A lo mejor puedo ayudarte.

Un momento antes, Frederic había estado de acuerdo con su padre en que había algo de costumbre en el amor; entonces, sin embargo, comprendió que, sin negar lo anterior, los sentimientos se fundamentaban en otras cosas. Una palabra amable a tiempo, una mano tendida, incluso un sermón afectuoso… Y pensó que la realidad era que existían personas, como su padre, cuya costumbre era hacerse querer. Y otras, como Blanca, a quienes era imposible olvidar.

Estoy seguro de que, como Frederic, también ustedes desean saber qué ha sido de Blanca y me temo que soy yo quien tiene la facultad de contárselo. Quizá no les extrañe mucho si les digo que la señorita Raventós ha pasado en Zaragoza estas últimas semanas, en casa de su buena amiga Concepción Hernando, quien la acogió encantada unos días después del entierro. Les parecerá, creo, una opción razonable, tal vez levemente desconsiderada para con sus padres, pero acorde con el carácter independiente y decidido de Blanca. Zaragoza está lo bastante lejos para poder pensar con claridad, alegarán, y no se equivocan. Pero hay un detalle que ignoran, lamento decírselo, y que creo que les sorprenderá. Blanca no es la única que ha viajado de Barcelona a Zaragoza en estos días y, de hecho, la persona a la que va a ver ahora es un viejo conocido de todos ustedes.

Son las seis de la tarde cuando Blanca empuja la pesada puerta del hotel Oriente y pasa por delante del mostrador de recepción sin decir nada, como si fuera una huésped del lugar. Se siente muy nerviosa por lo que está a punto de hacer y eso la lleva a acelerar el paso, a refugiarse en el ascensor y luego a recorrer el pasillo hasta la habitación 204, donde el caballero que la recibe la notará pálida, temblorosa, y confundirá su estado por excitación. No lo es, en absoluto. Es pánico, un terror que la hace moverse con los gestos de una autómata, que la mantiene en pie casi a su pesar. Incluso en aquella estancia caldeada siente frío y se resiste a prescindir del abrigo, de las pieles que abrazan su cuello, aunque sabe que tiene que hacerlo. Ha venido a eso, a perder la ropa, la virginidad y quizá la vida.

El caballero la observa y le acerca un vaso lleno de whisky que ella bebe con avidez, como si fuera agua. El calor se expande de su estómago al resto de su cuerpo y le proporciona el valor necesario para superar tanto el miedo como la repugnancia. Desea acabar con todo cuanto antes. Deja el abrigo sobre una silla y observa la cama, perfectamente hecha; piensa que dentro de unos minutos ella y su futuro amante se echarán sobre esas sábanas, las arrugarán, harán a un lado la colcha y arrojarán las almohadas al suelo. Piensa también que quizá esas mismas sábanas acaben manchadas de sangre, de la suya y de la de aquel hombre que la mira con ojos que, si bien no son de deseo, sí dejan traslucir algo parecido a la curiosidad.

—Acabemos esto cuanto antes —murmura ella, con la voz tomada por el whisky y la aprensión.

—No tengas prisa, querida —dice él, sirviéndose otro trago—. Tenemos tiempo.

Blanca se ríe para sus adentros, porque el tiempo es precisamente lo único que, tal vez, esté a punto de terminarse para los dos. Pero no puede decírselo y él interpreta su reacción como una muestra de timidez inesperada.

—En parte me siento halagado de que me hayas escogido a mí para esto —comenta él, en un tono que oscila entre la sorpresa y la ironía.

—No te lo tomes como un cumplido —dice ella al tiempo que se da la vuelta para mirarlo—. Es más bien un reto, un desafío.

Raimundo Gasset acusa el golpe indirecto, el aguijón que espolea una masculinidad puesta en entredicho; apura el contenido del vaso y la besa con el aliento apestando a whisky.

—No creas todo lo que cuenta la gente. Ni lo que te explicó Gerard —le dice, al terminar de besarla.

Ella no sabe si le detesta más por aquellos labios húmedos de alcohol o por la mención de su hermano muerto. Va a entregar su virginidad a un hombre que le resulta repugnante y al que, en otras circunstancias, ni siquiera dirigiría la palabra. Blanca sabe cómo había jugado él con los sentimientos de Gerard, con aquella pasión inmadura e ilícita, provocándola y frenándola al mismo tiempo. Gerard había caído en las redes de un individuo capaz de manipularlo a su antojo hasta lograr tenerlo comiendo de su mano, como un perrillo faldero. Por eso le odia, y es el odio lo que lo ha convertido en el candidato perfecto para lo que está a punto de hacer.

Lo decidió semanas atrás, en los días que siguieron a la muerte de Gerard; unas jornadas en que la tristeza tuvo que convivir con el miedo. Unas jornadas en que, aislada en su cuarto, sólo era capaz de releer aquellas cartas que la señorita Águeda había ido enviándoles, todos los años, en el aniversario del incendio del colegio. «Mis queridos ángeles», las llamaba, antes de repasar, en un largo texto, las cosas que ellas habían hecho durante ese año y lo orgullosa que se sentía de sus alumnas especiales. No eran cartas desagradables, aunque sí intranquilizadoras... La señorita Águeda parecía saberlo todo, estar vigilándolas a distancia: elogiaba a Clarisa por su decisión de enseñar a los niños de la fábrica, y a Blanca por sus estudios de comadrona; regañaba levemente a Maria Mercè, aunque comprendía la difícil situación de su familia, aquellos dos gemelos sin madre que la necesitaban, y alababa sin fisuras a Angélica y su decisión de ingresar en la universidad. Siempre terminaba igual, citando el incendio, mencionando la muerte de la señorita Irene y el secreto que compartían, y a pesar del tono cariñoso de las palabras, era imposible dejar de intuir una amenaza, una obsesión. La última fue en 1913, y en el fondo se alegró cuando en marzo de 1914 leyó en una esquela de *La Vanguardia* que la señorita Águeda Sanmartín había fallecido. Poco después se produjo la muerte de Clarisa... En su momento no relacionó ambos hechos, aunque en el fondo, en un rincón de su mente, siempre se mantuvo la extrañeza por el asesinato de su amiga justo el día en que se había entregado a un hombre. Dos años después, la muerte de Maria Mercè y del pobre Gerard en plena noche de bodas confirmaba sus peores temores. Estoy condenada, se dijo, ya sea a una vida sin sexo, como los ángeles, o a la muerte. Lo que no podía soportar era que su condena acabara también con la vida de Frederic.

Lo habló con Mariona, convertida en su única confidente porque Angélica se negaba ni siquiera a pensar en esa posibilidad. La perspectiva racional de su prima, que achacaba las muertes a una casualidad aterradora, pero fruto del azar en cualquier caso, la animó a tomar una decisión. Si perder la virginidad implicaba la muerte para ella y para su acompañante, si un fantasma venido de otro mundo le segaría la garganta con un cuchillo, su primer amante no sería el hombre a quien amaba. No sería Frederic Mayol. Tampoco le parecía justo sentenciar a un desconocido a una muerte probable. «¿A qué hombre odias más en este mundo?», le preguntó su prima. Y entonces tuvo clara la respuesta. Que Raimundo Gasset estuviera en Zaragoza, alejado de la Ciudad Condal hasta que el escándalo de la muerte de Gerard se disipara, fue una feliz coincidencia. Escribió a Concepción, quien la invitó a su casa sin reservas. Quizá, al final, lo más duro fue convencer al hombre que tiene ahora delante y que acaba de besarla. Gasset era desconfiado por naturaleza, y en este caso tenía motivos para serlo. Ya le extrañó encontrarla una tarde en la cafetería del hotel Oriente, porque de todas las personas de este mundo, Blanca era la última que esperaba ver allí, y se sorprendió más aún cuando ella le anunció, en un tono desapasionado y frío, que lo había escogido como primer amante de su vida sin querer explicarle las razones que la impulsaban a ello. «¿No te gusto?», le preguntó Blanca. «¿O acaso son las mujeres las que no te resultamos atractivas?» Ella sabía que ningún caballero era capaz de resistirse a que una dama pusiera en entredicho su virilidad, pero tuvo que insistir más de lo que había creído necesario hasta vencer su recelo. Se vio obligada a citar algunas fiestas que le había mencionado Gerard, encuentros privados entre hombres que Gasset y él frecuentaban. «No me importa lo que hicieras con mi hermano», mintió ella, «pero quiero que me hagas este favor. Y tampoco creo que te suponga un gran sacrificio...»

Gasset aceptó; entendió que era eso o ser tachado de homosexual delante de toda la sociedad barcelonesa, que aunque se mostraba comprensiva con los vicios privados no soportaba la idea de que éstos se hicieran públicos. Por eso ahora está ahí, con un vaso de whisky en la mano, mirándola con unos ojos que expresan más sospecha que deseo.

—Un beso puede darlo cualquiera —dice ella—. Veremos si puedes cumplir como un hombre.

Raimundo Gasset la echa sobre la cama y le rasga el vestido. El cuerpo desnudo de Blanca es tentador, apetecible, y al tiempo peligroso. Ignora por qué, pero siente ese riesgo mientras ella cierra los ojos y lo deja acariciar su piel. A él le gustaría saber qué está pensando ella, qué extrañas emociones la hacen estremecer. Blanca sólo quiere saber qué pasará cuando terminen, de dónde saldrá el cuchillo que rebanará su garganta y se repite, por enésima vez, que al menos se llevará consigo a un tipo despreciable que amargó la vida de su hermano.

Percibe la ironía de la situación: nadie desea morir, pero cuando eso está a punto de suceder, uno siempre piensa en hacerlo acompañado de sus seres queridos. Blanca no. Blanca piensa que si esa noche debe terminar para ella en el infierno, es mejor arrastrar consigo al hombre que más odia en este mundo.

Él le acaricia el cuerpo con manos sudorosas y ella tiene que volver la cabeza para no verle la cara. Busca con la mirada una sombra amenazante, una presencia malévola dispuesta a atacar, pero el único asalto procede del hombre que ahora le sujeta ambas manos mientras empieza a penetrarla. Blanca contiene la respiración deseando que todo acabe cuanto antes, que Gasset se vacíe dentro de ella aunque eso la deje vacía al mismo tiempo; que la muerte, si tiene que llegar, no se demore demasiado. Siente un dolor intenso, un navajazo de fuego que la atraviesa, y suelta un grito que él confunde con un jadeo de placer y que le proporciona el aliento necesario para la embestida final. Ella percibe que está a punto de culminar el acto; no quiere cerrar los ojos, desea ver, aunque sea lo último que haga en esta vida, si es el espíritu de la señorita Águeda quien está acabando con sus ángeles o si se trata de otra persona, de un ser de carne y hueso.

Pero no sucede nada. No hay furias vengadoras, ni espectros malignos, ni cuchillos asesinos. Gasset yace tumbado a su lado y el mero roce con esa piel masculina le provoca escalofríos. Aun así, se obliga a permanecer acostada un rato más, concediendo a la muerte el tiempo suficiente para aparecerse ante ella, hasta que, un rato más tarde, se hace a la idea de que el sacrificio no va a consumarse. Darse cuenta de ello la hace sentirse súbitamente desnuda y vulnerable; se aparta de él, quien no hace ningún esfuerzo por retenerla. Abandona ia cama aún esperando que en cualquier momento aparezca la muerte, pero lo único que ve es su abrigo en el suelo, el vestido hecho trizas y su amante que ronca como un cerdo. Sentiría asco si no hubiera una emoción mayor, más potente y más agradable. Algo parecido al alivio que sofoca cualquier vergüenza, cualquier temor. Las calles de Zaragoza acogen a una mujer envuelta en pieles, que camina desafiante sin miedo ni rubor porque en su cabeza ya sólo está el hombre al que ama y al que a partir de este momento piensa entregarse en cuerpo y alma.

# 25

Horaci Mayol no sólo conocía al anciano Pere Cubells, sino también, y sobre todo, a su hijo Ignasi. Se extrañó de que Frederic no hubiera coincidido con él en su casa, ya que, al parecer, les unía una amistad algo más que superficial. Y, lo que era más importante, el vástago del señor Cubells debía de tener, más o menos, la misma edad que Águeda Sanmartín. Sólo hizo falta una llamada de Horaci, efectuada a media mañana cuando ambos despertaron compartiendo la resaca y los secretos vertidos con el brandy la noche anterior, para que el señor Cubells hijo le recibiera ese mismo día, en su casa de la calle Aribau.

Frederic se encontró, por tanto, cruzando el umbral de uno de los inmuebles típicos del Ensanche barcelonés, donde un portero de uniforme le autorizó a subir, y con un caballero, más cerca de los cincuenta años que de la cuarentena, que le daba la bienvenida como lo que era: el hijo de un amigo. Ignasi Cubells, un señor entrado en carnes y que lucía un generoso mostacho, se interesó por su padre, por su experiencia en la guerra, por su trabajo, y Frederic se vio obligado a demorar lo que en verdad le llevaba hasta aquel salón rectangular, cómodamente amueblado. Agradeció, eso sí, el café que Ignasi pidió para él y que una doncella impoluta le llevó en una bandeja.

—Y bien —dijo el anfitrión—, cuénteme, señor Mayol, ¿qué le trae por aquí?

Lamento irrumpir así, sin previo aviso, quebrando una vez más la dinámica de la narración. Pero sabemos bien lo que Frederic Mayol va a explicarle al señor Cubells, así que podemos trasladarnos, sin perdernos nada, hacia otros hechos que estaban aconteciendo ese día y que posteriormente se revelarán como de gran trascendencia.

Porque mientras ambos tomaban café, a las cuatro de la tarde, y se entretenían con aquellos prolegómenos banales propios de caballeros bien educados, Blanca Raventós viajaba de regreso a Barcelona a bordo de un compartimento de primera clase, en el tren que cubría el trayecto de Zaragoza a la Ciudad Condal.

Un observador anónimo y desconocido que por casualidad se fijara en ella habría afirmado que la joven mujer que ocupaba en solitario aquel compartimento cerrado irradiaba algo parecido a la serenidad. Vestía de negro, y eso indicaba un luto reciente, pero a la vez había algo en su semblante, una luz especial, que suele asociarse a las personas felices o cuando menos tranquilas. Envuelta en un abrigo con cuello de pieles negras, ataviada con la elegancia que caracterizaba a las mujeres de buena posición, lo único que parecía turbar el ánimo de Blanca Raventós era un atisbo de impaciencia, las ganas de llegar a su destino y de dejar atrás esa estación de Campo Sepulcro y la ciudad que ya para ella siempre tendría un significado concreto. Un testigo más sagaz habría jurado que alguien esperaba a aquella mujer en la estación del Norte, o al menos que existía una persona, un hombre casi con toda seguridad, a quien ella habría deseado ver en el andén.

Un amable revisor la había acompañado a su compartimento, que estaba vacío, y le indicó que podía avisarlo si necesitaba cualquier cosa. Ella sonrió; sabía que no era habitual que una dama viajara sola, pero no le importaba ni sentía temor alguno. El miedo, se dijo, había quedado atrás, enredado entre las sábanas de una cama de hotel.

—Águeda Sanmartín —murmuró Ignasi Cubells—. Sí, por supuesto que la recuerdo. ¡Pobre mujer! Qué final tan triste. Era un poco más joven que yo, si no ando equivocado, y ya hace tiempo que falleció. ¿Dos años, quizá tres?

—Murió en marzo de 1914 —confirmó Frederic.

—Sí, dos años y medio atrás, lo que me imaginaba. Según mi padre, no tuvo una vida feliz. Y ahora que lo pienso, no ha sido usted el único que me ha preguntado por ella desde su muerte. Hace unos meses vino a verme un sacerdote.

—¿El padre Robí? —preguntó Frederic, sorprendido.

—Creo que ése era su nombre, sí. Me comentó que era también un viejo amigo de la familia y le dije lo mismo que voy a contarle a usted, aunque si le digo la verdad no sé demasiados detalles.

—¿La trató mucho?

—No, en realidad no. La vi alguna vez, claro. ¿Quiere un cigarro? El médico me los prohíbe, pero mi padre ha llegado a los setenta y cinco años fumando todos los días. Ahora ya no, pobre, apenas se levanta de la cama.

Sacó un puro de una caja de madera y se tomó su tiempo para encenderlo. Frederic observaba sus preparativos en un silencio expectante, impaciente por continuar con la charla. Cuando una bocanada de humo llenó el aire del olor fuerte del habano, Ignasi Cubells volvió a prestarle atención.

—Como le decía, no es que fuéramos amigos. Mi padre sí que había tenido amistad con el suyo, el doctor Sanmartín, y se preocupó de ayudar a su hija cuando ésta lo necesitó.

—Le arrendó el colegio, sí.

—Efectivamente. Y durante varios años le fueron bien las cosas. Luego tuvo mala suerte. El incendio, la muerte de su amiga y de esa niña... Todo muy trágico, la verdad.

Sí, todo había sido muy trágico, como decía el señor Cubells, pero no era de eso de lo que Frederic quería hablarle, o al menos no sólo de eso.

—¿Sabe qué fue de su vida después? Entre el incendio y la fecha de su muerte pasaron casi cinco años. Según creo, su padre se ocupó de la venta de su casa.

—Bueno, no fue exactamente así.

—Pero eso es lo que me contó el señor Junyent.

—¿Ha ido a ver a Junyent? —preguntó Cubells, y en su rostro apareció por primera vez la duda de a qué venían tantas preguntas.

Frederic no deseaba mentirle; la historia que había pergeñado acerca de la devolución a la señorita Águeda de unos objetos hallados por casualidad en el sanatorio ya no se sostenía. Por tanto, esperó que Ignasi Cubells confiara más en su viejo amigo que en su curiosidad lógica y natural, como así fue.

—Junyent es un hombre discreto. La verdad es que mi padre quería ayudar a la señorita Águeda, aunque no entiendo muy bien por qué. Le daba pena, desde que era una niña. El doctor Sanmartín tenía fama de ser muy estricto.

—Sí, eso he oído.

—Bah, ¡quién sabe! A lo que íbamos: la señorita Águeda necesitaba dinero y mi padre le compró él mismo la casa de Begues, al tiempo que le prometía que podría seguir usándola cuando quisiera. También le alquiló uno de los pisos que teníamos vacíos. Era un cuchitril pequeño, inadecuado para una mujer de su clase y de su educación, pero a ella le pareció bien. Además, necesitaba el dinero para otras cosas.

—¿Otras cosas?

El señor Cubells soltó otra bocanada de humo y Frederic notó aquella caricia picante en los ojos. La falta de sueño del día anterior lo hacía especialmente sensible y aquel salón, a pesar de su buen tamaño, tenía las puertas y las ventanas cerradas para esquivar el frío de noviembre.

—Bueno, ya ha muerto y no creo que importe mucho. Tampoco es que fuera nada malo, la verdad. Sólo… inhabitual, si me permite decirlo así. Supongo que por eso buscó un piso en una zona donde no la conociera nadie; de ese modo ahorraba preguntas.

—¿Qué clase de preguntas?

—Sobre el chico, claro.

—¿El chico?

—No me gusta hablar de cosas de muertos, señor Mayol.

—Por favor, le juro que es importante. Muy importante.

Quizá fuera por aquellos ojos enturbiados por el humo y el cansancio, o por el tono de urgencia que percibió en la voz de aquel joven, el caso es que Ignasi Cubells apoyó el habano en el cenicero y se decidió contestar:

—Un chico de unos trece o catorce años. No era hijo suyo, no piense mal —se apresuró a decir—. Era el hijo de su amiga, la que falleció en aquel incendio.

—¿La señorita Irene tenía un hijo?

—No me mire así, esas cosas pasan en las mejores familias… Claro que ambas decidieron que era mejor no decirlo: a los padres de sus alumnas no les habría gustado. O eso supongo yo. Una maestra que es madre soltera no me parecería muy recomendable para encomendarle la educación de mis hijas… si las tuviera.

Frederic intentó unir ese retazo de información vital con todo lo que ya sabía, especialmente con el diario de Águeda. En él se hablaba de secretos, de cosas que Irene y ella sabían la una de la otra… y de la decisión final de Águeda, aquella mención al secreto que compartía con Irene y que no debía desvelar por respeto a ella; un comentario que no había entendido del todo cuando lo leyó en el diario. Y entonces pensó en la caja de música y, de repente, las piezas se unieron formando un rostro.

—¿Recuerda su nombre? ¿Cómo era?

—No, a tanto no llego. Ni creo que lo viera nunca.

—¿Por casualidad se llamaba Biel?

—¿Biel? No, no lo creo. O bueno, tal vez sí. Gabriel. ¡Gabriel Expósito! Ahora me he acordado. Ella dijo alguna vez que tenía nombre de ángel. No lo vimos más después de que Águeda muriera. Metimos las cosas de Águeda en una caja, pero nadie vino a buscarlas. De hecho, le comenté al sacerdote si quería aprovechar algo para su parroquia.

Frederic asintió y, sin darse cuenta, se halló de pie, buscando la puerta con la mirada, ávido de abandonar aquel interior cerrado y salir a buscar a ese Gabriel Expósito, a quien, no le cabía duda, él había conocido como Biel Estrada.

Las largas horas del trayecto le daban tiempo para pensar y la intimidad del espacio favorecía aún más esa introspección. Ya nada la distraía, el exterior, oscuro, no suponía ningún entretenimiento. Aquella máquina lenta avanzaba, fatigosa, cruzando el paisaje, y el traqueteo actuaba de mecedora. Ahora sabía que el asesino que había matado a sus amigas no pertenecía al mundo de lo sobrenatural. Podía hablar con Frederic, contarle sus temores, confiárselo todo. Incluso, aunque le costaba mucho dar ese paso, hablar con la policía. Pero ya no temía a una maldición, sino a un ser de carne y hueso.

Faltaba poco para llegar a Barcelona, apenas una hora según sus cálculos. En el vagón vacío, inmóvil, había cogido frío y se acurrucó aún más. Deseaba llegar a su destino, reiniciar su vida... Recordó la sonrisa de Gerard, aquella que ella atesoraría siempre, y se permitió dejarse llevar por la nostalgia. Lo quería tanto que, de algún modo, tenía la impresión de que aún estaba a su lado: imaginaba sus bromas, oía sus comentarios irónicos. Se dijo que ese Gerard siempre estaría con ella, que ni siquiera la muerte había podido arrebatárselo. Su amor, el que sentía por él, existiría mientras Blanca siguiera viva: ella envejecería y su hermano se burlaría de sus arrugas, de su belleza perdida, mientras él se conservaba bello, apuesto y eternamente joven.

Un ruido en el exterior del tren la distrajo. Nuevos viajeros subían a bordo. Deseó que nadie interrumpiera esa preciada soledad, que perdería en cuanto llegara a la ciudad. Pero no tuvo tanta suerte: la puerta del compartimento se abrió y un hombre joven la saludó con un seco «buenas tardes» antes de tomar asiento delante de ella. Poco después, sacó un cuaderno y empezó a dibujar.

La tarde de aquel día transcurrió en un suspiro, marcada por cientos de conjeturas que se agolparon en la mente de Frederic mientras se dirigía a pie a casa de su padre. El cielo se oscurecía al tiempo que, uniendo los distintos hilos, él empezaba a ver la luz. La verdadera identidad de Biel Estrada cobraba ahora un significado macabro y su presencia en el sanatorio le convertía en el principal sospechoso de la muerte del malogrado padre Robí. Ahora sabía también cómo había llegado el diario de Águeda a manos del sacerdote.

Le resultaba casi imposible andar y pensar a la vez, así que decidió detenerse al llegar a la plaza de la Universidad y buscó una cafetería donde sentarse. Con un café caliente entre las manos, intentó ordenar sus pensamientos, organizar el caos de ideas dispersas… Biel era el hijo de Irene y fue adoptado por Águeda, la misma Águeda que había hecho prometer a sus ángeles que honrarían la memoria de su amiga y compañera. Inmune al barullo del interior, Frederic devolvió su atención al sacerdote muerto, a aquel falso suicidio que ahora parecía señalar a un culpable claro.

Sí, estaba seguro de que el padre Robí había empezado a investigar el pasado de Clarisa Miravé, convencido de la inocencia del condenado. Un pasado breve, ya que a sus veintiún años, Clarisa no tenía demasiadas cosas a sus espaldas. Su familia, su entorno, sus amigas… y el colegio donde había estudiado. Quizá el sacerdote decidió seguir por ahí, por aquel colegio ya cerrado donde habían muerto una maestra y una niña, el único hecho trágicamente destacable en el pasado de la muchacha. Quizá después había buscado a la señorita Águeda, la antigua directora, encontrándose con la noticia de que también había muerto. En la caja con sus cosas que Cubells había puesto a su disposición halló el diario, y su lectura tuvo que resultarle tan turbadora como a él mismo. El siguiente paso podría haber sido visitar el cementerio, un hecho lógico por otra parte, y a partir de ahí había ido a ver a Juanjo Alcázar y, era de suponer, había intentado averiguar también más cosas… La gente hablaba con los curas, les confiaba secretos, y de alguna manera llegó a descubrir la existencia de un hijo de Irene que luego había sido acogido por Águeda y del que nadie había sabido nada después de su muerte. ¿Cuánto había tardado en descubrir que Gabriel Expósito se hacía llamar Biel Estrada y se encontraba ingresado en el sanatorio donde su madre había muerto? No demasiado, conociendo al astuto padre Robí.

Ya en el sanatorio, el padre Robí debió de tener la pista definitiva cuando oyó hablar de la caja de música: era la misma que mencionaba la directora en el diario y, aunque podía haberse quedado en el colegio por descuido, eso era altamente improbable. La caja era importante para Águeda y sin duda se la había legado a su «hijo», quien la había llevado consigo. Frederic maldijo la prudencia del sacerdote; si hubiera confiado en alguien, aún estaría vivo. Pero el padre Robí era así, hacía las cosas a su manera, y estaba seguro de que había optado por enfrentarse a Biel o por hacerle algún comentario que despertó la suspicacia del pintor. Sólo este último podía aclararles si lo siguió de madrugada hasta el bosque y acabó con su vida, pero Frederic tenía la certeza de que así había sido.

Y eso le llevaba a una conclusión que, en vista del razonamiento anterior, también resultaba innegable. Si Biel Estrada había matado al sacerdote, dos años antes tenía que haber cometido otro crimen que quedó impune: el asesinato de Clarisa Miravé, un mes después del fallecimiento de esa tía que, según le dijo, le había acogido y que no era otra que Águeda Sanmartín. Una Águeda enloquecida que había persuadido a las cuatro alumnas que más quería de «honrar la memoria de la señorita Irene.» La relación entre Clarisa y su joven amante tenía que haber sido, para la mente torturada de Biel, una traición a la promesa efectuada, una afrenta que merecía la muerte.

Recordó las fantasías de Biel en el sanatorio, sin saber si habían sido completamente un engaño o una mezcla de su delirio con la realidad. Ese doble malvado quizá fuera una representación simbólica de Águeda; lo que resultaba obvio era que el pintor había idealizado a la mujer que lo acogió. No era de extrañar que la crisis aguda, la que le llevó al frenopático, hubiera tenido lugar en un edificio que tenía que ser la casa de Begues de los Sanmartín, después de la muerte de Clarisa y cuando su obsesión por matar, que seguía unas reglas marcadas, se frustraba porque ninguna de las chicas «desobedecía» las órdenes de Águeda. Para no desfallecer, Biel necesitaba nutrirse de su recuerdo, por eso había convencido a todos de su ingreso en el sanatorio. El lugar le daba fuerzas, le inspiraba a seguir adelante, mientras esperaba que otra de las jóvenes «desobedeciera» el mandato de Águeda. Maria Mercè había sido la siguiente, y el pobre Gerard había muerto quizá por intentar defenderla. ¿Se había enterado Biel de la inminente boda por alguna noticia en la sección de sociedad de los periódicos? Seguro que habían dado fe de la pedida de mano, o del compromiso, y anunciado la fecha. El propio Frederic le había dejado marchar a principios de septiembre, con tiempo suficiente para planearlo todo…

La constatación de la cadena de hechos no le proporcionaba

la menor tranquilidad. Al contrario, pensó, levantándose precipitadamente de la silla que ocupaba en la cafetería; si todo eso era cierto, Angélica y Blanca estaban en peligro. Alguien las acechaba, un monstruo que castigaba a esos ángeles cuando los consideraba indignos de tal nombre.

Frederic calculó que tenía tiempo de avisar a Juanjo Alcázar, pensando que la policía le haría más caso a él. Corrió hasta las oficinas de *La Vanguardia* y se lo explicó todo, la verdadera identidad de Estrada y la zona por la que vivía. Desde allí, llamó a casa de los Raventós e insistió en hablar con Mariona. Le preguntó por Blanca, y esa vez la desesperación en su voz fue tal que la joven se asustó. «Está bien, regresa esta noche en tren», le respondió. «Faltan aún un par de horas, me dijo que llegaría sobre las ocho a la Estación del Norte. Viene en el tren de Zaragoza.»

La noticia de que Blanca había estado fuera le concedía un poco de sosiego, pero sentía la necesidad física de verla y de protegerla contra esa amenaza que ahora tenía un nombre y unos motivos concretos, así que, sin perder un segundo, tomó un coche de plaza y se dirigió a la estación.

Ésta presentaba su aspecto habitual, lleno de personas listas para montar en uno de los ferrocarriles negros o bien impacientes esperando a alguien. Apenas faltaban veinte minutos para que entrara el tren de Zaragoza y Frederic localizó el andén sin problemas. En menos de un cuarto de hora podría abrazar a Blanca y ponerla a salvo, quisiera ella o no.

El revisor anunció que el tren llegaría a su destino en veinte minutos y tanto Blanca como el joven desconocido que viajaba frente a ella asintieron sin decir nada. Él se puso de pie, como si estuviera impaciente por salir de allí, y al hacerlo dejó caer al suelo el cuaderno donde había estado dibujando. La página que quedaba a la vista atrajo la atención de Blanca, quien se agachó a recogerlo sin darse cuenta de que, al mismo tiempo, él corría la cortinilla del compartimento.

El dibujo representaba, con todo lujo de detalles, a un pájaro enjaulado, y había algo en su pico abierto que expresaba desesperación, ansias de escapar. Ella tardó un segundo en asociar aquel dibujo a lápiz con el horror del cadáver de su hermano y su cuñada. Fue darse cuenta de ello, caer en la coincidencia siniestra, y oír una voz masculina que decía: «Has sido una niña mala. Ya no eres un ángel».

Blanca se levantó, o al menos intentó hacerlo, porque las manos de aquel desconocido la aferraron por los hombros, empujándola hacia atrás. Una de ellas se posó luego en su cuello, agarrándolo con fuerza, impidiéndole pronunciar ni una sola palabra. Tuvo que rogarle con los ojos, expresar su incomprensión, su miedo y sus súplicas a través de una mirada en la que intentó plasmar todos sus sentimientos. No quería morir, no merecía hacerlo, tenía por delante una vida que pensaba compartir con el hombre a quien amaba y no entendía por qué ese individuo, armado con una navaja que había sacado del bolsillo del abrigo, se otorgaba a sí mismo el papel de ejecutor. Ella pensó que si cerraba los ojos perdería toda posibilidad de comunicación en un momento en que lo único que podía salvarla era despertar en él un atisbo de compasión. Vio, por tanto, cómo la hoja se acercaba a su rostro y le acariciaba la mejilla y se dijo que su última oportunidad sería gritar cuando la mano liberara su garganta. Sintió el aliento del asesino, le oyó entonar una canción infantil que hablaba de alondras muertas. Pensó en Frederic y se convenció de que tenía que sobrevivir por él. No podía morir sin explicárselo todo, sin decirle lo mucho que le amaba. No. No podía morir así.

Él fue aflojando la presión de la mano sobre su cuello, poco a poco. Blanca tomó aire para chillar, pero el único sonido que pudo emitir fue un balbuceo estrangulado y angustioso cuando la hoja de la navaja le cortó el grito, el aire y la vida, y se los cambió por una mancha de sangre espesa que cayó encima de su vestido negro.

Por fin, la máquina hizo su aparición al fondo del túnel y Frederic se acercó al borde del andén, nervioso e impaciente. No era el único que aguardaba a un pasajero, y en cuanto se abrieron las puertas muchos se acercaron a los vagones mientras los viajeros empezaban a descender. Él buscaba con la mirada a Blanca, detenido ante uno de los compartimentos de primera clase, seguro de que en uno de ellos había viajado la mujer a la que anhelaba ver.

No fue a ella a quien vio, sino a alguien que sólo habría deseado contemplar encerrado o muerto; por un instante creyó que su mente, obsesionada con el pintor, le jugaba una mala pasada. Pero no era así: Biel Estrada bajaba del segundo vagón de primera clase y Frederic dudó sólo un instante antes de salir corriendo tras él, empujando a la gente que en ese momento ya llenaba la plataforma. Algunos se quejaron y Biel se volvió. Sus miradas se cruzaron y ya fue sólo la rabia lo que impulsó a Frederic a perseguirlo. Biel corrió hacia una de las vías anexas seguido por los gritos de su captor. Un caballero intentó frenarlo, pero el pintor se zafó de él y trató de hacer lo mismo con un segundo hombre, pero éste resultó ser más fuerte. Convencido de que agarraba a un ladrón, se esforzó por retenerlo un poco más, hasta la llegada de Frederic. Por un momento, Biel Estrada tuvo que comprender que estaba atrapado y, con un esfuerzo inmenso, consiguió soltarse. Le sirvió de poco: el impulso lo precipitó a la vía justo cuando pasaba uno de los trenes.

Revisores y personal de la estación se congregaron allí, alterados. Y fue entonces cuando Frederic oyó lo que había estado temiendo desde que vio bajar a Biel del vagón. «Menuda tarde llevamos hoy», dijo alguien. «Primero una mujer muerta en el tren de Zaragoza y ahora esto.»

Él también habría saltado a las vías de haber tenido fuerzas suficientes para dar un solo paso, si la estación y el mundo no se hubieran convertido en un túnel negro que embargó sus sentidos por completo.

# CUARTA PARTE

# 26

Como ustedes habrán apreciado, la muerte de Biel Estrada dejó al mundo con muchas preguntas sin respuesta y gran parte del misterio que rodeó sus actos quedó así, fragmentado e incognoscible como su cuerpo bajo el paso del tren. Se realizó una investigación formal que lo consideró, a título póstumo, responsable de los asesinatos de Blanca y Gerard Raventós, así como del de Maria Mercè Vilanova. Obviamente, la muerte de Clarisa Miravé, acaecida dos años antes, iba ligada a los mismos crímenes, pero a la justicia le gusta poco admitir sus errores y ese nombre quedó fuera del caso al menos oficialmente. Quiero, pues, usar estas páginas para restaurar el buen nombre del joven Guerrero, un inocente que se vio mezclado en una historia horrenda sólo por amar a la mujer equivocada. Si a la justicia no le interesó reabrir el caso ni proclamar su error, yo afirmo aquí y ahora que debemos considerarlo una víctima más del infame asesino y de un sistema clasista que lo culpabilizó de manera instantánea.

La investigación desveló otros detalles, por supuesto, y Genoveva Antich fue una fuente de información relativamente fiable. Supongo que por fin se dio cuenta de la clase de monstruo que tenía al lado: bajo el temperamento artístico del joven pintor, detrás de aquellas crisis que habían provocado su internamiento, subyacía algo mucho más cruel, más enfermo. Creo que influyó en su decisión el convencimiento adquirido en los últimos meses de que el amor de su vida le era infiel con otra mujer. Ignoramos qué parte procedía de la naturaleza de Biel y qué parte se gestó en el orfanato donde pasó sus primeros trece años de vida. Juanjo Alcázar investigó el tema a fondo y lo describió en una serie de reportajes que conmovieron a la opinión pública. Bajo una apariencia de ordenada eficacia, algunos de esos centros eran aún peores que los manicomios. Es posible que la señorita Irene no llegara a sospechar nunca la verdad del lugar, porque es cierto que visitaba a su hijo todos los veranos, sin decirle que era su madre, haciéndose pasar por una dama caritativa que dedicaba el verano a los huérfanos. Por otro lado, seamos francos, ella tampoco tenía muchas más opciones... No podemos obviar, en ningún caso, tal como atestiguan los reportajes que escribió Alcázar, la personalidad perturbada de Águeda Sanmartín. Su figura fue ampliamente comentada, ya que sobre ella se cernía en realidad el mayor misterio de todos. Juanjo no tuvo reparos en contribuir a crear una leyenda urbana, en la que Águeda, la reprimida directora de colegio, se convertía en una demente que enloquecía al chico que había adoptado en Valladolid y lo ligaba, incluso después de muerta, a una especie de vigilancia letal. Nadie puede afirmar o negar que eso sea cierto, y está dentro de lo posible que tras la fusión de sus dos personalidades, la desatada y ficticia Griselda se apoderara de la prudente Águeda real. La elección de Genoveva Antich, el instinto maternal que se desprendía de ella, parecían confirmar la búsqueda por parte de Biel Estrada de una madre en lugar de una pareja. Pero, como ya les digo, todo son conjeturas.

No lo son, en cambio, los objetos que guardaba en su estudio de pintor, anotaciones dispersas sobre las actividades de aquellas cuatro jóvenes. Si Águeda le ordenó que las acechara y matara a la menor muestra de desobediencia o si eso fue algo que decidió él por su cuenta después de la muerte de su madre adoptiva, es algo sobre lo que sólo podemos elucubrar. Angélica Mendizábal, la cuarta y única superviviente de los alumnas del Colegio de los Ángeles confirmó el asunto de las cartas, que demostraban claramente la obsesión de la antigua directora. Y una horrorizada Mariona, la prima de Blanca Raventós, añadió los detalles que faltaban para explicar la macabra historia que condujo a Blanca a Zaragoza y, por desgracia, a la muerte.

Particularmente, si les sirve mi opinión, considero que en el joven Biel Estrada se produjo una combinación de hechos y neurosis que desembocó en aquella obsesión heredada por las cuatro mujeres. Creo, aunque puedo equivocarme, que Águeda le contó su verdad, es decir, que la señorita Irene, a quien Biel quería como una madre, había muerto por salvarlas, y que ellas habían jurado honrar su memoria llevando una vida distinta, más independiente, menos convencional. En qué momento confundió él eso con la virginidad, o si fue Águeda quien le hizo llegar a esa asociación de algún modo antes de morir, es algo que no sabemos. Pero las vigilaba, de eso dan fe anotaciones sueltas, y las castigaba con la muerte en cuanto sospechaba que habían mantenido relaciones sexuales o bien se disponían a hacerlo. En un exhaustivo relato, que tenía más de especulación que de investigación periodística, Juanjo Alcázar apuntó la posibilidad de que Biel Estrada hubiera aprovechado la confusión provocada por la cuadrilla que trabajó en el acondicionamiento de la casa, el día anterior a la boda de Gerard y

Maria Mercè, para colarse en la habitación de la futura novia y robar el velo del vestido. Dedujo que, al día siguiente, había aprovechado la confusión reinante para entrar en la casa y esconderse en lo que sería el cuarto nupcial. Por supuesto que corrió un gran riesgo, y cabe reseñar que sus infaustos propósitos fueron acompañados de una suerte macabra. Alcázar también investigó los últimos pasos de la vida del Asesino de los Ángeles, como decidió llamarlo, tomando como inspiración el nombre del colegio que había unido los destinos de esas malogradas jóvenes. Y aunque no halló evidencia alguna de que el pintor se hubiera hospedado en Zaragoza en los días previos al asesinato de Blanca, tuvo que inferir de los hechos que así había sido. Conjeturó, con sagacidad periodística, que su vigilancia sobre Blanca le había hecho seguirla hasta allí, pero que no se atrevió a matarla en el hotel donde la joven había estado con Gasset. Nadie parece recordar dónde subió Biel Estrada al tren; el revisor, tremendamente afectado, afirmó que la dama viajaba sola al principio y que no se percató de la presencia de su acompañante hasta poco antes de llegar a la Ciudad Condal, pero eso no significa que el individuo no estuviera ya en el tren, en cualquier otro vagón, durante parte del trayecto.

Entre los detalles que nunca se aclararon estaba el porqué había matado a Gerard Raventós, y no a Mario Guerrero o a Raimundo Gasset, aunque es muy probable que el ruido del ataque despertara a Gerard y que Biel tuviera que acabar con su vida para poder huir. Sabemos que Mario Guerrero se salvó en aquel día fatídico sólo por haber salido a buscar unas flores, a pesar de que eso le sirvió de poco. En el caso de Gasset, cabe decir que probablemente lo salvara el hecho de encontrarse en un hotel, un lugar público de difícil acceso y aún más complicada huida. De todos modos, el objetivo de Biel Estrada no eran ellos sino las jóvenes que, en su retorcida mente, traicionaban la promesa hecha a Águeda. Los ángeles impuros.

Puedo informarles también de los destinos de las personas que tuvieron que ver con el caso a lo largo de los siguientes cuatro años, hasta la madrugada de octubre de 1920 en que recibí aquella funesta visita de Frederic Mayol de la que les hablaba al principio. Lo haré someramente, ya que he notado mi tendencia a divagar demasiado y no desearía aburrirles ahora que se acerca el último capítulo de esta historia. El más espeluznante, el que me ha perseguido durante mucho tiempo, el que me hizo decidir volcar mis temores sobre el papel.

Juanjo Alcázar alcanzó una relativa celebridad con sus artículos sobre el Asesino de los Ángeles, lo cual le valió un ascenso en *La Vanguardia* y a la vez la holgura económica suficiente para retirar a Lolita, la prostituta de la calle Aviñón, y convertirla en una mujer decente, o al menos disfrazarla de ello. Él y Dolors, su ya esposa, tienen a día de hoy un par de críos y, hasta donde yo sé, viven felices.

La señora Miró falleció a finales de 1918, justo después de que finalizara la que ha dado en llamarse la Gran Guerra. Doy fe de que tuvo unos últimos años tranquilos, aquí, en el sanatorio, donde fue siempre la gobernanta oficial, aunque otras mujeres se encargaran de los trabajos pesados. Una mañana de diciembre el corazón le falló de manera irremediable y ella murió en el acto. Nunca quiso hablar de lo sucedido en el colegio, ni sobre por qué había advertido al doctor Mayol y a mí mismo acerca de la necesidad de sacar del sanatorio a Biel Estrada. Tal vez fuera una simple intuición, o tal vez supiera más de lo que imaginamos. En cualquier caso, creo que su fidelidad a Águeda Sanmartín y a lo que ella representaba, a esa época tan feliz de su vida, explican muchas cosas. Ahora ya no importa: sus secretos reposan con ella, en su tumba, no muy lejos de donde se hallan enterradas Eloísa Alcázar y la señorita Irene. Que Dios las tenga en su gloria.

La vida cambió en los últimos años de la guerra y en los inmediatamente posteriores a ella. Vivimos al borde de entrar en el conflicto a principios de 1917, y sigo dando gracias a Dios de que no llegáramos a hacerlo. Las cosas se pusieron mucho más tensas después de que, en ese mismo año, Rusia iniciara una revolución que asustó y animó en la misma medida a colectivos enfrentados en toda Europa. Fueron años duros, de huelgas constantes y enardecido malestar social. La desigualdad manifiesta empuja a la lucha, y cuando la razón asiste a un grupo no hay fuerza que pueda detenerlo para siempre. Pero no voy a entrar en temas que ustedes conocen y que, además, no son especialmente relevantes para esta historia. Es difícil abstraerse de ellos por completo, sin embargo, porque todos ejercen su influencia sobre las vidas de las personas, por lejos que se encuentren. Onofre Raventós, por ejemplo, terminó poniendo su fábrica de acero en manos de sus encargados. Su cuerpo ya no resistía la presión del momento y, sin herederos que continuaran su legado y con la fortuna suficiente para vivir holgadamente el resto de sus días, optó por un retiro en el que aún continúa. Su esposa también sobrevivió a las muertes de ambos hijos, y me gustaría decir que la vejez ha vuelto a unirlos, pero les mentiría. Comparten una casa habitada por los reproches, el dolor y la vejez; quizá ésa sea una forma de matrimonio aunque sin duda no de felicidad.

El esperado final de la guerra, la victoria de la Entente sobre las fuerzas alemanas, dejó una Austria descabezada y rota. La pobreza se apoderó de las calles de Viena, antes opulentas, y la vergüenza de la humillación recibida se instaló en las almas de sus habitantes. Han pasado trece años desde entonces y ya empieza a percibirse que algunos partidos políticos, directamente surgidos por su oposición al Tratado de Versalles que selló la paz, pueden llegar a ser peligrosos. No quiero pensar cómo terminará todo esto; quizá no esté ya aquí para verlo, pero auguro la llegada de tiempos muy negros para una Europa que no parece haber aprendido nada de sus errores previos.

Me he comprometido a ser directo y ahora me doy cuenta de que vuelvo a irme por las ramas. La edad no perdona, aunque espero que al menos disculpe. Ha llegado el momento de centrarme en Frederic Mayol. Como pueden comprender, la vida no le fue nada fácil en los meses que siguieron al asesinato de Blanca. No regresó al sanatorio, algo que lamenté profundamente. Pasó por una etapa de honda tristeza de la que salió, poco a poco, gracias a su esfuerzo personal y al apoyo de sus seres queridos. Fueron sus padres y sus amigos (entre quienes creo que me cuento) los que le sacaron del pozo negro de la melancolía, aunque también le ayudó mucho una tarea olvidada que, quizá porque el corazón se le había quedado seco, retomó con más encono que nunca. Desde mediados de 1917 hasta el final de la guerra, Frederic alzó su voz contra el conflicto en artículos antibelicistas que, gracias a su buen conocimiento de varias lenguas, aparecían en distintos medios europeos. La opinión pública, que al principio se tomó sus reflexiones como muestras de traición o de cobardía, terminó rindiéndose a su lógica y a la de otros, que clamaban sin concesiones ni banderas contra aquel conflicto que estaba asolando Europa. Cuando llegó el esperado fin de la guerra, en las condiciones en que todos ustedes saben ya, él publicó su libro, *El reloj de Anton. Escenas de una guerra*, narrado en primera persona, sin subterfugios, y basado en sus propias vivencias. Ni siquiera se molestó en añadir un personaje de ficción, o un narrador. Habló de él mismo, Friedrich Mayol, de sus amigos, de las batallas en que había participado, de sus recuerdos, de la muerte de Anton, de la herida que le apartó definitivamente del combate, de Matthias, a quien no había vuelto a ver.

El libro fue un éxito por su valor testimonial, sobre todo, ya que se convirtió en el primer relato publicado sobre la barbarie europea de esos cuatro años. Creo que el éxito cogió a Frederic por sorpresa: él no era un escritor, nunca había pretendido más que contar el horror, y sólo lo había logrado cuando otra clase de dolor distinto le había espoleado para ello. De todos modos, cabe suponer que a nadie le disgustan los elogios, y fueron muchos y muy elevados los que recibió al publicarse el libro en España, a mediados de 1919. El reconocimiento siempre suele ser alentador, vigorizante, pero en el caso de Frederic iba acompañado por una sensación de vacío: habría deseado compartirlo con alguien que ya no estaba, y quizá fue eso, esa aguda sensación de soledad íntima que contrastaba con el brillo profesional, lo que precipitó un poco sus actos.

Tuve la suerte de verlo varias veces desde el terrible momento de la muerte de Blanca hasta la madrugada del tres de octubre de 1920, cuando se presentó en el sanatorio, aporreando la puerta, quebrando la paz. El bueno de Ismael le abrió, al reconocerlo. (He olvidado mencionarles que Ismael seguía aquí, al igual que Bescós, su esposa y el pequeño Adrián, cuyo destino, por suerte, no ha corrido paralelo al de la trágica relación de Frederic con la malograda Blanca.) No era del todo una sorpresa ver al doctor Mayol en las inmediaciones del sanatorio, puesto que todos sabíamos que había venido al pueblo a pasar unos días; sí lo era a esas horas, por supuesto, y sobre todo sumido en aquel estado de agitación mental.

Le hice subir al despacho en cuanto Ismael me avisó de su presencia y me encontré con un hombre desgarrado por una tensión cuyas causas yo desconocía, y cuyo ánimo oscilaba entre una frialdad lúcida y una histeria contenida. Intenté calmarlo, pero no me aceptó whisky ni brandy, ni un café; apenas podía permanecer sentado y su mirada saltaba de un lugar a otro, como la de un tigre enjaulado. Lo primero que hizo fue dejar un objeto sobre la mesa de mi despacho. Una caja que ustedes reconocerán y que yo entonces había olvidado. «No la abra», me dijo antes de empezar a contarme qué le había alterado hasta tal punto. «Y si lo hace esté preparado para enfrentarse al mal, al que habita en el mundo y también al que vive dentro de usted. No hablo de una maldad interesada o producto de la locura, sino de otra clase de vileza: más fría, más rastrera, más oculta... Se esconde ahí, aletargada, de la misma forma en que se mantiene agazapada en el interior de nuestra mente, sin que nadie sepa de su existencia, aparte de Dios.»

No era habitual que Frederic hablara en ese tono enfático, no al menos en esos términos, y aquella introducción me preparó para lo peor, aunque ignoraba lo que me esperaba en las horas siguientes.

—No sé por dónde empezar —dijo, aunque rectificó enseguida—. Sí. Lo sé. Claro que lo sé. Debería empezar por el momento en que abrí esta caja y su música sonó en la estancia en la que me encontraba.

—¿Y eso cuándo fue? —pregunté.

—A principios de este año. Concretamente el 23 de enero. Estoy seguro de ello porque fue dos días antes de mi boda.

# 27

*Barcelona, 23 de enero de 1920*

Fue Horaci Mayol quien, con la mejor intención, llevó la caja al piso que Frederic había alquilado en Barcelona y donde éste ya vivía, solo, a la espera de que se celebrara la boda. Lo hizo porque había decidido reformar por fin la vieja casa de Sant Pol, dado que a Claudine le hacía ilusión tener una segunda residencia donde veranear. Habían ido un par de veces y se había mostrado encantada con el mar y los colores puros del pueblo, y había convencido a su marido de que merecía la pena llevar a cabo una renovación de la casa con el fin de que resultara habitable para pasar allí largas temporadas. Horaci no podía negarle nada, nunca había sido capaz de hacerlo y menos desde que ella se había instalado de nuevo en su vida desplazando a Montserrat, quien aceptó su derrota con bastante dignidad, y por ello empezó vaciando de enseres la propiedad. No había muchas cosas de su hijo, quien no había vuelto allí desde la desgraciada muerte de Blanca Raventós, pero de todos modos las puso en un baúl de mimbre y se lo llevó todo a Frederic.

Encontrarse con los libros, con las notas sobre una futura novela que al final había escrito en otro lugar, con parte de su ropa olvidada allí, causó en Frederic un impacto que habría preferido evitarse. De repente su cabeza viajó a la casa, al sanatorio, a la pobre señora Miró y al malogrado padre Robí… A la visión perturbadora de aquella dama sin rostro que parecía haberse esfumado desde entonces y, sobre todo, al recuerdo de un fracaso que se había saldado con sangre y dolor. Evocó a Blanca en la iglesia del pueblo, fatigada pero contenta después de haber ayudado a dar a luz a la esposa de Bescós; la vio descender del coche, cual sultana de un imperio lejano, y se preguntó, una vez más, si casarse era un paso adelante o simplemente una huida. Como de costumbre, no halló respuesta: la vida avanzaba, dejando atrás a quienes ya no estaban en ella. No podía considerar que su boda inminente fuera una traición a Blanca, ni siquiera a su recuerdo; pero en el fondo sentía que su ánimo en esos días sería distinto si la novia fuera ella en lugar de su prima Mariona.

A veces intentaba comparar los sentimientos, como si el amor pudiera medirse en grados de intensidad; nunca lograba una respuesta definitiva más allá de la absoluta conciencia de que si Blanca siguiera con vida, ella sería la única con quien querría casarse. Quizá no fuera justo para Mariona, a la que amaba de una forma reposada, sin aquel ímpetu avasallador que había acompañado sus encuentros con Blanca. Pero la vida nunca era justa, él lo sabía bien: si lo fuera, Blanca no debería haber muerto, él debería haber podido protegerla y ambos habrían podido ser felices juntos. Le tocaba vivir con los recuerdos, intentar alcanzar un simulacro de felicidad, y Mariona se había mostrado dispuesta a ayudarle a ello.

Apenas se habían visto en los meses posteriores a la muerte de Blanca, entre otras cosas porque Frederic había pasado buena parte de ese período encerrado en casa de su padre, sin ver a nadie. Fueron él y Claudine quienes le obligaron a seguir, fue Horaci quien recordó el proyecto de esa novela nunca escrita y prácticamente le forzó a empezarla. Sumergirse en ello le ayudó mucho más de lo que pensaba: se instalaba en la biblioteca Arús durante horas, a veces escribiendo y otras paseando la mirada por los volúmenes encuadernados, preguntándose si alguna vez conseguiría ver el suyo ahí, junto a otros muchos. Fue allí, en aquel templo de sabiduría laica presidido por la estatua de la libertad, donde se encontró varias veces con Mariona y donde ella se ofreció a leer su manuscrito; sus consejos entusiastas le alentaron en los momentos de frustración y, cuando el éxito coronó la empresa, él sintió que le debía al menos una invitación a comer, proposición que ella aceptó encantada. Quizá fue en ese momento cuando intuyó por primera vez que Mariona se había enamorado de él; lo percibió en pequeños detalles como su sonrisa deseosa de complacer o la ilusión con que bajó a recibirle a la verja de la misma casa donde años antes había ido a ver a Blanca. Esa vez las flores eran para ella, no para quedar bien con la señora Raventós, y él notó que un detalle educado como aquel ramo se convertía, a ojos de Mariona, en un regalo apreciado e íntimo.

Mientras vaciaba el baúl que le había llevado su padre y descartaba los objetos que no pensaba conservar, se dijo que las cosas habían resultado enormemente sencillas desde aquel día del almuerzo. Un encuentro había dado pie al siguiente, y ése a otro; la amistad entre él y Mariona había ido transformándose poco a poco en otra cosa, difícil de definir, ya que al menos por su parte estaba lejos de la pasión y a la vez superaba al afecto. La echaba de menos cuando llevaba días sin verla; a su lado se sentía bien, acompañado y tranquilo. Si el amor era una cuestión de hábito, como había dicho su padre, Mariona se había convertido en la depositaria de esa costumbre. Sin pedir nada, sin plantear retos ni hacer preguntas, ambos habían ido recorriendo un camino sosegado que culminaría ese domingo delante del altar.

De pronto, se sorprendió al hallar la caja de música en el baúl y estuvo a punto de condenarla a la basura junto con las prendas más viejas. Si no recordaba mal estaba rota, pero sorprendentemente, cuando la abrió, funcionaba a la perfección. La odiosa cancioncilla se esparció por el salón sólo un instante antes de que cerrara la caja con decisión. Aquel pájaro sentenciado a dar vueltas eternamente trajo consigo de manera inmediata el recuerdo de Águeda Sanmartín, de la mujer sin rostro, y con ella regresó también el infame Biel Estrada y todo el horror de esos días. Acallar la música no hizo que esas imágenes se desvanecieran, pero al menos apagó un poco aquella bruma oscura que había vuelto a su mente.

La boda se celebró, tal como estaba previsto, un domingo frío de finales de enero, bajo un deslucido sol de invierno. La escasez de invitados tampoco contribuyó a que el evento fuera una fiesta, a pesar de que Juanjo Alcázar bebió más de la cuenta y de que Claudine organizó una celebración por todo lo alto en uno de los mejores restaurantes de Barcelona. No asistió nadie por parte de Mariona: Onofre Raventós le hizo un generoso regalo y declinó cortésmente la invitación; su esposa Carlota fue, como era de esperar, menos agradable. En una carta que Frederic arrojó al fuego de la chimenea con expresión de asco, Carlota Miralles le advertía de los antecedentes familiares de Mariona que, según ella, contaminaban su carácter. Explicaba, con todo lujo de detalles innecesarios, la mala sangre que le llegaba, por supuesto, a través de su padre: «Un hombre de la peor calaña, borracho, cruel y vicioso que torturó a mi pobre hermana Agnès hasta llevarla a la tumba. Un hombre cuya herencia, lamento decirlo, corre por las venas de mi sobrina…». Frederic no mencionó el hecho a su prometida, ni siquiera cuando se convirtió en su esposa. Mariona seguía expresando un cariño por sus tíos que sólo podía entenderse porque en algún lugar de su corazón había confundido el agradecimiento con el amor y la bondad con el servilismo. Frederic estaba seguro de que Carlota temía perder no a una sobrina, sino a una criada que, además, asumía su papel con la resignación alegre de los esclavos que no conocen otra posición.

Frederic disfrutó de la boda porque vio a sus padres felices y se percató de lo mucho que los había inquietado en esos últimos años; porque Mariona estaba radiante, más bella de lo que había imaginado, y porque después, cuando se quedaron solos e hicieron el amor por primera vez, respondió a sus caricias con otras, sin el menor rubor, con la serenidad apasionada de quien es capaz de entregarse por completo y aun así mantener aquel halo de inocencia que tanto le atraía de ella. Se reveló como una amante capaz de gozar sin vergüenza, y eso fue una sorpresa que la hizo quererla más aún. El amor de verdad tiene un componente físico, pensó. No es el amor del que hablan los versos de los poetas: requiere sudor, y besos, y un punto de dolor dulce y de abandono sin reglas. Desnuda, en la cama, Mariona se entregó sin restricciones, sufrió y gozó, y a la mañana siguiente, cuando ambos despertaron, sólo tuvieron ganas de seguir amándose, descubriéndose, alimentándose del cuerpo del otro hasta que el agotamiento volvió a vencerlos.

—Mañana nos iremos —susurró Frederic, sin querer desprenderse del calor que emanaba del cuerpo de su mujer.

—Tengo tantas ganas de ver Viena… —susurró ella—. De verla contigo, pasear por los lugares de tu pasado… Tú y yo. Sin recuerdos. Sin fantasmas.

—¿Estás preparada para el frío? —bromeó él, y Mariona le besó, y le excitó de nuevo hasta dejarlo exhausto, como si quisiera combatir así cualquier duda, cualquier resto de escarcha. Cualquier atisbo de hielo.

Al día siguiente Frederic despertó antes que ella; se había acostumbrado a levantarse temprano y se dirigió al salón para no molestarla. Aún podía dejarla dormir una hora más. Allí, sobre la mesa, estaba la caja, y esa vez la abrió a propósito, como quien se enfrenta a una tarea desagradable cuando se siente absolutamente feliz. El pájaro giraba al ritmo de la música, las palabras del diario de Águeda resonaron con cada uno de sus acordes: «Soy una niña mala», «soy una niña mala». «Soy una niña mala y merezco un castigo.» Cerró los ojos y en su mente se instaló la imagen borrosa de una niña sin rostro que esperaba en su cuarto a que se materializara la penitencia mientras contemplaba obsesivamente aquella ave tan prisionera como ella. Todo había empezado ahí, mucho tiempo atrás, en una infancia destrozada, y sus efectos habían seguido dando vueltas, empujados durante años por el resorte de la locura hasta llegar al momento en que Biel Estrada había perecido bajo el tren. Una cadena de horror que se iniciaba con el padre de Águeda, continuaba con ella misma y culminaba con su hijo adoptivo, una cadena que por suerte se había roto y de la que sólo quedaba ese objeto, en apariencia inofensivo, pero cargado de un simbolismo terrorífico.

—Cierra eso —le ordenó Mariona desde la puerta—. Es una canción horrible.

—No quería despertarte... Perdona.

Ella se acercó a él y cerró la caja, pero el silencio seguía cargado de la misma tonada, de la misma alondra en peligro de muerte.

—No mires hacia atrás, Frederic. Sólo hay dolor y rabia, y locura.

Él se levantó de la silla y la abrazó. Notó su piel fría a través del camisón.

—Lo sé —le susurró al oído—. Prometo evitarlo.

—No es tan difícil como parece —le dijo ella, en un tono extrañamente sereno—. Yo aprendí a hacerlo cuando llegué a casa de mis tíos, y eso que nada más tenía ocho años. Decidí empezar de nuevo allí y borré cualquier recuerdo anterior.

—Eso no es sólo cuestión de voluntad...

—Sí lo es. —Se apartó un poco de él y le dijo algo que sonó duro a sus oídos—. La vida es simplemente eso: una cuestión de voluntad.


Viena los recibió con un abrazo educado y frío, como los que se dan en los velatorios por compromiso, y desde el primer momento, Frederic se arrepintió de no haberle hecho caso a

Claudine cuando manifestó que la capital austríaca no era, en esos días y con el invierno desatado en sus calles, el mejor destino para una luna de miel. En realidad, el viaje era algo más que eso: la novela de Frederic, publicada en España a mediados de 1919, iba a aparecer en Alemania y en Austria en fecha próxima, de manera que el viaje de novios era, a la vez, una excusa para encontrarse en persona con sus editores. Mariona había aceptado encantada el destino y a él no le había parecido tan mala idea cuando lo propuso, pero la realidad era que ni el antiguo departamento de Claudine ni la ciudad en sí misma resultaban acogedores en esos días invernales.

A pesar de todo, Frederic llevó a su esposa a recorrer la ciudad. Le mostró la universidad donde había estudiado, la inmensa biblioteca que maravilló a Mariona, la catedral de San Esteban; subieron en unos tranvías que parecían ir más lentos que nunca y tuvieron la suerte de ver la ciudad cubierta de una capa de nieve, tan pura y blanca que conseguía alegrar el paisaje, dotándolo de algo parecido al candor navideño. Fueron al Prater y montaron en la noria, asistieron a un servicio católico en la Votivkirche, no muy lejos de su casa, y pasearon por la lujosa Ringstrasse, poblada de edificios imponentes, pagados por la alta burguesía local. Pero Frederic percibía algo más en aquella ciudad que conocía bien: el final de la guerra había llevado consigo la inmigración de cientos de miles de judíos, en su mayoría procedentes de Galitzia, muy distintos a los que había conocido él antes en Viena: personas como su madre, absolutamente asimiladas a los modos y las costumbres de la gran ciudad. Y con aquellos inmigrantes renacía un antisemitismo que en los últimos años había permanecido sofocado. Era conocida por todos la simpatía que Francisco José sentía por los judíos, a quienes consideraba una fuente de negocio y progreso. Pero el emperador había muerto cuatro años atrás, a finales de 1916, y la súbita llegada de judíos ortodoxos y con pocos recursos a una ciudad ya empobrecida disparaba viejas rencillas y odios atávicos.

Frederic notaba los esfuerzos de Viena por volver a ser lo que fue: se apreciaban en la vida nocturna, en las operetas y los espectáculos que se representaban con éxito en lo que había sido la capital de un imperio ahora desmembrado. La Viena frívola, divertida e incluso descarada, se convertía en un antídoto contra la melancólica realidad diurna. Frederic llevó a Mariona a la Ópera, en una de las mejores veladas que pasaron juntos durante esos días; antes habían ido de compras, Claudine le había confeccionado una lista de las mejores tiendas, y él gastó parte del dinero que le habían entregado sus editores en regalar a su esposa el vestido y el abrigo que ella escogió. «Me siento como Cenicienta», dijo ella. «O, mejor dicho, como un personaje de novela. Como la pobre Jane Eyre, que después de años de desdicha, primero con su tía y sus primos, y luego en una institución horrible, termina recibiendo una herencia y casándose con el hombre que ama.»

—Pero tus primos no fueron crueles, como los de la pobre Jane —apuntó Frederic, súbitamente serio ante aquella mancha en el recuerdo de Blanca, y ella se sonrojó.

—Claro que no —dijo—. Era sólo un ejemplo. Un mal ejemplo.

Otra de las visitas que tenían pendientes era la de la casa del profesor Freud. Antes de la boda, Frederic había escrito a Anna, con quien seguía manteniendo una correspondencia regular aunque menos frecuente, anunciándole tanto su boda como el viaje inminente, a lo que ella respondió enseguida manifestando que su familia estaría encantada de recibirlos en su hogar: les confirmaría el día en cuanto estuvieran instalados en la capital. Durante esos años Anna había dejado de ser maestra y vivía dedicada a sus padres y a formarse en el psicoanálisis, tal como siempre había querido. Incluso se estaba psicoanalizando con su padre, algo que Frederic no había llegado a entender del todo.

En los primeros días de su llegada a la ciudad había esperado recibir una nota de parte de los Freud; en realidad su casa de la calle Berggasse no se encontraba muy lejos de la residencia de Claudine, pero tampoco le apetecía presentarse en ella sin haber recibido una invitación formal. Sin embargo, a medida que pasaba el tiempo sin recibir noticias, decidió que quizá una visita casual fuera lo más apropiado y se dejó caer por allí una tarde en que paseaba solo.

Subió la escalera y llamó al timbre de la puerta con timidez; no tuvo que esperar mucho antes de que la propia Anna la abriera. En su rostro ojeroso y triste, y en sus palabras, que mezclaban la alegría de verlo con disculpas tópicas que él no le pedía, intuyó que algo había sucedido. Se enteró poco después, en el saloncito de la familia, donde se encontraba Martha, la madre de Anna; su padre no estaba en casa. Anna, desolada, le comunicó que su hermana Sophie había muerto en Hamburgo, donde residía con su marido y sus hijos, hacía apenas cuatro días, víctima de las complicaciones de una fuerte gripe. El golpe había sacudido a la familia con la fuerza de una tormenta inesperada: durante años se habían preparado para que alguno de los chicos cayera en combate, algo que por suerte no había sucedido, y en cambio, cuando se creían seguros, una enfermedad súbita arrancaba de sus vidas a Sophie, la hija más hermosa, la preferida de sus padres, que había fallecido a los veintiséis años dejando atrás un esposo desconsolado y dos niños huérfanos. Al parecer, la hija mayor de Sigmund, Mathilde, se haría cargo de uno de ellos y la propia Anna se planteaba acoger al otro… Aún no habían tomado una decisión al respecto.

Frederic expresó sus condolencias y Anna lamentó que no estuvieran en condiciones de celebrar una cena en su casa, como le había prometido. Le entregó algo que su padre tenía pensado darle, una copia de uno de sus últimos artículos publicados, *Das Unheimliche*, lo siniestro, y se despidió de él, esperando poder volver a verlo y conocer a su esposa en mejores circunstancias.

Frederic regresó a su casa por las calles nevadas de una tarde que de repente se había vuelto hostil. Comunicó a Mariona la mala noticia y notó que ella estaba extrañamente callada, como si no se encontrara del todo bien. Se acostaron temprano y esa misma noche la fiebre le subió hasta temperaturas inauditas; el médico, que acudió urgentemente a la llamada de Frederic, le diagnosticó la gripe y anunció al preocupado esposo que las siguientes cuarenta y ocho horas serían cruciales.

La gripe que asolaba Europa en aquellos años de la posguerra se había distinguido por una mortalidad elevadísima y por cebarse en los cuerpos de los más jóvenes y fuertes. También en España habían existido casos, pero Frederic se sintió horrorizado al pensar que ese viaje, planeado por él, había puesto a la pobre Mariona en contacto con aquel virus letal.

Fueron dos días de pánico, que él pasó al lado de su esposa, desoyendo los consejos que pedían prudencia por la alta capacidad contagiosa de la enfermedad. Echada en la cama, casi inconsciente, Mariona deliraba por causa de la fiebre y su cuerpo parecía estar manteniendo una lucha constante. A mediados del segundo día Frederic creyó que la perdía: la palidez se había apoderado de sus mejillas y toda ella parecía haberse rendido. Le cogió la mano, intentando transmitirle calor y ganas de vivir, se la apretó con fuerza mientras rogaba a un Dios en quien no había creído hasta entonces que le salvara la vida y la dejara a su lado. Poco a poco, el rostro de Mariona fue recuperando el color, y sus labios volvieron a abrirse pronunciando frases incoherentes. Agitada, parecía tener miedo de algo, y movía la cabeza con desesperación, sin que la mano de Frederic, apoyada ahora en su frente, lograra calmarla. Él apenas entendía lo que murmuraba, pero en un momento le pareció comprender que una pesadilla flagelaba la mente de su esposa. «No sé nadar», decía. «Por favor, Gerard, no.» «Me estoy ahogando… Monstruos, son unos monstruos…»

Intentó serenarla, pero ya fuera un mal sueño o un mal recuerdo, éste parecía inundar su mente, impulsándola a moverse de un lado a otro, como quien lucha por mantenerse a flote.

«Los odio, los odio… Te odio, Blanca…», creyó entenderle. Pocas horas después, sin embargo, su estado era mucho mejor. La fiebre descendió con la misma rapidez con que había subido, dejándola agotada y dormida. A su lado, Frederic respiró aliviado: lo peor había pasado ya. La vio entregada a un sueño más plácido y se preguntó qué ocultas pesadillas la habrían turbado en las últimas horas. La fiebre era la causante del delirio, de eso estaba seguro, pero había tal rencor en sus palabras, tanta fuerza en aquella mezcla de miedo y odio, que no era fácil desprenderse de ellas. Ni tampoco olvidarlas.

# 28

Frederic y Mariona regresaron a Barcelona a finales de febrero, ya que la luna de miel se prolongó más de lo debido para que el restablecimiento fuera completo. Durante las dos últimas semanas, mientras su esposa se recuperaba lentamente del ataque de aquel virus destructor, Frederic deambuló por el amplio apartamento de su madre y se percató de que los lugares no son nada sin la gente que los habitó. La huella de Claudine se percibía en cada rincón, pero sin ella el espacio se había vuelto oscuro, como si a los objetos les faltara la luz que irradiaba la persona que los había escogido o comprado. Las delicadas lacas japonesas seguían en la vitrina negra, solitarias como piezas en un museo abandonado, y lo mismo podía decirse de los cuadros o los muebles. Sintió un atisbo de pena por aquellos objetos solitarios, un sentimiento ridículo, y estuvo tentado de coger alguno para llevarlo con su dueña. Objetos tristes, encerrados y olvidados, como la caja de música.

No es que pensara en ella continuamente, por supuesto, pero la lectura de *Das Unheimliche* le llevó a plantearse una vez más teorías absurdas sobre la malignidad asociada a las cosas. No tenía nada que ver con casas encantadas u objetos malditos, sino más bien con flujos de energía, como si el mal, el mal en mayúsculas, tuviera el poder de contaminar los espacios donde había reinado a sus anchas. A lo largo de las páginas del ensayo,

Freud analizaba el relato que Anna le había hecho llegar, *El hombre de la arena*, con la profundidad que le caracterizaba. El enamoramiento de Nathaniel de la dama que resultaba ser una autómata, una creación artificial sin sospechar en ningún momento de su auténtica naturaleza, empezó a cobrar un sentido nuevo cada vez que hablaba con Mariona.

En esas semanas en que estuvieron prácticamente solos, en una ciudad demasiado fría para incitar al paseo, Frederic se dedicó a observar a su esposa mientras pensaba en lo poco que sabía de ella realmente. Nada sabía de su historia anterior a su llegada a la casa de los Raventós; ni siquiera conocía con exactitud a qué edad se había incorporado a la familia y dónde había vivido antes. Intentó volver a preguntarlo en más de una ocasión, abordar el tema en un tono afectuoso o casual, y llegó a la conclusión de que Mariona siempre eludía responderle. Una vez recuperada de la gripe, su actitud volvió a ser la habitual: se refería con cariño a su tío y admitía que la tía Carlota podía ser un poco difícil; a Frederic también le costaba aludir a Blanca o a Gerard, porque los muertos parecen tener el perdón de todos sus pecados anteriores y porque la mención de Blanca, sobre todo, les ensombrecía el ánimo a ambos. Comentó, como de pasada, que durante los momentos álgidos de fiebre Mariona había delirado y se mantuvo atento a su reacción. «¿Y qué dije?», preguntó, en un tono quizá más alerta de lo normal.

—Tenías miedo de ahogarte —le respondió él—. Daba la impresión de que le pedías a alguien que te sacara del agua.

Ella suspiró, ¿aliviada tal vez?, y se echó a reír:

—La culpa es de la tía Carlota: no se cansa de repetir esa historia y debe de haber terminado metiéndola en mi subconsciente. ¿Es así como funciona?

—En absoluto. Lo habitual es que retengamos en el inconsciente todo aquello que reprimimos, las cosas contra las que no hemos podido luchar, los deseos que no deseamos admitir. En realidad, llegar a verbalizarlas ejerce un efecto curativo, liberador.

—Pues entonces retiro lo dicho. No reprimo nada en relación con ese episodio: quise hacerme la mayor y me metí en una alberca que había en la finca, donde Gerard y Blanca llevaban un rato nadando. Es verdad que estuve a punto de ahogarme, y recuerdo la sensación de pánico perfectamente. Claro que les pedía que me ayudaran, en la medida que podía, pero ellos creyeron que se trataba de un juego, una forma de llamar la atención.

—¿Cómo saliste?

—Un jardinero me sacó de la alberca. La verdad es que fue sobre todo un susto, porque no había agua suficiente para ahogarse. Si no me hubiera puesto histérica, habría podido hacer pie.

La conversación quedó ahí, sin hilos sueltos de los que tirar, y Frederic se dijo que quizá fuera mejor así. Se convenció de que la soledad de Viena, la enfermedad de Mariona y las lecturas «siniestras» lo estaban afectando más de lo que creía y no volvió a tocar el tema.


La vida cotidiana en Barcelona fue mucho más sencilla y más agradable. El sol del invierno disipaba cualquier fantasma, y más aún después del cielo gris vienés. Contentos de hallarse de nuevo en casa, ambos se acostumbraron con rapidez a las pequeñas manías del otro. Además, cualquier posible desencuentro se resolvía por las noches, en la cama, donde juntos llegaban a cotas de un placer que para él había sido hasta entonces algo esporádico. En la intimidad del dormitorio Mariona parecía transformarse, y no sólo se prestaba gustosa a toda clase de juegos sino que a veces los iniciaba. Su rostro, habitualmente dulce e incluso aniñado, se transmutaba cuando estaba excitada, adoptando una expresión más fiera y mucho más adulta. Él disfrutaba observando cómo el deseo estremecía el cuerpo de su esposa, cerrándole los ojos y abriendo sus labios en una sonrisa ávida e insaciable, y aguardaba con impaciencia que llegara la noche para poder vivir con ella aquellos largos ratos de sensualidad compartida.

Lo único que preocupaba a Frederic en esos días era cierta incertidumbre en relación con su vida profesional. A pesar de la insistencia de sus editores, la verdad era que no se veía escribiendo una nueva novela; había usado la anterior como válvula de escape, como catarsis ante el dolor, pero estaba seguro de que no tenía más historias que contar. De momento podía vivir una temporada con los ingresos derivados del libro y con sus colaboraciones en algunos periódicos. Los liberales se habían acercado a él para tantear su interés por la política, y aunque esa posibilidad nunca se le había pasado por la cabeza, tampoco la descartó de plano. Aceptó de buen grado algunos viajes a Madrid, donde se le requería para que expresara sus opiniones sobre la guerra en tertulias que mezclaban la literatura con la ideología. Al final decidió concederse una tregua hasta finales del verano, momento en que tendría que decidir si retomaba su carrera como psiquiatra o bien la reorientaba hacia otras direcciones.

A mediados de abril Frederic se encontró con Juanjo Alcázar para cenar a petición de éste. Una noche sin mujeres, le había propuesto, aunque la realidad era que tampoco habían salido nunca con sus respectivas esposas; el periodista insistió, por otro lado, en que había un proyecto del que quería hablarle y pedirle consejo. Durante la cena no mencionó nada de eso, y Frederic tuvo que esperar a la copa de rigor, esa vez en el Set Portes, convertido hacía poco en un frecuentado café-cantante, para enterarse de qué se trataba.

—Quiero escribir un libro —le dijo Juanjo, después de tomar un trago de whisky—. Y necesito que me hagas un favor… No, la verdad es que son dos.

—¿Dos? Eso te va a costar al menos cuatro de estas copas.

—Tampoco exageres —dijo el periodista—. Y por una vez estoy hablando en serio. En primer lugar quiero que me autorices a ello…, o que me digas que no te va a molestar.

—¿Que escribas un libro?

—Que escriba una biografía del Asesino de los Ángeles.

Frederic se quedó en silencio. No, no podía decir que le molestara aunque tampoco le agradaba la idea en exceso. Un libro implicaría remover el pasado, revivir los recuerdos, y, sobre todo, sacar a la luz detalles que en su momento no se habían publicado en la prensa.

—Ya veo que no te gusta mucho la idea.

—No es eso —le corrigió—. Y te agradezco que solicites mi aprobación. Claro que puedes escribir sobre lo que te plazca, pero…

—Ya. Hay cosas que preferirías no ver publicadas. —Dio otro trago y apoyó ambos codos en la mesa—. No te preocupes. Lo leerás antes de que salga y podrás eliminar lo que no proceda. Y a cambio de esto viene el segundo favor.

—Creo que me estás embarcando en algo —dijo Frederic.

—Nada en lo que tú no quieras. Yo soy periodista, no psiquiatra. Puedo hablar de los hechos, narrarlos con estilo y con cierta gracia. Eso sé hacerlo. Pero hay cosas en las que no quiero meterme.

—¿Cosas como cuáles?

—Como el diario de Águeda. Yo no voy a poder explicarlo bien, me faltan conocimientos para entenderlo.

Frederic negó con la cabeza.

—No. Lo siento, pero no. No tengo tiempo, ni ganas, de volver a eso. Dudo que pudiera soportarlo.

Su tono era definitivo y el periodista tuvo la delicadeza de no insistir.

—Me lo temía. —Juanjo lanzó un suspiro—. Te voy a invitar a otro whisky igualmente, para que no se diga.

—No me apetece mucho, la verdad.

—Va, no seas así. Olvídalo. Haré lo que pueda, y mi ofrecimiento de antes sigue en pie. Te lo daré a leer antes de que salga para que quites lo que quieras. Me centraré más en el asesino y dejaré al resto al margen. —Bajó la voz, como si fuera a confesarle un secreto—: Estoy a punto de conseguir unos dibujos inéditos que tenía la novia de Estrada en su casa. No sé por qué los habrá guardado durante todo este tiempo. Eso, y unas notas que encontró y que también ha conservado hasta ahora. Fui a verla cuando se me ocurrió lo del libro, para entrevistarla de nuevo, y entonces me habló de todo ello.

Frederic notó que el tema comenzaba a despertar en él un interés morboso. O quizá fuera el vino de la cena, y ese segundo whisky que tenía delante. Había algo masoquista en dejarse arrastrar otra vez hacia un horror olvidado y sin embargo no podía evitarlo: la muerte de Biel había dejado muchas preguntas sin responder, muchos interrogantes abiertos que, durante meses, le habían perseguido. Era imposible comprender del todo una mente desquiciada, pero no por ello podía dejar de intentarlo. Había tardado en asumir la pérdida de Blanca y seguir adelante, quizá hubiera llegado el momento de zanjar todas las dudas sobre su asesino.

—¿Los tienes en el periódico?

—¿Los dibujos? No, ni hablar. De hecho aún no me los ha dado. Me he citado con ella otra vez mañana. ¿Por qué lo preguntas? ¿Acaso quieres venir?

Frederic asintió, sintiéndose culpable al hacerlo, convencido de que aquella conversación no le reportaría nada bueno. Por otro lado, la verdad era que no podía evitarlo: los seres humanos no escogemos las guerras, aunque sí podemos eludir o no las batallas, pensó. Estaba en su mano dejar pasar esta batalla en concreto, retirarse a su rincón y ver luchar a otros, pero la guerra seguiría existiendo. Y en ésa no tenía más remedio que participar.


Genoveva Antich había envejecido bastante en esos cuatro años. Ya no era joven cuando la conoció Frederic en el sanatorio. La lealtad que sentía en aquel entonces y la ilusión de vivir enamorada habían disimulado su edad, que, ahora, se apreciaba sin lugar a dudas en un rictus tenso y unos ojos sin brillo. Tal vez no fueran tanto los años como la amargura lo que enmascaraba su rostro, o quizá fueran ambas cosas. Los recibió en un piso pequeño y oscuro, tan austero como su única habitante, en el límite del Raval, y los trató con desapego y desconfianza. Dejó muy claro desde el principio que no era una reunión social, sino de negocios: ella tenía algunos objetos de «ese monstruo» de los que no había hablado con nadie, y si Alcázar o Frederic los querían, deberían desembolsar una generosa suma de dinero.

—Tendrá que enseñárnoslos antes, ¿no le parece? —soltó Juanjo, algo molesto—. No pienso pagarle a cambio de algo que ni siquiera he visto.

—Entonces no los verá nunca. Ni usted tampoco, doctor Mayol. Haré lo que tenía previsto, destruirlos.

—¿Por qué no los sacó en su momento?

—No tiene derecho a exigirme nada, señor Alcázar. Soy yo la que está en posición de pedir.

—Un momento —terció Frederic, viendo que Juanjo comenzaba a encenderse ante aquella súbita demanda económica—. Estoy seguro de que podemos llegar a un acuerdo beneficioso para ambas partes, pero mi amigo tiene razón. Usted no compraría nada sin al menos saber de qué se trata.

Genoveva desvió la mirada. Seguía sentada e intentaba mantenerse erguida en la silla, pero las horas de costura le pesaban sobre los hombros, que tendían a encorvársele.

—Ya se lo dije: son dibujos y algunas cosas escritas. Los cogí de su estudio antes de que se fuera y luego, cuando la policía lo registró todo, decidí guardarlos.

—¿Por qué?

La mujer apretó los labios, su boca se convirtió en una cicatriz fina y casi dolorosa a la vista.

—Les enseñaré uno de ellos —dijo al tiempo que se levantaba de la silla.

Desapareció en el interior de un cuarto pequeño y volvió a salir enseguida con una hoja de papel en la mano. Hacía esfuerzos por no mirarla, como si lo que había en ella la ofendiera de algún modo.

—Les dije que sospechaba que se veía con otras mujeres. Bueno, al menos en su cabeza existía una.

Los dos hombres observaron el dibujo, que mostraba, como les había dicho Genoveva Antich, el rostro de una mujer desnuda rodeada de pájaros. La luz era tan escasa en aquel piso que Frederic apenas distinguía los rasgos de aquella joven. Una mata de cabello rizado le ocultaba medio rostro y de él surgían las aves, del mismo estilo de las que había dibujado Biel en el sanatorio.

—Podría ser Águeda —dijo Juanjo.

—Es demasiado joven —aclaró Frederic—. Claro que podría tratarse de cómo la imaginaba él, pero aun así...

—Hay más —les atajó Genoveva—. Tengo un cuaderno lleno de sus dibujos con anotaciones.

—¿Sabe que debería haberlo entregado a las autoridades?

—¿Ah, sí? —repuso ella, con sarcasmo—. Nunca me los pidieron. Tampoco hubo un juicio ni nada parecido. Bastante malo era ya ser la novia de ese monstruo, sólo faltaba que me humillara a mí misma públicamente enseñando al mundo la cara de su furcia. Mientras yo me dejaba las manos y la vista por él, ese canalla me engañaba con otra. En aquel momento me dolió; ahora ya me da lo mismo... Si puedo sacar dinero por esto, bienvenido sea.

Frederic y Juanjo se miraron sin saber muy bien qué hacer o cuánto pagar. Tal vez esos dibujos no significaran nada, pero la posibilidad, aunque remota, de que alguno de ellos demostrara que, en efecto, existía otra mujer en la vida de Estrada merecía desembolsar algo de dinero.

Genoveva Antich quizá se hubiera comportado como una

necia con su novio pintor, pero esos años la habían entrenado para el regateo. Finalmente, Frederic zanjó el asunto añadiendo por su cuenta un billete más, por el que el periodista y la mujer llevaban media hora discutiendo. Satisfecha, volvió a entrar en su cuarto y sacó el cuaderno, idéntico al que habían encontrado en el suelo del compartimento de tren, junto al cuerpo sin vida de Blanca.

Lo ojearon con avidez, descubriendo que, por alguna razón, Biel tenía la costumbre de dibujar a la mujer de perfil o de espaldas, de manera que nunca se terminaba de distinguir su semblante con claridad. Otra mujer sin rostro, pensó Frederic, y se estremeció al recordar aquella visión en la escalera del sanatorio, aquel sueño en el que la dama le miraba, sin ojos, desde el espejo.

—Podría ser cualquiera —dijo Juanjo, casi a punto de reclamar su dinero.

—Sigan mirando —repuso Genoveva.

Así lo hicieron. Era obvio que, fuera real o no, aquella mujer había sido un manantial de inspiración para Biel, aunque sólo en uno de los dibujos, ya hacia el final del cuaderno, se había decidido a plasmar su rostro.

Frederic se quedó mudo en cuanto vio la imagen: en ella la misma joven, completamente desnuda, mostraba una expresión tan procaz que deformaba sus facciones. Él había visto aquella cara, dominada por el deseo, absolutamente entregada al placer. Un sudor frío le acarició la nuca y rogó, por un instante, que su amigo no la reconociera.

No podía hacerlo, claro. Él no había visto a Mariona en la cama, gozando del sexo, con los ojos entrecerrados y los labios brillantes, justo antes de alcanzar el orgasmo.


A partir de ese momento la vida de Frederic ya no fue la misma. Si la primavera suele traer consigo una elevación del ánimo, a él le sucedió lo contrario: se encerraba en su estudio, fingiendo trabajar mientras su cabeza se entregaba a mil elucubraciones. Por supuesto que no podía demostrar de manera fehaciente que aquella cara fuera la de Mariona, no de un modo absoluto e indiscutible; pero se le parecía tanto que no conseguía zafarse de la sensación obsesiva de que así era. La observó las pocas veces en que volvió a hacerle el amor, con la intención de encontrar la expresión exacta; no lo logró y, sin poder evitarlo, fue apartándose de ella en la cama. Si a Mariona le extrañó, no lo manifestó en ningún momento. Siguió mostrándose igual que antes: apacible, alegre incluso, entretenida con las cosas de la casa y la lectura. Irónicamente, todo lo que antaño apreciaba de ella fue convirtiéndose poco a poco en un motivo de desdén. Su servilismo le parecía repulsivo; su alegría, pura falsedad. Hacía lo posible por disimularlo, ya que en el fondo de su corazón seguía existiendo una duda, a ratos ínfima y a ratos sólida como una roca. Se torturaba con preguntas cuya respuesta era tan subjetiva que jamás podía considerarse definitiva. ¿Amaba Mariona a sus primos o los detestaba? ¿Habían sido ellos buenos con aquella niña o la habían tratado con la crueldad que a veces marca los actos de la infancia? Podía responder con un «sí» o con un «no» a ambas cuestiones, sin prueba alguna que avalara una u otra postura. Pero había algo más, por supuesto, algo que tampoco conseguía discernir. En las notas del asesino se citaban de manera inconexa movimientos de las chicas, lo cual significaba que éste las seguía. ¿Lo había descubierto Mariona vigilando la casa, ella que nunca salía? ¿Se había convertido en su amante? ¿Había posado ella para el pintor o bien éste había evocado su rostro después de hacerle el amor?

Un montón de dudas que se agolpaban como nubes oscuras en su cabeza, enturbiando su raciocinio, impidiéndole pensar en otra cosa, y que a su vez generaban cuestiones más atroces, más terribles, que surcaban su mente como relámpagos. Porque si Mariona había conocido a Biel y había sido su amante, tal como el dibujo parecía demostrar, ¿por qué no lo había admitido a la muerte del pintor? Quizá no lo hubiera hecho por vergüenza o pudor, pero existía otra posibilidad más angustiosa y deleznable, una teoría que a su pesar iba tomando forma y que estaba compuesta de retazos frágiles, improbables aunque no imposibles.

¿Había trabado Mariona relación con Biel hasta el punto de que él le había confiado sus verdaderos propósitos? ¿Le había ayudado a matar a Maria Mercè y a su primo, facilitándole la entrada en la casa de los Raventós y un lugar tranquilo donde esconderse durante la boda? ¿Le había informado de los planes de Blanca para que él supiera el momento y el lugar en el que poder atacarla? Se le antojaba una locura, un hecho descabellado e improbable que se estrellaba contra la lógica. Biel no tenía por qué confiar hasta ese punto en una extraña, alguien que podía delatarle, alguien a quien había conocido por casualidad mientras seguía a uno de sus ángeles.

Quizá todo esto fuera sólo un delirio propio, tan perturbados como el de Águeda cuando creyó ver la cara de Griselda en los dibujos de aquel profesor de dibujo. Quizá también él estuviera alejándose poco a poco de la cordura, torturándose con preguntas que jamás habría debido formularse. Durante las semanas siguientes, Frederic osciló entre la desazón de haberse casado con una asesina o el miedo a estar perdiendo la razón. Y lo peor era que se sentía como si ambas opciones fueran viables porque en ningún caso se trataba de posibilidades mutuamente excluyentes.

Se vio un par de veces más con Juanjo Alcázar en esas semanas y éste le aclaró que no había logrado dar con ninguna pista sobre la modelo de los dibujos. En realidad, lamentaba habérselos comprado a la novia de Estrada, ya que sólo le habían hecho perder el tiempo. Bastante información tenía ya sobre el pintor para preocuparse más de lo debido por una mujer que podía ser imaginaria. Frederic le dio la razón, aunque en el fondo habría dedicado todo su tiempo a intentar hallar alguna pista de la identidad de aquella desconocida aunque fuera únicamente para confirmar lo que, en su fuero interno, a veces creía saber con seguridad. Su certeza se estampaba siempre, no obstante, con la máscara feliz de Mariona, con su conversación intrascendente sobre temas cotidianos, con su belleza tranquila y el aire inocente que siempre perdía en la cama.

Una noche, cuando llevaban semanas sin hacer el amor, ella le buscó con timidez y él le siguió el juego. Empezaron a amarse con el mismo abandono de la primera noche y Frederic puso todo su empeño en llevarla más allá de los límites del placer, embarcándola en juegos que sólo las prostitutas conocían. Mariona participó sin pudor, volvió a entregarse de manera total, como si no existieran inhibiciones en lo que se refería a los asuntos de placer. De nuevo trató él de encontrar la expresión facial que había visto en el dibujo y de nuevo estuvo a punto de hallarla, pero la cabellera rizada de su esposa tendía a caerle sobre la cara y no podía estar seguro de nada.

Pasó más tiempo aún encerrado en su estudio, con la caja de música como única compañía. Regresaron los dolores en el brazo, más intensos que nunca, y sólo el miedo a perder definitivamente el contacto con la realidad le impidió refugiarse en la morfina. Cuando llegó el verano y sus padres los invitaron a ir a la reformada casa de Sant Pol a pasar una temporada con ellos, Frederic se negó. Insistió para que fuera Mariona sola, pero su esposa no quiso ni oír hablar del tema: si él se quedaba en Barcelona, ella no abandonaría la ciudad. Era su deber y además su propia elección; a pesar de eso, fue tal empeño de Frederic que finalmente aceptó ir a pasar unos días con sus suegros. Se marchó preocupada, ahí él pudo notarlo, y aquella aflicción se le antojó una reacción más humana que el fingimiento de que era una esposa feliz o de que nada raro sucedía en su matrimonio.

Estar solo en casa, sin la presencia de Mariona, no le ayudó a relajarse; al revés, hurgó entre las pertenencias de su mujer sin saber qué buscaba. Algo, se decía, el mínimo indicio de que había conocido a Biel y había colaborado en su plan siniestro. El registro resultó fútil, no halló nada que en algún modo la comprometiera, y se repitió, una vez más, que no podía dejar que ese empeño les destrozara la vida a ambos. Sin pruebas de su culpabilidad, era mejor creer en su inocencia por mucho que le costara. Pensó en Mario Guerrero, ejecutado injustamente por un crimen que no había cometido, y dejó que la piedad impregnara la ausencia de Mariona. Si ella era inocente, su propia conducta en esos últimos meses era deleznable y paranoica. Podía arruinar su vida y la de una mujer que le quería. Sin embargo, por mucho que se esforzara por sembrar esa idea en sí mismo, por mucho que la nutriera de buenos pensamientos y la abonara para que diera sus frutos, las dudas se mantenían ahí, listas para corroer las raíces, pudrir el tallo y matar las flores.

Exhausto, se tumbó en el lecho; las puertas del armario seguían abiertas, los cajones con las cosas de Mariona revueltos, y casi deseó que ella los encontrara así y se encarara con él de una vez por todas. Pero su esposa no estaba en casa, se hallaba en Sant Pol, probablemente confiando a una atenta Claudine sus miedos sobre Frederic. Casi podía imaginarlas, comentando con simpatía no exenta de temor lo dura que había sido la vida con él desde que murió Blanca, su melancolía, su empeño tenaz en escribir un libro, una tarea que le había servido de terapia temporal pero que, una vez terminada, había dejado a su autor en un estado de perturbación similar al de antes de acometerla.

Cerró los ojos y la oscuridad calurosa de la habitación llenó su cabeza de imágenes que ni siquiera había visto, escenas que sólo existían en aquel diario protagonizadas por personas cuyos rostros no conocía. Pensó en Águeda niña, la vio abriendo las jaulas, y luego consiguió imaginarla ya de mayor, recorriendo los pasillos del colegio como la guardiana de un templo; incluso logró formar en su mente la cara de Griselda, aquella muchacha inexistente, una Águeda joven y sin escrúpulos, libre de represiones, dispuesta a usar su poder para cumplir sus deseos. La recreó hermosa, descarada y excesiva, y al regodearse en esa creación propia empezó a notar la caricia de una mano en su entrepierna, la presión de unos dedos que ascendían por su cuerpo hasta llegar a su mejilla. Un roce angustioso y sensual, excitante y repulsivo a la vez, puesto que sabía que estaba solo allí.

Notó aquella mano invisible en su frente y cuando iba a abrir los ojos, percibió que los dedos se desplazaban rápidamente hacia ellos, impidiéndole la visión, mientras la sensación de una lengua fría le cercaba los labios. Oyó la risa desquiciada, una hilarante letanía de carcajadas corrompidas, y en algún lugar de la casa alguien abrió la caja de música y el soniquete infantil acalló cualquier otro sonido. Las niñas, se dijo. Las niñas que no eran malas pero creían serlo. Todo había empezado con una pobre chiquilla asustada y había seguido con un muchacho huérfano, quizá aún menos querido que ella.

Con un gran esfuerzo movió la cabeza para zafarse de esa mano que le cegaba al tiempo que intentaba quitarse de encima la presión de aquel cuerpo invisible. Cuando por fin abrió los ojos y logró incorporarse, el silencio era absoluto. No había risas, ni músicas; sólo pudo distinguir, en la puerta abierta de la estancia, la silueta oscura de la misma dama que le miraba sin ojos y le sonreía sin labios, y que se acarició los pechos antes de desaparecer de nuevo sin dejar rastro.

En otro momento habría sentido miedo. O asco. O quizá habría dedicado el resto de la noche a convencerse a sí mismo de que todo había sido un sueño; de que lo único que había junto a la puerta era su galán de noche y de que las sombras y el subconsciente eran los culpables de todo. Pero esa noche no hizo ninguna de esas cosas; ni siquiera volvió a pensar en ella.

En su cabeza no existía espacio para una dama muerta; la tenía demasiado ocupada pensando que por fin había hallado la clave que le permitiría llegar a una respuesta. Una clave que, como todas, aparecía ligada a la infancia. La de Águeda, la de Biel. La de Mariona.

En ese momento, Frederic se interrumpió. Llevaba mucho rato hablando, y a medida que había ido avanzando en su relato su mirada se tornó más fija y sus manos se quedaron quietas, apoyadas en sus muslos, en lugar de enturbiar su discurso con gestos bruscos. Sí, sin duda aquel hombre necesitaba hablar, vaciar su cabeza y sus entrañas de dudas, conjeturas y alucinaciones, vomitar sus temores frente a un oyente atento que le dejara explayarse. Si era así, había escogido bien: a pesar de que en mi interior había empezado a pensar que la presión se había cobrado su precio en la cordura del pobre Frederic, nada en mi postura reflejaba ese convencimiento. Años de experiencia escuchando delirios aún más inconexos me habían entrenado para mantener unas facciones alentadoras y un tono de voz suave, que sólo cortaba el discurso para dar muestras de atención.

Fuera, la noche empezaba a desdibujarse y el cansancio hacía mella en ambos. Intuí que estábamos a punto de iniciar el último acto de aquella función perversa y sentí un escalofrío al comprender que, cualquiera que fuese su final, era mejor prepararse para lo peor. Por eso le insté a continuar, con amabilidad y un punto de firmeza... También yo deseaba llegar al desenlace, una característica humana de la que los psiquiatras no estamos exentos.

Me miró y percibí que todo su cuerpo se erguía, como si una mano invisible tirara de unos hilos conectados a su cabeza y a sus hombros.

—Sí —dijo—. Es mejor ir directamente al final. No tiene sentido demorarlo por más tiempo. Ha sucedido hace apenas unas horas, aquí mismo, en Sant Pol.

Frederic llevaba varias semanas preparando el momento, intentando imaginar cómo sería y qué sucedería después. Cuando Mariona regresó a casa, en agosto, tuvo que hacer un esfuerzo para no sacar el tema de inmediato. Se convenció a sí mismo de que para llevar a cabo con eficacia la tarea que se había impuesto era mejor esperar, hacer acopio de cinismo y regalarle a su esposa unas semanas de tranquilidad inmerecida que contribuyeran a bajarle la guardia. La guerra era una buena maestra y en ella había aprendido que el ataque sorpresa siempre tiene más posibilidades de alcanzar el éxito.

Por lo tanto, decidió comportarse con ella como en los primeros días de su unión, se disculpó por haber dejado que las preocupaciones sobre el futuro le alteraran el humor y lo alejaran de sus obligaciones conyugales. Mintió tanto, y con tanta frecuencia, que en algún momento pensó que el embuste era sin duda la mejor forma de vida. Comprendió que muchos se refugiaran en una realidad alternativa, creada a su beneficio, exenta de problemas: una doble vida en la que el desprecio se enmascaraba con gestos amables. Para su esposa y para el mundo, él era el marido perfecto, y bajo sus atenciones Mariona floreció; sus preocupaciones se esfumaron y la alegría volvió a llenar la casa. A ratos, cuando estaba a solas, él repetía con malicia la letra de la cruel canción infantil. «Sí, alondra, dulce alondra… te desplumaré.»

El viaje a Sant Pol, sin embargo, fue idea de ella. El mes de septiembre había empezado con días de mucho calor y ambos valoraron la posibilidad de pasar unos días allí, ahora que los padres de Frederic ya habían regresado definitivamente a Barcelona. Él aceptó, comprendiendo al mismo tiempo que en la soledad de aquel pueblo mecido por un otoño cálido, podría llevar a cabo con más facilidad lo que tenía previsto. A escondidas de Mariona se llevó consigo la caja de música: era absurdo, pero tenerla cerca le infundía valor. Se instalaron en la casa a mediados de septiembre con la intención de permanecer en ella hasta la primera semana de octubre y, si antes Frederic se había comportado como un esposo ideal, a partir de su llegada redobló sus esfuerzos, proporcionando a Mariona una segunda luna de miel hecha a base de pequeños detalles: flores en el desayuno, besos robados en cualquier momento, silencios compartidos mientras contemplaban el mar cogidos de la mano. Una parafernalia romántica, digna de un marido infiel que intenta hacerse perdonar.

Pero la estancia en el pueblo tocaba a su fin, y Frederic decidió que la tarde antes de la partida sería el momento escogido. No tenían una fecha fija; fue el tiempo, que empeoró bastante a partir del primero de octubre, lo que los decidió a escoger el cuatro como día de regreso. Por eso el día tres por la tarde, a pesar de que el viento azotaba las nubes desgajándolas como trozos de algodón azulado, él le propuso dar un último paseo hasta el final de la playa. Era un recorrido que habían hecho antes, el sendero ascendía montaña arriba, paralelo al mar, y en algún punto se apreciaban preciosas vistas de la playa, las olas y el horizonte. Como de costumbre, Mariona asintió sin reservas y juntos, a ratos de la mano y a veces sólo unidos por la mirada, emprendieron el camino, felices de realizarlo una última vez. Cuando llegaron al mirador que habían escogido como su preferido, ella, que se había adelantado, se detuvo y apoyó las manos en la débil valla de madera. Se volvió hacia Frederic y le dijo, contenta:

—Mira las nubes. Es impresionante. Parecen luchar entre sí y coger fuerzas del mar.

Él se colocó a su espalda y la abrazó por la cintura, abrigándola así del viento. Le acarició la nuca y le susurró al oído, con voz dulce:

—¿Echarás de menos esto?

—No si estoy contigo. Prefiero mil veces estar donde tú estés, aunque sea en un paraje inmundo, que disfrutar de un paraíso sin tu presencia.

—Te creo —murmuró él—. Pero me temo que tendrás que acostumbrarte a vivir sin mí.

Era tan extraña la frase en ese momento y el tono con que había sido pronunciada era tan dulce que al principio Mariona no llegó a entenderla.

—¿Qué quieres decir?

—Lo que has oído —repuso él, en el mismo tono—. Cuando volvamos a Barcelona yo me marcharé. Y no volverás a verme nunca.

—Frederic, ¿estás bien? No… no entiendo nada.

Él seguía abrazándola, hablándole directamente al oído, aunque ella ya no estaba relajada en sus brazos. En su rostro se percibía una mezcla de perplejidad y temor. A lo lejos, las nubes cabalgaban sobre un mar cada vez más irritado, que rompía contra las rocas levantando diminutas gotas de espuma blanca. Una barca de pescadores regresaba a la playa, con el botín del día a bordo, antes de que la noche se apoderara del cielo.

—Lo he intentado, de verdad. He hecho un gran esfuerzo para quererte, pero no es posible. No puedo. No te quiero, Mariona.

Frederic notó el temblor que agitaba el cuerpo de su esposa y continuó rodeándola con su brazo derecho. De lejos cualquiera habría dicho que eran dos enamorados esperando a que se pusiera el sol.

—Pero hemos sido felices —protestó ella, con la voz tomada—. Estos días, aquí, los dos juntos… No puedes decirme ahora esto después de…

—Quería regalarte unos días, unas semanas de felicidad, antes de abandonarte. Pensé que era justo darte al menos eso.

—No te creo, Frederic. Es la incertidumbre sobre tu futuro, o el peso de un pasado que no te deja avanzar. No te creo —repitió— y no pienso rendirme.

—Debes hacerlo, por tu propio bien. Yo ya he cometido suficientes errores. Pensé que podrías sustituir a Blanca, que junto a ti lograría olvidarla. Pero no ha sido así. Lo siento, Mariona, he intentado amarte como a ella y no he podido. Lamentablemente no estás a su altura.

Ella se soltó, súbitamente indignada; su voz seguía temblando aunque ya no era el llanto ahogado lo que la alteraba, sino la rabia.

—Blanca está muerta, Frederic. Puedes idealizarla cuanto quieras y eso no la devolverá a la vida. ¿Quieres vivir así, anclado en la nostalgia? ¿Malgastar todos los años que te quedan pensando en lo maravilloso que podría haber sido?

Frederic no respondió; se limitó a desviar la mirada y a posarla en el mar, que parecía encabritarse con la llegada de la noche. Las nubes cubrían los estertores de un sol débil, amortiguando su brillo pálido antes de que cediera el paso a la oscuridad.

—Además, ¿qué sabes tú realmente de Blanca? —prosiguió Mariona, cada vez más enojada—. Ella no era como la imaginas. Detrás de su belleza se ocultaba un ser horrible y cruel. A veces creo que era peor aún que el vicioso enfermo de su hermano.

—¿Tan mal te trataron? —preguntó él, y le pareció que por fin estaba logrando resquebrajar la máscara que había cubierto el rostro de su esposa.

La respuesta de Mariona fue una risa brusca, seca, tan cargada de dolor y de odio que logró que Frederic se volviera hacia ella.

—No puedes imaginarlo. —La amargura le dificultaba el habla: eran palabras que habían estado tanto tiempo escondidas que se habían vuelto pastosas, casi sólidas, y le enronquecían la voz—. O sí, como psiquiatra deberías ser capaz de hacerlo. Yo llegué a esa casa con ocho años, después de haber pasado los cuatro últimos en un lugar horrendo. Esperaba encontrar un hogar, una familia, y me encontré a dos primos adolescentes absortos en sí mismos, que se divertían burlándose de mí, y a una tía amantísima que sólo me quería como criada. Ellos eran los Raventós; yo sólo era una acogida, un acto de caridad, un perrito abandonado al que se le da techo y comida y al que se le propina una patada si molesta mucho. Por eso enseguida aprendí a no molestar. Gerard y Blanca podían zaherirme con su desprecio, mirarme por encima del hombro, incluso echarme de su cuarto cuando querían estar solos... Daba lo mismo. La dulce Mariona siempre estaba contenta, agradecida por los huesos que le lanzaban. La dulce Mariona no se quejaba nunca, ni siquiera cuando Gerard jugaba a ahogarla mientras Blanca se reía. La dulce Mariona jamás delataba a sus primos, porque en el fondo sabía que podía perderlo todo, ser enviada de nuevo a la perrera, si alguno de los miembros de esa familia se hartaba de verla.

Cada palabra, cada frase, salía marcada por un rencor sordo y doloroso. En otras circunstancias, Frederic habría sentido compasión por ella, por aquella niña que había vivido el abandono a una edad temprana; en éstas, la piedad era un lujo que no podía permitirse. La desesperación había arrancado ya una máscara, y el rostro que se escondía tras ella expresaba un odio infinito y sin fisuras. Era el momento de que la máscara de él también volara llevada por aquel viento que desenterraba los secretos, sacando a la luz la verdad.

—Al final la dulce Mariona disfrutó de su venganza, ¿no es así? Ahora ambos están muertos —concluyó Frederic, alzando el tono de voz, y volvió a agarrarla, esa vez de la muñeca y sin el menor afecto.

—¿Qué dices? ¡Me haces daño!

—Te voy a contar el final de ese cuento, aunque ya lo sabes. No dudo que la dulce Mariona estuviera cargada de aborrecimiento, ni siquiera que éste fuera justificado. Pero ni Gerard ni Blanca se merecían morir por ello.

—¿Quién ha dicho que lo merecieran?

—Calla y escucha —dijo él, sujetándola con más fuerza—. Como decía, te voy a contar una historia ligeramente distinta. La dulce Mariona llegó a casa de los Raventós procedente de un orfanato lúgubre de Valladolid, el mismo en el que estuvo Biel Estrada durante trece años. —Ella le miró, sorprendida, y él sonrió—. Sí, lo sé: como tú misma me dijiste un día, todo en esta vida es cuestión de voluntad. Sólo hay que empeñarse en buscar la información y acudir a las fuentes necesarias. En este caso fue tan sencillo como hablar con tu tío, aunque él ni siquiera se acordaba de dónde te había encontrado. Por suerte es un hombre cuidadoso que conserva todos los papeles y existe un documento que señala tu ingreso en ese lugar, a los tres años, cuando tu padre te abandonó allí, y tu salida cinco años más tarde.

Mariona negó con la cabeza y él sonrió:

—Sí, a eso me dediqué mientras estabas de vacaciones con mis padres. A buscar los detalles que me permitieran absolverte o condenarte, y me temo que sólo he encontrado indicios de tu culpabilidad. Estaba casi seguro de que habías tenido algo que ver en los asesinatos cometidos por Biel, pero no conseguía encontrar la pieza que os unía, algo que fuera lo bastante íntimo para que cuando lo viste siguiendo a Blanca, rondando por la casa, te atrevieras a abordarlo. Y, sobre todo, para que él confiara en ti.

—¡Estás delirando!

—No. Ahora no. He delirado durante meses pero ahora estoy muy tranquilo y muy cuerdo. Pero sigamos con el cuento de la dulce Mariona.

Ella intentó soltarse; los dedos de Frederic seguían fijos en su muñeca, firmes como argollas. La noche había llegado ya, y el aullido del viento acompañó la última parte de su discurso.

—Creo que os reencontrasteis cuando ya había matado a Clarisa y se dedicaba a vigilar a los otros «ángeles». Creo que Biel se alegró de ver a alguien con quien había compartido días muy duros cuando era niño, y creo que poco a poco ella se enteró de lo que había hecho y lo que pensaba hacer. La dulce Mariona, retratada por el amante pintor con quien se veía a escondidas, encontró a un ángel vengador perfecto para sus propias afrentas. Él le habló de su madre adoptiva, de la señorita Águeda, que le daba órdenes desde el más allá, y la dulce Mariona decidió que, a partir de entonces, sería su doble en el mundo de los vivos. Creo que a ella jamás se le habría ocurrido matar a Gerard o a

Blanca, aunque lo deseaba con toda su alma: no habría tenido el valor necesario para hacerlo, pero sí estaba más que dispuesta a ayudar a alguien que cometiera el acto por ella.

—Estás enfermo, Frederic. Necesitas ayuda…

—Deja ya ese cuento, Mariona. Has empezado a ser sincera hace un rato, cuando por fin has soltado lo mucho que los detestabas. ¿No te sientes mejor ahora? Sigue, te aseguro que ya no tienes nada que perder.

—¿De qué sirve lo que te diga si no vas a creerme? Los locos no atienden a razones.

—Como prefieras. —Él se encogió de hombros—. Puedo continuar contando la historia a mi manera. Creo que la dulce Mariona recibió un último insulto cuando se empezó a hablar de la boda de Gerard y Maria Mercè y se enteró del asunto de la herencia de una tía fallecida: un dinero que podría significar su libertad, pero del que, una vez más, estaba excluida sin remedio. Ella era tan sobrina como los Raventós, pero el testamento era claro y no la citaba en ningún momento porque para la difunta la dulce Mariona no era parte de la familia. Le esperaban, por tanto, años de cuidar de una tía insoportable, de consumirse a su lado mientras sus primos se casaban, heredaban y eran felices.

Tomó aire al terminar, esperando encontrar un gesto de asentimiento o una protesta airada. Al ver que sólo le respondía el viento, siguió adelante:

—Biel deseaba continuar matando, una parte de él quería acabar con aquello cuanto antes, pero tú le convenciste de que esperara porque el objetivo de tu venganza no era la pobre Maria Mercè, que nada te importaba, sino quien sería su marido. Por eso persuadiste a Biel de que debía degollar también a Gerard. ¿Cómo lo hiciste? ¿Le hablaste de *Jane Eyre*, el libro preferido de su madre adoptiva? ¿Del velo de la protagonista que una loca rasgaba en esa novela? ¿Le propusiste cubrirlos a los dos con ese tul transparente? Es un detalle tan femenino, dulce Mariona, que sólo a una mujer podía ocurrírsele. Biel te hizo caso, obedecer formaba parte de su naturaleza y tú te habías convertido en una Águeda joven y fuerte, capaz de influir en un desgraciado para conseguir tus fines.

—¡Ya basta! —repuso ella, pero su convencimiento disminuía, al igual que sus fuerzas.

—Y luego le diste la información definitiva: Blanca iba a acostarse con Gasset en Zaragoza. ¡Tu venganza y su delirio podían cumplirse de nuevo!

—No dices más que tonterías —dijo ella, con la voz entrecortada—. Fui yo quien te avisó de en qué tren volvía Blanca. ¿Crees que lo habría hecho si hubiera estado detrás de todo esto?

Frederic rió con amargura.

—¿Qué más daba, dulce Mariona? Cuando el tren entrara en la estación, Blanca ya estaría muerta y tu venganza habría llegado a su fin. Si Biel escapaba, mejor para él, y si no, tal como sucedió, tampoco perdías ya nada.

—Esto es una sarta de mentiras, un sinsentido… —Le fallaba la voz y él ya casi no tenía que ejercer presión alguna para que permaneciera inmóvil—. Podría haberme delatado. ¿Cómo iba a saber que moriría arrollado por un tren?

—Era un riesgo que debías correr, es verdad. Pero ¿cómo iba a delatarte Biel Estrada? Nunca lo habría hecho. Habría sido como traicionar a Águeda.

—¿Cómo…? ¿Cómo has llegado a convencerte de todas estas atrocidades? Estás enfermo, Frederic, lo siento. Muy enfermo.

—Me gustaría poder decir lo mismo de ti: que estás enferma, como Biel, pero es que ni siquiera lo creo. La maldad no es una dolencia, y si lo es, se trata de una que no tiene curación. A las personas como tú sólo les espera el infierno, y no en la otra vida, sino en ésta. Por eso me voy, Mariona. Durante un tiempo pensé en vengarme pero ya he decidido que no hay dolor humano que pueda consolarme.

—¿Tanto me odias? —preguntó ella con voz ronca.

—Tanto que podría empujarte ahora mismo y contemplar cómo tu cabeza se estrella contra las rocas y cómo el mar se lleva tu cuerpo sin sentir el menor remordimiento.

Se encontraban muy juntos, apoyados en la valla, y Frederic temió que el peso la hiciera ceder. Se apartó de su esposa, intentando mirarla con desprecio, aunque la oscuridad era ya completa y cubría los rasgos de ambos. Arreciaba el viento y las olas chocaban contra la cesta cada vez con más violencia.

—¿Sabes una cosa, Frederic? —dijo ella—. No te será tan fácil librarte de mí.

Él le dio la espalda y se había alejado ya un par de pasos por el sendero cuando una voz dura le hizo detenerse. Mariona le había seguido, y era ella quien le agarraba ahora de la cintura, en un esforzado intento por retenerlo.

—Puedes abandonarme, desterrarme de tu vida, arrojarme a una soledad que no merezco. Pero piensa siempre que esa dulce Mariona quizá te salvó la vida o al menos impidió que acabaras degollado, con un pájaro muerto en la boca. Esa dulce Mariona podría haberte condenado y no lo hizo. Soy como esa herida del hombro que te dejó tullido y al mismo tiempo te alejó de morir en la guerra. Así que quizá yo sea como el dolor de tu brazo, un mal menor que debes soportar el resto de tu vida.

Era lo último que él deseaba oír y notó que aquellas palabras se clavaban en su cuerpo como aguijones cargados de veneno. Se zafó de las manos que le agarraban, sin volverse hacia ella, sin tan siquiera mirarla, porque lo último que deseaba era verle la cara. Mariona volvió a abrazarse a él y esa vez la reacción de Frederic fue más violenta, porque no soportaba el roce de unos dedos que sentía viscosos como algas frías. Se volvió bruscamente y la empujó con fuerza. Ella dio un paso atrás, su espalda topó con la valla de madera y ésta cedió con un crujido seco. Durante unos segundos eternos extendió los brazos hacia Frederic, en un último gesto de súplica, pero él no fue capaz de tocarla. Sabía que bastaba sólo un leve movimiento para agarrarla y evitar que su cuerpo desapareciera en el abismo. No hizo nada: se mantuvo inmóvil sin sentir la menor piedad mientras Mariona caía, tragada por la oscuridad, y oyó el ruido sordo de su cuerpo al chocar contra las rocas. Era ya de noche y cuando se asomó apenas logró distinguir una mancha oscura que flotaba en un mar de olas negras.

Escuché la última parte de su relato con el corazón en un puño, absolutamente fascinado por el horror que impregnaba la historia. Imaginé la escena, la discusión plagada de acusaciones, el empujón final. Vi el cuerpo de Mariona desapareciendo en la noche, engullida por un abismo amenazante, y, en honor a la verdad, no logré pronunciar una palabra de consuelo o de comprensión.

—¿Sabe qué es lo peor de todo, doctor? —me preguntó él—. Me quedé ahí quieto, incapaz de moverme, paralizado por una mezcla de emociones que no podría asumir. Entonces vi a la gente de la barca que me hacía señas y pensé que al final Mariona se había vengado de mí también. Descendí a la playa dispuesto a enfrentarme con la peor de las acusaciones y me encontré con un par de hombres que expresaban sus condolencias.

Se echó a reír, con la amargura de quien va a tardar mucho en recuperar la facultad de hacerlo de verdad.

—Nos habían visto abrazados unos minutos antes y luego la vieron caer, a ella sola. Estaban convencidos de que todo había sido un terrible accidente. ¿Se ha dado cuenta de lo fácil que es fingir el amor? La gente de por aquí nos ha visto estos últimos días, paseando como dos enamorados, y nada les cambiará esa opinión.

—¿Por qué has venido a contarme todo esto? —pregunté.

—Alguien debe saber la verdad.

—Yo no soy quién para juzgarte, Frederic.

—Lo sé. Y quiero que sepa una cosa más. Le juro que soy completamente sincero al decírselo: no deseaba que muriera, no tenía intención de hacerle daño, pero una parte de mí se alegró al verla caer. Durante unos instantes su vida estuvo en mis manos y no fui capaz de ayudarla.

—Ése es un peso con el que tendrás que cargar, Frederic. Esa culpa no compete a la justicia de los hombres, y me temo que no soy lo bastante creyente para confiar en las bondades de un juicio divino. El único que puede absolverse o condenarse de esto eres tú. Piénsalo bien, decide cuál es tu veredicto y, si lo crees adecuado, dicta tu propia sentencia.

Amanecía y el irritante canto de los pájaros se colaba en el despacho a pesar de la ventana cerrada. Me levanté y me acerqué a ella, contemplé el jardín que se desperezaba bajo un día tan gris y triste como la noche que habíamos compartido. Cuando me volví, Frederic ya no estaba. Había dejado sobre la mesa la caja y el cuaderno con el diario de Águeda, y me dije que ya no había nada que pudiera hacer por él.

Los hombres deben tomar sus propias decisiones y aceptar sus propias condenas. Cerré los ojos, agotado, y elevé una plegaria a un Dios en el que no confiaba del todo para que lograra que aquel hombre atormentado lograra el único perdón que importa de verdad: el que sólo podía darse a sí mismo.

# Epílogo

También es de madrugada cuando pongo el punto final a este relato, y ahora que estoy presto a lograr mi objetivo, el que me impuse meses atrás, me asalta de nuevo la necesidad de justificarme. ¿Por qué escribir esto? ¿Por qué llevar al papel una historia tan llena de maldad, de odio y de desesperanza? No lo sé. Tal vez porque, como dijo el propio Frederic, también yo deseo que quede constancia de la verdad en algún lugar.

El mundo tiende a cubrir los hechos con un manto de mentiras y medias verdades y no seré yo, a mis años, quien intente cambiar eso. La vejez es una época extraña y quienes la alcancen me darán la razón en algunas cosas. Uno se vuelve más comprensivo con los errores ajenos, relativiza tanto los fracasos como los éxitos, se distancia de la mayor parte de las pasiones que lo han zarandeado a lo largo de la vida. El amor, la ambición, el deseo o la frustración quedan difuminados, conformando una especie de fondo borroso y colorido, cediendo el protagonismo a otras emociones como la paciencia, la resignación o incluso la nostalgia. Cuando se es joven hay pocas cosas que echar de menos porque siempre existe algo nuevo que anhelamos poseer. Con la edad, en cambio, aceptamos que lo mejor de la vida nos queda ya atrás y que disfrutar de los recuerdos puede ser un gran pasatiempo. Por eso tendemos a idealizar a cónyuges que ya no están y a revivir con entusiasmo instantes que, en su momento, quizá no pasaron de ser puntos banales de nuestra vida. Estoy convencido de que la mente nos aporta en la vejez un prisma dorado con el que mirar hacia atrás, que a veces distorsiona por completo el pasado, nos consuela del presente y nos inmuniza contra un futuro que ya no puede dar mucho de sí.

A estas alturas ya se habrán acostumbrado a mis divagaciones, así que les pido una última muestra de paciencia. Los niños rara vez hablan de sí mismos y los viejos, en cambio, no hacemos otra cosa. Intentaba explicarles por qué he dedicado un año de mi vida a escribir esta historia y he terminado embarcado en reflexiones sobre el paso del tiempo, la memoria y el autoengaño, cuando lo que quería decirles es que, a pesar de todo, creo que a ciertos hechos hay que despojarlos de prismas de cualquier color y exponerlos con la mayor claridad posible. Las víctimas merecen ese respeto. Los que murieron antes de tiempo tienen derecho a que los que hemos llegado a la vejez hablemos en su nombre y contemos la verdad.

Ignoro si Frederic Mayol llegó a perdonarse nunca, aunque tiendo a pensar que lo hizo. He sabido poco de él después de esa noche. Me consta que regresó a Viena y retomó la psiquiatría. He visto su nombre en algunas publicaciones sobre el sentimiento de culpa y el remordimiento que, si les confieso la verdad, ya no he tenido ganas de leer. Prefiero pensar que vive relativamente feliz, pero es posible que continúe atormentándose por todo lo que sucedió. Aun así, me consta que sigue vivo y que goza de cierto prestigio entre los profesionales del estudio de la mente humana.

Sólo me queda una cosa por hacer, una acción que he demorado durante muchos años sin saber muy bien por qué. Estas páginas quedarán guardadas en un sobre, a la espera de que yo haya abandonado este mundo, y serán enviadas a Frederic Mayol el día en que yo muera. De él dependerá que salgan o no a la luz, de manera que si las ven, si alguna vez llegan a leerlas, recen un poco por mí y piensen que el doctor Mayol se ha enfrentado a su conciencia y las ha usado a modo de expiación pública.

Ahora, en cuanto deposite mi firma en este manuscrito, me acercaré al fuego y arrojaré a las llamas la caja de música que dejó en mi mesa. Algunos dirán que es un gesto absurdo, una manía de viejo chocho, pero sé que otros comprenderán mis razones. Que arda en el fuego esa caja, que las llamas devoren el sufrimiento que almacena en su interior y se lleven consigo a la dama sin rostro si aún está rondando como un alma en pena por esta tierra.

Es lo que les contaba de la vejez y sus prismas dorados. Antes jamás habría afirmado algo parecido y en cambio ahora creo firmemente que, si bien tenemos derecho a librarnos de los asesinos, éstos también merecen, algún día, en otro mundo, alcanzar la paz.

SEBASTIÁN FREIXAS
*Barcelona, 1931*

# Nota del autor

Cuando uno se enfrenta como autor de ficción a una época y unos hechos que no ha vivido, debe recurrir de manera casi obligatoria a otras obras, otros escritores que o bien hayan abordado ambas cosas desde un punto de vista académico o novelado, o bien hayan tenido la suerte de vivir en primera persona los acontecimientos que se describen. En los meses previos a la escritura de la novela fue un inmenso placer releer a Stefan Zweig, cuya autobiografía, *El mundo de ayer*, es tan maravillosa como indispensable para entender la Europa de esos años. Lo mismo puede decirse de Joseph Roth: obras como *La marcha Radetzky* y, la que sería su continuación natural, *La Cripta de los Capuchinos* me ayudaron a situarme en el ambiente de ese Imperio austro-húngaro que desapareció como tal a finales de 1918. No fue menos agradable retomar las obras de Eduardo Mendoza *La ciudad de los prodigios* y *La verdad sobre el caso Savolta*, o descubrir una novela magnífica de Pablo Martín Sánchez, *El anarquista que se llamaba como yo*.

La Primera Guerra Mundial ha sido objeto de numerosos análisis, y de entre todos ellos yo destacaría aquellos que más me han ayudado a hacerme una idea del conflicto, de sus causas y sus consecuencias: *1914-1918*, de David Stevenson; *Sonámbulos*, de Christopher Clark, y *La gran guerra* (un espléndido texto de The History Channel Iberia publicado por Debolsillo).

Acerca de Sigmund Freud, su vida personal y sus obras también existen diversas biografías, aunque quiero destacar aquí las dos que más he consultado durante estos meses: *Freud, A Life of Our Time*, de Peter Gay, y *Freud: En su tiempo y en el nuestro*, de Élisabeth Roudinesco. Asimismo, resultó muy clarificador *Sigmund Freud: Mi padre*, escrito por su hijo Martin Freud, y las cartas entre el famoso creador del psicoanálisis y su hija Anna, recogidas en *Sigmund y Anna Freud. Correspondencia 1904-1938*. Aprovecho para comentar que las cartas que se recogen en esta novela son absolutamente ficticias, por supuesto, aunque intentan reflejar cómo era esa familia con la mayor fidelidad posible.

Dicho todo esto, hay otras obras que no puedo dejar de mencionar ya que han estado presentes en toda la escritura de *Los ángeles de hielo*. Se trata de dos novelas que personalmente me han fascinado desde siempre: *Jane Eyre*, de Charlotte Brontë (que tuve el gusto de traducir en su día para la edición de clásicos de Random House), y *Otra vuelta de tuerca*, de Henry James y de un autor al que descubrí (tarde, lo sé) mientras escribía esta obra: E. T. A. Hoffmann. Tanto *El hombre de la arena* como *Los elixires del diablo* son lecturas que me impresionaron y a las que, desde aquí, quiero expresar mi más grande, y perversa, admiración.

# Agradecimientos

A mi familia, que desaparece sin enfadarse cuando ve que mi cabeza está muy metida en ese mundo de ficción que a veces se torna más auténtico que el real.

A mis amigos, que hacen más o menos lo mismo y a quienes recurro para huir de esa realidad paralela que en ocasiones tiende a atascarse.

A Pablo Álvarez, que me acompañó por las calles de una fría Viena en enero, y a Eduardo Bensasson, que puso en mis manos un par de libros indispensables y me ayudó con sus conocimientos sobre Freud y el psicoanálisis.

A los libreros que mantienen su pasión por los libros contra viento y marea, con un especial saludo a Paco Camarasa y a Montse Clavé. La Negra y Criminal ya no está, pero su espíritu de dar a conocer la buena literatura de género negro permanece entre nosotros.

A autores como Carlos Zanón, a quien me une una envidia sana y una admiración que, creo, ya es amistad; Rosa Ribas, Víctor del Árbol, Berna González-Harbour, Lorenzo Silva, Nieves Abarca (quien puso en mis manos un libro de E. T. A. Hoffmann casi sin querer), y muchos otros, tanto españoles como extranjeros, con quienes nos cruzamos en esa feria que no es tanto de vanidades como de compañerismo que son los múltiples festivales de novela negra.

A los organizadores de dichos eventos, que batallan contra las administraciones para mantener su cita con autores y lectores.

A la prensa cultural del país, que me ha tratado con especial respeto y afecto.

A todo el equipo de Penguin Random House: redacción, diseño, marketing, prensa, derechos, comercial… Personas que conservan su entusiasmo ante su trabajo a pesar de que los últimos años hayan sido, como decía el cantante, «malos tiempos para la lírica». Si no nos rendimos, la lírica sobrevivirá.

A Silvia Querini, que me encargó una traducción de *Jane Eyre* hace años, y me ha enseñado gran parte de lo que sé sobre libros y el mundo editorial.

A Jaume Bonfill, María Casas y Juan Díaz, mis editores en Debolsillo. Lo que aprendí al lado de Jaume mientras escribía las novelas de la Trilogía Salgado supone ya una deuda eterna.

Y, por último, quiero dejar constancia de un agradecimiento muy especial a Ana Liarás. Por su trabajo incansable, por sus consejos inteligentes y atinados, por la paciencia demostrada y sobre todo por su capacidad de análisis y su entusiasmo desde que *Los ángeles de hielo* era sólo una idea, el esbozo de una trama, y un título que nos sedujo a los dos.

A todos, muchas gracias.

El papel utilizado para la impresión de este libro
ha sido fabricado a partir de madera
procedente de bosques y plantaciones
gestionados con los más altos estándares ambientales,
lo que garantiza una explotación de los recursos
sostenible con el medio ambiente
y beneficiosa para las personas.
Por este motivo, Greenpeace acredita que
este libro cumple los requisitos ambientales y sociales
necesarios para ser considerado
un libro «amigo de los bosques».
El proyecto «Libros amigos de los bosques» promueve
la conservación y el uso sostenible de los bosques,
en especial de los Bosques Primarios,
los últimos bosques vírgenes del planeta.

Papel certificado por el Forest Stewardship Council®